中公文庫

フィッツジェラルド10

傑作選

スコット・フィッツジェラルド
村上春樹 編訳

中央公論新社

目次

フィッツジェラルド10——傑作選

残り火

The Lees of Happiness

I

今世紀初めの何年かのあいだに発行された雑誌の綴じ込みに目を通すと、リチャード・ハーディング・デイヴィス〔一八六四—一九一六。アメリカの作家・記者。少年を主人公にした探偵もので人気をよんだ〕やフランク・ノリス〔一八七〇—一九〇二。アメリカの小説家。自然主義的作風で、評価が高かった〕等々の、すでに物故してしまった作家たちにまじって、ジェフリイ・カーテンなる人物の作品にぶつかるはずだ。長篇小説が一、二本、それに三、四ダースの短篇というところである。もし興味をそそられたなら、作品群を年代順に辿ってみることもできる。そう、一九〇八年まで。そこで彼の姿は忽然と消え失せてしまう。

そのことごとくを読み終えた後にわかるのは、名作と呼ぶべき作品はひとつとして見当らないという歴然たる事実である。暇つぶしの娯楽小説というところ。今となっては少々時代遅れですらある。しかしながら、歯医者の待合室での退屈な三十分を共に過すには確かにうってつけであったはずだ。これを書いた人物は教養も才能もありそうだし、なかなかどうして回転も早そうである。そして若くもあったのだろう。それらの作品はあなたの胸を揺り動かすところまではいかない。人生の気まぐれにふと心を引かれる、とまあその程度のものだ。奥深い内面的なおかしみも、無力感も、悲劇への予感も、そこには見当らない。

読み終えた後、あなたは欠伸(あくび)をひとつして、その雑誌をファイルに戻すだろう。そして、もしあなたの座っている場所が図書館の閲覧室であるとすれば、あるいはあなたは気分転換に当時の新聞を一部手に取り、どれ、ひとつ日本軍が旅順を陥落させたかどうか眺めてみるか、ということになるやもしれぬ〔旅順陥落は一九〇五年である〕。しかしながら、あなたの新聞の選び方が良く、ばさりと開いたそのページがうまい具合に演劇欄であったとすれば、あなたの目はそこに吸い寄せられ、第一次大戦の激戦地シャトーティエリのことをあっさり忘れてしまったように、旅順の問題など、まあ少なくとも一分間くらいはどこかに吹き飛んでしまうことだろう。幸運とも呼ぶべきこの偶然によって、あなたは息を呑むばかりに美しい一人の女性の写真をしげしげと眺めることになるだろうから。

それはミュージカル『フロロドーラ』とかの六人娘の時代、ぎゅっと締めつけたウエストと膨らんだ袖口の時代、古風な腰当てらしきものと紛うかたなきバレエ・ダンサーのスカートが存在していた時代のことである。だが、かくの如き格式ばった、今は見られぬ大時代な衣裳に包まれてはいても、その比類なき美しさは見紛うべくもない。彼女こそは時代の輝きである。淡き葡萄酒の如き瞳、心ときめく歌、乾杯と花束、ダンスと夕食会。二輪馬車のヴィーナス、花咲けるギブソン〔一八九〇年代の著名な挿絵画家〕・ガール。彼女こそは……、……そう、彼女こそはロクサンヌ・ミルバンク、と写真の下に説明がある。彼女は「デイジー・チェーン」のコーラス・ガール兼代役を勤めていたのだが、主演女優が病気で倒れた折りに見せた卓抜な演技によって主役に抜擢された、とある。

あなたはもう一度写真を眺め、そしていぶかるかもしれない。何故これまでに彼女の名前を耳にしたことがなかったのだろうか、はやり唄の文句やヴォードヴィルのジョークや葉巻の紙帯や、遊び人の叔父の思い出話の中に、リリアン・ラッセルやステラ・メイヒューやアンナ・ヘルド〔三人とも一八九〇年代に人気のあった女優や歌手〕と並んで、どうして彼女の名前が登場しなかったのだろうか、と。ロクサンヌ・ミルバンク、彼女はどこに消えてしまったのだろう？　どのような暗い隠し戸がその口をぱっくりと開けて彼女を呑み込んでしまったのか？　たしか、先日の日曜版にあった英国貴族と結婚した女優リストの追補版の中にも、彼女の名は見当らなかった。おそらく夭折し、そのまま忘れ去られてしまったのだろう。そうに違いない。こんなに若くて美しい人なのに、気の毒に。

さて、ジェフリイ・カーテンの短篇とロクサンヌ・ミルバンクの写真がうまい具合に結びついてくれれば、というのが私の虫のいい希望なのだが、あなたがその六カ月後の新聞紙面に、「デイジー・チェーン」を巡業中のロクサンヌ・ミルバンク嬢と流行作家ジェフリイ・カーテン氏との婚約が発表されたという一段組みの、縦二インチ横四インチの目立たぬ記事を見つけるところまでは、まず望むべくもなかろう。「カーテン夫人は」と記事は淡々と結んでいる、「芸能界から引退する見込み」

それは愛によって結ばれた結婚であった。男は魅力的なまでにスポイルされ、女は抗いがたいまでに無邪気であった。まるで水面に漂う二本の流木のようにある日二人は巡り合い、一体となり、絡み合ったまま急流を下った。しかし、もしジェフリイ・カーテンが四十年小説を書きつづけたとしても、己れの身に降りかかることになったおぞましい運命のいたずらに匹敵する一篇の小説たりとも残すことはできなかったろうし、また、もしロクサンヌ・ミルバンクが三ダースもの役を演じ、五千もの劇場で満員の客を集めたとしても、ロクサンヌ・カーテンのために用意されたほど幸せと絶望に彩られた役柄を演ずることはなかっただろう。

一年ばかり、二人はホテル暮しを続けた。カリフォルニアやアラスカやフロリダやメキシコを旅し、愛し合い、他愛のない喧嘩をし、彼の才気と彼女の美貌といううわべの輝きの中に暮した。二人は若く、生まじめなほど情熱的だった。飽くことなくすべてを求めたが、いったん手に入れたものは惜し気もなく手放し、自己犠牲とプライドの甘い香りに酔い痴れるのであった。彼女は夫の滑らかな声音と、根も葉もない理不尽な嫉妬ぶりを愛した。彼は妻の目の漆黒の輝き、真白な虹彩を愛し、微笑の中に見える光沢のある温かいひたむきさを愛した。

「彼女を気に入ってくれたかい？」と彼は幾分照れくさがりながらも声をはずませて、みんなに訊いてまわったものだ。「素敵だろう？　どうだい、彼女に比べれば……」

「もちろん」とみんなは相好を崩して答えることになる。「あんな素敵な人と一緒になれるなんて、君も幸運な男さ」

一年は過ぎ去り、二人はホテル暮しにも飽き飽きした。彼らはシカゴから半時間の距離にあるマーロウという街の近くに、二十エーカーの土地のついた古い屋敷を買った。小型車を手に入れ、大探険家バルボアも顔色ないほどの開拓者気分で、騒々しく乗り込んできた。

「ここがあなたの部屋よ」、「これが君の部屋だ」と二人は交互に叫び合った。

それに続いて、

「僕の部屋はここにする」

「子供が生まれたら、こちらの部屋は子供部屋にしましょうね」

「それから、ここには昼寝のできるポーチを作ることにしようよ。きっと来年にはね」

彼らが引越したのは四月だった。七月にはジェフリイの無二の親友ハリー・クロムウェルがその新居を訪れ、一週間滞在した。ハリーの姿が見えると、二人はわざわざ広い芝生の庭を横切って出迎え、誇らしげに家へと案内した。

ハリーもやはり妻帯者である。夫人は六カ月ばかり前に出産を済ませたのだが、いまだにニューヨークの母親のもとで養生していた。ロクサンヌはジェフリイから彼女の話を聞いたことがあった。ハリーほどの男がどうしてあんな女と、と夫は言った。ジェフリイは一度しか彼女に会ったことはなかったが、それでも彼女は「薄っぺら」だと考えていた。もっともハリーは結婚してかれこれ二年になるし、けっこう幸せそうにも見えた。うまくやっているんだから、見かけほどひどくもないのかもしれない、というのがジェフリイの感想である。

「私、今ビスケットを焼いてるの」とロクサンヌは重々しい声で言った。「おたくの奥様はビスケットお作りになれて？　私、料理をしてくれる女の人に作り方を教わったのよ。世の女性はみんなビスケットの作り方を知るべきだわ。心和むことだと思わない？　ビスケットを作れる女性なら絶対に……」

「君も是非ここに越して来るべきだよ」とジェフリイが口をはさむ。「君もキティーも僕たちみたいに郊外に住むといい」

「君はキティーのことを知らないからそんなことを言うのさ。あいつは大の田舎嫌いときてるんだ。芝居やヴォードヴィルなしじゃどうも生きていけないらしくってね」

「説得してくれよ」とジェフリイは言い張った。「そして共同体を作ろうじゃないか。近所の連中だって気持のいい奴ばかりなんだぜ。無理にでも引っぱってこいよ」

ポーチの階段を上りながら、ロクサンヌは右手にある荒れた建物を楽しそうに指さした。

「ガレージよ」と彼女は言った。「でもひと月うちにはジェフリイの仕事部屋にするつもりなの。そうそう、お夕食は七時ね。それまでカクテルでもお飲みになってて」

男たちは二人で二階へ上った。ジェフリイは上に着くのを待ちきれずに、道半ば、最初の踊り場で客の鞄を下ろし、質問とも叫びともつかぬ声をはりあげた。

「おい、どうだハリー、俺の女房を気に入ってくれたかい？」

「まあとにかく二階まで行こうじゃないか」と客は答えた。「部屋に入ろう。話はそれからだ」

三十分後、二人が図書室で寛いでいるところにパン焼き皿いっぱいのビスケットを抱えて、ロクサンヌがキッチンから姿を現わした。ジェフリイとハリーは立ち上がった。

「うん、きれいに焼けたじゃないか」と夫は反射的に言った。

「これは見事だ」とハリーも口ごもって言う。

ロクサンヌの顔から微笑みがこぼれる。

「さあ、召し上がって。そっくり見ていただこうと思って、まだ手もつけていないのよ。試食してもらうまでは引き下がらないわ」

「きっと天与の美味というところだろうね」

男たちは同時にビスケットをつまんで口に運び、ひとくちかじった。そして次の瞬間、二人は揃って話題を変えようと試みた。しかしロクサンヌは誤魔化されなかった。彼女はパン焼き皿を下ろし、自分でもひとつつまんでみた。そのあとで痛ましいばかりにきっぱりと断言した。

「ひどいものね！」

「いや、というか――」

「ちっともそんなこと――」

ロクサンヌは大きな声でうなった。

「ああ、私って駄目ね」彼女は泣き笑いの状態だった。「ジェフリイ、私を追い出して。私なんて何の役にも立たない厄介者だわ」

ジェフリイは彼女の腰に手を回した。

「僕がたいらげるさ」

「とにかくきれいには焼けたんだけれど」とロクサンヌは言った。

「まったく、なんというか、装飾性に富んでいますね」とハリーも口を添える。

ジェフリイは急いでその言葉にとびついた。

「そう、そのとおり。装飾性に富んでいる。傑作だよ。これをうまく使ってみようじゃないか」

彼は台所にとんで行くと、金槌と、ひと握りの釘とともに戻ってきた。

「いい使い途（みち）があるんだ、ロクサンヌ。これを壁飾り（フリーズ）にしようよ」

「よして！」とロクサンヌは哀しげな声で言った。「私たちの素敵なお家なのよ」

「構うもんか。どうせ十月には図書室の壁紙を新しく貼り替えようって話してたじゃないか、そうだろう？」

「だけど……」

　ゴツン！　一個めのビスケットが壁に打ちつけられる。それはまるで生き物のように、しばらくのあいだピクピクと震えた。

　ゴツン！

　ロクサンヌがカクテルのお代りを手に戻ってきた時には、全部で十二個のビスケットが原住民の槍の穂のコレクションのように、垂直に一列に並んで打ちつけられていた。

「ロクサンヌ」とジェフリィは感嘆の声を上げた。「君はたいした芸術家だよ。料理なんてくだらんものはもうやめたまえ。君には僕の本の挿絵を書いてもらうことにしよう」

　三人が夕食を取っているあいだに、薄い夕暮は淡い闇へとその色を変え、それから黒い空に星が明るくまたたいた。夜はロクサンヌの白いドレスのはかないばかりのあでやかさと、優しげに震える柔かな笑い声で充たされ、ひたされた。

　――本当にまだ少女なんだ、とハリーは思った。キティーとは違う。

　彼は二人の女をひき比べてみた。キティー、神経質だが繊細なわけではない。気むずかしいけれど情熱的とは言えない。落ちつきはないが、かといって軽やかというのでもない。

ない。

それに比べてロクサンヌはまるで春の夜のように若々しく、少女の笑いそのままにあどけ

ジェフリイとなら実にお似合いだ、ハリーはあらためてそう思った。二人はどこまでも若々しく、こうして時を送って行くのだろう。自分たちがもう若くはないと突然気づくその日まで。

キティーについて、あれやこれやと思いを巡らせながらも、ハリーはそんなことを考えた。キティーのことを考えると気が重くなった。あいつは小さな息子を連れて何故さっさとシカゴに戻ってこないんだ。身体はもう回復しているはずなのに。階段の昇り口で、ジェフリイとロクサンヌにおやすみの挨拶をする時にも、彼はまだぼんやりとキティーのことを考えつづけていた。

「あなたが我が家の最初のお客様なのよ」とロクサンヌがハリーの背中に声をかけた。

「どう、わくわくしちゃうでしょう？」

客の姿が階段の向うに消えると、彼女はジェフリイを振り返った。彼はロクサンヌの脇に立ち、手すりの端に手を置いていた。

「ねえ、お疲れになった？」

ジェフリイは指先で額のまん中をさすった。

「少しね。わかるかい？」

「だってあなたのことですもの」

「頭痛さ」彼は憂鬱そうに言った。「頭が割れそうだよ。アスピリンをのもう」

ロクサンヌは手をのばして明かりを消した。ジェフリイは彼女の腰をしっかりと抱き、階段を上った。

II

ハリーをまじえた一週間は過ぎ去っていった。三人は美しくまどろんだ田舎道をドライヴし、湖や芝生の上で心地よい時の流れに身を任せた。日が暮れると部屋の中で葉巻をくゆらせる二人の男を相手にロクサンヌは芝居を演じてみせた。そうこうするうちに、キティーからハリーにあてて電報がきた。ニューヨークまで迎えにきて欲しいということだった。ロクサンヌとジェフリイは、また二人きりになったわけだが、彼らにとってそれはまた快い孤立の時でもあった。

「孤立」という言葉は、二人の心をときめかせた。二人は互いの温もりを肌に感じつつ家のまわりを散策し、新婚ほやほやの夫婦のようにテーブルの同じ側で肩を寄せ合った。そして何もかもを忘れ、無上の幸せに浸りつづけた。

マーロウはどちらかといえば古くからある住宅地なのだが、「社交」らしきものが出現したのは、つい最近のことである。シカゴの工業の発展ぶりに不安を感じた何組かの若夫婦が、五、六年前に「バンガロー族」としてここに移り住んでいた。そして彼らの友人たちが、その後を追ってきた。そんなわけでジェフリイ・カーテン夫妻がやってきたころには、もうすでに一応のお膳立てはできあがっていたのだ。つまり、カントリー・クラブ、ダンス・ホール、ゴルフ・コースといった類いの設備が諸手をあげて彼らを待ち受けていたのである。その他にもブリッジ・パーティーがあり、ポーカー・パーティーがあり、ビールのふるまわれるパーティーがあり、まったくの素面(しらふ)のパーティーがあった。

事件はポーカー・パーティーの席で起こった。ハリーが帰った一週間ばかり後のことである。パーティーの会場にはテーブルが二つ用意され、少なからざる数の若い女房族も、煙草をくゆらせたり大声で賭金を叫んでみたり、まあその時代としてはかなり大胆に振舞っていたわけだ。

ロクサンヌは早いうちにゲームから抜け、あたりをぶらぶらと歩きまわっていた。ビールが苦手だったので配膳室でグレープ・ジュースを見つけて飲み、テーブルからテーブルへと人々の手札を見てまわった。しかし彼女の目はおおかたジェフリイに注がれていた。夫の姿を眺めているだけで、ロクサンヌの心は安らぎ、充たされた。ジェフリイは、山と積まれた色とりどりのポーカー・チップを前に、ゲームに意識を集中させていた。夢中になっているのは一目でわかった。ほら、眉のあいだにあんなに皺を寄せているんですもの。ロクサンヌは些細なことに熱中している夫を眺めるのが好きだった。

彼女は音を立てぬように部屋を横切り、夫の座った椅子の肘かけに、そっと腰を下ろした。

五分ばかりそこに腰かけたまま、男たちのときおりの鋭い言葉のやりとりや、テーブルから柔らかな煙のように立ちのぼる女たちのおしゃべりをロクサンヌは聞いていた。そしてとくに他意もなく手を伸ばし、ジェフリイの肩に置こうとした。しかしその手が肩に触れた瞬間、ジェフリイはぎくっと身を震わせ、何事かを叫び、荒々しく腕を払い、下からロクサンヌの肘を打った。

誰もが息を呑んだ。ロクサンヌはバランスを取り戻すと小さな悲鳴を上げ、すぐに椅子から下りた。生まれてこの方、味わったことのないほどのショックが彼女を襲った。あの優しく思慮深いジェフリイから、こんなむきだしの手ひどい仕打ちを受けるなんて。

驚愕の後には沈黙がやってきた。まわりの視線がジェフリイに注がれる。ジェフリイは見たことのないものでも眺めるように、ぽかんとロクサンヌの顔を見上げていたが、やがて当惑の表情が彼の顔に広がった。

「ああ……、ロクサンヌ……」言葉はうまく出てこない。

人々の心を疑惑の念がさっとよぎる。これはひょっとすると何か裏でもありそうじゃないか。見るからに幸せそうなこのカップルにも、実は不和の種がしのびこんでいたのだろうか？　そうでなくて、こんな平和な情景の中にどうして火花が散るものか。

「ジェフリイ！」ロクサンヌの声にはすがりつくような響きがあった。ショックはまださめやらなかったけれど、これが何かの間違いであることは彼女にもわかっていた。ジェフリイを責めるつもりも怒るつもりもない。彼女は震える声で嘆願した。「お願い、ジェフリイ」と彼女は言った。「なんとかおっしゃって。後生だから」

「ああ、ロクサンヌ……」と彼は繰り返した。顔に浮かんだ当惑は、苦悩へとその色を変えた。彼自身何が何やらよくわからなかったのだ。「そんなことするつもりはなかったんだ」と彼は続けた。「ただね、驚いてしまったんだよ。まるで誰かに摑みかかられたような気がしたものだから。僕は……なんて馬鹿なことをしたんだろう」

「ジェフリイ！」彼女の声は再び祈りとなっていた。その香煙は新たに生じたこの計りしれぬ深さの闇を抜けて天上の神のもとに達していた。

二人は席を立ち、みんなにお別れの挨拶をした。口籠りながら非礼を詫び、その場を取り繕った。でもそれは簡単に看過できるような出来事ではなかった。それは聖域侵犯にも等しいことである。ジェフリイは具合でも悪かったのだろう、とみんなは噂し合った。きっといらいらしてたのさ。

一方、ジェフリイとロクサンヌの心には、その一撃に関して説明しがたい恐怖が残った。

一瞬とはいえ二人の心を何かが隔てたことに対する驚きである。彼の怒りと彼女の恐怖はすぐに二人の中で悲しみへと形を変えてはいたが、手遅れにならぬうちに急いで、二人のあいだに橋が架けられねばならなかった。二人の足もとを過ぎていったのはすばやい水の流れなのだろうか、それとも人知れぬおぞましい深淵がちらりと顔をのぞかせたのだろうか？

車に乗り込むと、秋の満月の下でジェフリイはきれぎれに話し始めた。自分でも説明がつかない、と彼は言った。きっとポーカーに没頭していたんだよ、すっかり。だから肩に手を置かれた時に、摑みかかられたような気がしたんだ。攻撃を受けたみたいにさ。ジェフリイは「攻撃」という言葉にしがみつき、盾のようにそれをかざした。僕は自分に触れたものを憎んだ。でもその苛立ちは、腕のひと振りでさっと消えてしまった。覚えているのはただそれだけさ。

二人は瞳を涙で濡らし、愛を囁(ささや)き合った。そして澄みわたった夜空の下、車はマーロウのひっそりとした街並を滑り抜けていった。数刻ののちベッドにもぐり込んだ二人は、すっかり落ちつきを取り戻していた。ジェフリイは一週間ばかり仕事を離れることにした。のんびりと時を送り、よく眠り、長い散歩をする。彼の中の苛立ちがすっかり消えてしまうまで。そう決めて、ロクサンヌはやっと心を休めることができた。二人の枕は再び柔かさと優しさを取り戻し、二人のベッドは広々として明るさを増し、窓から差し込む月の光の下、もはや揺らぐことはないように感じられた。

五日後、夕暮の最初の冷気が漂うころ、ジェフリイはオーク材の椅子を手に取ると正面のガラス窓に向って投げつけた。そして長椅子に横たわって幼児のように泣きじゃくり、死なせてくれと叫んだ。彼の脳の中で、おはじきほどの大きさの血瘤が破裂していた。

Ⅲ

白昼の悪夢とでも呼ぶべきものがある。例を取るなら、一晩か二晩眠ることができなかった後の、ぐったりとした体に降り注ぐ朝の太陽、あの気分だ。身のまわりの生の諸相が一変してしまったようでもある。いま送っている人生が、本来とは違う別の枝道に入り込んでしまったもののように思われ始める。それは映画のひとこまかあるいは鏡の中の像みたいだ。人々の姿も通りも家も、すべてが薄暗く混乱した過去の投影にすぎない。そんな思いがありありとした確信となって迫る。

ジェフリイが倒れた後の一ヵ月、ロクサンヌはこうした状態にあった。くたくたになった時だけ眠り、目覚めはいつもぼんやりとしていた。状況の様々な断片が彼女を押し潰し、顔に消しがたい老いを刻み込んでいった。重苦しい声で語られる医師の長々しい診断、廊下にオーラの如く漂う微かな薬品の匂い、家中に楽し気に響いていた靴音は突然つま先立ちへと変った。そして何にも増して、かつては二人で温もりを分かちあった枕にぐったりと沈み込んだジェフリイの白い顔……。

希望は持っています、と医者たちは言ったが、それがせいぜいだった。ゆっくり静養なさることですね、と彼らは言った。そして生活のすべてがロクサンヌの双肩にのしかかってきた。様々な勘定を支払うのも、預金高を調べるのも、編集者に手紙を書くのも彼女の役目になった。料理をしてくれる女ももはや雇えなくなっていた。看護婦から病人食の作り方を習い、一ヵ月後には病人の世話をすべて一人で引き受けるようになった。費用のことを考えると、看護婦にも引き上げてもらわないわけにはいかなかった。同じ時期、二人いた若い黒人のメイドの一人にも暇をとらせた。ジェフリイが次から次へと短篇小説を書きつなぐことで、これまでの二人の生活が支えられていたことも判明した。

ハリー・クロムウェルは誰よりも足繁く見舞いにやってきた。ジェフリイが倒れたという衝撃的な報せに打ちのめされた彼は、妻がすでにシカゴに戻っていたにもかかわらず、暇を見つけてはひと月に何度かカーテン家に足を運んだ。ロクサンヌも彼の気持を嬉しく思った。ハリーには痛みを思いやる心があり、彼がそばにいるとその生来の優しさが彼女の心を和ませてくれた。ロクサンヌの性格も、僅かなあいだに急速に深さを増していた。

ジェフリイだけではなく、二人のあいだに生まれるはずの子供まで私は失ってしまったではないか、と彼女は時折思った。何はともあれ子供がここにいてくれたなら……。

ジェフリイが倒れてから半年の歳月が流れ、悪夢もやっと薄らいでいった。しかしそれがあとに残していったのは新しい、見馴れぬ世界だった。それはより暗く、より冷ややかな世界だった。ロクサンヌがハリーの妻に会いに行ったのも、そんな時期のことである。彼女はシカゴでの列車待ちの一時間を利用して、儀礼的な訪問をすることにした。

ドアの中に足を一歩踏み入れるや、このアパートは昔見た何かにそっくり、という思いがまず彼女を捉えた。その何かを思い出すのにたいした時間はかからなかった。子供のころ横丁にあったパン屋さんだわ。ピンクの砂糖菓子が何列にもずらりと並んでいたあのパン屋さん。息が詰まりそうなピンク、食べ物のかたちをとったピンク、押しつけがましくて、下品で、いやらしいピンク。

このアパートの部屋が実にそれだった。一面のピンク。匂いまでがピンクだ。

クロムウェル夫人はピンクと黒の部屋着姿で客を迎えた。髪は黄色。脱色してるんだわ、とロクサンヌは思う。オキシフルを入れた水で週に一度髪を滌ぐのね。瞳はくすんだ水色。顔立ちは可愛いのだが、いささか意識してとりすましているところがあった。彼女は甲高い声で派手に親愛の情を表わした。初めの胡散臭そうな表情は、すぐにあたたかい歓迎に変った。もっともその変化のあまりの鮮かさから察するに、どちらの感情も、所詮声と表情だけで作りあげられた浅薄なものであるらしい。この女の奥深くに据えられた自己中心の核は、何に触れることもなく、また触れられることもないのだろう。

しかしロクサンヌにはそんなことを気にする余裕はなかった。彼女の目はキティー・クロムウェルの羽織った部屋着に釘づけにされてしまったからだ。それはお話にならぬほど汚れきっていた。裾から十センチほどの部分は青い床ぼこりでどっぷりと汚れ、その先の八センチは灰色に染まり、そのあとにやっと本来の色が現われていた。つまりはピンクである。袖口も襟もこれまた相当なものだった。まあ客間にお入りになって、と彼女が背中を向けた時、ロクサンヌはその首筋が汚れているのを確認した。

一方的な騒々しい会話が始まった。キティー・クロムウェルは自分の好き嫌いや、自分の頭や胃や歯の具合、自分の住んでいるアパートの様子などについてあけすけにしゃべりまくったが、ロクサンヌの身にふりかかった不幸には、触れないように細心の注意を払っているようだった。その注意深さには一種の優越感が窺えた。この人は辛い目にあっているのだから、そっとしておいてあげなくては、と思い込んでいるようである。

ロクサンヌは微笑んだ。あのキモノったら。それにあの首筋。

五分ばかりたったころ、小さな男の子がよちよちと客間に入り込んできた。薄汚れたピンク色のロンパースをつけた汚い子供だった。顔はグショグショに濡れている。ロクサンヌは抱き上げて鼻を拭いてやりたいような気分になった。鼻ばかりではない、顔中、どこもかしこもひどいものだった。小さな靴は爪先のところが破けていた。あまりにもひどい！

「まあ可愛い坊やだこと」ロクサンヌはにこやかに微笑みながら声を上げた。「さあ、小母さんのところにいらっしゃい」

クロムウェル夫人は冷ややかな目で息子をちらりと見た。

「ほんとにもう、この子ったら。きれいだったためしがないんだから。まああの顔をご覧になって」彼女は顔をそむけ、まるで他人事のように言い放った。

「可愛い坊やね」とロクサンヌは繰り返した。

「それにあのロンパース」とクロムウェル夫人は眉をひそめる。

「ロンパースを替えてほしいんじゃないの、ねえ、ジョージ？」

ジョージは、なんだろうという顔でロクサンヌを眺めた。彼にとってロンパースとは、今あるようにおそろしく汚れた衣類という以外の意味を持たなかったからだ。

「朝きちんとさせたばかりなのに、もうこれなんですもの」クロムウェル夫人は精も根も尽き果てた、といった風である。「ロンパースの替えがもうみつからなかったの。かといって裸で走りまわらせるわけにもいかないし、それで前のをもう一度――ああ、あの顔ったら――」

「ロンパースの替えは何枚くらいお持ちなんですか？」ロクサンヌは何気なさそうに愛想よくそう訊ねてみた。羽根扇は何本お持ち？　と訊ねるような感じで。

「ええと——」とクロムウェル夫人は可愛い額に皺を寄せて、考え込んだ。「五枚ぐらいかな、それで充分じゃないかしら？」

「一枚五十セントで買えるんじゃありません？」

クロムウェル夫人の目は驚きの色を浮かべたが、そこには優越感のかすかな影もあった。あら、ロンパースの値段ですって！

「どうでしょう、とんと見当もつかなくて。まあたしかに沢山あるに越したことはないんでしょうけど、なにしろ洗濯屋さんに出しに行く暇さえろくにありませんの」、そしてごくあっさりと話題を変えた。「ねえ、あなたに是非お見せしたいものがあるのよ」

二人は席を立ち、クロムウェル夫人を先に立てて、床一面に洋服の散らばったバスルームを抜け（たしかに洗濯屋に持って行く暇もなかったようね）、ピンク三昧とでも表現すべき部屋に入った。これこそがクロムウェル夫人の私室であった。

部屋の主は衣裳棚の扉を開け、ロクサンヌの眼前に驚嘆すべき肌着のコレクションをずらりと並べて見せた。絹やレースの何ダースもの薄物の列。そのどれもが清潔で皺ひとつなく、手を通した形跡さえ認められない。その脇のハンガーには、新しいイヴニング・ドレスが三着吊されている。

「きれいな洋服だってこんなにいっぱい持っているのに」とクロムウェル夫人は言った。「着る機会なんてぜんぜんなし。ハリーったらまるっきりの出不精なものだから」と悔し気な声になる。「あの人は、私が昼間はずっと保母兼家政婦の役をつとめて、夜には可愛い奥さんの役をつとめていればご満悦なのよ」

ロクサンヌはまた微笑んだ。

「本当にきれいなお洋服をお持ちなのね」

「そうなの。お待ちになって、もっと他にも――」

「本当にきれい」とロクサンヌは言葉を重ね、彼女の話を遮った。「でももう失礼しないと、汽車に遅れてしまうから」

彼女は自分の手がぶるぶると震えていることに気づいた。この女の肩に手をやってぐいぐい揺さぶってやりたい、とロクサンヌは思う。もう我慢できないわ。この女をどこかに閉じ込めて、家中を掃除してまわりたい。

「とてもきれい」と彼女は繰り返した。「でも今日はちょっとお伺いしただけですから」

「ハリーがいればよかったんだけど」

二人は玄関に立つ。

「ああ、そうそう」ロクサンヌは必死に自制しながらそう言ったが、声は依然として穏やかで、口もとには微笑さえ浮かんでいた。「ロンパースなら、アーガイルの店で売っているんじゃないかしら。それではご機嫌よう」

駅に着き、マーロウ行きの切符を買う段になって、ある事実にはたと思い当った。この半年のあいだで、たとえ五分間にせよ、彼女の心から初めてジェフリイの存在が消えていたことに。

Ⅳ

一週間後、ハリーがマーロウにやってきた。午後の五時、突然の訪問であった。彼は庭の小径をやってきて、ポーチの椅子にぐったりとした様子で沈み込んだ。ロクサンヌの方も息の抜けない一日を送り、疲れ果てていたところだった。五時半には、医師たちが権威ある神経の専門医を連れて来ることになっている。彼女の心は期待と不安に引き裂かれていた。しかしハリーの目を見ると、隣りに腰を下ろさないわけにはいかなかった。

「どうかなさったの？」

「いや、べつに、何でもないんですよ、ロクサンヌ」とハリーは首を振った。「ジェフがどうしてるかと思ってね。僕のことはおかまいなく」

「ハリー」とロクサンヌはなおも訊ねた。「本当は何かあったんでしょう？」

「何もありゃしませんよ」と彼も繰り返した。「どうです、ジェフの具合は？」

彼女の顔は不安気に曇った。

「それがあまりよくないのよ。実は今日ジュウェットっていうお医者がニューヨークからおみえになって、やっとはっきりしたことが伺えるらしいの。ジェフリイの麻痺が血瘤から来たものかどうか診察して下さるらしいわ」

ハリーは椅子から立ち上がった。

「申しわけないことをしてしまった」彼ははっと我に返ってそう言った。「診察を待っていたとは知らなかったものだから。お邪魔するべきじゃなかった。僕はただ、このポーチの揺り椅子に一時間ばかり身体を休めたいと思って――」

「お座りなさいな」と彼女は言った。

ハリーは戸惑った。

「いいからお座りなさいよ、ハリー」彼女の優しさがあふれでて、それはハリーを包んだ。「何かあったのね。顔が真っ青よ。いま冷えたビールでもお持ちするわ」

堰が切れたように、ハリーは椅子の中に崩れおち、両手で顔を掩った。

「僕には女房を幸せにできないんだ」彼はしぼり出すようにそう言った。「ずいぶん努めてはみたんだ。実は今朝も朝食のことで少し言い合いをしてね――僕はここのところずっと街の食堂で朝食を食べていたもんだから……それでつまり……僕が出勤したあとで女房のやつは家を出たんだ。ジョージを連れて、トランクいっぱいにレースの下着を詰めて、東部の母親のところにね」

「なんてことを！」

「いったいどうすればいいのか――」

その時、砂利を踏みしめる音とともに、一台の車が角を曲り、車寄せにその姿を現わした。ロクサンヌの口から微かな叫びが洩れる。

「ジュウェット先生よ」

「じゃあ、僕はこれで――」

「いいえ、お待ちになってて」放心した様子で、彼女はハリーの言葉を遮った。ハリーには自分の問題がロクサンヌの乱れた心の表面で、既に命を失っていることがわかった。

手短かでとおりいっぺんの挨拶と紹介があった後、一行は中に入り、ハリーを残して階上に消えた。ハリーはひとり図書室に入ると、大きなソファーに腰を下ろした。

ハリーは太陽が更紗のカーテンの模様に沿ってしのびあがって行く様を一時間ばかり眺めていた。窓にはさみ込まれてしまった一匹の蜂が、しいんと静まりかえった部屋の騒音を一手に引き受けていた。時折それに似た唸りが階上からも聞こえてきた。巨大な窓の中に閉じ込められた何匹もの大きな蜂の羽音のようだな、とハリーは思う。低い足音や、ガラス瓶の触れ合う音、水を注ぐ際の、とくとくという音もした。

どうして、僕やロクサンヌばかりがひどい目にあうんだろう？　我々がいったい何をしたというんだ？　階上では今、友人の魂に生死の宣告が下されようとしている。そして僕はこの沈黙の部屋に腰を下ろし、蜂の苛立った羽音に耳を傾けている。そういえば、子供のころにもあの口うるさい叔母に、罰としてたっぷり一時間もこんな風に座らされたものだった。待てよ、どうして僕はここにこうしているのだろう？　まるであのおっかない叔母が天国から身を乗り出して、僕に罪を償わさせているみたいじゃないか。償う？　いったい何を償えと言うんだろう？

キティーのことはもう絶望的だ。あの女は金がかかりすぎる。今更それがあらたまるわけもなかろう。そう思うと、妻への憎しみが急にこみあげてきた。床に突き倒して蹴とばしてやりたい。そしてこう言ってやる。この嘘つきの、蛭のような女め――。おまけに不潔きわまりない。何はともあれ、子供だけは取り戻さなくては。

ハリーは立ち上がり、部屋の中を行きつ戻りつした。時を同じくして、階上の廊下でも誰かが歩き始めた。歩調まで同じだ。ひょっとしてこちらに調子を合わせて歩いているのだろうか、と彼はふと思ったが、足音は廊下のつきあたりではたと止んだ。

キティーは母親の家に行ってしまった。まったく、あの母親も母親だ。ハリーは母娘の対面の情景を思い浮かべようとした。虐げられた女が母親の胸に泣き伏す図だ。少し試みてから、彼はあきらめる。あのキティーに深い悲しみを抱くことができるものか。彼の心の中でキティーはよそよそしく無感動な存在へと変っていった。こうなれば当然離婚ということにもなろうし、あいつのことだ、きっと再婚するに違いない。再婚、と彼は考えてみた。いったいどんな男と再婚するんだろう、彼はひとしきり苦笑いしてから、急に沈み込んだ。キティーがどこかの男にしがみついている光景が頭に閃いた。男の顔は陰になって見えない。彼女の唇が、相手の唇に情熱をこめて押しつけられる。

「やめてくれ！」と彼は大声で叫ぶ。「やめてくれ、やめてくれ、やめてくれ！」

それから幾つもの厚みのある画像が、素速くやってきた。朝のキティーの姿はかすんでいった。あのうす汚いキモノも折り畳まれて消えた。ふくれっ面も、怒りも、涙も、どこかに押しやられた。そして彼女は昔のキティー・カーになった。黄色い髪と、つぶらな瞳のキティー・カー。ああ、彼女は僕を愛してくれた。この僕を愛してくれたんだ。

少しあとになって、ハリーは自分の中の何かがおかしいことに気づいた。その何かはキティーやジェフの問題とは領域を異にするものであるらしかった。それが空腹感であることに、彼はやっと気づいた。なんだ、そんなことか。すぐに台所に行き、黒人のメイドにサンドウィッチでも作ってもらおう。それから街に戻らなくては。

彼は壁の前に立ち、何やら丸いものを引き抜いて、指でなんということもなくいじりまわした。そして幼児がぴかぴかの玩具を舐めるように、口に入れてみた。それに歯をあてる。ああ、あれか！

あいつはあの汚らしいピンクのキモノを置いて行った。あんなものどこかに持って行ってくれるくらいの慎みがあっても良さそうなものなのに、と彼は思う。キモノはまるで二人にとりついていた疫病神の脱け殻のように家の中にぶらさがっていることだろう。まあいい、あんなもの捨てちまうさ。いや、駄目だ。俺にはそんなこと絶対にできやしない。あれはまるでキティーそのものだ。柔かくてくにゃくにゃして、おまけに無感覚ときている。誰もキティーを動かすことはできない。誰もキティーの心に訴えることはできない。訴えようにもあの女には核心というものがないんだ。ハリーはようやくそれを理解することができた。いや、彼には初めからわかっていたのだ。

彼は壁に向うと、力まかせにまたひとつビスケットを釘ごと引き抜いた。まん中の釘を注意深く取り除いた後で、漠然とした疑問が頭に浮かぶ。さっきのビスケットの釘はいったいどうしたんだっけ？ 食べた？ まさか、幾らなんでもこんな大きな釘を……。彼は手で腹をさすってみる。何にしてもひどく腹が減っているようだった。そういえば、昨日は夕飯を食べ損ねたんだ。そう、昨日はメイドが休みで、キティーのやつは自分の部屋に寝転んでチョコレート・ドロップを舐めていたんだ。そしてあいつはこう言った。あたし、今日はなんだか息苦しいの。だから傍に寄らないでね。

仕方がない。僕はジョージを風呂に入れて寝かしつけ、夕食前に一服しようと長椅子に腰を下ろした。どうやらそのまま寝入ってしまったらしい。目が覚めたのは十一時だった。結局、その夜口にしたのはそれと、キティーの机の上にあったチョコレート・ドロップだけだった。

さて冷蔵庫を開けてみると、中にはひと握りのポテト・サラダしかなかった。

今朝は今朝で、街の食堂で急いで朝食を詰め込み、それから会社にでかけた。しかし昼になると、あいつのことがどうしても心配になってきた。だから一緒にランチでも取らないかとわざわざ家まで戻ってきたんじゃないか。するとどうだ、僕の机の上に書き置きがあり、衣裳棚の例の肌着はそっくり消えていた。書き置きには、トランクは郵送して下さい、とだけあった。

こんなに腹が減ったのは初めてだ、と彼は思った。

ソファーに座り、ぼんやりとカーペットを眺めているうちに時計が五時を打った。看護婦が足音を忍ばせて階段を下りてきた。

「ミスタ・クロムウェル？」

「そうですが？」

「あのう、ミセス・カーテンは夕食をご一緒できないそうです。ご気分がおよろしくないんです。食事はメイドに用意させますし、客室の用意もできておりますから、とおっしゃっておられました」

「具合が悪いんですか？」

「お部屋でおやすみになっていらっしゃいます。診断がさっき終りましたので」

「それで——何か結果は出たんですか？」

「ええ」と看護婦は声を落とした。「まず見込みはないだろうと、ジュウェット先生はおっしゃっておられます。さしあたって生命に別状はないんですが、恢復の見込みもありません。目も見えないし、起き上がることも、考えることも。ただ息をするだけです」

「息をするだけ？」

「そうです」

ここで初めて看護婦は、書きもの机の脇に一ダースほど並んでいた奇妙な円形の物体が、ひとつだけを残してすべて消え失せていることに気づいた。何か異国風の飾りもののように見えたのだけれど。あとには小さな釘穴が一列残っているだけだ。

ハリーは看護婦の視線をぼうっとした目で追ってから、立ち上がった。

「いや私はもう失礼します。ハリーは帽子を手に取る。電車はまだ動いていますよね」

彼女は頷いた。

「お気をつけて」と彼女は愛想よく言った。

「さようなら」、彼はまるで自らに言いきかせるようにそうつぶやくと、ドアに向ったが、どうやら抗しがたい必要性に駆られたらしく、途中でふと歩を止め、壁から最後の物体をもぎとって、ポケットに収めた。

それからスクリーン・ドアを開け、ポーチを下り、看護婦の視界から消えていった。

V

時は移り、ジェフリイ・カーテン邸のかつてはしみひとつなかった白ペンキの外装も、幾度か巡り来た七月の太陽としっかり取り決めを結んだらしく、忠実に灰色へと変っていった。ペンキはひからびて、巨大な脆い鱗となった。それはグロテスクな体操をしている老人のように後に反りかえり、遂には伸びすぎた芝生の上に落ちて、黴臭く死んで行った。玄関の柱のペンキは幾筋も縦にかき割れて、左手の玄関の脇柱に付いていた白い飾り球も落ちてしまった。緑のブラインドは薄汚れ、色としての主張をすっかりひっこめてしまった。

この家には思いやりある人ですらあまり近づかなくなってしまった。おまけにはす向いの広い土地を教会が墓地用に買いとったため、人々は何かとその二つを結びつけた。ほら、カーテン夫人があの「生ける屍」の御主人と暮しているところ、といった具合に。そしてその通りの一角には、幽鬼じみたオーラが生まれることになった。とはいえ、ロクリンヌが世間から見捨てられたわけではない。人々は男女の別なく会いに来てくれたし、街で買物中の彼女を見かければ、車で送りましょうかと声をかけてくれた。そんな折りには家に上げて軽い茶飲み話もした。昔なじみのそうした人々にとって、ロクサンヌの笑顔は昔と同じように魅力的だった。しかし事情を知らぬ街の男たちは、通りを行く彼女の姿にもう見とれたりはしない。決して皺が増えたわけでもなく、太ったわけでもないのに、透明なヴェールが彼女の美貌をすっぽりと掩(おお)ってしまったらしい。そしてあのみずみずしさも失せてしまった。

彼女は村の中ではちょっとした語り草になっていた。彼女についての幾つかの噂話も囁かれるようになった。いわく、カーテン夫人はアイス・スケートで食料品店や薬局に買物に行く。この地方の冬は厳しく、氷の張った道は馬車も自動車も通さない。だから彼女はスケートの技術を身につけた。一刻も早くジェフリイのもとに戻るためらしい。いわく、カーテン夫人は夫が倒れた日から一晩も欠かさず、夫のベッドのとなりに小さなベッドを置いて、彼の手を握って寝ているらしい。

人々の心の中では、ジェフリイ・カーテンはすでに死者の列に加えられていた。年をかさねるにつれて、彼を知る人々も、あるいは死に、あるいは他の地へと移って行った。僅かに残った土地の古株たちが集って、お互いの妻君をファースト・ネームで呼び合いながらカクテルを飲むような折りに、ジェフのように頭が切れて才能のある人物はその後このマーロウの街にはとうとう現われなかったね、といった話が出る程度のものだった。思い出したようにカーテン家を訪れる人々にとっても、ジェフリイの存在はあってなきが如きものだった。ときおり話の途中で、ちょっと失礼、とカーテン夫人が立ち上がり、急ぎ足で階上に向うのを見て、ああそういえば、と思い出すくらいだ。日曜の午後の、もったりした空気がたれこめた静かな客間に、呻きや鋭い叫びをもたらすだけの存在。

彼は身動きひとつできない。目も見えず、口もきけず、無意識の衣に掩われている。毎朝部屋を整えるあいだ車椅子に移される他は、終日ベッドに横たわっているだけだ。体の麻痺はじわじわと心臓に近づいて行った。最初の一年、ロクサンヌは握りしめた夫の手に、時としてほんの微かではあるけれど、応答するような力を感じることができた。しかしそれも長くは続かなかった。反応は、ある夜ぷっつりと途切れたきり二度と戻らなかった。いったい何が消えてしまったのだろう、彼の魂のどの部分が飛び去ってしまったのか、あの叩き潰された神経が、かろうじて伝えていた意識の最後のかけらはどこへ行ってしまったのか？　二日二晩、ロクサンヌは闇の奥を見据えつつ、思いを巡らした。

こうして希望の灯は消えた。ロクサンヌの心を尽くした看護がなければ、その最後の輝きでさえ、とっくの昔に消えていたに違いない。彼女は毎朝夫の髭を剃り、体をぬぐい、一人で夫をベッドから椅子に移し、またベッドに戻した。一日の殆んどの時間を夫の傍で過した。薬を与え、枕をなおし、あるいは話しかけたりもした。人が見れば、頭の良い犬に話しかけているのかと錯覚したかもしれない。返答を求めるわけでも、理解を期待しているわけでもない。そこにあるものは、燃え尽きた残り火の中に微かな暖を求める、祈りにも似た想いだった。

ひとりの著名な神経専門医をも含めた少なからざる人々が、そんなに懸命に看病したところで無駄ですよ、とかなりはっきり匂わせていった。もし仮りに意識が戻ったとしても、ジェフリイはきっと死を望むことでしょう。彼の意識がどこかもっと広い空間を漂っているのだとしたら、それはあなたのそのような献身をこころよしとしないでしょう。彼は肉体という牢獄に閉じ込められていることに耐えられず、魂の完全な解放を求めることでしょう。

「でも」と彼女は静かに首を振りながら答える。「ジェフリイと結婚したとき、それは——私が彼を愛することをやめるまでは」

「そうはおっしゃっても……」と彼らは言った。そこには、あなたにもあれを愛することはできますまい、という言外の意味があった。

「かつての彼を愛することはできます。それ以外私に何ができるのですか？」

専門医は肩をすくめて去って行った。そして人々にこう言う。ミセス・カーテンは立派な方だ。天使の如く優しい。それにしても、と彼はつけ加える、なんという痛ましい話だろう。

「彼女の面倒を見たいと恋こがれている男の何人かはいるだろうに。いや、一ダースはいるかもな……」

時折そういうこともあった。しかし男たちのそんな想いは、尊敬の念に呑まれていくのが常だった。おかしな言い方ではあるが、今や彼女が愛を向けることができる対象は、自分一人が食べるにもやっとという中から食物を恵んでやる女乞食から、肉切台の向うから彼女にステーキ用の肉の薄切りを売ってくれる肉屋に至る、この世に生きとし生ける人々の総体に限られるようになっていた。彼女の愛に別の一面があるとしても、そのすべては、ベッドに身を横たえたまま、眉ひとつ動かさぬ彼のミイラの中に注ぎ込まれ、封じ込められてしまったようだった。夫は、まるでコンパスの針のように、光に向けて機械的に顔を動かしつつ、最後の一波が彼の魂を押しながすその時を、じっと待ちつづけていた。

十一年ののち、五月のある真夜中に、彼は息をひきとった。ライラックの香りが窓際に漂い、風が蛙や蟬の鮮かな声を運びくる夜だった。午前二時にふと目を覚ましたロクサンヌは、自分がついにこの家に一人置き去りにされてしまったことを知って、驚きの念に打たれた。

VI

夫の死後、ロクサンヌはしばしば雨ざらしのポーチの椅子に座って夕方までの時間を過した。眼前の草原はうねりつつ緩やかな傾斜をもって下り、その彼方には白と緑に彩られたマーロウの街並が見えた。この先どうやって生きていけばいいのだろう、と彼女は思う。三十六歳、美しく、強く、そして自由であった。この何年ものあいだに、ジェフリイ名義の保険はすっかり使い果たしてしまった。不本意ながらも両脇の土地を何エーカーか手放し、少額とはいえ家屋を抵当に入れて借金もした。

　夫が死んだ後、彼女はすっかり手持ち無沙汰になってしまった。毎朝、夫の身づくろいをする必要も、急いで街に買物に出る必要も奪われてしまった。せわしなくはあったが、それだけにめりはりもあった肉屋や雑貨屋での人々との束の間の手短かな語らいも、もう残されていない。一人分の食事を作るだけで用はすんだ。今では夫のための流動食に気を遣う必要もない。ある日などエネルギーを持て余したロクサンヌは、鍬を持ち出して、長い間にカチカチになってしまった庭を、隅から隅まで掘り返しさえした。

　夜になると、ロクサンヌは一人で部屋に籠った。それは彼女の新婚生活の輝かしい日々を、そしてあの辛い日々をも眺めてきた部屋だった。ジェフの面影を求め、ロクサンヌの心はかつての輝ける世界へと戻っていく。二人が互いを求め合い、睦み合っていたあの過ぎ去りし日々……。将来のことは考えたくない。この先、どのような人と巡り合うにせよ、そこにはもう手放しの気持はないだろう。彼女は何度も目覚めては寝つけぬまま、ジェフがとなりにいてくれていたなら、と思うのだった。たとえ動くことができずとも、息をするだけでもいい、生きてさえいてくれたら。だってそれはとにかくジェフなのだから。

ジェフリイが死んで、半年ばかりたったある日の午後、彼女は黒い喪服に身を包み、ポーチの椅子に腰を下ろしていた。その喪服はロクサンヌの身体から贅肉の気配すらはぎとっていた。小春日和の中、まわりはすっかり黄金色に染まっていた。静けさを破るものは、木の葉が風にそよぐ音だけだ。西の空からは、午後四時の太陽が赤と黄の筋を燃えあがる空一面にしたたらせていた。鳥たちはすでに遠い地に去っていた。ただ柱の上の軒じゃばらに巣を作った一羽の雀だけが、時折揺れる頭上の柳の枝に合わせて声色を変えながら、断続的にさえずりつづけていた。ロクサンヌは雀の姿が見えるようにと椅子の位置を変え、夕暮のふところに抱かれるように、ぼんやりとあてなく思いをめぐらせた。

ハリー・クロムウェルがシカゴからやってきて、夕食を共にすることになっていた。八年前に離婚したこともあり、ハリーはしばしばこの家を訪れた。二人のあいだには長い年月を経た一種の様式が確立されていた。ハリーが到着すると、二人でまず二階にジェフリイの様子を見に行く。そしてベッドの端に腰をかけ、元気のいい声でこう訊ねる。

「やあ、ジェフ。具合はどうだね？」

ロクサンヌはその間、旧友を前にした夫の心に何かの反応が現われぬものかと一縷の望みを抱きつつ、目を皿のようにするのである。しかしその青白い、皺の刻み込まれた顔には何の動きもない。閉ざされた目が、あたかも失われてしまった光明の代わりを求めるように、光に向けて相も変らぬ緩慢な動きを見せるだけだった。

訪問は八年に及んだ。復活祭、クリスマス、感謝祭、そして折々の日曜日。ハリーはやってきてはジェフに話しかけ、その後はポーチの椅子でロクサンヌと話し込んだ。ハリーは彼女に思慕の情を抱いてはいたが、そんな気持を隠すわけでもなく、かといって二人の関係を深めようとするわけでもなかった。ロクサンヌは彼にとってはいちばんの友人だった。ちょうどあのベッドに横たわる肉の塊りが、かつては最良の友人であったように。彼女こそがハリーの平穏であり、安らぎであり、過ぎ去りし日々であった。彼の心の傷を知るものも、また彼女一人である。

ハリーは葬儀にこそ出たものの、そのあと東部に転勤になったため、シカゴ近辺に来るのも、商用があるときに限られるようになった。ロクサンヌは、いらっしゃれるものでしたら足をのばして下さい、と手紙を書いた。ハリーは市内に一泊した後、電車でやってきた。

二人は握手をし、彼は揺り椅子を並べるのを手伝った。

「ジョージはいかが?」

「元気だよ、ロクサンヌ。学校が気に入ったようだ」

「やはり手もとには置けなかったのね」

「それはやはり――」

「お淋しいでしょう、ハリー？」

「うん。やはり淋しい。なかなか愉快な子供でね――」

ハリーがしゃべりつづける子供の話にロクサンヌは楽し気に耳を傾けた。次の休暇には是非ジョージと一緒に来て下さらない。だってジョージちゃんには一度しか会ったことがないんですもの。……ああ、あの汚れたロンパースを着た坊や。

ロクサンヌが夕食の準備をするあいだ、ハリーはポーチで新聞を読んでいた。骨付き肉が四本に、庭でとれた遅蒔きの野菜という献立だ。テーブルの上にそれを並べると、彼女はハリーを呼び、二人で腰を下ろして子供の話を続けた。

「私にもし子供がいたら――」とロクサンヌは言うのだった。

食後に庭を散歩しながら、ハリーは彼女に小口の投資についての忠告をした。二人はあちこちで歩みを止めては、そういえばこれは昔はセメントのベンチだったねとか、ここは以前テニス・コートだったわ、などと言い合った。

「ねえ、覚えている――」

そして二人は思い出の洪水の中に浸った。ほらみんなで写真を撮りまくったあの日、ジェフが仔牛にまたがってポーズをとったでしょう。君とジェフリイが草原に寝転んで頬を寄せ合っているところをスケッチしたりもしたね。ジェフが雨の日にも往き来できるように、母屋と別棟の仕事場とのあいだに屋根付きの廊下を作るつもりで、工事にもかかっていたんだけれど……。結局、今残っているのは、あの母屋にくっついたニワトリ籠みたいな三角の枠だけよ。

「ああ、それにあのはっか入りの砂糖水（ジュレップ）」

「それから、ほら、あのジェフの手帳！　覚えてらっしゃる？　あそこに書いてあった小説のための覚え書きを、よくポケットからこっそり抜いては声を出して読みあげたものだわ。ジェフったら気でも狂ったように怒ったじゃない」

「まったくね。奴は小説に関しては子供そのままだった」

一瞬二人は黙り込む。口を開いたのはハリーだった。

「僕たち夫婦もここに土地を持つつもりだったのを覚えてる？　隣りに二十エーカーばかり土地を買って、盛大なパーティーを開こうって話もあったね」

再び沈黙が下りる。その沈黙を破ったのは、今回はロクサンヌの小さな声だった。

「キティーは今どうしているかご存じ？」

「ああ――うん」とハリーは穏かに認めた。「今はシアトルにいる。ホートンっていう木材王だかなんだかと再婚してね。彼女よりは相当年上らしいね」

「うまくやってらっしゃるのかしら？」

「噂ではね。好きなだけ物は買えるわけだし、仕事といっても、夕食時に御亭主のために着飾るくらいだから」

「なるほど」

ハリーはあっさりと話題を変えた。

「ずっとここにいるつもり？」

「そのつもりなの」とロクサンヌは言って頷いた。「ずいぶん長くここに住んだせいか、動くのも億劫になってしまって……。看護婦になることも考えてはみたんだけど、そうなるとここを離れなくちゃならないし、下宿屋にでもしようかと思っているところなの」

「部屋を間借りするわけ？」

「いいえ、経営するの。下宿屋の女主人（おかみ）になるってそんなに変かしら？　でもとにかく、黒人のメイドを一人雇えば、夏には八人くらい泊められるし、冬場でもうまくいけば二、三人なら客を集められるかもしれないわ。もちろんペンキも塗り替えなくちゃならないし、中も改装することになるとは思うんだけど」

ハリーは考え込んだ。

「ねえ、ロクサンヌ、よくよく考えた末のことだとは思うんだけど、僕にはいささかショックだね。かつて、君はこの家の花嫁だったんだ」

「というか」と彼女は答える。「だからこそ私はこの家に留まりたいのよ。たとえ下宿屋の女主人（おかみ）としてであってもね」

「そういえばパン焼き皿いっぱいにビスケットを焼いたことがあったね」

「そうそう、ビスケット」と彼女は声を上げた。「あなたがあれをみんな食べたことも聞いたわ。となると、きっとそれほどまずくはなかったのね。あの夜はひどく参っていたんだけど、看護婦さんからビスケットの話を聞かされた時は思わず笑ってしまったわ」

「さっき見た時、図書室の壁には釘穴が十二個、ジェフが打ちつけたそのままにまだ並んでいたな」

「ええ」

日はとっぷりと暮れ、凜とした冷気が辺りに漂い始めていた。ささやかな一陣の風が最後の枯葉をさらって行く。ロクサンヌは微かに身震いした。「中に入りましょう」

ハリーは時計を見る。

「いや、すっかり遅くなった。そろそろおいとましなくては。明日には東部に帰ることになっているので」

「どうしても？」

二人はポーチの階段下でしばしたたずみ、遠い湖の上あたりに昇り始めた、雪が積もったみたいに真っ白な月を眺めた。夏は遠く過ぎ去り、今は冬を前にした小春日和。夜に入って芝生は冷えびえとして、そこには潤いもなく、露もおりない。ハリーが去ったら、ロクサンヌは家に入ってガスの火を点け、鎧戸をおろすだろう。ハリーは村に向う小径をたどって行くだろう。この二人の前を、人生はあまりに速く通り過ぎていった。しかしそれが残していったものは苦い思いではなく、悲しみを見つめる心だった。幻滅ではなく、痛みだけだ。二人が互いの目の中に浮かんだいたわりを認め合いながら別れの握手を交わす時、月は既に明るくあたりを照らしていた。

氷の宮殿

The Ice Palace

I

絵壺を彩る金色の絵の具のように、太陽の光が家屋の上にしたたり落ちていた。ところどころに揺らめく影も、降り注ぐ光の強烈さをかえって際立たせているだけだ。バタワース家やラーキン家がこんもり茂った大樹の影に側面をしっかり防御されているのに比べ、このハッパー家だけは真正直に太陽の光を浴び、おまけに家の正面は砂ぼこりの立つ未舗装道路になっているものだから、なんだかあきらめきったような印象を見るものに与えている。ここはジョージア州最南端、タールトン市。九月の昼下がりである。

二階のベッドルームの窓ではサリー・キャロル・ハッパーがその十九歳の若々しい顎を当年とって五十二歳になる古い窓枠に載せ、クラーク・ダロウの骨董品に近いフォードが角を曲ってやってくるのを眺めていた。車は焼けるように熱かった。部分的に金属が使われており、吸い込まれたり放出されたりした熱がそっくりそこに貯めこまれてしまったからだ。クラーク・ダロウはげんなりした顔つきでしゃちほこばってハンドルを握っていた。

自らが自動車の（それも今にも壊れそうな）部品になり果てたような様子だった。彼がやっとの思いで二本の轍（わだち）を越えると、四つの車輪は憤慨したようにきしんだ音を立てた。そして彼はすさまじい表情でぐいとハンドルを切り、自分の体ごと車をハッパー家のほぼ正面に横づけにした。物悲しい呻きがあり、末期のがたつきがあり、そのあとに短かい沈黙があった。それから口笛の音が大気を切り裂く。

サリー・キャロルは眠たそうに下を見やった。欠伸をしかけたが、顎を窓枠に載せたまま欠伸をするのは不可能だと悟ると、それを噛み殺し、口をつぐんで車を眺めつづけた。車の主はいささかとってつけたような晴れやかさを顔に浮かべて、合図への返事をじっと待っていた。少し間をおいて砂塵漂う大気の中に再び口笛が響きわたる。

「おはよう」

クラークは長身を苦労してねじ曲げ、しかめつらを二階の窓に向けた。

「朝はもう終ったぜ、サリー・キャロル」

「あら、そうなの？」

「何してるんだい？」

「りんご、食べてるの」

「どうだい、泳ぎに行かないか」

「行ってもいいけどさ」

「じゃあ急げよ」

「わかったわ」

彼女は深いため息をつき、いかにもおっくうそうに床から立ち上がった。さっきからずっとそこに座りこんで、青りんごを齧ったり妹のためにペーパードールの色を塗ってやったり、それを交互に繰り返していたのである。鏡の前に立ち、心地良いけだるさを楽しむようにしばらく顔を見つめてから、口紅を唇の二ヵ所にとんとんと軽くつけ、パウダーをおしるしほど鼻につけ、とうもろこし色の断髪の上に、バラ色の模様をちらした日除け帽をかぶった。そこで足もとの絵の具用の水差しを蹴とばしてしまう。チェッ、でもそのままにして、部屋を出る。

一分ばかりあとに、彼女は車上にするりと滑り込んでいた。「お元気、クラーク？」

「御機嫌だよ、サリー・キャロル」

「何処に泳ぎに行くの」

「ウォリーのプールさ。マリリンの家に寄って、マリリンとジョー・ユーイングを途中で拾うことになってるんだ」

クラークは浅黒くやせた男で、歩く折りにはいくぶん猫背になる。目つきは暗く、むずかしい顔をしているが、にっこり微笑むと別人のような明るい顔に変った。クラークにはいわゆる「不労所得」があった。気持良く暮せて車のガソリンを切らせない程度のものである。ジョージア工科大学を卒業したあと彼は故郷の街に戻り、のんびりとした通りのあちこちで何をするともなく暇を潰し、どうすればてっとりばやく財産を作れるかを議論しながら二年間を送ってきた。

ぶらぶらと時を過ごすことにとくに苦痛は感じなかった。幼なじみの女の子たちはみんな綺麗な娘に成長していたし（なかでもサリー・キャロルがいちばんだ）、彼女たちと泳いだり、ダンスをしたり、花の匂いがあふれる夏の夜にいちゃついたりしているうちに、時は流れていった。クラークは彼女たちの大のお気に入りだった。もし女の子たちが鼻についてきたとしても、若さをもてあましている仲間の男たちは何人かいて、ゴルフやビリヤードをやらないかとか、「黄色くてキツいやつ（ハード・イエラ・リカー）」をいっぱいやろうぜといった誘いに彼らは喜んでついてきた。ニューヨークやフィラデルフィアやピッツバーグに出て身を立てようと、街に別れを告げる同世代の青年たちもいないわけではなかったが、おおかたは美しい空や、蛍のとびかう夜や、にぎやかな黒人街のバザーや、とりわけ娘たち——金の匂いではなく、古い思い出の香りに包まれて育ってきた声音の優しい娘たち——に彩られたこの物憂げな楽園に留まりつづけることになった。

フォードはようやく息を吹きかえしたように、せわしなく腹立たしげな音を立てて動き出し、クラークとサリー・キャロルはヴァリー街をジェファソン通りに向けてカタカタと進んだ。砂塵舞う田舎道はそこで終り、舗装道路が始まる。麻酔でも打たれたようにしんとして、半ダースばかりの豪邸の建ち並ぶミリセント・プレイスを抜け、ダウン・タウンへと入っていく。買物時間にぶつかったおかげで、車を運転するのは危険な作業になる。人々は信号を無視して悠々と通りを横切るし、のんびりした路面電車の正面では低い声で鳴く牛の群を牛追いが急（せ）かせているというありさまだ。商店さえもがしばしの昏睡（コーマ）に陥る寸前のひとときとでもいった風情で、ドアは欠伸をし、窓は陽光の下で眠た気に目をしきりにしばたたかせていた。

「ねえ、サリー・キャロル」とクラークが突然口を開いた。「婚約したって本当かい？」

サリー・キャロルはさっと彼の顔を見た。

「そんなこと何処で聞き込んできたの？」

「本当に婚約したのかい」

「質問にちゃんと答えて」

「ある娘（こ）から聞いたのさ。お前さんがこの前の夏にアッシュヴィルで知り合った北部もの（ヤンキー）と婚約したってね」

サリー・キャロルはため息をついた。

「こんな噂好きの街は見たことがないわ」

「北部もの（ヤンキー）となんて結婚するなよ、サリー・キャロル。ずっとここに居てくれよ」

サリー・キャロルは一瞬黙り込んだ。

「クラーク」と彼女は突然口を開いて返答を求めた。「じゃあ私はいったい誰と結婚すればいいっていうの」

「僕とじゃどうだい」

「あなたは奥さんを養ってはいけないわ」彼女は冗談めかしてそう言う。「それに今更あなたに恋するにはあなたのことを知りすぎてるもの」

「だからといって北部もの（ヤンキー）と一緒になることもなかろうよ」と彼は言い張る。

「相手の人を愛しているとしても？」

男は首を振った。

「無理だろうね。われわれとはあらゆる点で人種がまるで違うんだ。隅から隅までね」

そう言うとクラークは口をつぐみ、とりとめのないかたちをした荒れた家屋の前に車をつけた。マリリン・ウェイドとジョー・ユーイングが戸口に現われた。

「やあ、サリー・キャロル」

「こんちは」

「二人とも元気？」

「ねえ、サリー・キャロル」再び車が動き出すとすぐにマリリンが口を開いた。「婚約したんだって」

「どうしてこうなっちゃったの？　この街では男の人にちょっと目を向けただけで、婚約したってことになってしまうんだから」

クラークは体をまっすぐにして、カタカタ鳴りつづけるフロント・グラスをじっと睨んでいた。

「サリー・キャロル」と彼は真顔で訊ねた。「君は俺たちが嫌なのかい？」

「何ですって？」

「この街にいる俺たちをさ」

「よしてよ、クラーク。私、あなたたちみんなのことをとても好きよ」

「じゃあ、なぜ北部もの(ヤンキー)となんて婚約するんだ」

「それはわからないのよ、クラーク。この先どうなるかなんて私にもわかんない。でもね、私はいろんな土地に行きたいし、いろんな人にも会いたいの。精神的な成長だってしたい。ものごとが大きく動いていくような場所に住んでみたいの」

「もう少し具体的に言ってもらえないかな」

「クラーク、あなたのことを好きよ。ジョー、あなたのことだって、ベン・アロットだってみんな大好き。でもね、あなたたちはみんなつまり……」

「行きつく先はみんな落伍者ってわけかい？」

「そう。だけど私はお金持になるかどうかってことだけを問題にしてるわけじゃないの。私が嫌なのは……なんというか、無力感。それに物悲しさ。どう言えばわかってもらえるのかしら？」

「このタールトンの街に居る限りはってことかい？」

「そのとおりよ、クラーク。それにあなたはこの街が好きだし、変化だって求めちゃいない。ものを考えようとしないし、先に進もうともしない。そうでしょ？」

彼は頷いた。サリー・キャロルは手を伸ばして、そっと彼の手に重ねた。

「クラーク」と彼女は優しく言った。「あなたは何ものにもかえがたい人よ。今のままのあなたが素敵なの。あなたを駄目にしていくあなたの中の何かが、私はいつまでも好きよ。過去の中に生きつづけるところ、夜も昼もだらだらしているところ、それに無頓着さや鷹揚なところ、そういうものがね」

「でも君は行っちまうんだろう」

「ええ、どうしてもあなたと結婚することはできないんだもの。私の心の中にはあなたのためだけの場所があるし、他の誰もあなたのかわりをつとめることなんてできない。でもね、この街に縛りつけられることに私は我慢できないの。きっと自分が無駄にすり減っていくような気がしちゃうと思うの。私の中には二人の私が棲んでいるの。一人はあなたの好きなものぐさでけだるい私。だけどそれとは別に私の中には一種のエネルギーのようなものがあって、それが私を冒険へと駆りたてるの。そしてそちらの方の私が役立てるような場所がこの世界のどこかにあるかもしれない、そういう気がするの。もし私が年を取って綺麗じゃなくなったとしても、エネルギッシュな方の私はずっとそのままじゃないかしら」

彼女は生来の唐突さで突然話を打ち切り、ほっとため息をついた。

「ああ、気持良い！」

彼女は半ば目を閉じ、頭を傾けてシートの背もたれに休ませながら、心地良い風をまぶたに受け、ふわふわとした断髪の巻き毛をなびかせた。車は田舎道に入り、もつれた枝ぶりの鮮かな緑の低木や下草のあいだを、葉を繁らせた枝をはりだし、路面に好意に満ちた涼し気な影を落とす高い木々のあいだを素速く抜けていった。道のあちこちには黒人の住む崩れかけた小屋があった。白髪の老人はドアの脇でコーン・パイプをくゆらせ、五、六人の裸同然の子供たちは、玄関前に伸び放題に茂った草むらの中で、ぼろぼろになった人形を並べて遊んでいた。その彼方に遥かに広がるとうもろこし畑では、働く人々の姿さえもが太陽がこの地に貸し与えた不確かな影のように見える。彼らは労働するというより、光輝く九月の畑で古来の風習にのんびりと身を任せているかのようであった。そんな眠た気な一幅の絵の如き風景の中に、木々や小屋や濁った川の上に、熱気が流れていた。しかしそれは決して敵対的な熱さではなかった。幼な児たる大地に含ませる母親の巨大な乳房のように、偉大にして滋養に満ちた温かさであった。

「サリー・キャロル、ほら、ついたぜ」

「赤ちゃんみたいに寝ちゃってるわよ」

「おいおい、のんびりしすぎて死んじゃったのかい」

サリー・キャロルは眠た気に目を開けた。冷たい水に飛び込めるんだぜ」

「やあ(ハーイ)」と彼女は微笑みながら呟いた。

II

十一月、ハリー・ベラミーが北部の都市からやってきた。四日間の滞在である。すらりと背が高くて肩幅の広い、きびきびとしたその青年の目的は、夏の盛りにノース・カロライナ州アッシュヴィルで二人が出会って以来くすぶっていた問題に区切りをつけることにあったのだが、静かな午後と夕暮の一刻(ひととき)を、燃えさかる暖炉の前で語り合うだけで話は決まった。ハリー・ベラミーは彼女の求めるものの全てを備えていたし、いずれにせよ彼女はハリーを愛していたのだ。彼女は誰かを愛するために大事にとっておいた部分で彼を愛した。サリー・キャロルには、かなりはっきりと区切られたいくつかの部分があった。滞在の最後の日の午後、二人は肩を並べて散歩をした。彼女の足は知らず知らずにお気に入りの場所のひとつ、共同墓地へと向っていた。遠くから見る墓地は傾きかけた快活な太陽の下で、灰色がかった白と金色のまじった緑に彩られていた。サリー・キャロルは鉄扉の前で決めかねたように立ち止まった。

「あなたってげんをかつぐ性格？」

「げんをかつぐ？　いや、そんなことはない」

「じゃあ中に入りましょう。墓地へ来ると気がふさぐって人もいるけど、私は大好きよ」

二人は門をくぐり、小径を歩んだ。小径の両脇にはまるで波打つ谷のように墓がどこまでも連なっている。一八五〇年代の墓は土ぼこりで灰色になり、黴もはえていた。七〇年代の墓石には花や壺の風変りな装飾が刻み込まれ、九〇年代のものはぞっとするくらいゴテゴテと飾りたてられている。丸々とした小天使の像は石を枕に限りのない眠りを貪り、花崗岩で作られた名もなき花は、信じられぬような花弁を空に向けて広げている。供えものの花を手に墓前にひざまずいている人の姿も時折見うけられたが、ほとんどの墓を覆っているのは沈黙と献花のしおれた葉のみである。古い記憶が人の心に呼び起こす微かな芳香のほかに、そこには何もなかった。

二人はひとつの丘にのぼり、背の高い円形の墓標の前に立った。墓標には黒く湿ったしみがつき、蔦がその表面の半分以上を覆っていた。

「マージェリー・リー」と彼女は声に出して読んだ。「一八四四―一八七三。ねえ素敵じゃない？　彼女は二十九で死んだのよ。いとしいマージェリー・リー」と彼女はそっとつけ加えた。「ねえ、ハリー、彼女の姿が想像できて？」

「できるとも、サリー・キャロル」

彼は小さな手が自分の手の中に入ってくるのを感じた。

「彼女はきっと黒髪だったわね。その髪にはいつもリボンをつけて、淡い青（アリス・ブルー）と灰薔薇色（オールド・ローズ）のきらびやかなフープスカートをはいていたはず」

「そうだね」

「それは素敵な人だったのよ、ハリー！　太い柱のある広いポーチに立って、お客様を温かく迎えるような人。沢山の男たちが彼女のもとに還（かえ）ることだけを考えて出征していったんじゃないかしら。でもおそらく誰ひとりとして還ってはこなかった」

彼は墓標に身をかがめて、結婚についての記述はないかと調べてみた。

「ここには何も書いていないな」

「そりゃあそうよ。『マージェリー・リー』という名前と、雄弁な日づけ。その他に何が必要だっていうの？」

彼女はそう言うと、ハリーの脇に寄り添った。その黄色い髪が頬に触れた時、一瞬ハリーの胸に熱いものがこみあげてきた。

「どうハリー、彼女の姿が見えるでしょう？」

「見えるよ」と彼は優しく同意した。「君の素敵な瞳の奥に彼女の姿が見える。今の君はとても綺麗だもの、彼女だってやはり綺麗な人だったに違いないね」

二人は何も言わずに肩を寄せ合った。彼女の肩の微かな震えをハリーは感じる。ゆるやかな風が丘の斜面を上り、彼女の帽子のひらひらした縁を揺らせた。

「あちらに行きましょう」

彼女は丘の向う側に広がる平地を指さした。そこには緑の芝生とともにくすんだ白塗りの十字架が、一個師団の叉銃のように整然と見渡す限り続いていた。

「南軍兵士のお墓よ」サリー・キャロルは素気なく言った。

二人は列に沿って歩きながら碑文を読んでいった。どの墓標にも姓名と生没年しか記されてはいない。ほとんど判読不能なものもあった。

「いちばん悲しいのは最後の列よ――ほら、あそこ。どの十字架に刻まれているのも没年と『無名戦士（アンノウン）』ということばだけ」

ハリーを見る彼女の目には涙が滲んでいた。

「私には何もかもがひしひしと感じられるの。わかっていただけるかしら？」

「君は美しい心を持った人だね」

「そうじゃない。私ではなく、美しいのは彼らの方。私が自分の中に根づかせようとしてきたあの古い時代の方よ。あそこに眠っているのは『無名戦士（アンノウン）』という名のもとに葬られた、まさに名前を持たない、重要とは言えない人々。でも彼らはみんなこの世で最も美しいもののために……死せる南部のために戦ったのよ」語りつづける彼女の声はかすれ、瞳には涙が光った。「人々はいろんなものにそのような夢を托しているし、私もまたそんな夢とともに育ってきたのよ。それはとても良い心持ちだった。だってとっくに滅びてしまった夢だし、だから幻滅しようもないんだもの。私はいわば貴族階級の過去の生き方をなぞろうと努めてきたの。まだここにはそんな名残りが少しはあるのよ。荒れ果てていく広い庭に咲いた薔薇の花のようにね。今でもそんな時代遅れの高雅さや騎士道精神を身につけている男の子たちも少しはいるし、隣りに住んでいた旧南軍の軍人や、黒人の年寄りたちから、子供のころそうした話をさんざん聞かされたわ。ああハリー、ここには何かが、何かがあったのよ！　あなたにはうまく理解してもらえないかもしれないけれど、ここには確かに何かがあったのよ」

「それはわかっているよ」ハリーは彼女を支持するように言った。

サリー・キャロルは微笑み、彼の胸ポケットからのぞいていたハンカチーフの先で涙を拭いた。

「気にしないでね。泣いたとしても、私はここに居るのが好きだし、それなりに力づけられもするのよ」

二人は手を取り合ってゆっくりと道をひき返した。柔かな草の茂った場所を見つけると彼女はハリーの手を引いて並んで腰を下ろし、崩れかけた低い壁に背中をもたせかけた。

「あの三人のおばあさんたちがどこかに行っちゃってくれればいいんだけれど」と彼は不服げに言った。「キスしたいんだ、サリー・キャロル」

「私もよ」

墓前にかがみこんでいた三つの人影が遠ざかるのを最後まで見届けてから、二人は唇を寄せ合った。彼女の目の中でやがて空がぼんやりとかすみ、永遠という一刻の中に微笑みも涙も吸い込まれて消えていった。

その少しあと、たそがれが昼の最後の光を相手に、眠た気な白と黒のチェッカー・ゲームを地面にくり広げている街角を、二人はのんびりと家まで歩いた。

「一月の中頃にはうちにおいで」と彼は言った。「そして少くともひと月くらいは滞在してほしいな。きっと素晴しい旅になるよ。ちょうどウィンター・カーニヴァルが催されるんだ。本当の雪を見たことがないんだとしたら、お伽の国に紛れ込んだような気がするはずだよ。スケートやスキー、トボガン、橇遊び。かんじき（スノー・シューズ）を履いて参加する松明行列。何年振りかの催しだから、きっと盛大なものになるよ」

「ねえハリー、私凍えちゃうんじゃないかしら？」彼女は突然そう訊ねた。

「大丈夫さ。鼻がひやっとするくらいだ。すぐに慣れる。じめじめしたところのないキリッとした寒さだからね」

「私は自分が夏の申し子（サマー・チャイルド）のような気がするのよ。寒さが好きになったことなんて一度もなかったもの」

彼女がそう言ったあと、二人のあいだに短い沈黙が下りた。

「サリー・キャロル」彼はゆっくりとそう言った。「日取りはどう――三月で」

「あなたを愛している、というのが私の返事」

「三月でいいんだね」

「三月でいいわ、ハリー」

Ⅲ

寝台車（プルマン）はひと晩じゅうひどく冷えた。彼女はベルを鳴らしてポーターを呼び、毛布をもう一枚頼んではみたが、予備の毛布は無かった。しかたなく寝台の隅に身を縮め、上掛けを二つ折りにしてみたものの、効果はなかった。晴れやかな顔で朝を迎えるために、数時間でも眠っておきたかったのだけれど。

朝の六時にベッドから出ると、ぎこちなく服の中に身体を押し込み、コーヒーを飲もうとよろけながら食堂車まで歩いた。連結部に吹き込んだ雪が床に凍りついて、足がつるつると滑る。寒さはいたるところにこっそりしのび込んでいた。吐く息はくっきりと白く、彼女は宙にむけて息を吐いては子供のように楽しんだ。食堂車に腰を下ろし、窓の外の風景を眺める。純白の丘、純白の谷、まばらに茂る松の枝のひとつひとつが、冷ややかな雪の御馳走を盛りつける緑の皿に見える。人里離れて建った農家が時折目についた。白い荒野の中の農家は、醜くうらぶれて孤独だった。それらが背後に飛び去っていくのを目にするたびに彼女は、中に閉じ込められて春の到来を待つ人々に思いを馳せ、寒気を伴う同情をふと覚えた。

食堂車を出て車両の揺れによろめきつつ寝台車（プルマン）に戻ると、身のうちに突然湧きおこる活力を感じた。これがハリーの言っていた張りつめた大気というものなのかしら、と彼女は思った。これが北の土地なんだ。北部——私の新しい土地！

吹けよ風、ハイホー
彷徨（さすら）いゆく、この私

彼女は晴れ晴れとした気分でそう口ずさんでみた。

「何かおっしゃいました？」とポーターが丁重に訊ねる。

「私を吹き飛ばして、と言ったのよ」

蜒々（えんえん）と続く電信線の数が二倍になり、線路に沿って走っていた二本の線路が三本になり、四本になった。屋根に白い雪をかぶった人家も連なるようになり、窓を霜で曇らせたトロリー・カーの姿も見え始めた。通りの数も増えていく。都市（まち）だ。

毛皮に包まれた三つの人影が彼女の方にやってくるまで、彼女は凍てついたプラットフォームに少しのあいだぼんやりとつっ立っていた。

「あそこにいるわ！」

「やあ、サリー・キャロル！」

サリー・キャロルは足元に鞄を落とした。

「こんちは（ハーイ）」

かすかに見覚えのある顔が彼女に口づけした。氷のように冷たい。つづいて口からもくもくと大きな雲を吐き出すように見える一群が彼女を取り囲んだ。そして握手が続く。まずゴードン、小柄だが精力的な三十歳の男で、素人がこしらえたハリーの粗雑な原型みたいに見える。その妻のマイラは物憂げな感じのする女で、毛皮の自動車帽（オートモビール・キャップ）の下から亜麻色の髪をのぞかせている。北欧系の人かな、サリー・キャロルは一目見た時にぼんやりそう思った。快活な運転手が彼女の鞄を持ち、切れ切れな文句や感嘆のことばや、マイラの物憂げな「あなた（マイ・ディア）」が跳弾のように飛び交う中を、一行は互いにせきたてるようにプラットフォームを抜けていった。

一行の乗ったセダンは曲りくねった通りから通りへと走りつづけた。雪に覆われた路上ではたくさんの小さな男の子たちが、食料品店の荷馬車や自動車の後に繋いだ橇に乗って遊んでいた。

「まあ」とサリー・キャロルは声を上げた。「私もあれがやってみたいわ、ハリー。ねえ、いいでしょ？」

「あれは子供の遊びさ。それよりも――」

「とても楽しそうなのに」と残念そうに彼女は言った。ベラミー邸は白い雪のふところに建ったとりとめのない形の木造家屋だった。灰色の髪の大柄な男（感じの良い人だ、と彼女は思う）と、卵のような婦人が彼女を迎えた。ハリーの両親である。母親はサリー・キャロルにキスをした。そしてみんながてんでんばらばらに半端なことをしゃべったり、熱い湯が出たり、ベーコン・エッグが出てきたり、何やかやわけのわからぬままに混乱の一時間が過ぎていった。書斎でやっと二人きりになれた時、煙草を吸ってもかまわないかしら、と彼女はハリーに訊ねた。

書斎は広く、暖炉の上には聖母の絵がかかっている。そして濃淡の金色やつやのある赤の表紙で装丁された本が何列もぎっしりと並んでいた。それぞれの椅子の頭をもたせかけるところにはレース編みの布がつけられているし、ソファーの座り心地も悪くはない。本も（少なくともあるものは）実際に手にとられたようだ。サリー・キャロルはふと自分の家の古くてみすぼらしい書斎を思った。父親の厚い医学書、三人の大伯父たちの油絵の肖像画、四十五年間もなおしなおし使われてきたのにいまだにほんのりとした気分にさせてくれる寝椅子。それに比べてベラミー家の書斎はとくに魅力的なものでもないし、とくにうんざりするものでもない。結局のところそれは、しかるべく金をかけて調度がひととおり誂えられ、せいぜい十五年ばかり使い込まれた普通どおりの部屋にすぎなかった。

「どうだい、ここの感想は？」ハリーはせっつくようにそう訊ねた。「びっくりした？　それとも期待どおりのものだった？」

「私が期待してたのはあなたよ、ハリー」彼女はそっとそう言って彼の方に両腕をさしのべた。

しかし短い口づけのあとで、ハリーはなんとか彼女の口から感動のことばを引き出そうとした。

「僕の言ってるのはこの街のことさ。気に入ってくれた？　ここの空気にはピリッとしたものがあるだろう、どうだい？」

「まあ待ってよ、ハリー」彼女はそう言って笑った。「もう少し時間を下さらなくちゃ。あなたったら質問攻めなんですもの」

そう言うと、彼女は満足げなため息とともに煙草の煙を吐き出した。

「ひとつだけ君にお願いがあるんだ」と彼はなんとなく弁解がましく切り出した。「つまりね、君たち南部人は家柄みたいなことを重視する。……もちろんそれがいけないってわけじゃない。ただここでは少し事情が違うんだ。だからね、サリー・キャロル、最初のうち君の目にはいろんなものごとがいささか粗野に映ることだろう。しかしわかってもらいたいのは、この街はまだ創設以来三代しか経ていないっていう事実なんだ。人々はみんな父親の代からここに住んではいるけれど、祖父の代からとなると半分くらいのものだ。それより先に遡ることはできない」

「そりゃそうね」と彼女は口ごもった。

「僕らの祖父がこの街を築いたわけだが、そんな開拓の時代には多くの人たちがそれほど上等とは言えない仕事に携わらなくちゃならなかった。例えばこの街で現在模範的な住民のような役割を演じている女性がいるんだけれど、彼女の父親はこの街最初の公設ごみ清掃人だった。……というようなことさ」

「あら」とサリー・キャロルは面喰って言った。「私がみんなについて何か批判がましいことを口にするんじゃないかって心配しているわけ？」

「そうじゃないよ」とハリーは慌てて言った。「誰かの弁護をしているわけでもない。ただ、その、去年の夏に南部から一人の娘さんがこの街にやってきてね、少々具合の悪いことを口にしたというわけさ。それで……まあ、ひとこと断わっておいた方がいいんじゃないかと思って」

サリー・キャロルは突然身のうちに怒りがこみあげてくるのを感じた。いわれのない理由で折檻を受けたような気持だった。しかしハリーの方はこの話はこれでもう終ったといわんばかりに熱っぽく別の話を始めていた。

「ちょうどカーニヴァルの時期なんだ。なにしろ十年振りのことだからね。今作りかけの氷の宮殿だって一八八五年以来のものなんだよ。手に入れられる限りのいちばん透明な氷を集めて作るんだけど、これが実に大がかりなんだ」

彼女は立ち上がって窓際に寄ると、重いトルコ・カーテンを押し開くようにして外を眺めた。

「あら」と彼女は突然叫んだ、「子供が二人で雪だるまを作っているわ！ ねえハリー、出てって手伝っちゃいけない？」

「嘘だろう！ こちらにきてキスでもしてくれよ」

彼女は気のりせぬまま窓際を離れた。

「ここの気候はあまり魅力的とは言えないようね。だからみんなのんびりしようという気が起きないのかしら？」

「そのようだね。君がここに滞在する最初の一週間だけ休暇を取った。今夜だってディナー・ダンスの集まりがある」

「ねえ、ハリー」彼女は打ちあけるようにそう言うと、半分は彼の膝の上に、半分はピローの上にいきおいよく腰を下ろした。「私、何がなんだか皆目わからないの。そんなパーティーが好きになれるかどうかだってよくわからない。私にいったいどんなことが求められているのかも。ねえ、どうすればいいのかしら？」

「教えてあげるよ」彼は優しくそう言った。「ここに来られて嬉しいって、君がひとこと言ってくれさえすればね」

「嬉しいなんてものじゃないわ」彼女はなまめかしく彼の腕の中に身体をすべり込ませながらそう囁いた。「あなたと一緒にいられるところが私の故郷よ、ハリー」

彼女はそう口にしながら、自分が演技をしていることにふと思いあたった。それは生まれてからほとんど味わったことのない感情だった。

その夜のロウソクの光きらめくディナー・パーティーでも、ハリーが左隣りにいたにもかかわらず、彼女はいっこうに寛げなかった。そこでは男たちがほとんど会話を独占し、女たちは高価な衣裳に身を包んで、つんと澄まして座っているだけだった。

「どうだい、整った顔立ちの人たちだろう？」と彼は押しつけがましく言った。「ちょっと見まわしてごらん。あれがスパッド・ハバード、去年のプリンストンのタックルさ。それにジュニー・モートン、彼とその隣りの赤毛の男はどちらもイェールのホッケー・チームのキャプテンをやっていた。僕もジュニーとは同じクラスだったんだ。いいかい、世界でも指折りのスポーツマンがこの近辺の州から生まれるんだよ、ここはまさに男たちの場所なんだ。ほら、ジョン・J・フィシュバーンがいる」

「何をする人なの？」サリー・キャロルは無邪気に質問した。

「知らないのかい？」

「名前は聞いたことあるけど」

「北西部一の小麦王でね、全国有数の金融業者でもある」

右手から誰かに話しかけられたので、彼女はさっとそちらを向いた。

「みんなは私たちの紹介を忘れてしまったらしいね。私はロジャー・パットン」

「サリー・キャロル・ハッパーです」彼女は上品にそう言った。

「知っているよ。あなたが来ることはハリーから聞いていたから」

「ハリーの御親戚の方ですか？」

「いや、教授だよ」

「あら」と言って彼女は笑った。

「大学のね。ところで南部から来たそうだね」

「ええ、ジョージア州タールトンです」

この人物には一目で好意を抱くことができた。赤茶色の口髭と淡いブルーの瞳。その瞳の奥に、彼女はここにいる他の人々には見られなかったものを認めることができた。それは受容するあたたかみのようなものだった。食事の席で二言三言ことばを交わしたあとで、この人とまたゆっくり話し合ってみなくちゃ、と彼女は思った。

コーヒーが下げられると、彼女は数多くのハンサムな青年たちに紹介された。彼らの踊り方には一分のすきもなく、話といえばハリーのことばかりだった。まるで彼女がハリー以外の話題には興味など持たないだろうと頭から決めてかかっているかのようである。「やれやれ」と彼女は思った。「私が婚約しているというだけでもうおばさん扱いなんだから。余計なことを言ったらお母さんに言いつけられるとでもこの人たちは思ってるのかしら」

南部では婚約中の娘でも、いや若い人妻だって、社交界入りしたばかりの娘と同じくらい男からちやほやされたり、ちょっかいを出されたりする。しかしこの土地ではそういった行為は禁じられているようだった。一人の若者はサリー・キャロルの瞳を賞め、僕はあなたがこの部屋に入ってきて以来ずっとあなたの瞳に首ったけなんですよ、となかなか調子よく切り出してきたのだが、彼女がベラミー家の客であり、しかもハリーの婚約者であると聞かされた時には動転してしまったようだった。彼は何かきわどい、申し開きのできぬ無礼を働いてしまったといった様子で急にしゃちほこばり、頃合を見はからってあたふたとどこかに行ってしまった。

そんなわけでロジャー・パットンが割り込むようにやってきて、二人であっちに行って少し話でもしようと言った時には彼女は内心ホッとしたものだった。

「さてさて」と彼は楽し気に目をしばたたかせながら彼女に質問した。「南部美人（カルメン）の御機嫌はいかがかね？」

「とても結構ですわ。ところでデンジャラス・ダン・マグルーの御機嫌はいかが？　御免なさい、でも私、北部の人ってほかによく知らないものだから」

彼はその言いまわしが気に入ったようだった。

「もちろん私は」と彼はそっと打ちあけた。「文学部教授としての立場上、デンジャラス・ダン・マグルーの本など読んではいないことになっているがね」

「お生まれはこちらですの？」

「いや、フィラデルフィアの生まれさ。フランス語の教師としてハーヴァードから当地に送られたんだ。移って来てもう十年にもなるが」

「じゃあ私より九年と三六四日も長くいらっしゃることになりますわ」

「ここは気に入ったかね？」

「ええ、そりゃもちろん」

「本当かい？」

「本当ですよ。楽しんでいないように見えまして？」

「さっき君は窓の外を眺めて、身震いしていたみたいだが」

「ちょっと想像していただけなんです」サリー・キャロルは笑った。「私は窓の外に何ひとつ動くものもないって生活に慣れているでしょ？　でもここでは時々外を見ると雪がちらちらと舞っていて、まるで死んだものがうごめいているような気がするものだから」

なるほどと教授は納得した。

「これまで北部に来たことはなかったのかね？」

「北(ノース)といえばノース・カロライナ州アッシュヴィルで七月を二度すごしたくらいですわ」

「どうだい、みんな顔だちが整っているだろう？」パットンはにぎやかなダンス・フロアを指さしてそう言った。

サリー・キャロルははっとした。ハリーが口にしたのと同じ文句だわ。

「そうですわね。あの人たちは……犬科だから」

「なんだって？」

彼女は顔を赤らめた。

「ごめんなさい。別だん悪気があるわけじゃないんです。私はただいつも男女にかかわりなく人を犬科と猫科に分けちゃう癖がついているものだから」

「君はどちらなんだね」

「私は猫科、先生もそうですわ。南部の男もここの女の子たちも大抵猫科です」

「ハリーは？」

「ハリーはどう見ても犬科。今夜お会いした男の方たちもみんな犬科みたい」

「犬科というのはどういったことを意味するのかな？　繊細さの対極としての男性性といったところかな」

「そうだと思います。そんな風に分析したことはないけど。私はただ誰かに会うたびに、一目で犬科と猫科に分けてしまうんです。すごく馬鹿げたことだとは思うんだけど」

「そんなことはないさ。なかなか面白いよ。私もここの人々についてはひとつの説を立てていたことがある。彼らは氷結されているってね」

「なんですって？」

「連中はまるでスウェーデン人のような育ち方をしている。イプセン風とでもいうかな、知らず知らずのうちに心が暗くなり、メランコリックになっていくんだ。長い冬のせいさ。イプセンを読んだことは？」

彼女は首を横に振った。

「読めばわかるが、イプセンの小説の登場人物には陰鬱な厳格さが見受けられる。彼らは実直で、狭量で、快活さに欠ける。そして深い悲しみや大きな喜びなど彼らには無縁のものなのさ」

「微笑みもなく涙もなくってことかしら？」

「そのとおり。これが私の説だ。実際ここには何千ものスウェーデン人が住んでいる。連中はここの気候が故郷にそっくりなものでやってきたんだと思うね。そして少しずつ血が混じり合っていった。今夜この席にはスウェーデン系の人はおそらく半ダースも来てはおらんだろうが、この州のこれまでの知事のうち、四人はスウェーデン系だった。私の話は退屈じゃないかね？」

「すごく興味深いわ」

「この先、君のお姉さんになる人も半分スウェーデン人だ。個人的には私は彼女が好きだが、全体として見ればスウェーデンの血は我々に好ましからざる影響をもたらしているというのが私の説だ。なにしろ、北欧人の自殺率は世界一だからね」

「そんなにうんざりしながら、何故ずっとここにお住まいなんですか？」

「とくに苦痛でもないからさ。私は引きこもった生活を送っているし、もともと人間よりは本を友としているからね」

「でも作家はみんな南の国を悲劇の土地として描きますわよ。ほら、スペインのセニョリータとか黒髪とか短剣とか悩ましい音楽とか」

彼は首を振った。

「いやいや、北方民族こそが悲劇的な人種なのさ。彼らは心地よく流れる涙の味というものを知らんのだ」

サリー・キャロルは例の墓地のことを思った。私にとって墓地は決して暗い場所ではないと言った時、私は漠然とではあるけれど同じことを言おうとしていたのかしら。

「イタリア人はおそらく世界で最も陽気な人種だ。……いや、つまらん話はもう止そう」彼はそこで話を打ち切った。「とにかく君が結婚しようとしている相手はなかなか立派な男だよ」

彼女は突然心を打ちあけてみたいという衝動に駆られた。

「よくわかっています。私はあるポイントを越えてしまうと、あとは誰かに何もかも任せてしまいたいと思うタイプの人間なんです。それもしっかりと身を任せることになるでしょうね」

「私と踊ってはくれないかね？」一緒に席を立ちながら教授は言った。「ところで、自分がいったい何のために結婚するかをきちんとわきまえている娘さんを見ると実に心強い。その九割がたは、まるで映画セットの作りものの夕焼けに向って歩いていくような具合だからね」

彼女は吹き出した。そして彼が一層好きになった。

二時間後、彼女は家に向う車の中でハリーにぴったりと寄り添っていた。

「ねえ、ハリー」と彼女は囁いた。「すごおく寒い」

「車の中は暖かじゃないか」

「でも外は寒いわ。ほら、風がうなってる」

彼女はハリーの毛皮のコートに顔を埋めたが、耳の上に彼の冷ややかな唇が触れたとき、思わず身震いをしてしまった。

Ⅳ

滞在の最初の一週間はめまぐるしく過ぎ去っていった。彼女は一月の夕暮の、肌を刺す寒さの中で、自動車の後に繋がれたトボガン遊びをしてみたいという念願を果すことができた。ある朝には毛皮をごっそりと着こみ、カントリー・クラブの斜面で橇を滑らせた。スキーにも挑戦してみた。しかし風を切るような輝かしい一瞬の滑走の後には、笑い声を上げながら、もつれた体を柔かな吹きだまりの中につっ込ませていた。薄ぼやけた太陽の下、ぎらぎらと光る雪原を蜒々とぺたぺた歩くかんじき遊びは苦手だが、それ以外のウィンター・スポーツはすっかり気に入ってしまった。もっとも、それらがみんな子供向けの遊びであることに気づくまでにたいした時間はかからなかった。みんなにていよくあやされていたわけで、彼女を取りまいていた楽しさは結局のところ自らが発散する喜びの投影にすぎなかったのだ。

最初のうち、ベラミー家の人々は彼女を戸惑わせた。男たちの信頼できそうな人柄には好感が持てた。とくに鉄灰色の髪とエネルギッシュな威厳を備えた父親のベラミーには心を強くひかれたし、彼がケンタッキー生まれだとわかった時には、彼こそが私のこれまでの人生とこれからの人生を結びつけてくれる人だと考えたものだった。しかし女たちに対しては受け入れがたいものをはっきりと感じることになった。なかでも義理の姉となるはずのマイラは、彼女の目には空しい因習の化身と映った。彼女の話すことには個性のかけらもなく、サリー・キャロルはそれがどうしても我慢できなかった。女なら誰でもある程度の魅力と自信を持っているのが当り前と考えられている南部に育ったサリー・キャロルは、そんなマイラを軽蔑せずにはいられなかった。

「もしこの人たちから美しさを取ってしまったら」と彼女は思う、「あとには何ひとつ残らないだろう。目を向けたとたんに彼女たちの姿はかすんで消えてしまう。結局は見映えの良いメイドでしかない。男と女が顔をあわせるところ、どこでも男が中心なんだもの」

そしてベラミー夫人。サリー・キャロルはこの母親もどうしても好きになれなかった。まるで卵みたい、という最初の印象は彼女の中でますます強まっていった。ひび割れしたような声の卵。あまりにも不格好でずんぐりとしているので、もしこの人が倒れたらきっとスクランブル・エッグになっちゃうだろうな、とサリー・キャロルは思ったほどだった。それに加えて、ベラミー夫人はよそものに対する冷ややかさという街の姿勢を具現しているみたいだ。彼女はサリー・キャロルのことを「サリー」と呼んだ。そしてサリー・キャロルがどれだけ説得したところで、ダブル・ネームは間のびして馬鹿げた呼び名以外の何ものでもないという意見を頑として変えなかった。サリー・キャロルにとっては、縮められた名前で呼ばれるのは公衆の面前に半裸の姿をさらされるようなものだった。「サリー・キャロル」という名前を彼女は愛していたし、「サリー」と呼ばれるとぞっとした。彼女はまたハリーの母親が自分の断髪を心よからず思っていることも承知していた。そして最初の日にベラミー夫人がわざとらしく大仰に匂いを嗅ぎながら書斎に入ってくるのを目にしてからは、階下ではもう煙草を吸わないことにした。

彼女のお気に入りのロジャー・パットンはしばしばベラミー家を訪れた。彼はこの街の住民たちの中のイプセン的傾向について二度と言及はしなかったけれど、ある日彼女がソファーで前かがみになって『ペール・ギュント』に読み耽っているのを見かけた時には笑い出し、そしてあの時私が口にしたことはそっくり忘れてしまいなさい、みんなたわごとなんだから、と言った。

滞在も二週目を迎えたある日の午後、彼女とハリーは深刻ないさかいの瀬戸際まで行った。その直接の原因はよれよれのズボンをはいた一人の見知らぬ男だったが、口論を始めた責任はハリーの方にあると彼女は思った。

二人は道の両脇に高く積みあげられた雪の土手のあいだを家に向って歩いていた。太陽はわずかに顔を出してはいたが、サリー・キャロルにはそんなものが太陽だとはとても思えなかった。二人は途中で、灰色のセーターをぶくぶくに着こみ、ぬいぐるみの熊そっくりに見える小さな女の子とすれ違った。サリー・キャロルは母性的な愛情がほとばしり出るのを抑えることができなかった。

「ほら見て、ハリー！」

「なんだい」

「あの女の子。あの子の顔を見た？」

「見たよ。それがどうかしたのかい？」

「小さな苺みたいに赤いわ。なんて可愛いんでしょう！」

「おいおい、君のほっぺただってもう同じくらい赤いんだぜ。ここにいればみんな健康になるんだ。子供だって歩けるようになると待ちかねたように寒い戸外にとびだしていく。まったく素晴しい気候だよ！」

彼女はハリーの顔に目をやり、確かにそのとおりだと認めぬわけにはいかなかった。兄弟そろって実に健康そのものだ。またサリー・キャロルにしたところでその朝鏡を見て、自分の頰に赤味がさしはじめていることに気づいたばかりだった。

突然二人の目は行く手の街角の光景に一瞬釘づけにされてしまった。一人の男がそこに膝を曲げて立ち、寒空に向って今にも跳び上がろうかといった思いつめた表情でじっと頭上を見上げていたからだ。近寄ってみると、一瞬かがんでいると見えたのは男のはいただぶだぶのズボンのせいだった。二人はこの滑稽な小さな思い違いに吹き出さずにはいられなかった。

「どうもいっぱいくわされたようね」と彼女は笑いながら言った。

「あのズボンの様子じゃ、きっと南部人だな」ハリーは悪戯っぽくそう言った。

「何よそれ、ハリー？」

彼女の驚いた表情がおそらく彼を苛立たせたのだろう。

「まったく南部人ときた日には」

サリー・キャロルの目が鋭く光った。

「そんな言い方はしないで」

「ごめんよ、悪かった」とハリーはいちおう謝ったが、本心からではなかった。「しかし僕が連中のことをどう考えているかはわかるだろう。彼らは言うなれば一種の退化状態にある。古き良き南部人とは別ものになってしまっている。余りに長いあいだ黒人たちと一緒にいたもんで、怠け癖がついてすっかり骨抜きにされてしまったのさ」

「いいかげんにしてよ、ハリー」彼女は怒りの声を上げた。「そんなにひどくはないわ。確かに怠けものかもしれない。あんな気候なんだもの、誰だってそうなってしまうわ。だけど彼らは私の大事な友だちなのよ。十把ひとからげにあっさりと批評されたくはないわ。彼らのうちの何人かはどこに出しても恥かしくない立派な人たちよ」

「そりゃわかってる、悪かないよ、北部の大学にくるような連中について言えばね。しかし僕がこれまでに目にしてきた下劣で、身なりがだらしなく、自堕落なやからのうちでもとくにひどいのは南部の田舎町の奴らだったね」

サリー・キャロルは手袋をはめた手をぎゅっと握りしめ、怒りに震えつつ唇を嚙みしめた。

「そういえば」とハリーは語りつづけた、「イェールの僕のクラスにも南部出身の男がいてね、ああとうとう本物の南部貴族にお目にかかれたなって僕らは思ってたわけさ。でも実際にはぜんぜん貴族なんかじゃなかった。父親はただのカーペット・バガー〔南北戦争の直後に一旗揚げようと南部に移住した北部人〕だったのさ。モービル近辺の綿花を一手に握っていたということだが」

「南部の人たちは今のあなたのようなものの言い方はしないわ」と彼女は感情を抑えた声で言った。

「エネルギーが欠けているんだよ」

「それとも別の何かが欠けているのかもね」

「すまない、サリー・キャロル。でも君だって南部の男とは結婚したくないって言ってたじゃないか？」

「それはまた別の問題よ。私はただ、現実にタールトンにいるどの男にも私の人生を縛りつけられたくはないって言っただけ。そんな風に十把ひとからげにした覚えはないわ」

二人は押し黙って歩きつづけた。

「どうも言いすぎちまったようだな。悪かった、サリー・キャロル」

彼女は頷きはしたが、口は固く閉ざしたままだった。五分後にベラミー家の玄関についた時、彼女はハリーに突然しがみついた。

「ああ、ハリー」と彼女は叫んだ。瞳には涙の粒が光っていた。「来週には結婚しましょう。こんなつまらないごたごたはもう嫌。お願い、ハリー。結婚すればもうこんなこともないはずよ」

しかしハリーは自分が誤りを犯したことにまだ苛立っていた。

「馬鹿なことを言うんじゃない。三月って二人で決めたじゃないか」

サリー・キャロルの目から涙が消え、表情が僅かにこわばった。

「よくわかったわ。こんなこと言うべきじゃなかったのね」

ハリーの表情が和らいだ。

「まったく可愛いおばかさんだね」と彼は叫んだ。「さあキスして何もかも忘れてしまおう」

その夜、ヴォードヴィル劇場がはねる時、オーケストラが「ディキシー」を演奏した。サリー・キャロルは昼間味わった涙や微笑よりずっと強く、ずっと息の長い何かが身のうちに湧き上がってくるのを感じた。彼女は椅子の上で体を前に傾け、頬に赤味がさすまで肘かけを強く握りしめていた。

「気に入ったかい？」とハリーが耳もとで囁いた。

しかしその声は耳に届かなかった。きびきびとしたヴァイオリンの響きとケトル・ドラムの高鳴る拍子にあわせて、彼女の中をいにしえの亡霊たちが行進した。亡霊たちは彼女を通り過ぎ、暗闇の中へと歩んでいった。そして横笛（ファイフ）がやさしい小さな音で繰り返しを奏するとき、彼らの姿は薄らいで消えていった。彼女はその後姿に向けて手を振りそうになった。

遥かなり、遥かなり、
南の地（くに）、ディキシー
遥かなり、遥かなり、
南の地（くに）、ディキシー

V

ことのほか寒い夜だった。前日には突然の雪どけで通りの地肌も見え始めていたというのに、今ではさらさらの雪が風の吹くまま波形の線を描きつつ、白粉（はくふん）の幽霊となって路上を再びさまよい、地上近くの大気は氷結した細かな霧をふんだんに含んでいた。空は消え失せ、街の頭上を暗く陰鬱な一枚のテントが覆っていた。雪の大軍がすぐそこに押し寄せていたのだ。そのあいだにも北風は茶色や緑色のあかりのともった窓から暖かみを奪い取り、橇を引く馬の規則正しい蹄の音を押し殺し、間断なく通りを吹き渡っていた。まったく気の滅入る街だ、と彼女は思う。陰気そのものだ。

夜の闇の中で、時折街にひとり置き去りにされたような気がすることがあった。人々はみんなずっと昔にこの街を捨てたのだ。窓に灯をともしたまま、みぞれが家並を埋め葬るがままにまかせたのだ。ああ、私が眠るお墓にも雪が降り積るのだろうか。長い冬のあいだ厚い雪に覆われた私の墓標は、淡い影を背景としたもうひとつの淡い影のように見えることだろう。私のお墓は花につつまれ、日光を浴び、雨に洗われたものでなくてはならないのに。

列車の窓から見かけた荒野の一軒家と、そこで長い冬を送りつづける人々のことを彼女は思い出した。窓から間断なくさし込む眩しい照りかえし、柔かな雪の吹きだまりのかさぶたのように硬直した表面、ロジャー・パットンがいつか教えてくれたように、じわじわとやってくるわびしい雪どけ、そして冷気の抜けない春。ライラックの花と、心を揺さぶるけだるい甘さをたたえた私の春が、今こうして永遠に喪われようとしている。そしていつか私は甘美さそのものをも手放してしまうに違いない。

吹雪は次第にその強さを増しながら吹き荒れていた。サリー・キャロルはまつ毛の上で雪片の膜がすばやく溶けていくのを感じた。毛皮に包まれたハリーの腕が伸びて、ややこしいフランネルの帽子を下におろしてくれる。細かい雪が散兵線を展開し、馬は一時的に白い透明な膜が体にかかったみたいに、我慢強く首をかがめた。

「寒そうね、ハリー」と彼女は早口で言った。

「ああ、馬のこと？　なら大丈夫さ。こいつらは寒いのが好きなんだ」

なおも十分ばかり進んで角をひとつ曲ると、目的地が見えた。輪郭を鮮かな眩しい緑にいろどられた高い丘の上に、冬空を背景に氷の宮殿がそびえていた。地上三階建ての宮殿には胸壁と狭間が設けられ、狭い窓にはつららが下がっている。そして無数の電球が内側から中央の大広間を華麗に透きとおらせていた。サリー・キャロルは毛皮のひざ掛けの下でハリーの手をぎゅっと握りしめた。

「美しい！」とハリーは感極まったように叫んだ。「まったく、なんて美しいんだろう！　こんなのは一八八五年以来初めてのことだよ」

一八八五年以来初めてということばが、なぜか彼女の心に重くのしかかった。氷は幽霊。そして氷の館に棲むのは雪まみれの髪を乱した、一八八〇年代の青ざめた亡者たちに違いない。

「さあ行こう」とハリーが言った。

彼女はハリーのあとから橇を下り、彼が馬を繋ぐのを待っていた。ゴードン、マイラ、ロジャー・パットン、そしてどこかの女の子という四人連れが鈴をじゃらじゃらと鳴らしながらやってきて、橇を脇につけた。既に集っていたかなりの数の見物人は毛皮やシープスキンのコートにくるまり、大声で互いの名を呼び合いながら雪の中を進んでいた。雪は今や数メートル先も定かに見えぬほどに激しく降りしきっていた。

「高さが五十メートル以上もあるんだ」入口に向ってとぼとぼと歩きながらハリーは着ぶくれした隣りの人影に向ってそう語りかけた。「敷地の広さは五百六十平方メートル」

彼女はそのことばのはしばしを耳にはさんだ。「大広間がひとつ」……「壁の厚みは五十センチから一メートル」……「氷の洞窟にはほとんど一キロ半もの」……「これを作り上げたやつはカナダ人で」……。

彼らはやっと内部に入った。そしてサリー・キャロルは巨大な水晶の壁の魔力に目をくらませながら、コールリッジの『クブラ・カーン』の一節を何度も繰り返し口ずさまずにはいられなかった。

これぞ類い稀なる造化の妙、
氷の洞に作りたる
陽光充ちたる歓楽宮

光輝く壮大な洞窟からは闇がきれいに一掃されていた。木のベンチに腰を下ろすと、夕刻に感じた圧迫感はもうなくなっていた。たしかにハリーの言ったとおりだ――実に美しい。彼女の視線は壁の滑らかな表面をさまよう。このようなオパール色の透明感を出すために、まじりけのない澄んだ氷のブロックが集められたんだわ。

「ほらほら、始まるぞ――やあ、すごい！」ハリーがそう叫んだ。

反対側の隅に陣取っていた楽隊が「ヘイル・ヘイル・ザ・ギャング・イズ・オール・ヒア」を奏し始めたが、その音が混然とこだまして、はねかえってきたところで突然あかりが消えた。沈黙が氷の壁を流れ落ち、あたりを覆ってしまったみたいだった。それでも白い息が闇の中に浮かぶのが見えた。そして、向い側におぼろげな列をなして並んだ青白い顔を目にすることもできた。

音楽が不平のため息のようになって消えると、広間の外から行進隊が歌う朗々とした詠唱が聞こえてきた。その歌声は古えの荒野を進みゆくヴァイキングの部族の讃歌のように徐々に大きくなり、ひときわ高まった。すぐ近くまで来ているんだわ、と思ったその時、松明が一列また一列と姿を現わし、グレーのマキノーコートに身を包み、肩にかんじきを吊した長い縦隊がモカシン靴で歩調を取りながらいきおいよく進み入ってきた。巨大な壁に沿って響きわたる彼らの歌声にあわせるように、松明の火も燃え上がり、またゆらめいた。

灰色の隊列が広間に入り終えると、別の隊列がそれに続いた。こんどの一隊は赤いトボガン帽に燃え立つような深紅のマキノーコートというでたちで、その色合いに松明の灯がひときわ強く照り映えていた。彼らは部屋に入ると反復句を歌う役にまわった。そのあとには青と白の、緑の、白の、そして茶と黄の長い隊列が現われた。

「あの白い服がワクータ・クラブだよ」とハリーが興奮した声で耳うちした。「ほら、このあいだのダンス・パーティーに来ていた連中さ」

歌声は今やいっそう高まっていた。松明が炎の列となって波打ち、様々な色彩が溢れ、靴の柔かな皮底がリズムを刻む。壮大な洞窟は今や魔術幻灯の舞台と化していた。先頭の縦隊がくるりと向きを変えて歩みを止め、一団がほかの一団の前に展開し、ついには行列全体がしっかりした炎の旗を作り上げた。そして数千の力強い鬨(とき)の声が雷鳴の如くあたりに轟(とどろ)き、松明の火を揺らせた。なんて壮麗で、大がかりなんだろう! サリー・キャロルにはそれが、北国の異教徒たちが太古の白い雪神の巨大な祭壇に、いけにえを捧げている光景に見えた。鬨の声が静まると楽隊が再び演奏を始め、それに合唱が続き、そして各クラブの万歳が長く響きわたった。彼女はおとなしく腰を下ろしたまま、静寂を切り裂く歓声の断続音(スタッカート)に耳を澄ませていた。次に一斉に起る爆発音と洞窟のあちこちに巨大な雲のように立ちのぼる煙が彼女を驚かせた。カメラマンたちのたくフラッシュライトだ。――それが祭典の終りだった。楽隊を先頭に各クラブはもとの隊列に戻り、詠唱しながら退場していった。

「さあ行こう！」とハリーが叫んだ。「あかりが消される前に、地下の迷路を見ておきたいんだ！」

一行は立ち上がり、ハリーとサリー・キャロルを先頭に傾斜路（シュート）の方へ歩き出した。彼女のはめた小さな手袋はハリーの毛皮の長手袋の中にしっかりと握られていた。傾斜路（シュート）の下にはがらんとした細長い氷室が広がっていた。その天井は這いつくばらねばならぬほどに低く、二人は互いの手を離すことになった。そして彼女が気づいた時には、ハリーは急ぎ足で、六つばかり並んだ眩しく光る壁の、横穴のひとつに既に入り込んでおり、その姿は緑色にまたたく光を背景とした小さなしみとなって消えていこうとしていた。

「ハリー！」と彼女は叫んだ。

「こっちだよ！」と彼は叫び返した。

彼女は人気のない部屋を見回した。一行の他の人々は引きあげることにしたのだろう。今頃は外に出て、降りしきる雪に打たれているはずだ。彼女は少し迷ってから、意を決して急いでハリーのあとを追った。

「ハリー！」と彼女は大声で叫んだ。

百メートルばかり下ったところに分れ道があった。左手の遥か遠くから押し殺したようなハリーの返事が聞こえた。かすかなパニックを感じつつ、彼女はその方向へと急いだ。また分れ道があり、二本の通路が口を開けている。

「ハリー！」

返事はない。彼女はまっすぐな道を駆け出したが、はっと思い直して向きを変え、もと来た道を飛ぶように引き返した。凍りつくような恐怖が唐突に身を包んだ。

分岐点に辿り着く。ここだったかしら？　左に進めばあの天井の低い、とても細長い部屋につながるはずだ。しかしそのきらきらと光る特徴のない通路の奥には暗闇しか見えない。彼女はもう一度ハリーの名を呼んだが、返ってくるのは奥行きのない、生命を欠いたフラットな谺(こだま)だけ。引き返して別の角を曲ると、そこは広い通路になっていた。それは紅海をふたつに割った海底のあの緑の道のようでもあり、空っぽの納骨堂に通じる湿っぽい廊下のようでもある。

オーバー・シューズの底にくっつき始めた氷のために、つるつると足が滑る。彼女は体を支えるために、滑らかだがくっつきやすい氷の壁面に手袋をはわせながら走らなくてはならなかった。

「ハリー！」

やはり返事はない。その声は彼女をあざけるように壁をはねながら通路の奥へと吸い込まれていった。

突然あかりが消え、完璧な闇が彼女を包んだ。彼女はあっと小さな悲鳴を上げ、足もとに積もった氷の上に崩れ落ちた。倒れたときに左膝がどうかなったようだったが、彼女はほとんど気にも留めなかった。ここで道に迷ってしまったのだという恐怖が彼女に襲いかかっていた。これまで味わったことのないような深い恐怖だった。彼女は「北の化身」とともに闇の中に残されてしまったのだ。それは北極海の氷に閉じ込められた捕鯨船や、探険家たちの白骨が累々と横たわる人跡未踏の荒野から立ち上る身の毛もよだつ寂寥だった。その凍りつきそうな冷たい死の息は彼女を捉えるべく這うように近づいていた。

彼女は怒りと絶望のうちに力をふりしぼって立ち上がると、やみくもに暗黒の中を歩き始めた。なんとか外に出なくちゃ。このままじゃここを何日もさまよって、倒れたまま氷の中に閉じ込められてしまうかもしれない。彼女はそんな死体のことをどこかで読んだことがあった。氷河が溶け出すまで死体はそのままの姿で保存される。ハリーはきっと私が他の人たちと一緒に帰ったと思って、もう外に出てしまったに違いない。私がいないことにみんなが気づくのは明日も遅くなってからだろう。彼女はやりきれない気持で壁に手をやった。厚さ一メートルって言ってたわね……一メートル！

「ああ！」

両側の壁を何匹もの生き物がうごめいているのが感じられた。この宮殿に、この街に、この「北の国」に取り憑いたじめじめとした死霊たちだ。

「ああ、誰か来て……誰か！」彼女は大声で叫んだ。

クラーク・ダロウ、彼ならわかってくれるかもしれない。ジョー・ユーイングでもいい。この私がこんなところに置き去りにされて闇の中を永遠に彷徨い、心も体も、そして魂まで凍りついてしまうなんて。この私が、このサリー・キャロルが！　ああ、私は幸せだったのに。幸せで朗らかな少女だったのに。私が好きなのは暖かさと夏と南の地（ディキシー）なのよ。ここにあるのはみんなよそのもの――私のものじゃない。

「泣かないで」と何かが声をかけた。「それ以上泣いてはいけない。涙が凍ってしまう。ここでは涙だって凍りついてしまうのだから！」

彼女は氷の上で大きく手足をのばした。

「ああ、神様！」、声にならぬ声でそう言った。

一刻一刻、時間が長い一本の列をなして過ぎ去り、疲れ切った彼女のまぶたは知らず知らずに重くなっていった。その時、誰かがそばに身をかがめ、柔かな両手で彼女の頬をそっと温かく包んだようだった。サリー・キャロルは感謝するように上を向いた。

「まあ、マージェリー・リー」彼女は口の中でそっとそうつぶやいた。「やっぱり来てくれたのね」それは確かにマージェリー・リーだった。彼女が思い描いていたとおりのマージェリー・リーだ。若々しい色白の額、好意あふれる瞳、柔かな生地のフープスカート。その上に頭を休めることができたら、どんなに気持が休まることだろう。

「マージェリー・リー」

あたりの闇はますます深まっていった。墓標をみんな塗りなおしておくべきだったわ。そう、もちろん今のままの方が素敵なんだけど、それでもはっきり見えるようにしておくべきだった。

一瞬一瞬が急速に、それからゆるやかに流れた。それが延々と繰り返され、最後には分解して幾筋もの滲んだ光線へと姿を変えながら、ぼんやりとした黄色い太陽に収束されていった。そして何かを踏みしだく大きな音が、彼女のまわりを新たに包んだ沈黙を破るように耳に届いてきた。

それは太陽だ、それはあかりだ。一本の松明が姿を現わし、その向うに一本、また一本と続く。そして人の声。松明の下に人の顔が浮かび上がり、太い腕が彼女を抱き起こした。何かが彼女の頰に触れる——湿ったものだ。誰かが彼女の体をつかまえて、頰を雪でこすっていた。なんて愚かしいことをするんだろう。雪でこするなんて！

「サリー・キャロル！　サリー・キャロル！」

それはデンジャラス・ダン・マグルーだった。そして見覚えのない二人の男。

「なんてことだ、二時間も君を捜しまわってたんだ。ハリーは半狂乱だよ」

様々な光景が一瞬のうちに甦った。合唱、松明、湧きおこる行進する合唱隊の鬨の声。彼女はパットンの腕の中でもがきながら、低い声で長い叫びをあげていた。

「ここから出して！　家に帰りたい！　家に連れてって」その声はかん高い絶叫となり、隣りの通路を全速力で走っていたハリーの心臓を凍らせた。「明日帰るわ！」彼女は心のたがが外れたように、声を限りに叫びつづけた。「明日よ！　明日よ！」

Ⅵ

砂ぼこりのたつ一本道に日がな一日面している家の上に、金色の陽光がたっぷりと熱気を降り注いでいた。何をする気も失わせてしまいそうな、それでいて奇妙に心地よい熱気だ。隣家の庭の涼し気な樹上では二羽の小鳥がはしゃぎまわり、路上を苺売りの黒人女が歌うような売り声とともに歩いていた。四月の昼下がりである。

サリー・キャロル・ハッパーは古い窓の敷居に腕を載せ、その上に顎を載せ、眠そうな目で砂ぼこりのチラチラ光る路上を眺めていた。今年の春最初の熱気が立ちのぼっていた。一台の骨董品なみのフォードがあぶなっかしく角を曲って姿を現わし、がたがたと音を立てて呻き声を上げながら玄関に通じる道の入口でがたんと停まった。彼女はじっと口をつぐんでいた。一分もするといつもの耳障りな口笛が空気を切り裂く。サリー・キャロルは微笑みを浮かべ、目を細めた。

車の幌の中から苦しい角度に曲げられた首が現われた。

「おはよう」

「朝はもう終ったぜ、サリー・キャロル」

「本当？」彼女はわざと驚いた振りをして言った。「そうかもね」

「何してるんだい？」

「まだ青い桃を食べてるの。すぐに死んじゃうかもね」

クラークは彼女の顔をよく見ようと、体を無理やりもうひとひねりした。

「水はもうやかんの湯気みたいにあったかいぜ、サリー・キャロル。泳ぎに行かないか？」

「動きたくないのよ」サリー・キャロルはため息をつき、けだるくそう言った。「でも悪くないわね」

リッチ・ボーイ（金持の青年）

The Rich Boy

I

個人というものを出発点に考えていくと、我々は知らず知らずにひとつのタイプを創りあげてしまうことになる。一方タイプというところから考えていくと、今度は何も創りだせない——何ひとつとして。たぶんそれは人というものがみんな、見かけより異常であるせいだろう。我々は他人や自分自身に対してかぶっている表向けの仮面の裏では、どうして風変りでねじくれているのだ。「私はごく当り前の、包み隠すところのない、あけっぴろげの人間ですよ」と言う人に会うたびに、僕はこう思う。この男にはおそらく、世間からなんとしても押し隠さざるを得ない、はっきりとした、おぞましい異常な部分があるのだろう、と。そして自分をありきたりの包み隠すところのないあけっぴろげの人間だといちいち断るのは、自分の異常性をうっかり忘れぬための手だてに違いあるまい、と。

世間にはタイプなどというものは存在しない。二人として同じ人間はいない。ここに一人の金持の青年がいるわけだが、これはあくまで彼の話であって、彼らの話ではない。生まれてこの方僕は彼の同族たちと文字どおり人生をともにしてきたが、この男はまずだいいちに僕の友人であった。さて、もし彼の同族について何かを書くとしたら、僕はまず、貧乏人が金持について語ったり、あるいは金持が自分たちについて語ったりしてきた嘘の数々を叩き潰すところから話を始めなくてはならないだろう。そんな出鱈目な枠組を作ってしまうものだから、我々は金持について書かれた本を手にしただけで、もう本能的にこんなのどうせいい加減なものだろうと、ついつい身構えてしまうのである。知性もあれば熱意もある人生の観察記録者でさえ、ひとたび金持の国に相対すると、それをお伽の国みたいなものにつくり変えてしまうのだ。

とびきりの金持の話をしよう。彼らは僕ともあなたともまるで違っている。子供の頃から何の不足もなく育ち、人生を楽しむ術を身につけてきた彼らには、何かしら特別なものが備わっているのである。たとえば我々がムキになるところで彼らは力を抜くし、我々が全幅の信頼を置くところで冷笑的になる。こういうのはまあ金持に生まれでもしない限り理解しづらいところだろう。彼らは心の奥底では、自分たちの方が我々より上等だと思っている。どうしてかと言えば我々は、人生のさまざまな慰めや安らぎを自分でみつけていかなくてはならないからだ。たとえ我々と同じ世界まで落っこちてきたとしても、あるいは更に下に沈んだとしても、彼らはそれでもまだ我々よりは自分たちの方が上等だと思っている。とにかく我々とは作りが違うのだ。アンソン・ハンター青年を描写するための唯一の方法は、彼を一種の外国人と見なして接近することであり、僕自身の視点にどこまでもしがみついていることである。ひとたび彼の視点を受け入れたりしたら、その瞬間僕は道を見失ってしまう。そしてその結果陳腐な映画みたいなものしかあなたに示すことができなくなるだろう。

II

アンソンはいずれは千五百万ドルを分割相続することになる六人兄弟の長兄であり、彼が教会でいうところの思慮年齢――七歳であったか――に達する頃には今世紀も幕を開けて、大胆な娘たちは既に電気自動車を五番街に走らせていた。彼と弟についた英国人の家庭教師は実に明瞭で歯切れの良い上品な英語をしゃべったので、二人は彼女と同じようなしゃべり方を身につけることになった。彼らの口にする単語や文章はいかにも歯切れが良く、我々みたいに音節を適当にくっつけるようなしゃべり方はしない。とはいっても何も英国の子供たちとそっくり同じにしゃべるというのではなく、ニューヨーク市の上流階級特有のある種のアクセントを身につけたということだ。

夏が来ると六人の子供たちは七十一丁目にある家から北コネティカットの広い別荘につ

れていかれた。そこは上流階級の集まる土地柄ではなかった——というのはアンソンの父親は、大きくなるまではできるだけ子供たちに金のにおいのする人生の側面を見せたくないと考えていたからである。彼はニューヨーク社交界を形成している階級に属し、その当時の下品さを形式で押し隠した俗臭ふんぷんたる金箔時代を生きてはいたが、そういう社会や時代よりもいくらか上位に位置する人間だったのだ。彼としては息子たちに、何かに集中する習慣と健全な肉体を身につけさせ、まっとうな生活を送るひとかどの人物に育ってほしいと思っていた。両親はだからこそ上の二人の息子が成長して学校に上がって家を出ていくまで、できる限り注意ぶかく見守っていたわけだが、家が余りにも広すぎて、隅々まで目を届かせることはできなかった。僕が育ったようなこぢんまりした、あるいは普通の大きさの家でなら、話はもっと単純だ。どこにいたって母の声は届いたし、いつも母の気配がそこにあった。そして母が何を良しとするかしないか、というようなことも、ちゃんと意識させられた。

アンソンが最初に自分の優越性を感じたのは、そのコネティカットの村で村人たちがなかば渋々のアメリカ風敬意を彼に払っていることに気づいた時だった。遊び仲間の親たちは彼を見ると御両親はお元気ですかなと訊ねたし、自分の子供たちがハンターの屋敷に招かれるとなんとなくそわそわと興奮した。彼はそういうのが当り前なんだと思ったし、それ以来ずっと自分が大将になれない集団に対して——それが金銭的にであれ、地位的にであれ、権威的にであれ——ある種の苛立ちを抱くようになり、そういう思いは一生消えなかった。彼は何かの優先権を他の子供たちと争うことを潔しとしなかった。そんなものは文句なしにまず自分に与えられるべきだとアンソンは思っていたし、それがかなわない時は家族の中にさっさと引っこんでしまった。家族がいればそれで十分だった。何故なら東部においては財産というものはまだ何かしら封建的な性格を持っていて、それを中心に一族一門が結成されるからだ。もっとあけすけな西部では、金は家族をばらばらにして、〈徒党〉を作りあげることになるのだが。

　十八になってニュー・ヘイヴン〔イェール大学のある町〕に行ったとき、アンソンは長身でたくましい体軀の青年に成長していた。規律正しい学校生活を送ったせいで顔色もよく、肌もつややかだった。髪は黄色く変なかたちにもしゃっとして、鼻はかぎ鼻で、そのせいで美男とは言いがたいのだが、彼は余裕綽々とでもいうべき魅力とある種ぞんざいなスタイルを身につけていて、通りですれ違う上流の男たちは誰に教わらずとも彼が金持の青年（リッチ・ボーイ）で名門校の出身者であることを見てとった。しかしそういった見るからに立派なところがかえってわざわいして、彼は大学ではそれほどの人気を得ることができなかった。その自立心は自己中心癖と誤解されたし、イェール大学の規範をおそれいって受け入れることを拒否したせいで、それを受け入れている連中すべてを見下すような格好になってしまった。そんなことも手伝って、彼は大学在学中から既に生活の中心をニューヨークに移し始めることになった。

ニューヨークにいると彼はくつろぐことができた。そこには「今どきちょっと手に入らない」召使いたちがいる我が家があり、そして家族がいた。彼は持ち前の気さくさと物事をてきぱきと進行させるちょっとした才能のせいで、あっという間に家族の中心的存在にのしあがってしまった。それからそこには社交界デビュー・パーティー（デビュタント）があり、社交クラブ（メンズ）のとりすました男だけの世界があり、ニュー・ヘイヴンではほとんど知り合う機会もないような勇ましい娘たちとの時折の乱痴気騒ぎもあった。彼の野心というのはまったくありきたりのものだった。そしてその野心の中にはやがて彼が妻とするであろう申しぶんのない女性の影だって含まれていた。しかしその野心は世間一般の青年の抱いている野心とはずいぶん違っていた。彼の野心の上には「理想主義」とか「幻想」とかいろいろな名で呼ばれているあの霧の如きものは一切かかっていなかったのだ。彼は何のとまどいもなく、右から左へと金が動く贅沢三昧の世界を、離婚と放蕩の世界を、気どりと特権の世界を受け入れた。我々の人生はだいたい妥協とともに終るものだが、彼の人生は逆に妥協とともに始まったというわけだ。

僕が初めてアンソンに会ったのは一九一七年の夏も終り近くのことで、彼はイェールを出たばかりだったが、やはり僕らみんなと同じようにシステム化された戦争ヒステリーの中に呑みこまれていた。海軍航空隊のブルー・グリーンの軍服に身を包んで、彼はフロリダ州ペンサコーラの町にやってきた。町のホテルでは楽団が「ごめんなさいね（I'm sorry, Dear）」を演奏し、僕ら若い士官は娘たち相手に踊った。彼はみんなに好かれた。そして酒飲み仲間とつきあっている上に、パイロットとしての腕も今ひとつであったにもかかわらず、教官たちでさえ一応彼には一目置いていた。彼はいつも教官たちを相手に自信たっぷりにその筋道のとおった長口舌を振っていたが、その話しあいの末に彼自身かあるいは――そういう場合の方が多かったのだけれど――他の士官がさし迫ったトラブルから救い出されることになった。とにかくお祭り好きで、女好きで、人後におちぬ快楽主義者であったから、そんな彼がどちらかというと古風でお上品な娘と恋に落ちたとき、我々はみんなびっくりしてしまった。

彼女の名前はポーラ・リジェンドリ、カリフォルニアのどこそこ出身の、髪の黒い、いかにもきちんとした感じの美女だった。彼女の家族が町はずれに冬の別荘を持っていたのだが、そのつんとすました物腰にもかかわらず、彼女には絶大な人気があった。世の中にはユーモアのある女なんて相手にしたくもないという、自己中心的な部類の男が沢山いるわけだ。しかしアンソンは別にそういうタイプではなかったし、僕としては彼女の『誠実さ』――という言葉がぴったりする女性だったのだ――がどうして彼の鋭く、いくぶん冷笑的な精神を引きつけることになったのか、理解できなかった。

しかし何はともあれ二人は恋に落ちた。それも彼女が主導権を取ってである。アンソンはもう夕暮時のデソト・バーの集まりにも顔を出さなくなった。いつ見ても二人はいつ尽きるとも知れぬ——おそらく数週間は続いたにちがいない——長話に耽っていた。ずっとあとになって、彼は僕にこう教えてくれた。あれは何かきちんとまとまった話をしていたわけじゃない、僕らはお互い子供っぽい、時には意味もなさないような愚にもつかないことを言いあっていただけなのさ、と。会話の中身は少しずつ情感によって満たされていったが、それは二人が口にした言葉の中からではなく、その並外れた真剣さの中から生まれ育っていったのだ。いわば催眠術のようなものである。しばしばそれは我々が一般的にからかいと称する間のびしたユーモアによって中断されたが、邪魔者が去ると二人はその生真面目な話をひそひそ声で熱心に再開し、それぞれの感情も思考もぴたりとひとつなのだということをともに確かめあうのであった。二人はやがて誰かに水をさされるのを嫌うようになり、人生の愉快な面やら、あるいは同世代の仲間たちの罪のないシニシズムに対してさえ反応を返さないようになった。会話を続けているときだけ二人は幸せであった。二人はまるで暖炉の火の琥珀色の照りかえしを浴びるみたいにその真摯さの中に浸った。話の終り頃になると二人の会話に邪魔が入ったが、彼らはそれを進んで受け入れた。胸のたかまりによって、会話が途切れるようになってきたのである。

いささか妙な話だが、彼女と同じようにアンソンもその会話に夢中になり、深く心を動かされもしたのだけれど、それと同時に、自分の方には不誠実な部分が多く、彼女の方がずっと単純素朴であることもちゃんと承知していたのだ。最初のうちはまた、彼は相手の感情的な単純さを見下してもいたのだけれど、彼に愛されることで彼女の人間性が深みと広がりを持つようになってからは、そんな風に偉そうに構えることをやめた。ポーラの温かく安らかな世界に入っていくことができたら自分は幸せになれるだろうと彼は思った。長い会話を積みかさねてきたことによって遠慮気がねもなくなっていたから、彼は自分がもっと積極果敢な女性たちから教わってきたことのいくつかを相手に教え、彼女は夢中になり神聖なほどの情熱を傾注してそれに反応した。ある夜、ダンスのあとで、二人は結婚を約束し、彼は母親あてにポーラについての長文の手紙を書いた。翌日彼女はアンソンに自分は金持なのだと打ちあけた。百万ドルに近い個人資産があるのだ、と。

Ⅲ

「二人とも無一文だけど、貧しいなりに一緒にやっていこうよ」と言うのと気持はまったく同じである。貧乏になるか金持になるかの違いだけで、嬉しさに変りはない。結婚とは手に手をとって冒険にくりだすことなのだ。それでも四月にアンソンに休暇がおりて、ポーラが母親とともに同行して北部に行ったとき、彼女はニューヨークにおけるハンター家の地位の高さや、その生活の規模の大きさに感心してしまった。彼が少年時代を送った部屋の中でアンソンと初めて二人きりになると、彼女の胸は心地良い想いに充ちた。自分が申しぶんなく守られ、保護されているように感じたのだ。丸帽をかぶった小学生時代のアンソンの写真、ひと夏の恋人（それがいつのことだったか不思議に思い出せないのだが）と二人で馬に乗っているアンソンの写真、どこかの結婚式で新郎付添いたちと新婦付添いたちが楽しく盛り上がっているなかのアンソンの写真——それらはポーラの知らない過去のアンソンの姿であり、彼女に嫉妬心を起こさせた。そして彼の権威的人格がこうしたさまざまな所有物を完璧なまでに要約し、表象しているのを見るにつけ、一刻も早く結婚して、彼の妻としてペンサコーラに戻りたいという気持がわき起こってくるのだった。

しかしすぐに結婚するなどというのは話のほかで、婚約したことさえ戦争が終るまでは世間には伏せておきましょうということになった。休暇も余すところあと二日ということに気づいた時、ポーラの不満は一気に高まり、こうなったらアンソンをたきつけて、私と同じように結婚を延ばしたくないという気にさせてしまわなくちゃと思うまでになった。二人は車で郊外の夕食会に出かけることになり、今夜こそしっかり話をつけようと彼女は心を決めた。

ところでリッツ・ホテルにはポーラの従姉も同泊していた。生真面目で可愛気のない娘で、ポーラのことを好いてはいたのだが、彼女が立派な相手と婚約を交したことに対してはいささか妬ましく思っていた。ポーラが着替えに手間どっていたせいで、パーティーには出る予定のないその従姉がアンソンを出迎え、続き部屋（スイート）の客間に通した。アンソンは五時に友人連と会って、一時間ばかりみんなで酒を馬鹿飲みした。そして然るべき時間になるとイェール・クラブを出て、母親の運転手にリッツ・ホテルまで送らせた。しかし普段に比べて酒のまわりが早かった上に、居間のスチーム暖房が強力だったもので、頭が急にくらくらっとしてしまった。彼は自分でも酔払っていることがわかっていたし、これは困ったと思いつつもおかしくて仕方なかった。

ポーラの従姉は二十五だったが、これがとんでもない世間知らずで、はじめのうちいったい何がどうなっているのか全然わかっていなかった。アンソンに会ったのはそのときが初めてだったし、彼が不可思議な内容の話をもごもごと口にし、殆ど椅子から転げ落ちそうになるのを目にして、彼女はただただびっくりしてしまった。自分が軍服のドライ・クリーニングの匂いだと思っているものは実はウィスキーの匂いかもしれないなどという疑いは、彼女の頭をちらりとも横切らなかった。しかしポーラは一目で状況を見てとり、お母さんが顔を出す前にアンソンをなんとか連れ出さなくちゃと思った。そして彼女の目に浮かんだ表情を見て、従姉も事態の真相を察した。

ポーラとアンソンが下に降りてみると、車の中では二人の男がぐっすりと眠りこんでいた。アンソンがイェール・クラブで一緒に酒を飲んだ連中だった。彼らもパーティーに行くということになっていたのだが、アンソンの方は彼らを残してきたことをすっかり忘れてしまっていたのだ。ヘムステッドまでの道すがら、男たちは目を覚まして唄を唄った。その幾つかは下品な代物で、ポーラはアンソンという人はもともと言葉が多少汚くても意に介さない性格なんだからと思ってこらえてはいたのだが、それでも恥かしいやら腹立たしいやらで、唇を固く結んでいた。

一方ホテルでは、従姉が混乱し気を高ぶらせつつ、事の次第を思いかえしていた。そしてリジェンドリ夫人の私室に入って「あの方、おかしい方ですのね」と言った。

「あの方って誰のこと？」

「あら、ミスタ・ハンターのことですわ。あの方、本当におかしい人みたいなんですもの」

リジェンドリ夫人は鋭い目で彼女を見た。

「どこがおかしいのかしら？」

「だって御自分のことをフランス人だっておっしゃるんですもの。フランス人だなんて知りませんでしたわ」

「とんでもない話だわ。あなた何か間違えているんじゃないの？」夫人はそう言って微笑んだ。「きっと冗談を言ったのよ」

従姉は頑なに首を振った。

「いいえ、自分はフランスで育って、英語が全然しゃべれなくて、それで私と話すことができないんだって、あの方おっしゃったんですよ。それに実際お話しになれなかったわ！」

リジェンドリ夫人がやれやれという風に顔を背けると、従姉は思慮深げに「それともあれは酔払っていらしたせいかしら」と一言付け加え、そして部屋を出ていった。

この風変りな告げ口は嘘ではなかった。呂律が回らず、声に抑えがきかなくなっていることに気づいたアンソンは、自分は英語が話せないという突拍子もないでまかせで急場をしのいだのだ。何年も経ってから彼はよくその話をしたが、場の光景を思い出してはいつも大笑いしたものだった。

それからの一時間のあいだにリジェンドリ夫人はヘムステッドに五回も電話をかけたがなかなかつながらず、やっとつながったもののポーラが出てくるのに十分もかかった。

「従姉のジョーが言ってたけど、アンソンは酔払っていたんですって」

「違うわよ、それは……」

「違いやしません。ジョーはちゃんとそう言ってます。アンソンは自分はフランス人だって言って、椅子から転げ落ちたり、とにかくぐでんぐでんだったって。彼とは一緒に帰って来ないでね」

「大丈夫よ、お母さん。そんなにたいしたことじゃないんだから」

「たいしたことですよ。とんでもない話だわ。彼と一緒には帰らないって約束してちょうだい」

「私、ちゃんとうまくやるわよ、お母さん。だから……」

「彼と一緒に帰ってきてほしくありませんからね」

「わかったわよ、お母さん。じゃあね」

「きっとよ、ポーラ、誰か他の方に頼んで送って頂くのよ」

ポーラは受話器をゆっくりと耳から離して電話を切った。どうしようもなく気が重くなり、顔が紅潮した。アンソンは二階のベッドルームでひっくり返って眠っていて、一階ではディナー・パーティーが盛り上がりを欠いたまま終盤にさしかかっていた。

一時間のドライヴのせいでいい加減酔いも醒めて、到着時の彼はただ陽気なだけだった。それでポーラもまあなんとかかたちはつくかしらと希望をつないでいたのだが、よせばいいのに彼は食前にまたカクテルを二杯飲み、おかげで事態は壊滅的になってしまった。彼は大声で、十五分の長きにわたって、誰彼となくそのへんの人々に向ってさしでがましいことをしゃべりまくり、その挙句音もなくずるっとテーブルの下に滑り落ちてしまった。古い版画にこういう男の姿を描いたものがあるが、版画とは違ってこちらの方には愉快な趣はなく、おぞましさが先に立っていた。その場に居合わせた若い娘たちはその事件について誰も一言も触れなかった。見なかったふりをするのがいちばん――というわけである。彼の叔父と二人の男がアンソンを二階まで担ぎあげたのだが、ポーラが電話に呼び出されたのはその直後の事だったのだ。

一時間後にアンソンは目を覚ました。落ちつきの悪い心のうずきが霧となって彼を包んでいた。そしてほどなく、その霧の向うにロバート叔父の姿が見えた。叔父はドアのわきに立っていた。

「……少しましになったかって訊いたんだよ」

「なんですって？」

「気分どうだい、先生？」

「たまんないですね」とアンソンは言った。

「頭痛薬もう一錠飲むといい。吐かずにいられたら、上手く眠れるだろう」

力をふりしぼってアンソンは両脚をベッドから下ろし、立ち上がった。

「大丈夫です、もう」と彼はだるそうな声で言った。

「無理せん方がいいよ」

「ブランディーをいっ、一杯もらえたら、下まで降りていけると思うんですが」

「おい、まさか……」

「いや、それが一番なんです。もう大丈夫……、ねえ、僕は下でみっともない真似しちゃったんでしょう？」

「まあお前がいささか酩酊しておったことはみんな知ってる」ととりなすように叔父は言

った。「でも気にせんでいいさ。スカイラーの時はもっとひどかった。なにしろここまでたどり着く前に、リンクスのロッカー・ルームでつぶれちまったもんなあ」

ポーラ以外の人間にどう思われようと知ったことではなかったけれど、何はともあれ今夜のうちに失地は少しでも回復しておかなくちゃなと彼は心を決めた。しかし冷水風呂に入ったあとで階下に下りてみると、客の大半は既に帰路についていた。アンソンの顔を見るとポーラは家に帰るべくすぐに席を立った。

リムジンの中でまた例の糞真面目な話が始まった。私はあなたがお酒飲んでたの知ってたわよ、と彼女は言った。でもここまでひどいなんて考えもしなかったわ——私、思うんだけど、私たち結局のところ性格が合わないんじゃないかしら。二人の人生観は違いすぎているし、云々。彼女がしゃべり終えると、今度はアンソンがすっかり酔いの醒めた声で話した。そしてポーラが言った。よく考えさせて、今夜は何も決められないの、いいえ怒ってるんじゃないのよ、すごくがっかりしているだけ。彼女はアンソンをホテルの中に入れようとはしなかったが、車を降りる直前に身をかがめて暗い顔で彼の頬に口づけした。

翌日の午後、アンソンはリジェンドリ夫人と長い話しあいをした。今回の出来事について、何も言わずにそこに座って、じっと話を聞いていた。そのあいだポーラはしばらく熟考してみる。そして然る後に、そうすることが相応しいと母娘が判断したならば、二人はアンソンのあとからペンサコーラに行くであろう、ということになった。アンソンの方としては誠意を持って、しかも威厳を損なうことなく、自らの非を詫びた。でもそれだけだ。切り札のすべてを手にしているにもかかわらず、リジェンドリ夫人はアンソンに対していささかなりとも優位に立つことができなかった。彼は何も約束しなかったし、へりくだりもしなかった。人生についての重々しい省察を二言三言口にしただけだったが、結局それでアンソンの方が品格の優れた人間みたいな格好になってしまった。三週間後に母娘が南部にやってきた時、アンソンとポーラは再会し、アンソンはこれで一件落着と満足し、ポーラも胸を撫で下ろした。しかし自分たちがまたとない好機を逃してしまったし、それはもう二度と戻っては来ないのだということに二人は気づかなかった。

Ⅳ

アンソンはポーラを支配し魅了したが、同時にたまらなく不安な気持にさせた。堅実さと放縦、細やかな情と冷笑の混じりあった人格を前にポーラは混乱し、彼女の穏やかな心はその背反性を呑みこむことができなかった。それでポーラは次第にアンソンはふたつの人格を使いわける人間なのだと考えるようになった。彼一人っきりのときや、正式のパーティーに出ているときや、気のおけない目下の人間といるときなんかには、彼の力強く魅力的な態度や、父性的で理解力のある度量の広さを前にして、彼女の胸は誇らしさでいっぱいになった。ところがそういった以外の場で、上流階級に対する洗練された冷笑であったものが違った相貌を見せるとき、彼女ははらはらとさせられることになった。そこにはもう一人の、粗野でひょうきんで、快楽の他には何も目に入らなくなる向こう見ずのアンソンがいた。そういうアンソンを目にするとポーラは縮みあがってしまって、しばらく彼とは距離を置き、以前つきあっていた男と実験的にちょっとよりを戻してみたりしたのだが、それは全くの無駄というものだった。四ヵ月間アンソンのヴァイタリティーに包みこまれていた後では、どんな男もみんな弱々しく青っちょろく見えてしまった。

七月に彼は海外赴任命令を受けとり、二人の情愛と欲望は最高潮に達した。ポーラは駆け込み結婚のことを考えもしたが、彼の息がこのところいつもアルコール臭かったからというだけの理由で結局は思いとどまった。でも別れの哀しみのために彼女は文字どおり寝込んでしまった。アンソンが行ってしまったあとで彼女は彼に長い手紙を書き、その中で待機期間を置くことで愛の日々を失ってしまったことがうらめしいと言った。八月にアンソンの乗った飛行機が北海洋上に不時着した。彼は一夜海上を漂った末に駆逐艦に救出されたが、肺炎にかかっていて、病院に送られた。そして休戦条約が締結されたあとでやっと故国の地を踏むことができた。

そして何をするにもこれからは自分たちの気持ひとつ、結婚を妨げる障害も雲散霧消という段になって、二人の気質の秘やかなぶれのようなものが二人の間に目につき始めた。口づけと涙は干上がってしまい、互いに話しかける言葉も勢いを失い、心の通ったおしゃべりもすっかりか細くなり、あのかつての心の交流も遠く離れた場所からの手紙のやりとりによってなんとか命脈をつないでいるという有様であった。ある日の午後、社交界担当記者がハンター邸で二時間もねばって、なんとか二人の婚約の確認をとろうとした。アンソンは否定したが、早版にはそれが記事として載った。二人の姿は「サウサンプトンやホット・スプリングズやタキシード・パークでしじゅう見受けられる」という書き出しだった。しかしその生真面目な対話は泥沼の如き口論に姿を変えていたし、二人の心の火は消えかけていた。アンソンはぐでんぐでんに酔払って彼女との待ち合わせを一度すっぽかし、ポーラは少しはまともになってちょうだいときつく言わないわけにはいかなかった。アンソンとしてもずいぶん辛くはあったのだが、彼には誇りもあり、また自分がどういう人間であるかも承知していたから、手の打ちようはなかった。婚約ははっきりとなかったことにされた。

「愛しい恋人」、彼らの手紙は今やこのようなものになっていた。「愛しい恋人。真夜中に目が覚めて、結局はこうなってしまう定めだったのだと思うと、本当に死んでしまいたいような気分だ。これ以上生きつづけていることなんてできない。夏にもう一度会って二人で話しあえば、あるいはまた違った結論が出るかもしれない。あの日僕らはずいぶん取り乱していたし、落ちこんでいた。これからの人生を君なしでやっていくことなんて考えられない。君は他の人とどうこうと言ってくる。でも君にはわからないのかい？　僕には君以外の人のことなんて考えることもできないのだよ」

しかし東部諸州をあちこち旅行して暮していたポーラは、時折その手紙の中で、アンソンの心を惑わすべく、自分の経験した愉しい出来事について述べた。勘の鋭いアンソンはそんなことで惑わされたりはしなかった。彼女の手紙の中に男の名前を見出す度に、うん、これはまだ大丈夫と却って安心したし、相手をいくらか見下したりもした。彼はそんなことでいちいち気持を揺さぶられるほどやわではなかった。しかしそれでも、ポーラといつか結婚したいというアンソンの気持は依然として変りない。

その一方で彼は戦後のニューヨークの華々しい動きの中に積極的に身を投じた。証券会社に入り、半ダースばかりの男性クラブの会員になり、夜遅くまでダンスに興じ、三つの世界を移り歩いた。ひとつは彼自身の世界、もうひとつは若いイェール卒業生たちの世界、そしてその一端をブロードウェイに置く艶っぽい世界。しかしそれはそれとして、彼はウォール・ストリートのオフィスで八時間、身も心も捧げてきちんと仕事をした。家柄の力と、鋭い知性と、一途な肉体的活力の豊富さとがうまく結びついて、彼はまたたく間に頭角を現わした。彼は頭を素速く切りかえられるという得難い才能をもっていた。なればこそわずか一時間たらずの睡眠で気分もすっきりと出社というような芸当も可能であったわけだが、まあこれはそうしょっちゅうあったわけではない。そのようにして一九二〇年には、彼の給与と歩合をあわせた年収は一万二千ドルを超えていた。

イェール大学の伝統が昔の思い出になっていくにつれて、ニューヨーク在住のかつてのクラスメートのあいだでのアンソンの人気は、在学当時とは比べものにならないくらい高まっていった。彼は大きな屋敷に住み、青年たちを他の名家に紹介するてだてをもっていた。それに加えて、彼はもう既に人生の確固たる地歩を固めているように見えた。他の大半の連中がこれからまた、先行きの不確かな船出をしなければならないという時にである。彼らはお遊びや気晴らしを求めて、アンソンを頼ってくるようになり、彼の方も喜んでそれに応じた。彼は他人を助けたり、物事をとりはからったりすることが生来好きだったのだ。

ポーラの手紙からは男の名前が消え、そのかわり以前にはなかった優しさのようなものが文面に漂うようになった。アンソンは何人かの口からポーラがローウェル・セイヤーという男と「親密な仲」になったという話を聞かされた。ボストンに住む、裕福で社会的な地位もある男だった。アンソンはまだポーラは自分を愛していると確信していたが、それでもひょっとして彼女を失うことになるかもしれないと思うと落ちつかない気持になった。ある一日（期待はずれの一日だった）を別にすれば、ポーラはもう五カ月もニューヨークに姿を見せていなかったし、噂が膨らんでいくにつれて、アンソンは彼女に会いたくてたまらなくなってきた。二月に彼は休暇を取ってフロリダまで行ってみることにした。きらめくサファイアのようなワース湖（ところどころに錨を下ろしたハウスボートが目ざわりだが）と、長くのびた巨大なトルコ石のような大西洋の間に挟まれて、パーム・ビーチがふくよかにゆったりと広がっている。ブレーカーズ・ホテルとロイヤル・ポインシアナ・ホテルの巨大な建物が、まるで一対になった太鼓腹のように、眩しく光る平らな砂浜の上にもっこりと盛りあがり、それを囲むように「ダンシング・グレード」とか「ブラッドリイ・カジノ」とか、あるいはニューヨークの三倍の値段はする品物の並んだ高級婦人服店やら帽子屋なんかが十余り集まっていた。ブレーカーズ・ホテルの格子で囲まれたヴェランダでは、二百人の女性が右にステップし、左にステップし、くるりとまわり、身を滑らせていたが、それは当時「ダブル・シャッフル」という名で人気を博していた美容体操だった。二百本の腕にはめられた二千本のブレスレットが上下し、音楽に半拍おくれてからからという音を立てた。

日が暮れて、エヴァグレイズ・クラブで、ポーラとローウェル・セイヤーとアンソンと、もう一人のたまたま居合わせた男の四人で、ブリッジ遊びをした。ポーラの思いやりのある生真面目な顔は、いささか物憂く疲れているようにアンソンには見えた。ポーラはもうかれこれ四、五年この手の生活を続けている。アンソンと知り合ってからでも三年になる。

「ツー・スペード」

「煙草は？……ああ失礼、僕はパスだ」

「パス」

「スリー・スペード・ダブル」

部屋にはブリッジ・テーブルが十卓余り並び、煙がもうもうとたちこめていた。アンソンはポーラと目をあわせ、セイヤーがそれをちらりと見咎めたにもかかわらず、そのままじっと目を離さなかった。

「切札（ビッド）は何だったかな？」と彼はうわの空で訊いた。

「ワシントン広場のバラ」

と隅の方で若者たちが唄っていた。

「私はここで枯れていく、
　この地下室の空気の中で」

煙は霧のように厚く層をつくり、ドアが開くとエクトプラズムのような褐色の渦巻で部屋はいっぱいになった。それらの謎めいたものどもは、ロビーのあたりでいかにも英国人という格好をつけている英国人たちの中に、神秘主義者コナン・ドイル氏の姿を求めてテーブルのわきをすり抜けていった。

「この煙ったらナイフで切れそうだね」

「……ナイフで切れそうだね」

「……切れそうだね」

三番勝負にけりがつくと、ポーラはさっと立ち上がって、はりつめた低い声でアンソンに話しかけた。二人はローウェル・セイヤーになんて殆ど目もくれず、部屋を出て、長い石の階段を下りた。ほどなく二人は手を取りあって、月あかりに照らされた海岸を歩いていた。

「ああ、君(ダーリン)。愛しい君」二人は物陰で大胆に想いのたけをこめて抱きあった。やがてポーラは唇をはなし、彼がその言葉を口にしてくれるのを待った。彼女の求めているその言葉を。もう一度口づけした時、ポーラは相手の唇にその言葉が浮かんでいるのを感じた。彼女はまた唇をはなし、耳を澄ませて待った。しかしまたアンソンに抱き寄せられたとき、彼女は相手が結局何も言わなかったことに気づいた。彼はただ「君、愛しい君」と囁きつづけているだけだった。いつも彼女に涙させたあの淋し気な低い声音で。彼女の感情はそれに抗することもできず従順に彼の前に跪き、涙は頬をつたって流れたが、彼女の心はそのあいだずっと叫びつづけていた。「申し込んでよ、アンソン。私に申し込んでちょうだい」

「ポーラ……ポーラ」

その声は両手でしぼりあげるように彼女の心をしめつけた。アンソンの方は相手の体の震えを感じとって、うん、この気持の高まりがあれば十分だと思った。それ以上の何を言う必要があるだろう。二人の運命を現実という迷宮に性急にひきずりこむ必要がどこにあるだろう。どうしてそんなことをしなくちゃならない？　こうしてポーラは自分のものだし、あと一年——いや永遠にか——機が熟するのを待てばいいじゃないか。お互いにとってそれがいいのだ、いやむしろポーラにとってその方がいいのだ、とアンソンは思った。ポーラが出しぬけにホテルに戻らなくちゃと言ったとき、いや、やはり今が言いだす潮時だという思いが一瞬アンソンの頭をよぎった。しかし彼は思いなおした。「いや、もう少し待とう——彼女はどうせ僕のものなんだ」

でも彼は、緊張つづきの三年間に彼女もまた内側でくたびれ果てていたということを失念していた。そしてその夜、彼女の胸の高まりは永遠にどこかに去ってしまったのだ。

翌朝、彼はどうにも物足りずしっくりとしないままニューヨークに戻った。四月の終り頃に、彼はどう考えても寝耳に水という内容の電報を受けとった。発信地はバー・ハーバーで、差出人はポーラだ。ローウェル・セイヤーと婚約しました、と書いてあった。そしてすぐにもボストンで式をあげるつもりです、と。まさか起こるもんかと高を括っていたことが現実に起こってしまったのだ。

アンソンはその朝ウィスキーをがぶ飲みした。そして会社に出かけ、休み時間も取らずに仕事をした。仕事の手を休めたらどうなるか、自分でも恐かったのである。日が暮れると彼はいつものように町に出て、その出来事については一言も口にしなかった。彼は愛想良く、ひょうきんで、うわの空というところもなかった。でもただひとつ、彼にもどうにもならないことがあった。それからの三日間というもの、場所を問わず、同席している相手を問わず、彼は突然両手の中に顔を埋め、子供のようにおいおいと泣いたのである。

V

一九二二年にアンソンは副社長に同行してロンドンに渡り、ある貸付金の調査にあたったが、彼が会社の経営陣の一角に加わるであろうことがこれによってほのめかされていた。彼は二十七になり、肥満というほどではないにせよ、いささか肉づきが良くなってきた。そして実際の年齢よりは物腰が老成して見えた。年長の人々も年下の連中も彼のことを好いたし、信頼感を抱いた。母親たちは娘が彼にエスコートされているとにかく安心した。なにしろ彼は部屋に足を踏み入れるや否や、その場でいちばん年上の、いちばん保守的な人とすぐに気脈を通じることができた。「あなたも私も地に足のついた人間なんです。話も通じます」、彼はそんな風に語りかけているようだった。

男女を問わずあらゆる人の弱い部分を彼は本能的に見抜いたが、どちらかというとそれを責めるよりは理解してやろうという方にまわった。そのせいでまるで神父のように、外見をいっそうとりつくろうようになった。毎週日曜日の朝にアンソンは品の良いエピスコパル派の日曜学校で教えたが、それなどまことに彼らしい行ないである。たとえ冷水シャワーを浴びて、慌ててモーニング・コートに着替えることで、やっとなんとか前夜の乱痴気騒ぎと一線を画するというようなことがあったとしてもである。

父親が死ぬとアンソンは事実上の家長となり、まだ年若い弟たちの進路を文字どおり指導するようになった。込みいった事情があって彼の力は父親の遺産管理にまでは及ばず、それはロバート叔父の采配を受けていた。叔父は一族の中では「馬好き」でとおっており、ホイートリー・ヒルズに本拠をかまえる馬好き仲間たちとともにいつも飲んだくれている好人物である。

ロバート叔父と細君のエドナは青年時代のアンソンの大の友人だったが、叔父の方は見どころのある甥が馬にあまり興味を示さなかったことに少々がっかりしていた。また彼はアメリカで入会するのが最も困難な社交クラブ（それは「ニューヨークの建設に功あった」――つまり一八八〇年より前に金持であった――家柄の人間しか入会できなかった）

にアンソンが選挙で選ばれるようにあと押ししてやったというのに、甥の方はイェール・クラブを優先してろくに顔も出さないので、それについてはひとこと意見することになった。しかしそれに加えて、ロバート・ハンターの所有する保守的であまり活発とは言えない証券会社に入らないかという誘いをアンソンが丁重に断ったときには、叔父もさすがに彼に対して冷淡な態度をとるようになった。そして知っていることを全部教えてしまった小学校の教師のように、アンソンの人生からこぼれ落ちて消えていった。

アンソンにはずいぶん数多くの友人がいたが、彼から人並ならぬ好誼を受けなかった者はまずいなかったし、彼の時折持ちだすかなり下品な話や、所かまわず場合かまわず酔い潰れる癖に面喰ったことのない者もまずいなかった。誰か別の人間が同じような失敗をすると彼は眉をしかめたが、そのくせ自分のこととなると笑って済ませてしまった。ひどいことしちまってねえと彼は大笑いしながら武勇伝を語り、みんなもついひきずりこまれて笑ってしまうのだ。

その春、僕はニューヨークで仕事をしていて、イェール・クラブでよく彼と昼食を一緒に食べたものだった。というのも、僕の大学は自前のクラブが出来上がるまでのあいだそこに間借りしていたからである。僕は新聞でポーラが結婚したことを知って、ある日アンソンに水を向けてみた。すると何かしら思うところがあったのだろう、彼は僕にその話をしてくれた。そしてそれ以来しばしば僕を自宅のファミリー・ディナーに招待し、まるで二人のあいだには特別な絆があるんだとでも言わんばかりに僕を扱ってくれた。君を信頼して、いまだに心の痛む思い出の一部を譲り渡したんだぜとも言わんばかりに。世の母親たちが信用しきっている程、彼が若い娘たち全部に対してわけ隔てなく恭しく紳士的なわけではないということが僕にもだんだんわかってきた。それはまったく相手次第なのだ。もし相手の娘がちょっとでもくだけた素振りを見せたとしたら、アンソンの方もそれほど無害ではなくなってくる。

「人生が僕を冷笑的な人間にしてしまったのさ」と時折彼は述懐した。

人生というのはつまりポーラのことだ。時々、とくに酒が入っている折りには、彼の頭の中で事実は少々ねじ曲げられて、あの女が無情にも僕を捨てたんだということになってしまった。

この「シニシズム」、というか要するに尻の軽い女とは適当に遊べばいいんだという考え方が、彼とドリー・カージャーを深い仲にした。その当時つきあっていた相手は彼女だけではなかったのだけれど、彼女との関係はもう少しで彼の心を深く揺り動かすところだったし、それはまた彼の人生観に大きな影響を与えもした。

ドリーは結婚した相手のおかげで社交界入りを果した悪名高い「広告屋」の娘だった。彼女自身は然るべき歳になるとごく自然に女子青年連盟（ジュニア・リーグ）に入り、プラザ・ホテルで社交界デビューし、「アセンブリー」に顔を出した。彼女が本当に「アセンブリー」に「相応しい」のかなどと疑念を表明できるのはハンター家をはじめとする数少ない名家の者くらいである。というのは彼女はしょっちゅう新聞に載っていたし、かけ値なしの名家の娘たちだって足もとにも及ばないくらい世間の熱い注目を浴びていたからだった。彼女は黒髪で、洋紅色の唇と生き生きと血色のよい肌が特徴だったが、社交界に出た最初の一年間はピンクがかった灰色のパウダーで肌を隠していた。というのは当時は血色の良い肌なんて下品、ヴィクトリア朝風の青白い肌がいちばんと相場が決まっていたからである。彼女は黒い色の地味なスーツを着て両手をポケットにつっこみ、少し前かがみになって、悪戯っぽく澄ました表情を顔に浮かべていた。ダンスがひどく上手だったし、踊るのは何にも増して好きだった。もっとも「何にも増して」といっても恋愛沙汰だけは別で、ダンスに負けず劣らずこちらの方も大好きである。彼女は十の歳からずっと、誰かに想いを寄せては相手にもされないというのを繰り返していた。彼女に想いを寄せる男の数は多かったが、そんな連中はちょっと話しただけで彼女の方がすぐに飽きてしまった。彼女は自分が相手にされなかった男たちのことを胸の中に大事にしまいこんでいて、顔をあわせることがあると、あきらめずにもう一度試してみるのが常であった。上手くいくこともなくはないが、大抵は駄目だった。

この報われぬ愛のジプシーは知らなかったが、彼女をふった男たちにはひとつの共通点があった。彼らはみんな鋭い直観力を持っていて、彼女の弱さ――感情的な弱さではなく人生の舵とり能力の弱さ――を一目で見抜いてしまったのだ。アンソンもまた初対面でそのことを見抜いた。ポーラが結婚式をあげて一月もたっていない頃の話である。彼はかなり酒びたりの生活を送っていたのだが、一週間ほど彼女に夢中になっているというふりをした。それから突然その気をなくして彼女のことなんか忘れてしまった。そしていとも簡単に彼女の心をしっかり支配してしまったのである。

その時代の多くの若い娘と同様、ドリーの放縦さにはだらしなく、いい加減なところがあった。もう少し年上の世代の奔放さには旧弊な慣習を拒否するという戦後の動きの一環としての意味があったわけだが、ドリーのそれには新鮮味もなければ勢いもない。ドリーがアンソンの中に見出した両極端の資質は、彼女のような感情にたがのない女が探し求めているものだった。放縦への惑溺と裏表になった護りの強さ。彼女は彼の人格の中にシバリス人の如き放埒と強固な岩盤を見てとったが、そのふたつはまさに彼女という人柄が必要としているものだった。

事はそう簡単には運ぶまいと彼女は覚悟していたが、その理由として考えていることは全くの見当違いだった。アンソンも、彼の家族も、結婚相手にはもっと立派な家柄の娘を求めているはずだと思っていたのだ。しかしつけいる隙があるとすればそれは彼の飲酒癖だろうと、彼女は即座に見てとった。

二人は大きなデビュタント舞踏会でよく顔を合わせたが、彼女の方が夢中になってくるともっと頻繁に会えるように按配した。他の大抵の母親と同じようにドリーの母親もアンソンなら大丈夫と安心しきっていて、二人で遠方のカントリー・クラブやら郊外の家に行くことを許したし、二人の行動を仔細に調べあげたり、帰宅が遅くなっても彼女の言い訳をいちいち調べあげたりもしなかった。最初のうちはそんな言い訳もきちんと綿密なものであったかもしれない。しかしアンソンを自分のものにしようというドリーの才知は、やがては感情の渦の高まりの中にすっぽりと呑みこまれていった。タクシーや自家用車のバックシートでの口づけだけでは満足できなくなった二人はいささか風変りなことを始めた。二人は一時的に現実の世界を離れ、人目につかぬ小世界を作りあげたのである。そこではアンソンの深酒もドリーの夜遊びも見咎められることはなかった。その世界はいろんな種類の人間で構成されていた。アンソンのイェール時代の同級生が何人か、そしてその細君たち、若い株式仲買人や債券セールスマンが二、三人、大学を出たてでぶらぶらとしている遊興好きで金まわりの良い一群の若者たちというところである。この世界は広がりと規模を欠いていたが、その代わりに尋常ではないほどの自由を二人に与えてくれた。それに加えて、その世界はアンソンとドリーが中心になって成立していたので、わずかなりとも他人より風上に立てるのがドリーとしては嬉しかった。もっとも子供の頃からそれを当然として育ってきたアンソンにとっては今更嬉しくもない。

アンソンはドリーに恋していたわけではなかったし、二人が関係をつづけたその熱をはらんだ長い冬のあいだ、アンソンは何度もそのことを口にもした。春になると彼は飽きてきた。ひとつここらで生活を一新したいと思った。それに態度を決定せざるを得なくなりそうだった。彼女と今すぐすっぱりと別れるか、あるいは人目にもつく深い仲になった責任をとるか、そのどちらかである。二人の仲をもりたてようとするドリーの家族の態度を見ても、今が引きどきだろう。ある夜ドリーの父親が読書室（ライブラリ）のドアをおずおずとノックして、ダイニング・ルームに年代もののブランディー一本置いていくよと言った時、こんなことしてちゃ年貢の納めどきも近いとアンソンは確信した。その夜アンソンはドリーあてに、僕は休暇旅行に発つ、諸々の事情をかんがみて我々はもう顔を合わさない方がいいだろうという内容の短い手紙を書いた。

それは六月のことであった。彼の家族は本宅を閉めて田舎に避暑に出かけており、彼はイェール・クラブに仮ずまいしていた。僕は彼の口からドリーとの関係の進み具合を逐一耳にしていた。冗談めかした語り口だった。というのは彼はうわついた女を見下していたし、自分が信を置く社会体系には決してそのような女を引き入れたりはしないからだ。だからその夜彼があの女とはすっぱりと別れることにしたよと言ったとき、僕はほっとした。僕はあちこちでドリーの姿を見かけたが、そのたびに上手く行く見込みのない彼女のあがきぶりを痛々しく感じていたし、僕みたいな部外者が彼女について事細かに知っていることを心苦しく思っていたのだ。ドリーは世間でいうところの「可愛い女の子（プリティー・リトル・シング）」だったが、僕はその一種向こう見ずなところに少々引きつけられもした。彼女がもっと元気のない娘だったら、空費の女神に対するあれほどの献身もそこまで目立たなかったと思う。彼女は殆ど我と我が身を投げ出さんばかりになっていた。そんな犠牲が実際に捧げられるのを目にしなくてもよさそうだったので、僕としても有難かったわけだ。

翌朝、彼はドリーの家にその別れの手紙を直接放り込んでいくつもりだった。ドリーの家は五番街辺りの家としては珍しいことだが、まだ閉ざされていなかった。彼にはその理由がわかっていた。娘から仕入れた誤った情報に従って、ここはひとつ娘の結婚話をまとめねばと、カージャー夫妻は家族揃っての海外旅行を見合わせたのである。イェール・クラブの玄関からマディソン街に出たとき、アンソンは郵便配達夫とすれ違ったが、彼はそのあとを追って中に引き返した。いちばん上の手紙にドリーの字が見えたからだ。

それがどんな手紙かは想像がついた。いつもながらの非難の言葉と、訴えかけるような思い出話に充ちた、孤独で悲劇的な独白、そして「もしかしたら」の連発——もう大昔みたいに思えるあの時代に、彼がポーラ・リジェンドリにあてて書いたのと同じような相も変らぬ恋文の常套句がつまっているんだろう。何通かの請求書の類をぱらぱらと繰ってから、彼はドリーの手紙をもう一度いちばん上に置いて封を切った。驚いたことにそれは短く、なんとなく改まった手紙だった。週末にあなたと二人で田舎に行くことができなくなりました、と手紙にはあった。シカゴのペリー・ハルが突然ニューヨークに出てくると言ってきたからです、と。それはアンソン自身が招いた事態なのだとドリーは続けていた。

「もし私があなたを愛しているくらいあなたが私のことを愛してくれていると感じることができたなら、私はいつでもどこにでもあなたと一緒に行くでしょう。でもペリーはすごく親切だし、私と結婚したいと言ってくれるし――」

アンソンは見下したような笑みを浮かべた。その手のおとりを使った手紙は以前にも覚えがある。たぶんドリーは知恵をしぼって作戦を練ったのだろう。一途なペリーを呼び寄せ、到着の時期もちゃんと計算して決めたのだろう。そしてアンソンが腹を立てて去っていかない程度に、うまくやきもちを焼かせてやろうと、これでも文章に工夫を凝らしたのだろう。大抵の企みの例に洩れず、そこには力強さも活力もなかった。あるのは行き場のない小心さだけだった。

急にアンソンは腹が立ってきた。彼はロビーの椅子に座って、手紙をもう一度読み返した。それから彼は電話のところに行ってドリーを呼びだし、いつものよく通るぴしりとした声で手紙は受けとった、前に約束したとおり五時に迎えに行くと言った。そして彼女がちょっと迷ったふりをして「そうね、一時間くらいだったら会えるかもね」と言いかけるのを殆ど無視して電話を切り、会社に出かけた。道すがら彼は自分の書いた手紙を細かく引き裂いて路上に捨てた。

彼はやきもちなんて焼きはしなかった。彼にとってドリーの存在など取るに足らぬものだった。しかし彼女の哀れきわまりない策略のせいで、彼の頑固で自己中心的な面が表面に出てきてしまったのである。これは精神的に劣った相手から受けた無礼な仕打ちであり、そのまま見過すわけにはいかない。そういう気なら、身の程を思い知らせてやるまでだ。

五時十五分過ぎに彼はドリーの家の玄関に立った。ドリーは外出の格好をしており、電話で言いかけた「そうね、一時間くらいでよかったら一緒にいられるかしらね」という科白のつづきを口にしたが、アンソンは黙ってそれを聞いていた。

「帽子をかぶりたまえ、ドリー」と彼は言った。「少し歩こう」

二人はマディソン街をぶらぶらと歩き、五番街の方まで行った。ひどい暑さのせいで、彼の恰幅の良い体はぐっしょりと汗をかき、シャツが濡れた。彼はろくに口もきかず、彼女を叱っただけで、優しい愛の言葉などひとこともかけなかったが、六ブロックも行かぬうちにドリーはまた彼のものになった。手紙のことを詫び、償いとしてペリーには一切会わない、言われたとおり何でもすると言った。この人は自分を愛し始めているからこそやってきたんだわ、とドリーは思った。

「暑いな」と七十一丁目あたりでアンソンは言った。「これは冬物のスーツなんだ。良かったら家に寄って着替えをしたいんだ。階下で待っていてくれないか。すぐに終るから」

ドリーは幸福だった。アンソンが暑がったりすることや、あるいは彼に関するあらゆる肉体的な事実によって、彼が身近に思えて、どきどきしてしまうのである。二人で鉄格子の門扉の前に立って、アンソンが錠をとり出すと、彼女の胸はある種の喜びに震えた。

階下は暗かった。彼がエレベーターで上に行ってしまうとドリーはカーテンを持ち上げて、不透明なレース越しに通りの向いの家を眺めた。エレベーターの機械音がとまった。アンソンをちょっとからかってやれと思って、彼女はボタンを押してエレベーターを下におろした。そして衝動という以上の何かに駆られて彼女はエレベーターに乗り、アンソンの部屋があると思しき階（フロア）まで上った。

「アンソン」と彼女はくすっと笑いながら彼の名を呼んだ。

「ちょっと待ってくれ」と彼はベッドルームの中から答えた。そしてややあって、「いいよ、入ってきて」

彼は着替えを済ませて、チョッキのボタンをはめていた。

「これが僕の部屋だよ」と彼は軽い口調で言った。「どう、気に入った？」

ドリーは壁に掛かったポーラの写真に目をとめ、魅せられたようにじっとそれを見つめた。ちょうど五年前に、幼い日のアンソンが想いを寄せた少女の写真をポーラがじっと見つめたのと同じように。彼女はポーラの話をいくらか耳にしていた。そしてそのいくつかの断片的な話を思い出しては、時折胸がはり裂けんばかりになった。

突然彼女は両腕をさっと上げてアンソンの方にやってきた。二人は抱きあった。中庭に向いた窓の外では、柔らかな人工的な黄昏が早くもたれこめていた。通りを隔てた裏屋根の上にはまだ明るい陽光が見えたが、あと半時間もしないうちに部屋は暗くなってしまうはずだった。予想外のなりゆきが二人を圧倒し、息を詰まらせた。そして二人はひしと抱きあった。どうなるかは目に見えていたし、それは避けがたかった。互いの体をしっかりと抱きしめながら、二人は顔を上げた。二人の目はそれぞれポーラの写真の方を向いた。ポーラは壁の上から二人の姿をじっと見下ろしていた。

突然アンソンは手を離して机の前に座り、鍵束を出して引出しを開けた。

「一杯やらないか？」アンソンはかすれた声で言った。

「いいえ、要らないわ」

彼は大ぶりのグラスに半分ほどウィスキーを注ぎ、ぐっと飲み干し、廊下に通じるドアを開けた。

「さあ、行こう」と彼は言った。

ドリーは躊躇した。

「ねえアンソン――私、今夜あなたと一緒に田舎に行くわよ、やっぱり。それはわかってくれているでしょう、あなた？」

「もちろん」と彼はぶっきらぼうに言った。

ドリーの車に乗って彼らはロング・アイランドに向ったが、二人の心はこれまでになくしっくりと寄り添っていた。これからどうなるのか、二人にはわかっていた。ポーラの顔は二人に、自分たちのあいだに何か大事なものが欠けていることを思い出させたが、しんとした暑いロング・アイランドの夜に二人きりになれば、それはもうどうでもよくなってしまった。

二人が週末を過すことになっていたポート・ワシントンの屋敷は、モンタナの銅山主に嫁いだアンソンの従姉の所有するものだった。いつ果てるともしれない曲りくねった車道が門番小屋からずっと、外国産のポプラ並木の下を縫って続き、ピンク色の巨大なスペイン風の屋敷に通じていた。アンソンは前に何度もここを訪れていた。

夕食のあとみんなでリンクス・クラブに行って踊った。真夜中になるころアンソンは、このぶんじゃ従姉夫婦が二時前に家に引きあげることはまずあるまいと見当をつけた。そして彼はドリーがちょっと疲れちゃったみたいでねと言い訳した。彼女を家まで送り届けて、それから僕はまた引き返してくるよ。興奮に身を震わせつつ、二人は借りた車に乗ってポート・ワシントンに戻った。門番小屋に着くと彼は車を停め、夜警に話しかけた。

「見まわりは何時だい、カール？」

「今行くところですよ」

「そしてみんなが戻るまでここにいるんだね？」

「ええ、そうです」

「なるほど。いいかい、たとえ誰の車だろうと、車が門の中に入ったら、すぐに僕に電話して教えてもらいたいんだ」彼は五ドル札をカールの手の中に押しこんだ。「わかったね？」

「わかりました、ミスタ・アンソン」ヨーロッパ生まれの人間である夜警はその手のことには馴れていて、ウィンクもしなければ、にやりともしなかった。それでもドリーは隣席でわずかに顔を背けていた。

アンソンは鍵を持っていた。中に入ると彼は二人ぶんの酒を注いだ。ドリーは酒には口をつけなかった。それから彼は電話の位置を調べて、二人のそれぞれの部屋からベルの音がはっきりと聞こえることをたしかめた。部屋はどちらも一階にあった。

五分後には彼はドリーの部屋のドアをノックした。

「アンソンなの？」彼は中に入り、ドアを閉めた。彼女はベッドの中にいて、枕に両肘をつき、落ちつかなげに身を起こしていた。彼はその隣りに腰かけて彼女の体を抱いた。

「アンソン、愛しい人（ダーリン）」

彼は答えなかった。

「アンソン……ねえ、アンソン。愛してるわ……私を愛してると言って。さあ、言ってちょうだいよ。こうなっても言えないの？　嘘でもいいから言ってよ」

彼は何も聞いていなかった。ドリーの頭上の壁に、ポーラの写真が掛かっているのが見えたのだ。

アンソンは立ちあがって近くに寄った。三度も反射をかさねて届く月光を受けて、紺縁はほんのりと光っていた。その中にあるぼんやりとした影のような顔は、見知らぬ女の顔だった。胸にこみあげるものをおさえながら彼は振り返り、ベッドの上の小さな人影を嫌悪の目で見つめた。

「こいつは全く馬鹿気ている」と彼は喉をつまらせて言った。「本当に何を考えていたんだろう？　僕は君を愛しちゃいない。君は誰か君を愛してくれる人をみつけた方がいいね。僕は君のことをこれっぽっちも愛してないんだ。それがわからないのかい、君には？」

声が涙声になってきたので、彼は急いで部屋の外に出た。客間に戻って震える手で酒を注いでいると、突然玄関が開いて従姉が入ってきた。

「ドリーがよくないんですって」と従姉は心配そうに訊いた。「具合悪いって聞いたから……」

「なんでもないよ」、彼は相手の言葉を遮って、ドリーの部屋まで届くように大声で言った。「彼女ちょいと疲れてたんだ。もう寝てるよ」

おかげでその後長いあいだアンソンはこう信じることになった。天なる神はたまには親切心を起こして人の営みに手をさしのべるのだと。しかし目覚めたまじっと天井を見つめていたドリー・カージャーは、それ以来何ひとつ信じることができなくなってしまったのだった。

Ⅵ

その年の秋にドリーが結婚したとき、アンソンは商用でロンドンにいた。ポーラの時と同じように寝耳に水のしらせだった。でも彼の抱いた感慨は異ったものだった。最初のうちはどちらかというとおかしくて、考えるたびにくすくす笑っていたのだが、そのうちにだんだん気が塞いできた。急に老けこんでしまったような気がした。

なんだか同じことの繰り返しのようだ——そう、ポーラとドリーとでは世代がひとつ異っている。昔の恋人の娘が結婚したという報に接した四十男の感慨を前もって味わわされているような気がした。彼はおめでとうと祝電を打ったが、ポーラの時とは違って、それは心からのものだった。ポーラに幸福になってほしいと彼が思ったことは一度もない。

ニューヨークに戻ると、彼は会社の共同経営者に抜擢されたが、仕事の責任が増すにつれて自由になる時間が少くなってきた。生命保険会社に契約を断られたことで、彼もこれはさすがにいかんと思い、一年間酒を断った。彼はずいぶん体調が良くなったよと言いふらしていたが、二十代前半の彼の人生を輝かしく彩っていたチェリーニ風冒険談を陽気に話すこともできなくなったわけだから、これはいささか淋しかったんじゃないかと僕は思う。でも彼はイェール・クラブには顔を出していた。彼はクラブではちょっとした名士であり、きわだった存在であり、大学卒業後七年になって、そろそろもう少し大人しいところに場所変えしようかという同級生たちも彼がいればこそクラブに留まっていた。

どれほど毎日が忙しくとも、どれほど精神的にぐったりと疲れていても、彼は頼まれれば誰にでもあらゆる種類の助けの手をさしのべた。最初のうちプライドと優越感によって行われていたことが、やがては習性となり情熱となった。常に何かしらやるべきことはあった。弟の一人がニュー・ヘイヴンで問題を起こしたし、友達の夫婦喧嘩の仲裁もやったし、誰それの就職口もみつけたし、誰それの株式投資の相談にも乗った。しかし彼のお得意はなんといっても若い夫婦間の問題を解決してやることだった。彼は常に年若い夫婦に心を引かれたし、彼らの住むアパートは彼にとっては殆ど聖域に等しかった。アンソンは彼らのなれそめ話も知っていたし、彼らがどこに住んでどう暮せばいいかアドバイスもしたし、彼らの赤ん坊の名前も覚えた。年若い細君連にアンソンは慎しみ深く接したし、その夫たちが彼に対して変らず抱いている信頼感を――彼の悪評高い身持の悪さを思えば信頼されること自体奇妙な話なのだが――一度も裏切ったりはしなかった。

彼は幸せな結婚生活を見ることに身代り的喜びを感じるようになったし、また上手く行かなくなった結婚生活からも殆ど同じくらい心地良いメランコリーを感じるようになった。シーズンにひと組くらいは、おそらく彼が面倒をみたといってもいいカップルが離別していくのを彼は目にした。ポーラが離婚して、殆ど間髪置かず別のボストンの男と再婚したとき、アンソンは午後を潰して僕に彼女の話をしてくれた。ポーラを愛したのと同じように他の誰かを愛することはもう二度とあるまいと。もっともそんなこともうどうでもいいんだけれどね、と彼は言った。

「僕は結婚なんてしないよ」と彼は口にするようになった。「僕は余りに多くのことを見すぎた。幸せな夫婦なんてほんのたまにしかいない。だいいち僕はもう歳だよ」

でもアンソンは結婚というものを信奉していた。幸せに順調な結婚生活を送った両親を見て育った人間の常として、その信奉ぶりは熱烈なものであった。何物もその信念を揺り動かしはしなかったし、彼の冷笑主義もその前では雲散霧消してしまった。しかし彼は自分が年を取りすぎていると心底信じていた。二十八歳にして既に彼は、自分はこのままいけばロマンティックな愛とは無縁の結婚をすることになるのだろうというあきらめの心境に達していた。彼は断固決意して同じ階級（クラス）の、美人で頭が良くて話のあう、非のうちどころのないニューヨーク出身の娘を一人選び、彼女と恋するようにもっていった。ポーラに対しては心のたけを込めて口にした、そして他の娘たちに向ってはいとも優雅に口にしたその同じ科白も、今では口にするたびに、思わず笑みが浮かんだし、そんな言葉が嘘っぽく響かぬように努力もしなければならなかった。

「四十になったら、僕は熟した柿みたいになっちまうだろうね。そしてみんなと同じように落ちるのさ」と彼は友人たちに言った。

それでもなお、アンソンはしつこく恋愛遊戯をつづけた。母親は彼が結婚することを望んでいたし、彼の方にも結婚するための経済的余裕は十分にできていた。彼は証券取引所のメンバーになっていたし、年収は二万五千ドルに達していた。頃合といえば良い頃合だった。彼はドリーと一緒に育てたグループの連中と大方の時を過していたのだが、そんな友人連も今では日が暮れれば家庭の人となり、彼もいささか暇をもて余すようになっていたのだ。ドリーと結婚するべきだったかなとさえ考えたりもした。ポーラでさえドリーほどは僕を愛してはくれなかったものな。一生のうちで真の愛に巡り会うなんて極めて稀なことなのだというのが彼にもわかってきたのだ。

そんな気分につきまとわれだしたのとちょうど時を同じくして、穏やかならざる話が彼の耳に届くようになった。もう四十に手が届こうかという叔母のエドナが、ケアリ・スローンという大酒飲みの若い放蕩者と人目もはばからず深い仲になっているというのである。知らないのは叔父のロバートだけである。彼は十五年間社交クラブで話し込むのに夢中で、妻のことなど眼中になかったのだ。

アンソンは何度も何度もその話を耳にして、だんだん不快な気持になってきた。その昔叔父に対して抱いていた気持がいくらか蘇ってきた。それは個人的感情の蘇りというよりは、ずっと彼の誇りの支えとなってきた一族の結束というものに再び心が向いたせいである。叔父を傷つけることだけは何があっても避けねばならんと、彼は本能的に思った。頼まれもしないのに他人事に口を出すのはそれが初めてだった。しかし自分ならエドナの人柄を心得ているし、地裁判事やロバート叔父よりはうまく事態を処理できるだろうと彼は思った。

叔父はホット・スプリングズにいた。アンソンは噂の源をたどってそれが出鱈目なものではないことをしっかりと確かめてから、エドナに電話をかけて、明日プラザ・ホテルで一緒に昼飯でも食べませんかと言った。彼の声の響きに何か相手を怯えさせるようなものがあったらしく、彼女は逃げ腰になった。しかし彼はどうしても会いたいからと言って、それ以上は相手が断る理由を思いつけないというあたりまで日にちをのばして会う約束をとりつけた。

エドナは約束の時間どおりにプラザ・ホテルのロビーにやってきた。美しい女だが、いくらか容色に衰えが見える。瞳はグレーで髪はブロンド、ロシア黒貂の毛皮のコートに身を包み、そのほっそりとした手にはダイアモンドかエメラルドか、大きな指輪が五つきらりと冷やかな光を放っている。そんな毛皮や宝石が買えたのは叔父の才覚のせいじゃない、ひとえにうちの父のおかげじゃないかという思いがアンソンの頭を横切った。そして彼女はその豪華な輝きの助けを借りて、いままさに消えゆかんとする美しさをなんとか繋ぎとめているのだ。

エドナはアンソンが胸に一物あることを嗅ぎとってはいたが、それほど率直に切り出されるとは予想していなかった。

「ねえエドナ、あなたのやっていることにはびっくりさせられましたね」と彼はきっぱりとした声で腹を割って話した。「最初はとてもじゃないけれど信じられなかったですよ」

「何のことかしら、それ？」と彼女はきっとして訊き返した。

「とぼけないでほしいな、エドナ。ケアリ・スローンのことに決まってるでしょう。ほかのことはまあともかくとしてロバート叔父さんを裏切るなんて——」

「ちょっと待ってよ、アンソン——」と彼女は怒りの声を上げたが、アンソンは有無を言わせぬ声でそれを遮った。

「——それに子供たちまで裏切ってる。もう結婚して十八年になるんでしょう。もう少し分別ってものがあってもいいんじゃないですか」

「あなたにそんな口のきき方されるいわれはないわよ。だいたい——」

「いいわれはあります。ロバート叔父さんは僕の昔からのいちばんの親友だ」そう言いつつ、彼の心は激しく震えた。叔父と年端のゆかぬ三人の従弟に対して、心底気の毒に思った。

エドナは蟹のカクテルには手も付けずにすっと席を立った。

「こんな下らないお話なら——」

「結構、もし話しあう気がないのなら、僕はロバート叔父さんのところに行って全部ぶちまけます――どうせあの人だって早晩耳にすることになるでしょうからね。そしてそのあとでモーゼズ・スローン御大のところに行きます」

エドナはよろめくように椅子に座りなおした。

「そんな大きな声を出さないで」と彼女は言った。眼には涙が滲んでいた。「あなたの声ってすごくよく通るんだから。そんな下らない言い掛かりつけるんなら、もう少し人気のない場所を選んでくれたっていいじゃない」

アンソンは返事をしなかった。

「ああ、あなた私のことずっと嫌いだったんでしょう。知ってるわよ」と彼女は続けた。「どこかで下らないゴシップを聞きつけて、それをうまく利用して、私が初めて手に入れた実のある友情をぶち壊してやれと思ってるんでしょう？　どうしてそんなに私を嫌うの？　私が何したって言うのよ？」

それでもアンソンはじっと待っていた。相手は彼の騎士道的精神に訴えかけてくるだろうし、次には情にすがり、最後にはあなたの方がそのへんの機微はよく御存知のはずよということになるだろう。それらを全部やりすごしていけばやがていやでも本音がでてくる。そこまでいけばもうこちらのものだ。じっと黙って、相手の言うことは聞き流し、彼の主戦武器である嘘偽りのない本心に不断に立ち戻ることによって、彼は昼食の進行にあわせてエドナを半狂乱の絶望の淵に追いこんでいった。二時になると彼女はハンカチと鏡をひっぱりだし、涙のあとを拭き取り、白粉のはげたところを繕った。そして五時に自宅で会うことを承知した。

アンソンが行ってみると、彼女は夏用のクレトンのカバーがかかった長椅子に寝そべっており、昼食の席で浮かべた涙がまだその瞳に残っているように見えた。それから火の気のない暖炉にかぶさるように立っているケアリ・スローンの不安気な暗い影が目に入った。

「いったいこれはどういうつもりなんだ」とスローンはいきなり切り出した。「エドナを昼飯に誘って、何か下らない噂話をねたに彼女を脅したそうじゃないか」

アンソンは腰を下ろした。

「単なる噂話とは片づけられない節があってね」

「ロバート・ハンターとうちの父にぶちまけるんだって」

アンソンは肯いた。

「君たちが手を切らないのなら、そうするつもりだよ」

「おいハンター、お前の口出しすることじゃなかろう」

「短気起こしちゃ駄目よ、ケアリ」とエドナが心配げに言った。「この噂が事実無根であることがはっきりすればそれでいいんだから――」

「だいいちにハンターという名が世間で取り沙汰されている」とアンソンは口をはさんだ。

「それさえなきゃ君のことをとやかく言ったりはせんよ、ケアリ」

「エドナはお宅の身内じゃないぜ」

「身内じゃないなどと言わせんぞ！」アンソンの頭に血が上った。「いいか――この家も、その指の宝石も、みんなうちの父親の才覚によってもたらされたものだ。ロバート叔父さんと一緒になったとき彼女は無一文だった」

三人は一斉に指輪に目をやった。まるでこの状況の重大な意味がそこに詰っているとでもいわんばかりに。エドナは指輪を抜き取る真似をした。

「この世間に他に指輪が無いわけじゃない」とスローンは言った。

「つまらない言い争いはよして」とエドナは叫んだ。「ねえ、聴いてちょうだい、アンソン。どうしてこんな下らない噂が広まったかやっとわかったわ。私が馘首にしたメイドが、すぐにチリチェフの屋敷に雇われたからなのよ。ロシア人たちったら使用人からせっせと話を聞きだして尾鰭つけちゃうでしょう？」彼女は腹立たしげに拳でテーブルをカツンと叩いた。「去年の冬私たちが南部に行ったとき、ロバートは彼らに丸々ひと月リムジンを自由に使わせてあげたっていうのに、あと――」

「そういうことなのさ」とスローンがそれにとびつくように言った。「そのメイドが思い違いをしたわけだよ。その子はエドナと僕が友だちであることを知っていて、チリチェフのところでそいつを言いふらしたのさ。ロシア人って奴らはね、もし男と女が――」

彼はその論題をコーカサス地方の人間関係にまで敷衍して滔々と弁じた。

「そういうことであれば、いずれにせよロバート叔父さんにちゃんと説明しておいた方がいいね」とアンソンは眉ひとつ動かさずに言った。「そうすればもし噂が耳に届いてもデマだってわかるから」

昼食のときエドナに対して用いたのと同じ方式で、彼は二人に言い訳したいだけ言い訳させた。二人がクロであることはアンソンにはわかっていたし、そのうちに言い訳のラインを越えて自己正当化の領域に入りこみ、こちらが動かずとも明確に自らの有罪を暴露してしまうであろうこともわかっていた。七時までに二人はやけっぱちになってアンソンに真相を告白していた——ロバート・ハンターがエドナをないがしろにしていたこと、エドナの生活が空虚であったこと、時々ふざけあっていたのが、やがて熱い感情に変っていったこと——しかし大方の実話の例に洩れず二人の話もいかんともしがたく古ぼけた陳腐なもので、その衰弱した身をいくらぶっつけても、アンソンの意志を包む固い鎧はびくともしなかった。スローンの父親のところに行くという脅しが二人の劣勢にとどめをさした。引退したアラバマの綿花仲買人である父親はその名も高きこちこちの基本派信者（ファンダメンタリスト）〔根本原理を厳格に守るキリスト教の一派〕で、けちけちと小遣いを与え、もう一度つまらない間違いをしたらもう二度と金は渡さないというとりきめをすることによって息子の首ねっこをがっちりと押さえていたからである。

三人はこぢんまりしたフランス料理店で夕食をとった。そして話しあいは続いた。一時はスローンが腕力に訴えて脅しをかけようとした。その少しあとで二人は、もう少し時間をくれとアンソンに懇願した。しかしアンソンは耳を貸さなかった。エドナの心がずたずたになっていることが彼にはわかっていたし、もう一度情熱を燃え上がらせ、二人を元気づかせてはならない。

午前二時、五十三丁目の小さなナイトクラブで、突然エドナの神経が崩壊した。家に帰してと彼女は叫んだ。スローンはその夜ずっと浴びるように酒を飲んでいたのだが、いささか感傷的になって、テーブルにつっ伏し、顔を両手で覆ってすすり泣いた。そこでアンソンはすかさず条件を出した。スローンは六ヵ月ニューヨークを離れる。それも四十八時間以内に姿を消す。そして彼が戻ってきてもよりを戻さない。ただし一年たった時点でもしエドナがそう望むなら、ロバート・ハンターに離婚したいと申し出て、世間一般のやり方で処理すればいい。

アンソンは一呼吸置き、二人の顔を見てこれでよしと最後の言葉を口にした。

「あるいはもうひとつ別の方法もある」と彼はゆっくりとした口調で言った。「もしエドナが子供たちを捨ててもいいというなら、君たち二人は駆け落ちすりゃいいさ。僕にそれを阻止するてだてはない」

「家に帰りたい！」とまたエドナが叫んだ。「これだけやればあなた、もう今日は十分でしょう」

外はまっ暗だった。通りの向こうに六番街の淡い光が見えるだけだった。そんな光の中で、恋仲であった二人はこれを最後と、互いのうちひしがれた顔をじっと見つめあったが、障害を乗り越えてまで添いとげようとするほどの若さや強さは彼らのあいだにはなかった。スローンは突然さっさと歩き去ってしまい、アンソンは眠りこんでいるタクシーの運転手の腕をとんとんと叩いた。

時刻はもう四時に近かった。暗く人気のない五番街の舗道に沿って、清掃の水が途切れずに細く流れていた。そして夜の女の影がふたつ、聖トマス教会の暗いファサードの上を横切っていった。それからセントラル・パークの荒涼とした低木の繁みが見えた。子供の頃、アンソンはよくそこで遊んだものだった。通りを進むにつれて地番の数字（それは名前と同じくらい意味を持っている）はどんどん大きくなっていく。これは僕の街なんだ、とアンソンは思った。僕の家名は五代にわたってこの街に鳴り響いてきた。どのような変化もここにおけるその地位の永遠性を揺るがすことはできなかった。何故なら変化こそは、彼や彼の一門が自分たちこそニューヨークの精神そのものなのだと見なすための不可欠の基盤であったからだ。頭の回転の早さと強固な意志が、叔父の名前や一門の名前や、そしてまた隣りの座席でぶるぶる震えているこの女の頭上からも、暗雲を吹きとばしたのだ。下手に仏心を出していたりしたら、こう上手くはいかなかったはずだ。

ケアリ・スローンの死体は翌朝クイーンズボロ橋の橋脚の石台の上で発見された。あたりが暗かったのと、気が高ぶっていたのとで、下の方には黒々と水が流れているものと見違えたのだろう。しかし一瞬の後にはもう、どちらでもたいした違いはなくなっていた。最期の瞬間にエドナを想い、水中で弱々しくあがきながら彼女の名を呼ぼうとしていたのでさえなければ。

Ⅶ

この件に関して、アンソンは自分のやったことをうしろめたく思ったりはしなかった。そもそもの原因を作ったのは自分ではないのだ。しかしまっとうな人間が不当にまきぞえを食うのが世の常で、アンソンは自分にとっていちばん古くからの、そして結局はいちばん大きな意味を持った友情が終ってしまったことに気づいた。エドナがどんな風に話を作り替えたのかは知らないが、彼が叔父の家に温かく迎えられることは二度となかった。

クリスマスの直前にハンター夫人はエピスコパル派の上流の天国へと退き、アンソンが一家の筆頭となった。ずっと一家と同居していた独身の叔母が家のきりもりをし、年若い娘たちの監督をつとめようとしたが、そちらの方はまったく上手くいかなかった。子供たちは誰もアンソンほど自立心が強くなかったし、長所においても短所においてもずっと月並みだった。ハンター夫人の死によって、一人の娘の社交界デビューともう一人の娘の結婚が延期になった。そしてまたそれは、きわめて本質的な何かを全員から奪っていった。というのはその死によって、ハンター家の金のかかった物静かな優越性は失われてしまったからである。

たとえば一家の地所も二度の相続税によってかなりの部分が失われてしまっていたのだが、それがじきまた子供たちに六分割されるわけだから、こうなってはもう人目を引くような資産とも言えない。いちばん下の妹たちがいささかの敬意さえこめて口にする人々の名は、二十年前には「存在」さえしなかったことにアンソンは気づいた。趨勢というものである。彼の考える格のようなものは、もう妹たちにはピンとこないようだった。ときおり紋切り型に家柄を気取ってみるが、それどまりである。コネティカットの屋敷でみんな一緒に夏を過すのも母親の亡くなった年が最後ということになった。そういう夏の過し方に対する不平・不満はかまびすしいものだった。「一年でいちばん良いシーズンなのに、あんな死んだような古ぼけた町に閉じこめられるのは御免だよ」と弟たちは言った。仕方なくアンソンは譲歩した——屋敷は秋に売りに出す、来年の夏はウエストチェスター郡に小さなところを借りよう、ということになった。それは「贅をこらした簡素」という彼の父親の理想からすると一歩後退であった。アンソンは弟たちの気持もよくわかったけれど、そのことについてはやはり淋しい想いをした。母親が生きていた頃、どんなに羽目を外して浮かれ騒いだ夏だって、彼は少くとも二週間に一度はそこで週末を過したものだった。

しかしながら彼自身もやはりこの変革の一端を担っていた。生に対する強い本能によって、彼は二十代においてすでに、不毛な有閑階級の空虚な生命なき儀式には背を向けていた。もっとも自分ではっきりそう意識していたわけではない——彼はまだ行動様式というか、上流社会の規範はあるだろうと思っていた。でも行動様式などというものはなかった。ニューヨークに真の行動様式がかつて一度なりとも存在したかということさえ疑わしい。ある特別なグループに入ろうとやっきになって金をばらまく連中もまだいるにはいるが、いざそこに入ってみると、なんだいこんなもの社交界としての機能を果たしていないじゃないか、ということになってしまう。あるいは、もっと唖然とすることには、やっと振り切って逃げてきたと思っていた田舎者の連中がしっかりテーブルの上席に着いているではないか。

アンソンは二十九になったが、自分が日増しに孤独になっていくことが何よりも気懸りだった。もう俺が結婚することはないな、と彼は確信していた。彼が新郎介添人や付添いをつとめた結婚式の数は数え切れないくらいになっていた。家にある引出しのひとつはそんなあちこちの結婚パーティーの記念ネクタイでいっぱいだった。一年ともたなかったロマンスの形見のネクタイ、今はもう彼の人生から完全に消え落ちていったカップルのためのネクタイ。スカーフ・ピンや金の鉛筆やカフス・ボタンといった一世代ぶんの新郎たちからの贈り物が彼の宝石箱の中に入り、何処へともなく消えていった。そしてそんな儀式をかさねるたびに、自分が新郎の席に着いている姿を想像することが益々困難になってきた。結婚に対する彼のあたたかい思い入れの裏には自らの結婚に対する苦い絶望があった。

三十に近づくにつれて、彼はいささか気が滅入ってきた。交友関係が結婚によって昨今とみに侵蝕されているのだ。様々な人々のグループがわけのわからないままどんどん解体消滅していく。大学の同級生たち――いちばん多くの時間を割き、いちばん心血を注いだ相手だ――がいちばん捉えどころがなかった。彼らの大半はどっぷりと家庭の中に浸りきっていた。二人死亡、一人は海外在住、一人はハリウッドで映画の脚本を書いており、アンソンはその映画を律儀に観に行った。

でも同級生の殆どは今ではどこかの郊外のカントリー・クラブに本拠を移し、しち面倒臭い家庭生活を送る永続的な通勤族になっていた。アンソンがいちばん疎遠になったと感じるのはそんな連中だった。

彼らは新婚当初はアンソンを必要としていた。彼はそんな新婚世帯のほそぼそとした金のやりくりに対してアドバイスを与え、二間とバスルームだけという状況で子供なんか作っていいのだろうかという若夫婦の疑念を晴らしてやった。そして何にも増して、彼は巨大な外なる世界を具現した存在であった。しかし今では彼らの経済的な悩みも昔話となり、どうなることかと案じつつ産んだ子供もちゃんと家族の一員としてなじんで収まっている。彼らは旧友アンソンをいつだって喜んで迎えたが、会う時は上等な服を着て現在の地位の安定ぶりを示そうとしたし、悩みごとがあったとしても彼には打ち明けなかった。彼らはもうアンソンを必要としないのだ。

三十歳の誕生日の数週間前に、昔からの親しい友人が結婚式をあげた。彼が最後の独りものの友だちだった。アンソンは例の如く新郎付添人をつとめ、例の如く銀製のティーセットを贈り、例の如くホメリック号の出港を見送りに行った。五月の暑い金曜日の午後だった。埠頭から歩いて戻りながら、そうだもう週末休みに入っちまってるんだ、と彼はふと思った。月曜日の朝まではまったくの自由である。

「どこに行くかな?」とアンソンは自問した。

イェール・クラブだ、もちろん。夕食までブリッジをして、誰かの部屋で四、五杯きついカクテルを飲んで、愉快に出鱈目に夜を過すのだ。今日結婚した友人がその仲間に加われないのはまったく残念なことだと彼は思った。こんな夜にはいつもあいつと二人で目いっぱい楽しんだのにな。どうすれば女の気を引くことができて、どうすればうまく追っ払えるか、自分たちの知的な享楽主義の中からどの程度の節度を女の子に振り向ければいいか、そのへんのツボを二人はよく心得ていた。夜遊びには程良さが肝要である。しかるべき女の子をしかるべき店につれていき、しかるべき額の金を払って楽しむ。飲まねばならぬ最低限よりは少し余分に飲む（度は越さない）。そして午前何時かのしかるべき時刻になると、立ちあがってそろそろ失礼するよと言う。大学生やたかり、先の約束、喧嘩、感傷、思慮を欠いた行動は避けるようにする。そうやっておけば間違いはない。でなければただの放蕩になってしまう。

朝になって後悔に苛まれることもない。これからはもう、などと決心することもない。でももし少々やりすぎて気持の収拾がうまくつかないという時には、何も言わずに二、三日禁酒すればそれでよろしい。そして退屈で手持無沙汰になり、またパーティーに行きたいと思うようになるのを待つわけだ。

イェール・クラブのロビーは閑散としていた。バーには見るからに若い卒業生が三人いて、興味のなさそうな目をちらっと彼の方に向けた。

「やあ、オスカー」と彼はバーテンダーに声をかけた。「ミスタ・カーヒルは今日顔を出したかい？」

「ミスタ・カーヒルはニュー・ヘイヴンにおでかけになりました」

「ああ……そう」

「野球ですよ。皆さん行ってしまわれました」

アンソンはもう一度ロビーをのぞいて、少したためらってから外に出て、五番街まで歩いた。ある社交クラブの大きな窓から――彼はそこのメンバーだったがこの五年というものクラブに殆ど顔も出していない——白髪の男が精彩を欠いた目で彼をじっと見下ろしていた。アンソンは急いで目をそらせた。うつろなあきらめと偉そうな孤独の中にじっと座った男の姿を見ると、アンソンは気が滅入った。彼は歩を停め、もと来た道を辿り、四十七丁目の通りを渡ってティーク・ウォーデンのアパートに向った。ティーク夫妻はかつては彼の最も親しい友人だった。彼とドリー・カージャーが恋人だった頃、二人はよく彼らの家に行ったものだった。しかしティークが深酒をするようになると、細君はみんなの前で、アンソンが夫に悪影響を及ぼしていると広言した。そしてその発言は誇張された形でアンソンの耳に届いた。結局誤解はとけて一件落着したわけだが、そのときには親密さというデリケートな魔力は損われてしまっていたし、二度とはもとに復さなかった。

「ミスタ・ウォーデンは御在宅でしょうか？」とアンソンは訊いた。

「みなさんで田舎にいらっしゃいました」

そう言われて、彼の心は意外にも深く傷ついた。彼らはひとこともなく田舎に行ってしまったのだ。二年前ならアンソンは彼らの出発の日にち、時間を知っていて、ぎりぎりの時間に立ち寄って一杯やっていただろうし、じゃあ今度はいついつそちらにうかがうよと取り決めていただろう。今では彼らはアンソンには声もかけずに出かけてしまうのだ。

アンソンは時計に目をやって、家族と一緒に週末を過そうかとも思ったが、列車はもう鈍行しかなかったし、ひどい暑さの中を三時間もがたごとと揺られることになる。そして明日一日を田舎で過し、日曜日――彼はかしこまった大学生とポーチでブリッジをしたり、夕食のあと道路沿いのあかぬけないナイトクラブでダンスをしたりするような気分ではなかった。あんなつつましい娯楽のどこに親父は価値を見出していたのかな。

「やめた」と彼は独りごちた。「だめだ」

アンソンは堂々として立派な外見の青年であり、今ではけっこう恰幅が良くなっていたが、それ以外には放蕩の痕跡は見当たらなかった。何かの柱ともなるべき人物と見えた。これは柱は柱でも社会の柱というんじゃないなと思わざるを得ない時もあったにせよ、それ以外の時にはまさに法曹界・宗教界といった社会の中枢を担う人物と人目には映った。四十七丁目のアパートの前で、アンソンはしばしぴくりとも動かず立ちつくしていた。やるべきことがひとつもないなんて、おそらく生まれてはじめてのことである。

やがて彼は五番街を北に向けて足早に歩き始めた。そうだ、大事な約束を思いだした、といった風に。こういうとりつくろい方は人間と犬に共通して見受けられる性向のひとつだ。その日のアンソンはいつもの家の勝手口でうまく餌にありつけなかった毛なみの良い犬みたいなものだったのだろう。彼はニックに会いにいくことにした。ニックはかつてはプライベートなダンス・パーティーにひっぱりだこの売れっこバーテンダーだったが、今ではプラザ・ホテルの迷宮の如き地下の貯蔵室でアルコール抜きのシャンパンを冷やすのが仕事である〔当時は禁酒法が施行されていた〕。

「やあニック、具合はどう？」

「死んでますね」とニックは言った。

「ウィスキー・サワー作ってくれよ」と言ってアンソンはウィスキーのパイント瓶をカウンター越しに渡した。「なあニック、女の子も変っちまったよ。ブルックリンにつきあってる子がいたんだけどさ、何も言わずに先週結婚しちまった」

「本当ですか？　は・は・は」とニックは如才のない返事をした。「まんまと出し抜かれたわけだ」

「まったくさ」とアンソン、「なにしろ結婚式の前日の夜にその子とデートしたんだよ」

「は・は・は」とニックは言った。「は・は・は！」

「ホット・スプリングズでの結婚式のことを覚えているかい、ニック？　僕がウェイターと楽士に英国国歌（ゴッド・セイブ・ザ・キング）を歌わせたやつ」

「はてと、あれは何処でしたっけね、ミスタ・ハンター？」とニックは困ったようにじっと考えこんだ。「たしかあれは――」

「その次にもっとよこせって言ってきた時は、僕もいささか慌てたね。いったいこないだは幾らやったかなって」とアンソンは話しつづけた。

「――あれはミスタ・トレンホルムのお式でしたっけね？」

「そんな奴知らんね」とアンソンはぴしっと言った。聞き覚えのない名前が思い出の中にもぐりこんできたことにいささかムッとしたのだが、ニックにもそれはわかった。

「いや——違ったな」と彼は間違いを認めた。「そんなわけはない。あなたのお仲間の一人で、ええと——ブラキンズ……ベーカー——」

「ビッカー・ベーカー」とアンソンはとびつくように言った。「結婚式が終ったあとで、連中は僕を霊柩車に乗せ、僕の体を花で覆って、連れ去った」

「は・は・は」とニックは笑った。「は・は・は」

ニックのおはこの一昔前の家僕の真似もだんだん鼻についてきたので、アンソンはロビーに上った。あたりを見まわし、受付カウンターにいる見覚えのないフロント係の男と目を合わせた。それから彼の視線は真鍮の痰壺の口にひっかかっている花の上に落ちた。朝方の結婚式の花だった。ホテルを出ると、アンソンはコロンバス・サークルの上の血みたいに赤い太陽に向ってゆっくりと歩いた。それから突然振り向き、プラザ・ホテルに向ってもと来た道をひき返し、電話ボックスに閉じこもった。

その午後三度も君のところに電話したんだぜ、と後日彼は言った。ニューヨークにいそうな人間にはかたっぱしから電話してみたのだ。もう何年も顔を合わせていない男たちや女たちに。学生時代に知りあった、画のモデルをやっている女の子にも電話してみた。その電話番号が住所録にかすれた字でまだ残っていたのだ。そんな交換局もうありませんよ、と交換手が言った。彼の人探しは次第に郊外にまでのびていった。執事やメイドと話をしたが、きっぱりとした口調で返ってくる返答の方はかんばしくなかった。誰々様は不在――乗馬やらゴルフやら海水浴やらにおでかけです。先週船でヨーロッパに向われました。どちら様でいらっしゃいますか？

一人で夜を過さなくちゃならないなんて、そんなこと耐えがたい。人間というのは常日頃は暇ができたらあれもやろうこれもやろうと頭の中で計画を立てているものだが、求めずして孤独の身になった場合には、そこには喜びなどというものはまったくない。そういうときに呼び出せる類の女は何人か知っていたが、彼女たちはみんなどこかに出かけてしまっていた。金を払って見知らぬ女とニューヨークで一夜を過すなどという考えは頭に浮かばない。もしそんな考えがふと頭に浮かんだとしても、そんなみっともないことそしたこと出来るものか、旅まわりのセールスマンじゃあるまいしと思っただろう。

アンソンは電話代を払った。係の女の子がその額の大きさについて冗談を言おうとしたが、彼はにこりともしなかった。そして行くあてもないまま、ホテルの出口に向った。やれやれ、もう今日は二回もプラザを出入りしている。回転ドアの近くに明らかに身重とわかる女が、光に対して横向きに立っていた。扉が回転するたびに、薄い生地のベージュのケープがひらひらと揺れ、そのたびにいかにも待ち疲れたと言わんばかりにそちらに苛立たしそうな目を向けた。彼女を一目見たとき、懐しさがびりびりとした強い震えとなって彼の体をつき抜けたが、五フィートのところに近づくまでそれがポーラであることに気づかなかった。

「あら、アンソン・ハンターじゃない！」

彼の心臓はとびあがった。

「ああ、ポーラ――」

「まあ、凄い。嘘みたいだわ、アンソン！」

彼女はアンソンの両手を握った。その大らかな仕草から彼はポーラの心の中では自分の思い出がもう既に棘を失っていることを見てとった。でも彼の方はそうではない。ポーラがよびさませた懐しい情感がいつの間にか自分の頭を支配していくのを彼は感じた。彼女の楽天性に触れるとき、彼はいつもそんな優しい気持を抱いたものだった。その表面に疵をつけることを怖れるかのように。

「私たち、夏のあいだライにいるの。ピートが仕事で東部に来なくちゃならなかったものだから――ねえ、あなた知ってるわよね、私がミセス・ピーター・ハガティーだってこと――それで私たち子供たちと一緒にこっちに移ってきて家を借りたの。家に遊びにいらっしゃいよ」

「いいのかい？」と彼は単刀直入に訊いた。「いつ？」

「いつだっていいわよ。あら、ピートが来たわ」回転ドアが回って、顔立ちの良い三一前後の長身の男が現われた。日焼けした顔に手入れの行き届いた髭を生やしている。男のぴしりとひきしまった体つきは、ますます肉づきが良くなっていくアンソンの体とは見事に対照的だった。アンソンの太りようはわずかにきつめのモーニング・コートの上からはっきりと見てとれる。

「立ってたりしちゃいけないよ」とハガティーは妻に言った。「ここに座ろう」と彼はロビーの椅子を指さした。しかしポーラはためらった。

「私、早く家に戻らなきゃ」と彼女は言った。「ねえアンソン、どうかしら——今からうちに来てお夕食一緒にしない？　まだ引越したばかりで落ちついてないけど、それでよかったら——」

ハガティーも礼儀正しく申し添えた。

「一晩泊っていって下さいよ」

彼らの車はホテルの前で待っていた。ポーラはああ疲れたという風に座席の隅の絹のクッションに深くもたれかかった。「話したいことがありすぎて、何から話していいかわからないわ」

「君のことを聞きたいね」

「そうねえ」——彼女はにっこり笑ってハガティーを見た——「それだけでもずいぶん時間がかかりそうだわ。子供が三人——最初の夫との間の子供だけど。いちばん上が五つ、それから四つ、その下が三つ」彼女はまたにっこりと笑った。「ずいぶん効率良く子づくりに励んだでしょう？」

「男の子？」

「男の子が一人、女の子が二人。それから——うん、もうそれはいろんな事があったのよ。そして一年前にパリで離婚して、ピートと結婚したの。それだけ——じゃないわね、私今ものすごく幸せだっていうこと忘れてた」

ライに着いて、ビーチクラブの近くにある大きな屋敷まで二人は車を走らせた。まもなく子供たちが三人家から出てきた。ほっそりとした黒髪の子供たちは英国人の女家庭教師の手をふりほどき、わけのわからない叫び声を上げてこちらに飛んできた。ポーラは上の空で苦労して子供たちを一人ずつ抱きしめたが、子供たちはしゃちほこばってその抱擁を受けていた。お母さんのお腹にぶつかっちゃいけないと言い含められているらしい。子供たちのつるつるした顔に比べても、ポーラの肌には殆どやつれが見当たらなかった。体はけだるそうだったが、七年前に最後にパーム・ビーチで会った時より若々しくなったように見えた。

夕食のあいだポーラはぼんやりとしていたし、そのあとみんなで恭しくラジオに耳を傾けている間も、目を閉じてソファーに横になっていた。自分は邪魔をしているのではあるまいかとアンソンは心配になってきた。しかし九時になってハガティーが立ちあがり、私はちょっと失礼させてもらいますよと愛想良く言って、席を外すと、彼女は自分のことや昔のことについて物静かに語り始めた。

「最初の子供」とポーラは言った——「ダーリンって呼んでるいちばん柄の大きい女の子だけど——その子が出来たとわかったとき、私死んでしまいたかったわ。だってローウェルは私にとっては赤の他人同然だったんですもの。自分の子供だっていう気がしなかったのよ。あなたに手紙を書いて、そして破って捨てたわ。ねえ、あなた私にすごくひどいことをしたのよ、アンソン」

また例の対話、高まったり沈んだり。思い出がすかさずアンソンの胸に燃えあがる。

「あなた一度婚約しなかった？」と彼女は訊いた。「ドリーなんとかという女の子と」

「僕は婚約したことなんて一度もない。そうしようかと考えたことはあるよ。でもね、ポーラ、君の他には誰も愛したことはない」

「そう」と彼女は言った。そしてちょっと間を置いて話をつづけた。「ここに入っている赤ん坊は私が心から望んだ初めての子供なのよ。ねえ、今私、恋をしているの——やっと今になって」

ポーラが自分とのあいだのことなんかすっかり忘れてしまっていることにショックを受けて、アンソンは何も言わなかった。「やっと今になって」という言葉が相手を傷つけたことはポーラにもわかったようだった。彼女はこうつづけた。

「私、あなたに夢中になっていたのよ、アンソン。あなたの為だったら何でもしたわ。でも私たち幸福にはなれなかったでしょうね。私はあなたと上手くやっていけるほど頭が良くないもの。あなたみたいに物事を複雑に処理していくのって、性に合わないのよ」彼女は少し間を置き、こう言った。「あなたは身を固めることのできない人なのよ」

そのひと言がアンソンの背中にぐさりと突き刺さった。よりによってそんな咎めを受けるなんて、彼にはとても信じられなかった。

「女というものがこうじゃなかったら、僕だって落ちつけたさ」と彼は言った。「僕がもう少し女というものを知らなかったらね、女たちが僕をうんざりさせて他の女のところに走らせなかったらね、彼女たちが少しでもプライドというものを持っていたらね。ひと眠りして目が覚めて、これぞ家庭という中にいたらどんなに良かろうと思う――ねえ、僕は生まれつき家庭的な人間だよ、ポーラ。女の子たちにもそれはわかるし、だからこそ僕を好いてくれる。問題は、身を固めたくても今となっては、その前の段階でうんざりしちゃうってことなんだ」

ハガティーは十一時少し前に戻ってきた。ウィスキーを一杯飲んだあとでポーラは立ちあがって、もう眠りたいと言った。彼女は夫のわきに立った。

「ねえ、何処に行ってたの？」

「エド・ソーンダーズと一杯やってたのさ」

「心配してたのよ。家出しちゃったんじゃないかって」

彼女は夫の上着に頭をもたせかけた。「彼、素敵でしょう、ねえ、アンソン？」とポーラが訊いた。

「まったくだね」とアンソンは言って笑った。

彼女は夫の顔を見上げた。

「さて、私の方はいいわよ」と彼女は言って、アンソンの方を向いた。「私たちの家庭内体操芸を見てみたい？」

「是非とも」とアンソンは興味深げに言った。

「オーケー、じゃあやりましょう！」

ハガティーは軽々と両腕にポーラを抱き上げた。

「これがつまり家庭内アクロバット芸ってわけ」とポーラが言った。「私を二階まで担ぎあげてくれるの。どう、優しいでしょう？」

「実に」と彼は言った。

ハガティーはちょっと頭を下げて、ポーラの顔に触れた。

「彼のこと愛しているの」と彼女は言った。「私、ずっとさっきからその話をしてたのよね、アンソン？」

「そのとおり」と彼は言った。

「世の中にこんな素晴らしい人はいないわよ。ねえ、あなた(ダーリン)。……じゃあ、おやすみなさい。私たち失礼するわね。彼、力持ちでしょう？」

「本当に」とアンソンは言った。「ピートのパジャマを用意しておいたわ。ぐっすりおやすみなさいね――それじゃ朝ごはんのときに」

「うん」とアンソンは言った。

Ⅷ

会社の年長の役員たちは、夏のあいだ外国にでも行き給えよとアンソンに強く勧めた。君、この七年間殆ど長期休暇取ってないんじゃないか、と。いささか錆もたまってきたようだし、ひとつ気分転換してくるんだね。アンソンは長期休暇なんて取らないと言った。

「一度行っちゃったら、もう戻っちゃきませんよ」と彼は言った。

「馬鹿言っちゃいかんよ、君。いったん気が晴れたら三月で戻ってくるさ。これ以上はいってくらいきりっとしてね」

「いいえ」と彼は意固地に頭を振って答えた。「一度中断したら、もう仕事になんて戻るもんですか。中断するというのは、放棄するということです――もうおしまいです」

「そこはひとつ運にまかせてみようじゃないか。なんなら半年行っちゃってかまわんよ。もう戻ってこないんじゃないかなんて、我々は毛ほども案じてない。いいかね、君は仕事せずに生きていける人間じゃないんだよ」

彼らは旅行の手はずを全部整えてくれた。

彼らはアンソンが好きだったし――アンソンを嫌いな人間なんていない――彼の変貌は社内に暗い影のようなものを落としていた。仕事にいつも活気を与えていくその情熱、同輩や後輩に対する気配り、まわりの人々まで元気になってしまうような潑剌とした生気――そんな彼の長所はこの四カ月というもの、類を見ない苛立ちのおかげで、四十男を思わせるこむずかしいペシミズムへと変り果てていた。取引きにかかわると、みんなの足をひっぱってお荷物のようになっていた。

「行っちゃったら、もう戻ってきやしませんよ」と彼は言った。

船に乗り込む三日前に、ポーラ・リジェンドリ・ハガティーが出産が原因で死んだ。その頃僕と彼は同じ船で旅をしていたから、しょっちゅう顔を合わせていたのだが、彼は自分がどんな風に感じたかひと言も口にしなかったし、感情の片鱗さえ外にはあらわさなかった。我々の友だちづきあいの中で、これまで一度もなかったことだった。彼の最大の関心事は自分が三十になったということだった。何かというと話がそういう話題に移るように持っていって、あるところまで来るとふっと黙りこんでしまった。まるでこれだけ言えば、あとのことはいちいち語らずともわかるだろうとでも言わんばかりに。共同経営者たちと同様、僕も彼の人柄ががらりと変ってしまったことにはびっくりさせられたし、『パリ号』が二つの世界を隔てる海原にのりだして、彼の領土をうしろにしたとき、思わずほっとしたものである。

「一杯やらないか」と彼は言った。

我々は旅立ちの当日につきもののあの勇みたった気分でバーに乗り込み、マーティニを四杯飲んだ。カクテルを一杯飲んでしまうと、彼は人が変ったようになった。突然手をのばして、楽しそうに僕の膝をぴしゃりと叩いたが、この何カ月かというものそんな陽気さを見せたことはたえてなかった。

「赤いベレー帽の女の子を見たかい？」と彼は尋ねた。「顔色の良い子。二匹の警察犬にさようならの挨拶させてたろう」

「うん可愛い娘だね」と僕も同意した。

「パーサーのオフィスに行って調べてみたんだが、彼女一人旅だったよ。ちょっと下に行って客室係に会ってくるよ。今夜彼女を入れて三人で食事しないか」

やがて彼は姿を消したが、一時間後には彼女と二人で甲板を行きつ戻りつしながら、よくとおる元気な声で話をしていた。娘の赤いベレー帽は鋼鉄のような緑色の海を背景に、ぽつんと明るく際立っていた。ときどきそれがひょいと動いて娘が顔を上げた。そこに浮かんだ微笑みには楽しさと興味と期待がうかがえた。夕食の席で我々はシャンパンを注文し、とても楽しい気分になった。そのあとでアンソンは持ち前の元気の良さでまわりを引きこんで玉撞きをやったが、僕と彼が一緒のところを見かけた何人かは、あの人はどなたですかと僕に訊いてきた。眠くなって部屋に引き上げる時、アンソンと女の子は二人で、バーのラウンジで笑い声を上げながら話をしていた。

船旅のあいだ、期待したようにはなかなか彼に会えなかった。彼はもう一人女の子をみつけて二組四人でつきあおうといろいろやってみたのだが、結局みつからなくて、我々が顔を合わせるのは食事の席だけということになった。それでも時々はバーで一緒に一杯やったし、そんな折には彼は赤いベレー帽の女の子について、そして彼女との艶っぽいいきさつについて、例によって面白おかしく聞かせてくれた。アンソンが元どおりの彼に戻ったことで——少くとも僕が知っている彼に戻ったことで——僕はほっとした。僕は思うのだけれど、誰かに愛されていないことには彼は幸せにはなれないのだ。磁石に吸い寄せられる金屑みたいに彼のもとに引き寄せられ、彼の人となりを彼自身に解説する手助けとなり、彼に何かを確信させてくれる相手が必要なのだ。いったい彼が何を確信したいかまでは僕にもわからない。人生におけるいちばん輝かしく、そして潑剌とした貴重な時間を費して、彼が自らの胸に大事に抱いている優越感を慰撫し護ってくれる女たちがこの世界には常に存在しているだろう——彼はそのような約束を求めていたのかもしれない。

カットグラスの鉢

The Cut-glass Bowl

I

旧石器時代があり、新石器時代があり、青銅器時代があり、そして長い年月のあとにカットグラス時代がやってきた。カットグラス時代にあっては、若い御婦人がたは長い口髭をカールさせた若い紳士たちにうまく水を向けて求婚をさせ、その後数ヵ月のあいだ二人で仲よく肩を並べて、結婚の祝いにもらったありとあらゆる種類のカットグラスの食器に対する礼状をしたためることとあいなった。パンチボウル、フィンガーボウル、ディナーグラス、ワイングラス、アイスクリーム皿、ボンボン皿、デカンタ、そして入れ物（ケース）――一八九〇年代においてはカットグラスはとくに珍しいものではなくなっていたものの、人気は当時ことのほか高く、ボストンの高級住宅地から、堅実そのものの中西部にいたるまで、カットグラスはいたるところで眩（まばゆ）い光を受けて光っていた。

結婚式が終わると、幾つかのパンチボウルは大きなボウルを真ん中にして、サイドボードに並べられる。グラスは陶器戸棚に入れられる。蠟燭立ては両端に鎮座する――そしてそれから、生き残りのための苦難が始まった。ボンボン皿はその小さな把手を失い、二階に持っていかれて小物を入れる皿になりはてた。猫が歩いていて小さなボウルを床に落とした。女中が砂糖皿のついた中くらいの大きさのボウルをかいてしまった。そしてワイングラスたちは脚部のひびによって寿命を終えることになった。それからディナーグラスたちさえもが、まるで「十人の小さなくろんぼ」みたいにひとつまたひとつと姿を消していった。その最後のひとつは今では歯ブラシ入れとして、他の零落した貴人たちとともに、バスルームの棚にその疵だらけの凋落の身をさらしている。しかしこれらのことが全部ひととおり終わったころには、カットグラス時代もまた終わりを迎えていた。

詮索好きなロジャー・フェアボルト夫人が、美しいハロルド・パイパー夫人の家を訪れた頃には、その最初の栄光はもう昔日のものとなっていた。

「まあ、これはこれは」と詮索好きなロジャー・フェアボルト夫人は言った。「素晴らしいお宅じゃありませんか。いいえ、なんて芸術的なんでしょう」

「気に入って頂けて、とっても嬉しいですわ」と美しいハロルド・パイパー夫人は、その若々しい黒い瞳を輝かせて言った。「これからも絶対にちょくちょく遊びに来てくださらなくては。午後はわたくし、だいたいいつもひとりなんですのよ」

フェアボルト夫人としてはさぞや「あらあら、また御冗談を。私なんかが伺ったら御迷惑でしょうに」と言いたかったことだろう。何故なら、この半年間というもの週に五日は、フレディー・ゲドニ氏が午後にパイパー家に立ち寄っていることは、町の人間で知らぬものはなかったからだった。フェアボルト夫人はある程度年を食ってから、美しい女の言葉は何ひとつ信用しないようになっていた。

「ダイニング・ルームがいちばん素晴らしかったわ」と彼女は言った。「陶器がみんな見事だし、それにあの大きなカットグラスのボウル」

パイパー夫人は笑ったが、その笑顔がとても可愛らしかったので、それまでフェアボルト夫人の頭にわずかに残っていたフレディー・ゲドニと彼女についての噂話への疑念は、きれいに消え失せてしまった。

「ああ、あの大きなボウルね！」それらの言葉をかたちづくるパイパー夫人の唇は、まるで鮮やかな薔薇の花弁のようだ。「あのボウルについてはちょっとしたお話があるんですのよ」

「まあ、それは――」

「カールトン・キャンビイという青年を覚えていらっしゃるかしら？　あの方はしばらく私にとても親切にして下さったんですけれど、七年前、一八九二年の夜に、ハロルドと結婚することになったと申し上げたときに、きっと居ずまいを正してこうおっしゃったんですよ。『ねえイヴリン、僕は君に贈り物をあげるよ。それは君と同じように硬くて、美しくて、空っぽで、中が透けて見えるものだよ』、私はそれを聞いてちょっと怖くなったんです——彼の瞳はそれこそ漆黒の黒だったんですもの。彼は私にお化け屋敷とか、あるいは開けたとたんに爆発するものとかそういうものを下さるんじゃないかと思ったんです。贈られたのはそのボウルでした。もちろん美しいボウルです。その直径だか、円周だか、よくわからないけれどその手のものは二フィート半も——ええと三フィート半だったかしら——あるんですのよ。とにかく大きすぎてサイドボードにもはいらなかったんです。外にぴょんと突き出てしまうんですもの」

「まあまあ、それは不思議なお話ね！　そういえば、ちょうどそのころにあの方は町を出ていってしまったんじゃなかったかしら」、フェアボルト夫人は頭の中に傍点つきでしっかりとメモした。「硬くて、美しくて、空っぽで、中が透けて見える」

「そう、彼は西部へ行きました——南部だっけ——とにかくどこかに」とパイパー夫人は答えた。美しさをときならず際だたせる一助ともなる、その魅力いっぱいの曖昧さをふりまきながら。

広々とした音楽室からライブラリを抜けて、その先の食堂の一部までを露わにしているゆったりとした開放空間がもたらすおおらかさに感服しながら、フェアボルト夫人は手袋をはめた。とくに大きいというわけではないが、町じゅう探してもこんなに素敵な家はない。それなのにパイパー夫人の言によれば、彼らはデヴロー・アヴェニューのもっと大きな家に移るつもりでいるらしい。ハロルド・パイパーはお札でも刷っているのかしら。

秋の夕暮れの色に染まりつつある歩道に出ると彼女は、地位ある四十年配の御婦人の例に洩れず、いかにも何かが気に入らないような、不快感を微かに漂わせた表情を顔に浮かべて通りを歩いた。

もし私がハロルド・パイパーだったなら、と彼女は思った、もう少し仕事に割く時間を減らして、もう少し家にいる時間を増やすわね。友達の誰かがそういうことをちょっと忠告してあげるべきだわ。

しかしもしフェアボルト夫人がその午後の訪問を「収穫あるもの」と考えていたとすれば、あと二分間の長居がもたらしたであろうものを彼女はきっと「大成功」と呼んだことだろう。というのは夫人の姿がまだ、通りの百ヤードばかり先に黒い影として見えているうちに、ひとりのとても顔だちのいい青年が、取り乱した様子でパイパー家の玄関先に姿を見せたからである。ドアベルに応えてパイパー夫人自身がドアを開け、ちょっと困ったような表情を顔に浮かべて、客を素早くライブラリに通した。

「来ないわけにはいかなかった」と彼は思い余ったように言った。「君の手紙を読んで、いてもたってもいられなくなった。ハロルドが君を脅して手紙を書かせたの？」

彼女は首を振った。

「もうおしまいよ、フレッド」と彼女は静かに言った。その唇は彼の目には、いつにもまして、もぎたての薔薇の花のように見える。「あの人は昨夜、真っ青になって家に帰ってきた。ジェシー・パイパーが御親切にも彼のオフィスに行って私たちのことを告げ口したの。あの人は傷ついて……ねえフレッド、そりゃ彼にしてみれば傷もつくわね。あの人が言うには、私たちのことは一夏じゅうずっとクラブでのゴシップになっていたんだけれど、自分はちっとも気がつかなかった。でも今になってみれば、耳にはさんだ会話の切れ端とか、私についてみんなが口にした仄めかしなんかがすべて合点がいくって。あの人は本気で怒っているのよ、フレッド。そしてあの人は私を愛しているし、私はあの人を愛している――その、かなりね」

ゲドニはゆっくりとうなずき、目を軽く閉じた。

「そう」と彼は言った。「そう、僕の抱えている問題も君のと同じだ。他人の立場というのがあまりにもはっきり見えてしまう」、灰色の瞳が彼女の黒い瞳とまっすぐに向かい合う。「幸福は長くは続かないものだね。ねえイヴリン、僕は今日いちにちオフィスに座って、君の手紙の封筒を眺めていたんだよ。ためつすがめつ――」

「もう帰って、フレッド」と彼女はきっぱりと言った。その声に含まれた急かすような気配が新たに男の心を刺した。「あの人に誓ったの。もうあなたには会わないって。ハロルドの我慢の限界がどのあたりかはよくわかっているし、こんなふうにあなたと会っているとまずいのよ」

それはずっと立ち話だった。イヴリンは話しながら、体は半分ドアの方に向かっていた。ゲドニは痛切な顔つきで彼女を見つめ、これがもう最後なのだから、その姿を心にしっかりと焼き付けようとした。そのとき突然、二人は彫像のように凍りついてしまった。玄関先に足音が聞こえたのだ。即座に彼女は腕をのばして彼の上着の襟をつかみ、半分促すように、半分ひきずるようにして大きなドアを抜け、真っ暗な食堂に連れていった。

「うまく二階に連れていくから」と彼女は相手の耳元で囁いた。「階段を上がる音が聞こえるまでここを動いては駄目よ。そのあとで玄関から出ていきなさい」

それから彼はひとりで、イヴリンが玄関で夫を出迎える声を聞いていた。

ハロルド・パイパーは三十六歳で、妻よりは九歳年上だった。ハンサムではあったが、そこにはいくつかただし書きがついた。左右の目はいささかくっつき過ぎていたし、表情に動きのないときの顔には機微が欠けていた。ゲドニとの問題が浮上したときに彼がとった態度は、いかにもこの男らしいものだった。彼はイヴリンに向かって、この話はこれでもうやめにしようと言った。このことでこれ以上君を非難したりはしないし、一切仄めかしたりもしない。そして内心こう思った――俺はなんと寛大なんだろう、これなら妻だって少なからず感じ入るはずだと。しかしながら、自分は度量の広い人物だと思い込んでいる人間の例に洩れず、彼は並外れて料簡の狭い男だった。

この日、彼は戸口でいかにも大げさに優しくイヴリンを抱いた。

「あなた急いでお召しかえなさらなくちゃ、ハロルド」と彼女はせっついた。「ブロンソンさんのお宅に伺うんでしょう」

彼はうなずいた。

「着替えなんてそんなに時間はかからんよ」、そういう彼の声は最後の方が聞こえなかった。ライブラリに入っていったのだ。イヴリンの心臓はどきどきと大きな音を立てた。

「ねえハロルド――」と彼女は言いかけて、夫のあとについていった。少し切迫した響きが声に混じっていた。彼は煙草に火をつけていた。「急いだ方がいいわよ、あなた」、彼女は戸口のところに立ったまま続けた。

「どうしてだい？」と彼は微かないらだちのこもった声で言った。「君だってまだ着替えていないじゃないか、エヴィー」

彼は安楽椅子の上で身体をのばし、新聞を開いた。少なくともこれから十分くらいはこうやっているのだろうと思うと、イヴリンの体から血の気が引いていった――隣の部屋ではゲドニが息をじっとひそめて立っているのだ。もしハロルドが二階に行く前にサイドボードのデカンタから一杯飲もうとしたら――。そんなことにならないように、自分で先にデカンタとグラスを持ってこなくてはと彼女は思った。どのようなかたちにせよ食堂に彼の目が向くことは怖かったけれど、やはり危険の芽は摘んでおかねば。

でもちょうどそのときにハロルドは唐突に席を立ち、新聞をほうり投げるように置くと、彼女の方に歩み寄った。

「ねえ、エヴィー」、夫は身をかがめるようにして彼女の身体に両腕をまわした。「昨夜のことを気にしているんじゃないだろうね——」、彼女は震えながら夫に身を寄せた。彼は続けた。「それが向こうにとってはともかく、君としては軽はずみな友情に過ぎなかったことは、よくわかっている。間違いは誰にだってある」

イヴリンはほとんど何も聞いていなかった。こうやってしがみついていればそのまま二階に連れて行けるかもしれないと、ただそれだけを考えていた。気分が悪くなったふりをして、二階まで運んでいってもらおうかしら。でもそう上手くはいかない——私を長椅子に寝かせて、気付けのウィスキーを取りに行くことだろう。

突然彼女の張り詰めた神経は、限界を越えたところまで登りつめた。食堂の床がきしむ音が聞こえたのだ。聞こえるか聞こえないか程度の微かな音だったが、間違いない。フレッドが裏口から逃げ出そうとしているのだ。

それから、銅鑼のようなボオンというこもった音が家の中に大きく響き渡って、それで彼女の心臓は文字通り跳び上がってしまった。ゲドニの腕が大きなカットグラスの鉢にぶつかったのだ。

「なんだいったい！」とハロルドが叫んだ。「誰かいるのか？」

彼女はしがみついたが、ハロルドはそれを振り払った。まるで部屋がそのままがらがらと崩れ落ちてしまうんじゃないかと思えるくらいの激しい物音が聞こえてきた。パントリーのドアがさっと開けられる音、つかみ合いをする音、鍋のかたかたという音。彼女は無我夢中でキッチンに飛んでいくと、二人のあいだに割って入った。ゲドニの首に巻き付けられていた夫の腕はゆっくりとほどかれた。彼は身動きひとつせずそこに立ちすくんでいた。その顔には最初は驚愕が、やがては苦渋の色がゆっくりと広がっていった。

「なんてことだ」と彼は困惑した声で言った。そして繰り返した。「いったいなんてことだ」

彼はもう一度つかみかかろうかというようにゲドニの方を向いたが、やめた。筋肉から力が抜けていくのが見て取れた。それから彼は苦々しげに小さく笑った。

「お前らは——お前らは——」、イヴリンの腕が夫の身体にまわされ、その目はすがるように必死に夫を見やった。しかし彼は妻を押し退け、キッチンの椅子にふらふらと座り込んだ。その顔色はまるで磁器のようだった。「お前は俺に隠れてこんなことをずっとやっていたんだな、イヴリン。よくもまあ、そんなひどいことが！」

彼女はこれほど夫に申しわけないと思ったことはなかった。これほど深く夫に愛を感じたこともなかった。

「彼女のせいじゃありません」とへり下った声でゲドニが言った。「僕が押しかけて来たんです」、しかしパイパーはそれに対して首を振っただけだった。彼が目を上げたときにそこに浮かんでいた表情は、何か事故にあって頭脳が一時的に活動をとめてしまった人のものだった。急に哀しみの色をたたえた夫の目を見ていると、イヴリンの心の琴線は底知れず深いところでかきたてられた。そして同時に激しい怒りが彼女の中にわきあがってきた。瞼（まぶた）が焼けるように熱い。彼女は足を踏み鳴らした。その手はまるで武器でも捜し求めるようにテーブルの上をせわしなくさまよっていたが、やがて彼女はゲドニに向かって猛々（たけだけ）しく突っかかっていった。

「出ていって！」と彼女は、その黒い瞳を燃えあがらせながら言った。その小さな両の拳は、差し伸べられた彼の腕を切なく叩いた。「みんなあなたのせいよ！　さっさと出ていって——出ていって——出ていって、出ていって！」

II

三十五歳のハロルド・パイパー夫人について、人々の意見はふたつに分かれていた。女たちは彼女はまだ端整な顔だちだと言うし、男たちはもう美人とは言えないと言う。これはたぶん彼女の美しさの中から、まわりの女性たちが恐れをなすような、そして男たちが思わずふらふらっとくるような何かが消えてしまったということなのだろう。彼女の瞳はまだ前と同じようにつぶらで黒くて悲しげである。でも神秘は失われていた。そこに湛えられた悲しみはもはや永劫のものではなく、人の営みに過ぎなかった。そしてまた驚いたり、苛々したりするときに、眉を真ん中に寄せて目を何度かしばたたかせるのが癖になった。あの見事な口もとも失われていた。赤みは色褪せ、微笑んだときに口の端が微かに、ちょっとからかうように美しく下がり気味になるところも（それは瞳の悲しみの色を一層際だたせていたのだが）すっかりなくなってしまった。今では微笑むと、口の端は上に持ちあがった。その昔、自分の美しさに浸っていた頃には、イヴリンは自分の笑顔がお気に入りで、それをわざと強調した。強調するのをやめたときそれは、彼女にまだ残されていた最後の秘密とともに、どこかに消えてしまった。

フレディー・ゲドニの事件から一ヵ月もたたないうちに、彼女は微笑みを強調することをやめた。世間的にはふたりはこれまでどおりの生活を送っていた。でも自分がいかに夫のことを愛しているかを知ったあの数分間のあいだに、イヴリンは自分が取り返しのつかないくらい彼を傷つけてしまったことを悟った。一ヵ月のあいだ、彼女は痛みを含んだ沈黙や、激しい非難や詰問と闘わなくてはならなかった。彼女は夫に頭を下げ、静かな、そして痛々しいばかりに可憐な愛をさしだした。しかし相手は苦々しげに笑いとばすだけだった——やがて彼女の方もまた沈黙の中に次第に沈んでいった。二人のあいだに、通り抜けることのできない帳のようなものが降りた。あのとき自分の中にわきあがった愛情を、イヴリンは幼い息子のドナルドの上に惜しみなく注いだ。この子は私の生命の一部分なのだと実感して、彼女はほとんど驚異の念にさえ打たれるのだった。

翌年には、二人が共有する利害やら責任やらが少しずつ積み重なるように増えてきたということもあり、また昔の残り火がちらちらと燃え上がったりして、夫婦はいちおうもとの鞘に収まることになった。でもそんな弱々しい情熱の洪水が引いたあとでは、自分に与えられた大事な機会が既に失われてしまったことをイヴリンは認めないわけにはいかなかった。あとには何ひとつ残っていなかった。かつて彼女は二人にとっての若さであり、愛であったかもしれない。でも長くつづいた沈黙の日々は、彼女の中の情愛の泉をゆっくりと干上がらせ、その水をもう一度飲みたいという彼女自身の欲望もまた息たえてしまった。

彼女は生まれて初めて女友達を求めるようになった。また昔読んだ本をもう一度手に取ったり、目の中に入れても痛くない二人の子供たちに目の届く場所で縫い物をしたりするようになった。些細なことが気になるようになった。夕食のテーブルの上にパン屑がちょっと落ちていたりすると、その場の会話が耳に入らなくなってしまったりした。つまるところ彼女は中年と呼ばれる域に向かっていたのだ。

イヴリンの三十五歳の誕生日はいつになく忙しいものだった。その夜の催しが間際になって慌ただしく決まったからだ。その午後遅く自室の窓辺に立って、彼女は自分がひどく疲れていることに気がついた。十年前なら、横になって一眠りしたことだろう。でも今ではいろんなことに目を配らなくてはならない。メイドたちは階下を掃除しており、そこらじゅうに骨董品が置かれている。もうすぐ食料品店の店員がやって来るし、来たらきっぱりとしたしゃべり方をしなくてはならない。息子のドナルドに手紙も書かなくてはならない。彼は十四歳になり、今年から家を出て寄宿舎生活を始めていた。

それでもやはり横になろうとイヴリンが思いかけた時に、階下から小さな娘のジュリーの発するおなじみの唐突な声が聞こえた。彼女は唇を固く結び、眉を寄せ、目を細めた。

「ジュリー！」と彼女は呼んだ。

「あああ、あああ！」とジュリーが悲しげに声をのばした。それからセカンド・メイドのヒルダの声が二階までゆっくりと上ってきた。

「お嬢ちゃまがちょっと手を切ったですよ、奥様」

イヴリンは裁縫箱のところに飛んでいって、破れたハンカチを探し当て、それを持って階段を走り降りた。ほどなくジュリーは彼女の腕の中でしくしく泣いていた。イヴリンは切り傷を探した。その微かな、不面目な痕跡がジュリーのドレスにしみになってついていた。

「親指なの！」とジュリーは言った。「あああ、痛いよう」

「あのボウルなんですよ、あれです」とヒルダは申しわけなさそうに言った。「サイドボードを磨くあいだちょいと床の上に置いといたです。そこにお嬢ちゃまがやってきて、それで遊んでいたです。そこで指をちょっと切っちまったですよ」

　イヴリンはヒルダに厳しい目を向けた。そして膝の上でジュリーの身体の向きをぎゅっと変え、ハンカチを裂きはじめた。

「さあ、ちょっと見せてごらんなさいな」

　ジュリーは指を立て、イヴリンは飛びつくようにそれをつかんだ。

「これでよし！」

　ジュリーは布切れを巻かれた親指を疑わしげに眺めた。彼女が親指を曲げると、それはひらひらと揺れた。涙のあとの残った子供の顔に、愉しげな好奇の色が浮かんだ。彼女はぐすんと鼻を鳴らして、再びひらひらと揺らした。

「いい子ね！」とイヴリンは言って、娘にキスをした。しかし部屋を出ていく前に彼女はヒルダに向かってもう一度非難がましい視線を向けた。なんて不注意なのかしら！　まったく最近の使用人といったら。まともなアイルランド人の女中が手にはいればいうことないんだけれど、今では無理な相談。スウェーデン人ときた日には――。

　五時にハロルドが帰宅し、彼女の部屋にやってきた。そして、今日は君の誕生日だから年の数だけ三十五回キスしてやるぞ、といささかとってつけたような陽気な声で迫った。イヴリンはそんな気にはなれなかった。

「飲んでいらしたのね」と彼女はひとことではねつけた。それから付け加えるように言った。「ちょっと一杯だけかもしれないけど。でもお酒の匂いが苦手なこと、わかっているでしょう？」

彼は窓辺の椅子に腰を下ろし、少し間をおいてから言った。「なあエヴィー、君にそろそろ話してもいいだろう。このところうちの商売の具合があまり思わしくないことは君も知っていると思う」

彼女は窓に向かって立って髪をとかしていたが、それを聞いて後ろを振り向いた。

「どういうこと？　この町に金物問屋の商売仇が現れても、うちはうちでちゃんとやっていけるっていつもおっしゃっていたのに」、彼女の声には警戒の響きが混じっていた。

「今まではね」とハロルドは重い声で言った。「しかしこのクラレンス・エイハーンという男は頭が切れる」

「エイハーンさんがうちのディナーに見えるとあなたから聞いたときは驚いたわ」

「エヴィー」と彼はもう一度ぽんと自分の膝を叩いてから続けた。「一月一日をもって、『クラレンス・エイハーン商会』は『エイハーン、パイパー商会』に改名する。そして『パイパー・ブラザーズ』という会社は消えてしまうんだよ」

イヴリンはびっくりした。こちらの名前があとにまわされるというのは、何かしら悪意のあることのように思えた。でもどうやら夫は喜んでいるようだった。

「私にはよくわからないわ、ハロルド」

「エイハーンはマークスのところにも唾をつけていたんだ。もし彼らが手を組んでいたら、僕のところは負け犬になっていたはずだ。あちこち駆けずり回って、細々と小口の注文をとって、危ない橋も渡る羽目になっていただろう。資本の問題なんだよ、エヴィー。もし『エイハーン・アンド・マークス』ができていたら、それは『エイハーン・アンド・パイパー』と同じように商売を独占することになっただろう」、彼は一息ついて咳をした。もわっとしたウィスキーの匂いが微かに彼女の鼻を突いた。「実を言うとだね、この一件にはエイハーンの細君が口を出していると僕は睨んでいる。野心の強い小柄の女性だという噂だが、この町ではマークス家はあまり社交の助けにはならないと踏んだんじゃないのかな」

「奥さんは、その――家柄のない人なの？」とイヴリンは聞いた。

「細君に会ったことはない。でもそう思って間違いなかろう。クラレンス・エイハーンの名前はこの五カ月カントリー・クラブの入会審査に上っているが、誰にも相手にされていないからね」、彼はみくびったように手をひらひらと振った。「エイハーンとは今日一緒に昼食をとったんだが、あと一息というところなんだよ。それで、彼と細君を今夜うちに招待すれば助けになるだろうと思ったんだ。頭数は全部で九人、あとは身内だけの集まりだ。要するにこれは、僕にとっちゃ一大事なんだ。僕らとしてもまるっきり彼らと顔をあわせないというわけにはいくまい」

「そうね」とエヴィーは静かに噛みしめるように言った。「そうもいかないでしょうね」

イヴリンは個人的なつきあい云々についてはともかく、『パイパー・ブラザーズ』が『エイハーン、パイパー商会』に変わると思うと、心穏やかではなかった。世界における自分の位置がひとつ下に落ちていくような感じがした。

半時間ばかりあと、夕食の席のための着替えを始めたところで、夫の声が階下から聞こえてきた。

「エヴィー、下りてきたまえ!」

彼女は廊下に出て、手すり越しに呼びかけた。「なんですの?」

「夕食の前に出すパンチを作るのを手伝って欲しいんだ」

急いでもとの服を着ると、階段を下りた。夫は必要な材料をダイニング・テーブルの上に並べていた。彼女はサイドボードからボウルをひとつ取って、そちらに運んだ。

「いや、それじゃなくて、大きいやつを使おうじゃないか」と夫は言った。「エイハーンの夫妻と、僕と君と、それからミルトン、これで五人だ。トムとジェシー、これで七人。君の妹とジョー・アンブラー、これで九人。君のお手製なら、そんなのあっというまにはけちゃうぜ」

「このボウルで十分だわ」とイヴリンは言い張った。「これだってけっこう入るわよ。それにトムはあのとおりの人だし」

トム・ラウリーはハロルドの従姉妹ジェシーの夫で、いちど飲み始めると抑制がきかなくなる傾向があった。

ハロルドは首を振った。

「馬鹿なことを言わんでくれ。それには三クオートくらいしか入らないし、人間は九人いるんだぜ。女中たちだってちょっとくらい飲みたいだろう。それにそんなに強いパンチじゃない。こういうのは量があった方が場が華やぐものだよ。何も全部飲まなくちゃいけないというものでもなし」

「小さいのにしましょう」

彼はもう一度頑固に首を振った。

「おいおい、そんなに意地を張るものじゃない」

「あなたこそ意地を張らないで」と彼女は有無を言わせぬ口調で言った。「私はこの家の中で酔っ払いの姿を見たくないの」

「誰が酔っ払わせるって言った」

「じゃあ小さなボウルでいいでしょう」

「さあエヴィー……」

彼は棚に戻すために小さなボウルをつかんだ。すぐにイヴリンの手が伸びて、それを押さえた。ちょっとした小競り合いがあったが、やがてちょっと苛立たしげな唸り声とともにに、彼は持ち上げるようにして、妻の手からボウルを奪い取り、それをサイドボードに戻した。

彼女は夫の顔を見て、軽蔑の表情を顔に浮かべようとしたが、相手は笑いとばしただけだった。腹立たしさを呑みこんで、パンチのことなど金輪際知るものですかと思いながら、彼女は部屋を出ていった。

III

七時半になると、頬を赤く染め、軽くブリリアンティン〔香油〕をつけた髪を高く結い上げ、イヴリンは階段を下りていった。エイハーンの細君は小柄な女で、赤い髪と、派手なエンパイア・ガウンの下に微かな緊張の色を隠しつつ、舌先滑らかにイヴリンとあいさつを交わした。イヴリンは一目でこの女は苦手だと思ったが、夫の方は悪くなさそうだった。瞳はきりっとして青く、まわりの人々を楽しませる天賦の才を備えていた。社会に地歩を固める前にあわてて結婚するという、誰の目にも明らかなへまさえしでかさなければ、おそらく社交界でも成功を収めていただろう。

「奥さんとお近づきになれて嬉しいです」と彼はごく簡潔に言った。「ご主人と私とは、どうやらこれから長いおつきあいになりそうですからね」

彼女は頭を下げ、にっこりと愛想よく微笑んでから、他の客に挨拶に回った。物静かで押しつけがましいところのないハロルドの弟、ミルトン・パイパー。ジェシーとトムのラウリー夫妻。イヴリンの未婚の妹、アイリーン。長年にわたってアイリーンの相手役（ボー）をつとめている、確固たる独身主義者ジョー・アンブラー。

ハロルドの先導で食堂へとみんなは移った。

「今夜はパンチの夜と相成ります」と彼は上機嫌な声で告げた。味見がてら既にけっこう飲んでいることがイヴリンには見て取れた。「というわけで、今夜はパンチの他にはカクテルは何もありません。これは家内のお得意の手作りなんです、ミセス・エイハーン。もしお望みならレシピを差し上げますよ。もっとも今日はいささかの――」と言って彼は妻の方に目をやり、ちょっと間を置いた。「いささかの不具合がありまして、不肖私がひとりで作りました。さあ御遠慮なく召し上がってください！」

夕食のあいだずっとパンチが出た。エイハーンとミルトンとすべての女性がメイドに向かってもう沢山という風に首を振るのを見て、ボウルの選択についてはやはり自分が正しかったとイヴリンは思った。パンチはまだ半分も残っている。あとでハロルドをつかまえて飲みすぎないようにひとこと注意しておかなくてはとイヴリンは思ったのだが、女性たちがテーブルを離れたあとでエイハーンの細君にしっかりとつかまってしまい、いろんな町やらドレス・メーカーやらについて、いかにも興味しんしんという振りをして話しこまざるを得ない羽目になってしまった。

「実にいろんなところを移り歩きましたのよ」とエィハーンの細君は言った。彼女がうなずくと赤毛の髪は激しく揺れた。「そうなんですの。これまでひとところにゆっくりと落ち着いたことなんてありませんのよ。でもここにはいつまでも腰を据えたいと思っておりますの。良いところですわよね。いかがかしら?」

「ええ、そうですわね、でも私はなにしろ生まれてからずっとここに暮らしているものですから、他のところのことをよく知りませんし、ですから――」

「それはそうですわね」とエィハーンの細君は言って笑った。「クラレンスはいつも私にこう言ったものでしたわ。俺の女房は、家に帰って『さあ明日シカゴに引っ越すぞ。荷造りをしなさい』って言ったら、『はい』ってそのとおりするようでなくちゃならないんだって。そんなわけですから、どこかに落ち着くことになるなんて、夢にも思いませんでしたわ」、彼女はまたほほほほと小さく笑った。この人にとってはどうやらこれが社交的な笑いというわけなのね、とイヴリンは思った。

「ご主人はとても有能な方のようですわね」

「実にそうです」とエィハーンの細君は熱っぽく賛同した。「クラレンスは頭の切れる人です。アイデアと熱意に溢れています。自分が何が欲しいかを見定めると、まっすぐそこに行って手にいれるんです」

イヴリンはうなずいた。ダイニング・ルームではまだ男の人たちはパンチを飲んでいるのかしら。エイハーンの細君の思い出話はあっちに行ったりこっちに行ったりしながら際限なく続いたが、イヴリンはもう聞いていなかった。たちこめる葉巻の煙の匂いが、こちらまで漂ってきた。ここはそんなに大きな屋敷じゃないから、と彼女は改めて思った。このような集まりがあると、ときおりライブラリはたちこめる煙で真っ青になってしまうことがあった。そうなると翌日は窓を何時間も開けっぱなしにして、カーテンに染み込んだきつい臭いを抜かなくてはならない。この共同経営がもしうまく行ったら、あるいは……彼女は新しい家について想像を巡らせ始めた……。

エイハーンの細君の声が頭の隅の方で聞こえていた。

「もしレシピがどこかに書いてあるのなら、それをいただけるかしら――」

そのとき食堂でみんなが椅子を引く音がして、男たちがこちらに移ってきた。案じていた最悪の事態がもたらされているのを、イヴリンは一目で見てとった。ハロルドの顔は真っ赤で、言葉尻はもつれている。トム・ラウリーはよたよたと千鳥足でやってきて、カウチのアイリーンの隣に腰を下ろそうとして、あやうく彼女の膝の上に乗りそうになった。

彼はそこに座ったまま眩しいものでも見るように、目を細めてまわりの人々を眺めていた。イヴリンは自分も同じような目つきで彼を眺めていることにふと気づいたが、それを面白いと思うような場合ではない。ジョー・アンブラーは満ち足りた微笑みを浮かべ、葉巻をくゆらせている。エイハーンとミルトンだけが正常を保っているようだった。

「ここはなかなか素敵な町だよ、エイハーン。きっと君もそう思うよ」とアンブラーが言った。

「今でもちゃんとそれはわかっているさ」とエイハーンは愛想よく言った。

「良さがわかるのはまあだこれからさ」とハロルドが大きくうなずきながら言った。「不肖私も是非その手伝いをさせていたあきたい」

彼は町についての賛辞をとうとうと述べ立てた。この人の話にみんなも私と同じくらい辟易しているんじゃないかしらと思って、彼女は落ち着けなかった。でも見たところそうでもなさそうだ。みんなは熱心に耳を傾けている。ちょっと間があいたところで、イヴリンはすかさず口をはさんだ。

「これまでどちらにいらっしゃったんですか、エイハーンさん？」と彼女は興味深げに訊ねた。それはさっき既に細君の方から聞いたことだと思いだしたが、なんだって別にかまわない。ハロルドにあまり喋らせちゃいけない。彼は酒が入ると、すぐ馬鹿な真似をしでかす。でも夫はずかずかと話に割り込んできた。

「だあらね、エイハーン、君はまずこのあたりの高台にひとつ家をかあなくちゃいけないね。スターンの屋敷か、リッジウェイの屋敷を手にいれればいい。問題はね、みんなにこんな風に言わせることなんだ。『あれがエイハーンの屋敷だ』ってね。そうすりゃあ、人の見る目だって変わってくるってもんだ」

イヴリンは顔が赤くなった。そういう言い方はない。でもエイハーンはそこに含まれている不作法なものに気がついていないようだった。ただ真面目な顔でうなずいているだけだった。

「もうお家はお探しになり始めて――」、と言いかけた彼女の言葉尻をかき消すように、ハロルドがずかずかと大声で割り込んだ。

「家を買う――それがまず第一歩だ。そうすれば君はみんなと知り合いになる。ここはよそ者に対しては最初のうちは取り澄まして冷たい町だが、時間がたてば変わる。一度知り合ってしまえばね。君たちのような人なら」、彼はエイハーンと細君の方をさっと手を振るようにして示した。「問題ない。ここは本当は人情のいいところなんだ。一度その最初のしょ、しょう、しょううう」、彼はそれを呑みこんで、「障壁」と言った。そしてもう一度しっかりと言い直した。「障壁を乗り越えてしまえばね」

イヴリンは訴えかけるように義弟の方を見た。しかし彼が会話に入り込む前に、もごもごとした胴太の声がトム・ラウリーの口から押し出されるように出てきた。彼は火の消えてしまった葉巻をぎゅっと歯のあいだにくわえたまま喋っていた。

「うぉれまふぁるはえひ――」

「なんだって?」とハロルドは真顔で問いただした。

渋々ながら、トムは葉巻を苦労して口からもぎはなした。しかし取れたのはその一部だけで、残りの部分を彼はぺっという大きな音とともに部屋の向こうまで吹き飛ばした。しかしそのぐんにゃりとした湿った塊はエイハーンの細君の膝の上にぽとんと落下することになった。

「これは失礼」と彼はもごもご声で詫びて、よたよたと立ち上がり、そちらに向かおうという素振りを見せた。ミルトンの手が彼の上着をつかんで、すんでのところでそれを食い止めることができた。エイハーンの細君はその煙草の塊を泰然とした態度をなんとか保ったままスカートの上から払い落とした。それにはちらりとも目をやらなかった。

「私はこうゆ、ゆ、ゆおうとしていたんだ」とトムはだみ声で続けた。「ところがこおんなことになっちまってね」、そして彼は申し訳なさそうに手をエイハーンの細君の方に向けた。「私がゆ、ゆおうとしていたのは、カントリー・クラブでの一件を耳にはさんだちゅうことなんだが――」

ミルトンは身をかがめて、彼にそっと何かを耳打ちした。

「余計なこた言わんでもいい」と彼はいらいらした声で言った。「自分が何を言っているかくらい自分でちゃあんとわかってる。だってそおのために、こちらも今ここにいらしておられるんだろうが」

イヴリンはパニックに駆られて、何かを言わねばとそこに座ったまま言葉を探した。妹が冷笑的な表情を顔に浮かべ、エイハーンの細君の顔が赤く染まるのが見えた。エイハーンは時計の鎖を見下ろして、それをいじっていた。

「誰があんたを閉めだしてるかを私はちゃあんと知っているし、そいつよりゃああんたの方が数等ましな人物だ。私にまかせてくれ。うまくやってあげる。あんたのことを知っていれば、もっと前にやったんだけどね。ハロルドがゆうには、あんたはそのことで気を悪くしていて――」

ミルトン・パイパーが突然いかにもぎこちなさそうに立ち上がった。全員がすぐに緊張した面持ちで席を立つと、ミルトンはものすごい早口で自分が早く帰らなくてはならない言い訳のようなものをした。そしてエイハーン夫妻はそれをなるほどという顔つきで熱心に聞いていた。やがてエイハーンの細君は唾をごくりとのみ、作り笑いを顔に浮かべてジェシーの方を見た。イヴリンはトムが千鳥足で前に進んで、エイハーンの肩に手を置くのを見た。そのとき突然、彼女のすぐ背後におずおずとした声が聞こえた。新たに現れた声だ。振り返ると、そこにはセカンド・メイドのヒルダが立っていた。

「すいませんが奥様、どおもお嬢ちゃまの手に毒がまわってしもうたようなんですが。すっかりはれ上がってしもうて、顔も赤くなってうんうんとうなっておられるんで――」

「なんですって？」とイヴリンは思わず声を上げた。パーティーのことなんかどこかに吹き飛んでしまった。彼女はさっとまわりを見回し、エイハーンの細君の姿を目で求め、そちらにすっと寄って行った。

「申し訳ございませんが、ミセス——」、彼女は一瞬相手の名前が思いだせなくなってしまったが、かまわずに話を続けた。「私の小さな娘の具合が悪くなってしまったのです。すぐに戻ってまいりますので」、彼女はそう言うと振り向いて、階段を走り上がりつつ、立ち上る幾筋もの葉巻の煙と、部屋の中央で声高に行われている議論を、ひとつの混乱した像として頭の隅にしまいこんだ。議論はどうやら口論へと進展しつつあるようだった。

子供部屋の電灯をつけると、ジュリーは熱にうなされるように体をばたばたさせ、奇妙な小さな叫び声を上げていた。子供の頬に手をあててみると、まるで焼けるように熱い。驚きの声を上げて、イヴリンは布団の中の腕をたどるようにして子供の手を探りあてた。たしかにヒルダの言うとおりだ。親指が大きく腕首まではれ上がり、その中心は真っ赤な爛れのようになっている。敗血症！　彼女は恐怖のあまり、声にならない悲鳴を上げた。包帯が傷口から取れてしまって、そこから何かが入ったのだ。指を切ったのが午後の三時で、今はもう十一時に近い。八時間が経過している。敗血症がそれほど早く進行するものだろうか。彼女はすぐに電話に走った。

筋向かいに住んでいるマーティン医師は不在だった。彼らのファミリー・ドクターであるフォーク医師は電話に出なかった。彼女はあれこれと考えてから、藁にもすがる思いでかかりつけの咽喉科医に電話をかけた。そして彼が二人の医者の電話番号を探しだしてくれているあいだ、怒ったようにぎゅっと唇を嚙みしめていた。その果てしなく続くように思える時間に、階下から大きな声が聞こえたような気がした。でもそれはもうどこか遠い世界での出来事だった。十五分後に彼女は一人の医者と話をしていた。夜中に叩きおこされた医者は不機嫌な苛立った声を出していた。イヴリンは子供部屋に駆け戻って手の様子を見てみた。その手は前よりももっと大きくはれ上がっていた。

「ああ神様！」と彼女は叫んだ。そしてベッドの隣りに膝をついて、ジュリーの髪を何度も何度も撫でつけた。熱いお湯を持ってきた方がいいだろうとふと思いついて、彼女は立ち上がりドアの方に行こうとしたが、ドレスがベッドの手すりに引っ掛かって、四つん這いに倒れてしまった。なんとか起き上がると、かっとしてレースを力任せに引っ張った。ベッドが動き、ジュリーはうなった。それからもっと静かに、でも突然鈍くなった指先でイヴリンはスカートの前のプリーツを探し当て、パニエをそっくりもぎ取ってしまった。そして急いで部屋の外に出た。

廊下に出ると、何かを主張する誰かの大きな声が聞こえてきた。でも階段の上に来たところでその声は止み、玄関のドアがばたんと音を立てて閉まった。

音楽室が視野に入ってきた。そこにいるのはハロルドとミルトンだけだった。ハロルドは椅子の背にもたれかかっていた。顔は蒼白で、カラーをだらんと外し、その口はしまりなくもそもそと動いていた。

「いったい何があったの？」

ミルトンは困った顔で兄嫁を見た。

「実はちょっとしたトラブルがあって――」

そのときハロルドが顔を上げて、なんとかしゃんと体を起こし、口を開いた。

「俺の家の中でだなあ、あいつあ俺のイトコをだなあ、ぶ、侮辱したんだ。どこの馬の骨ともわからん、く、くそたれの成金野郎が。俺のイトコをだなあ――」

「トムがエイハーンとまずいことになって、そこにハロルドが割り込んだんです」とミルトンが言った。

「まったくなんてことを」とイヴリンは声を上げた。「どうしてあなたが何とかしてくれなかったのよ、ミルトン」

「僕も何とかしようとはしたんだけれど――」

「ジュリーの具合がよくないの」とイヴリンはそれをさえぎるように言った。「体に毒が入ったのよ。あなた、この人をさっさとベッドに連れていってちょうだい」

ハロルドが顔を上げた。

「ジュリーのぐわいが悪い？」

彼女は夫のことなど相手にせず、急ぎ足で食堂を通り抜けたが、途中でテーブルの上にまだのっている大きなパンチボウルを目にして思わずぞっとした。解けた氷の水が底の方に溜まっていた。正面の階段に足音が聞こえた。ミルトンがハロルドを抱えて上がっていく音だ。もつれた声が聞こえる。「よう、ジュリーなら、だ、だいじょうぶ」

「その人を子供部屋に入れないで！」と彼女は怒鳴った。

それからの数時間はまさに悪夢だった。真夜中の少し前に医者がやってきて、それから半時間かけて傷を切開した。医者は二時に帰った。イヴリンに二人の看護婦の連絡先を教え、何かあったらそこに電話しなさい、私は朝の六時半にはまた様子を見に来るからと言った。やはり敗血症だった。

四時に彼女はヒルダに付き添いをまかせて自室に戻り、イヴニング・ドレスを身をふるわせながら脱ぎ捨てると、部屋の隅に蹴とばした。そして普段着に着替えてまた子供部屋に戻り、ヒルダにコーヒーを作らせた。

正午になるまで、彼女はハロルドの部屋をのぞく気にもならなかった。でもそこに行ってみると、彼は目を覚ましており、げっそりとした顔でじっと天井を見ていた。そして真っ赤な落ちくぼんだ目を彼女の方に向けた。彼女は夫に憎しみを覚えて、しばらく口をきくこともできなかった。しゃがれた声がベッドから聞こえてきた。

「今は何時だ？」

「お昼よ」

「まったく俺はなんてことを――」

「そんなことはどうでもいいわ」と彼女はぴしゃっと言った。「ジュリーが敗血症になったの。それでたぶん――」と言いかけたが、息がつかえて言葉がうまく出てこなかった。

「医者が言うには、手首から切断しなくてはいけないって」

「何だって？」

「ジュリーはあれで指を切ったのよ。あのボウルで」

「ゆうべにか？」

「そんなことどうだっていいでしょう」と彼女は叫んだ。「あの子は敗血症にかかったのよ。あなた耳が聞こえないの？」

彼は途方に暮れた顔で妻を見た。そしてベッドの上に体を半ば起こした。

「着替えなくては」と彼は言った。

彼女の怒りは静まり、そのかわりに疲労と、夫への哀れみが大波のように押し寄せてきた。結局のところそれは彼の問題でもあるのだ。

「そうね」とイヴリンは力なく言った。「それがいいでしょうね」

Ⅳ

三十代前半に彼女の美貌がまだためらいがちに留まっていたのだとしたら、それは少しあとで突然決心したように、きっぱりとそこから去っていったということになるだろう。様子をうかがうように姿を見せていた皺は突然ぐっと深くなり、脚や腰や腕には急速に肉がついてきた。ぎゅっと眉を寄せる彼女の癖は、ひとつの表情になってしまった。本を読んだり、誰かに話しかけたりするときに、あるいは寝ているときにさえ、習慣的にそういう顔つきになった。彼女はもう四十六になっていた。

財産が増えるよりは減る傾向にある家庭の大方がそうであるように、彼女とハロルドは漠然とした敵意を抱きあうようになった。比較的穏やかな時期には、二人はお互いのことを、まるで壊れた古い椅子に対するときのようにあきらめて許容していた。夫の具合が悪くなったときには、イヴリンは少し心配したし、なるべく明るい顔をしようと精一杯努めた。しかし失望に沈んだ相手と顔を突き合わせて暮らすというのはやはり気持ちの沈むものだった。

その夜のファミリー・ブリッジもようやく終わって、彼女は安堵の息をついた。イヴリンはいつもに比べて数多くのミスを犯したが、そんなことはどうでもよかった。アイリーンは歩兵部隊がとくに危険だなんて口にするべきじゃなかったのだ。もう三週間も手紙を受けとっていない。それはとくに珍しいことではなかったけれど、それでもやはり彼女は気が気でならなかった。だからクラブが場にこれまで何枚出ているかなんて、覚えてはいられないのだ。

ハロルドは二階にあがっていたので、彼女は外の空気を吸いにポーチに出た。月の光が眩く妖しく、芝生や歩道の上に散っていた。そしてイヴリンは半ば欠伸まじりに笑いつつ、若いころに月光の下で長い時間かけておこなった恋の遊技のことを思いだした。かつては途切れることのない恋愛沙汰がそのまま人生であったことを思うと、彼女は驚きに打たれてしまう。今では私の人生なんて、途切れることのない面倒の総和に過ぎないのだもの。

ジュリーの問題があった。ジュリーは十三歳になっている。そして彼女はますます自分が障害者であることを意識するようになり、今ではほとんど自分の部屋にこもりきりになって本ばかり読んでいる。何年か前には学校に行くのを脅えるようになり、それでも無理に行かせることはイヴリンにはできなかった。その結果娘はいつもいつも母親の蔭にこっそりと隠れるようにして成長した。かわいそうな子供は義手を使おうともせずに、常に頼りなげにポケットに突っ込んでいた。そんなことをしていたら腕を上げることさえまったくしなくなるのではないかと不安に思ったイヴリンは、娘に義手の使い方のレッスンを受けさせた。でもレッスンが終わると、母親に命じられて渋々それに従うとき以外は、その小さな手はまたこそこそとドレスのポケットの中に逃げかえってしまうのだった。しばらく彼女はポケットのないドレスを与えられたが、一カ月のあいだジュリーはどうしようもなく惨めな顔つきで、途方にくれて家の中をさまよっていたので、イヴリンもとうとう折れて、試みはそれで打ち切りとなった。

ドナルドはそもそもの最初からそれとはまったく違う問題を持っていた。彼女はジュリーをなんとか独り立ちさせたいと思っていたが、それとは逆にドナルドは少しでも自分のそばに置いておきたいと思った。でもそうはいかなかった。少し前からドナルドの問題は彼女の手の届かないところに持ち去られていた。三カ月前に彼の師団が海外に送られてしまったのだ。

彼女はもう一度欠伸をした。人生というのは若い人たちのためのものなんだわ。ああ、若いころの私は本当に幸せだったのね！　彼女は自分が持っていたビジュウという名の子馬のことを思いだした。そして十八になって母親と二人でヨーロッパ旅行したときのことを――。

「まったく、うまくいかないものね」と彼女は月に向かって、思いをこめた声で独りごちた。家の中に入りドアを閉めようとしたところで、ライブラリの方から物音が聞こえたのでどきりとした。

それはマーサだった。今では使用人もこの中年の女中一人だけになってしまっている。

「まあ、どうしたのマーサ？」と彼女はびっくりして言った。

マーサははっと振り向いた。

「ああ奥様、てっきり二階にいらっしゃると思っとりました。私はただ――」

「何かあったの？」

マーサは口ごもった。

「いいえ、ただ――」と彼女はもじもじした。「手紙なんです。それをどこかにぽっと置いちまったもんで」

「手紙？　それはあなたあての手紙なの？」とイヴリンは電灯をつけて、尋ねた。

「いいえ、奥様あてでした。今日の午後の最終の配達で来たんですよ。配達夫が私に手渡したんですが、ちょうどそのときに裏口のベルが鳴ったもんで、ぽっとどっかに置いて行っちまったみたいなんです。ちょっとそこに置いといてまたあとで……と思ったもんで」

「どんな手紙かしら、ドナルドからの手紙？」

「いいえ、広告の手紙とか、ビジネスの手紙みたいなもんでした。なんかこう細長くって」

ふたりは手紙を探し始めた。音楽室じゅうの盆やマントルピースの上を探し、次にライブラリに移って、本の列の上を手で探った。マーサは思案に暮れた顔で立ち止まった。

「いったいどこに置いたんかしらねえ。まっすぐ台所に行ったから、あるいは食堂かもしれんですね」彼女は期待をこめて食堂の中を探し始めたが、はっと息を吞む音を背後に聞いて、後ろを振り返った。イヴリンはどっかりと安楽椅子の中に座り込んでいた。両方の眉がしっかりと真ん中に寄せられ、目は怒ったみたいにきつく細められていた。

「具合でもお悪いんですかね？」

しばらく返答はなかった。イヴリンは身じろぎもせずにじっとそこに座っていた。マーサは女主人の胸がすごい速さで上下するのを見ることができた。

「具合がお悪いですかね？」と彼女は繰り返した。

「いいえ」とイヴリンは静かに言った。「でも手紙の場所はわかりました。だからもう行ってちょうだい、マーサ。わかっているから」

首をひねりながらマーサは引き下がった。イヴリンはそこにじっと座っていた。その目のまわりの筋肉だけが動いていた。ぎゅっと締まり、弛緩し、そしてまた締まる。手紙のありかはわかっていた。まるで自分の手でそこに置いたみたいに、はっきりとわかる。どんな手紙なのかも、直感でわかる。広告の手紙のように細長いのだが、上方の隅には大きな字で「陸軍省（ウォー・デパートメント）」とある。そしてその下に小さな字で「公用郵便」と。彼女にはわかる。それが大きなボウルの中に入っていて、封筒の外側には彼女の名前がインクで書かれており、内側には彼女の魂の死が収められていることを。

よろよろと立ち上がり、書棚に沿って手探りで食堂に向かい、戸口を抜けた。やがて明かりを見つけ、そのスイッチをつけた。

そこにボウルはあった。電灯の明かりを反射して、黒い縁に囲まれた緋色の矩形があり、青い色の縁に囲まれた黄の矩形があった。それは重苦しくけばけばしく、グロテスクに、晴れがましげに不吉な色をたたえていた。彼女は一歩前に進み、また立ち止まった。もう一歩前に出ればボウルの中をのぞき込むことになる。更に一歩前に出れば、白い縁を見ることになる。更に一歩――彼女の手はざらっとした冷たい表面に落ちた――。

彼女はすぐに封筒をあけ、もどかしい指で紙を広げ、それを目の前にかざした。タイプされた紙が彼女をぎらりと睨み、打ちかかった。やがてその紙は鳥のようにはらはらと床に落ちた。しばらくのあいだ家中がわんわんとうなっているみたいだったのに、すべては唐突にしんと静まり返った。開け放しになった玄関のドアから忍び入ってくる微かな風が、通り過ぎていく一台の車の音を運んできた。二階から微かな物音が聞こえ、それから本棚の背後のパイプのごりごりという騒音――夫が水栓をひねったのだ。

そしてその瞬間、問題はドナルドの死とは直接の関係のないところにいってしまったみたいに思えた。息子は結局のところ、ずっと前に顔も忘れてしまった男からもらったこの恨みのこもった贈り物、冷ややかで悪意に満ちた美しい細工と、イヴリンとのあいだで繰り広げられてきた狡猾きわまりない競技（長いだらだらとした休憩をあいだにはさんで、それはいつも忘れたころに不意に襲いかかってきた）における目じるしの役割を果たしただけなのだ。いかにも重々しく、のっそりとうずくまるように、それは彼女の家の真ん中に鎮座していた。長い歳月にわたって、千もの目から氷のような光線を放射し、邪悪な煌めきを互いににじみあわせていた。老いることもなく、変わることもなく。

イヴリンはテーブルの端に腰かけ、魅せられたようにじっとそれを見つめていた。それは今ではまるで微笑みを浮かべているように見える。冷酷な微笑みはこう語っているようだ。

「どうだい、今回は君を直接傷つける必要はなかった。そんなことをするまでもない。君は知っているね、君の息子を奪ったのがこの私だということを。私がどれくらい冷たくて硬くて美しいかは君も知っているだろう。何故なら君だってかつては同じくらい冷たくて硬くて美しかったのだから」

ボウルは突然ぐるりとひっくり返ったように見えた。そしてそれはどんどん膨らんで大きくなり、ついには大きな天蓋のようになり、部屋の上に、家の上に覆いかぶさって、燦然と輝きながら震えていた。四方の壁はゆっくりと溶けて、霧のようになった。イヴリンの目の前でそれはまだ動いていた。動きながら、彼女からどんどん遠ざかっていった。遠くの地平線も、太陽も、月も、星も、それに覆い隠され、微かなにじんだ染みのようなものに変わってしまった。人々はみんなその下を歩いていた。ガラスを通り抜けてくる光は屈折し、ねじ曲げられ、影はまるで光のように、光はまるで影のように見えた。そしてついには光り煌めくボウルの天の下で、世界のパノラマそのものが変化し、ゆがめられることになった。

それから遠い声が、くっきりとした低い鐘の音のようにあたりに轟き渡った。それはボウルの中心から出てきて、壮大な壁をつたって地面に下り、飛び跳ねるように勢いよく彼女の耳に押し寄せてきた。

「いいかい、私は運命なんだ」とそれは大声で語った。「君のちっぽけなつもりなど私の前ではものの数ではない。私はものごとの行きつく結末であり、君のささやかな夢のなれの果てだ。私は飛び去る時間であり、消えゆく美しさであり、満たされざる欲望だ。あらゆる偶然、見過ごされたもの、決定的な時を形づくる一刻一刻、それらはみんな私のものだ。私はどのような規則にも収まらない例外であり、君の手の及ばぬものであり、人生という料理の薬味なのだ」

鳴り響く音は止んだ。こだまは広大な地面の上をするすると去っていき、世界を区切っているボウルの縁に辿り着くと、大きな壁をつたって上に登り、中心に戻ってしばらくのあいだ小さな唸りを立てていたが、やがてそれも消えてしまった。それから大きなボウルの壁がゆっくりと、まるで彼女の上にのしかかるように小さくなってきた。どんどん小さくなって、どんどん近くに迫ってきて、今にも彼女を押し潰してしまいそうだった。イヴリンが両手をぎゅっと握りしめて、冷たいガラスが自分の身を切るのを待ち受けていると、ボウルはやおら身を震わせてくるりとひっくり返り、再びサイドボードの上に輝かしく謎めいた風情で収まった。幾百ものプリズムの中に、一万もの色とりどりの輝きや煌めきや、光の交差や絡み合いを照りかえしながら。

冷ややかな風が再び玄関から吹き込んできた。彼女はほとんど破れかぶれのエネルギーで、両腕を伸ばしてそのボウルを抱え込んだ。急がなくては、強くならなくては。腕に力をこめると、痛みを覚えた。柔らかな肉の下でちっぽけな筋肉がぴんと張られる。そして彼女は歯を食いしばるようにしてボウルを持ち上げる。彼女は背中に風の冷ややかさを感じる。力を出したおかげでドレスの背中がはだけてしまったのだ。風を感じながらそちらの方向に向きなおり、彼女はそのおそろしい重みに耐えてライブラリを抜け、玄関へと向かう。急がなくては――強くならなくては。両腕の血管は鈍く脈を打ち、両膝は悲鳴を上げている。でもガラスの冷ややかな感触は悪くない。

玄関のドアを抜けると、彼女はよろめきながら石の階段の上に出る。そしてそこで、魂と肉体の最後の力を振り絞り、身をぐるりとひねる。でも彼女が勢いをつけてボウルをほうり投げようとしたとき、一瞬のことだが、その感覚の鈍った指がざらざらとしたガラスの表面に引っ掛かる。彼女はあっというまもなく足を滑らせ、バランスを崩し、悲痛な叫びとともに前につんのめってしまう。そしてボウルを両腕に抱えたまま、階段の下へと

――。

道路に沿って、家々の明かりがともった。そのブロックのずっと先の方にまでそのガラスの割れる音は聞こえたのだ。いったい何事が起こったのかと、通行人が駆けつけてきた。二階では眠りかけていた男がその疲弊した体を起こし、少女がその暗いまどろみの中でぐずるように唸った。月光に照らしだされた街路じゅうに、じっと動かないその黒いもののまわりに、何百という数のプリズムやガラスのかけらや薄い破片が飛び散り、そしてそれらのひとつひとつが光を受けて、青や、黄色に縁どられた黒や、黄色や、黒に縁どられた緋色の小さな煌めきを放っていた。

バビロンに帰る

Babylon Revisited

I

「それでミスタ・キャンベルは何処にいるんだろう？」とチャーリーは訊いてみた。

「スイスに行ってしまわれました。ミスタ・キャンベルは具合がおよろしくないんですよ、ミスタ・ウェールズ」

「それはいけないね。じゃあジョージ・ハートは？」とチャーリーは尋ねた。

「アメリカに戻られました。お仕事に就かれているようで」

「じゃあスノーバードはどこにいるんだい？」

「先週ここにおみえになりましたよ。ところであの方のお友達のミスタ・シェーファーなら今パリにいらっしゃいますよ」

一年半前の長い友人リストの一角を占めていた二つの聞きなれた名前だった。チャーリーはあるアドレスを手帳にさらさらと書きつけ、そのページをちぎった。

「もしミスタ・シェーファーを見かけたら、これを渡してくれ」と彼は言った。「これは僕の義理の兄の住所なんだ。まだホテルをきちんと決めていないんでね」

パリの街が閑散としているのを見ても、彼はそれほどがっかりはしなかった。しかしリッツ・ホテルのバーの静けさは奇妙だったし、どことなく不吉だった。それはもうアメリカ人のバーではなかった。そこにいるとなんだか改まった気分になった。ここは俺の店だぞという雰囲気はもうそこにはなかった。それは既にフランスの手に戻ってしまっていたのだ。タクシーを下りてドアマンの姿を目にした瞬間から、その静けさは感じられた。この時間ならいつも目が回るくらい忙しくしているはずのドアマンは、従業員用入口のそばで制服姿のボーイと雑談に興じていた。

廊下を通り過ぎるときにどこかの女の退屈そうな声が聞こえた。それがかつては賑やかだった婦人用化粧室から聞こえる唯一の声だった。バーに入ると、彼は昔の習慣どおり、まっすぐに前方に目を向けて二十フィートの緑のカーペットの上を歩いて進んだ。それから足をしっかりと足置きのレールに載せ、後ろを振り返って部屋の中を見回してみた。隅の方で新聞を読んでいた一対の目がふらっと上にあがったが、それが視線をあわせた唯一の目だった。チャーリーはバーテン頭のポールに会いたいんだがと言ってみた。相場が強気だった時代の終わり頃には、ポールはカスタム・メイドの自家用車に乗って仕事場にやってきたものだった。もっともひとつ手前の角で車を下りるだけの節度は持ち合わせていたが。しかしポールは今日は田舎の本宅の方に行っていた。そしてアリックスが彼に人々の消息を伝えていた。

「いや、もう結構だ」とチャーリーは言った。「最近は酒を控えているもんでね」

アリックスはそれは何よりという風に言った。「二年ほど前は相当に派手にやっておられましたですよね」

「これからもずっとこの調子を続けていくよ」とチャーリーは念を押すように言った。「もう一年半以上これでやってきたからね」

「アメリカの方の様子はいかがでございますか?」

「もう何カ月もアメリカには戻ってないんだ。僕はプラハで仕事をしているんだよ。いくつかの現地の会社の代理人をやっていてね。悪評もあっちまでは伝わってないからね」

アリックスは微笑んだ。

「ジョージ・ハートがここでバチェラー・ディナーをやったときのことを覚えているかい?」とチャーリーは言った。「ところでクロード・フェッセンデンはどうなったんだろう?」

アリックスは内緒話をするように声をひそめた。「まだパリにいらっしゃいます。しかしここにはもうお見えにはなりません。ポールが出入りをお断りしたんです。あの方は勘定を三万フランばかりお溜めになったんですよ。なにしろ一年以上ものあいだ全部のお酒とランチと、それからだいたいいつもディナーをつけでお召しあがりになっておられましたから。それでポールがそろそろ御精算を願えませんでしょうかと申し上げたところ、そのお支払いになられた小切手が不渡りでございまして」

アリックスはかなしげに首を振った。

「わからないものでございますよ。あんなに粋な方でしたのにね。それが今ではもうすっかりお太りになられて――」彼は両手でむっくりとした林檎の形を作った。

チャーリーはやかましい一団のおかまたちが隅の方に陣取るのを眺めた。

「何があってもこいつらは変わりゃしない」とチャーリーは思った。「株は上がりもするし下がりもする。人は遊びもすれば働きもする。でもこいつらは永遠にずっとこうやって生きていくんだな」その場所は彼の心を暗くした。彼はダイスを持ってこさせ、アリックスを相手に酒代を賭けてそれを振った。

「こちらには長くいらっしゃるんですか、ミスタ・ウェールズ?」

「四日か五日というところだね。娘に会いに来たんだよ」

「それはそれは、お嬢さんがいらっしゃったんですか」

外では、燃え盛る赤や、もやったブルーや、ぼうっと滲んだグリーンのネオン・サインが、小糠雨の帳の奥にくすぶるように光っていた。時刻は夕方に近く、通りには活気が出始めていた。ビストロの電灯はこうこうと輝いていた。カピュシーヌ通りの角で、彼はタクシーを拾った。威風堂々たるピンクに照らし出されたコンコルド広場の前を通りすぎてから、車は整然と街を貫くセーヌ川を越えた。そしてチャーリーは突然、セーヌ左岸の田舎臭さを感じとった。

チャーリーはタクシーの運転手にオペラ座通りをまわってくれと命じた。それはちょっと遠まわりになったが、彼はその素晴らしいファサードに下りる宵闇を眺め、際限なく鳴り響く「レントより遅く」の最初の何小節かを模したタクシーのホーンを、第二帝政のラッパに見立ててみたくなったのだ。ブレンターノ書店の正面の鉄格子シャッターが閉じられようとしていた。きれいに刈りこまれた〈デュヴァル〉の小市民的な生け垣の向こうでは、人々はもう夕食を始めていた。彼はパリの大衆向けレストランで食事をしたことが一度もなかった。五皿のディナーがワイン込みで四フラン五十、たったの十八セントである。とくに理由はないのだが、それを食べておけばよかったのになと彼は後悔した。

左岸へと向かう車の中で、彼はその土地に突然生じた田舎っぽさを目にして、ふとこう思ったのだ。「俺は自ら進んでこの街をだいなしにしていたのだ。当時の俺にはそれがわからなかった。しかし一日また一日と時は移り、二年の歳月が消えてしまい、何もかもが消えてしまった。そして俺もまた消えてしまったのだ」

彼は三十五歳で、好男子だった。彼のいかにもアイルランド風の闊達な顔だちは、日のあいだに刻まれた皺によって落ち着きを与えられていた。彼がパラティーヌ街にある義兄の家のベルを押したとき、その皺はぐっと深まって眉毛にまで達した。腹のあたりがきゅっと締まるような感触があった。ドアを開けたメイドの背後から愛くるしい九歳の少女が飛び出してきて、「お父さん!」と声を限りに叫び、魚のようにぴちぴちと身をくねらせながら彼の腕の中に飛び込んできた。少女は片方の耳を摑んで彼の頭を引き寄せ、その頰に頰ずりした。

「よしよし、帰ってきたよ」と彼は言った。

「お父さん、お父さん、お父さん、すごい、すごい、すごい!」

娘は彼の手を引いてサロンに連れていった。そこでは一家が彼を待っていた。彼の娘と同じ年頃の男の子と女の子、彼の義理の姉と、その夫。彼は自分の声の中にいかにも見せ掛けの愛想の良さや、あるいは反感が感じとられないように留意しながら、マリオンと挨拶を交わした。しかしそれに対する彼女の応答の方はもっとあけすけにしらっとしたものだった。ただ、相手に対する抜きさしならない不信感を最小限に抑えるために、彼の娘の方に目を逸らせるだけのことはしたのだが。男たち二人は親しみをこめて手を握りあった。リンカン・ピーターズはチャーリーの肩の上にしばらく手をかけていた。

部屋は暖かく、アメリカ風の心地好さが感じられた。三人の子供たちは仲よさそうに動きまわり、他の部屋に通ずる黄色い細長い戸口を出入りして遊んでいた。ぱちぱちと勢いよくはぜる暖炉の火と、台所で立ち働くフランス人たちの物音が、夕方六時の陽気な気分を物語っていた。でもチャーリーの心はやすまるどころではなかった。彼の心臓は体の中でこちこちにしゃちほこばり、ときどきそばに寄ってくる娘を見ては、やっと勇気づけられるのだった。娘はチャーリーがおみやげに持ってきた人形を両腕で抱き締めていた。

「いや、びっくりするくらい順調に運んでいましてね」、リンカンの質問を受けて彼はそう切り出した。「あっちの方でも進退きわまっているような会社がいっぱいあるんだが、僕らの方は以前に比べてもむしろ良くなっているくらいなんです。実際、絶好調ってところですね。来月にはアメリカから姉を呼び寄せて家の面倒をみてもらおうと思っているんです。僕の昨年の収入も、お金があった頃よりも多かったんですよ。ほら、チェコ人たちは――」

彼が自慢話をするのにはそれなりの目的があった。しかしそのうちにリンカンの目の中に微かな落ちつかなげな色が浮かぶのを見て取ると、彼はすぐに話題を変えた。

「おたくのお子さんたちは素敵ですね。躾がいきとどいて、マナーがいい」

「君のオノリアだって素晴らしい子だよ」

マリオン・ピーターズが台所から戻ってきた。彼女は背の高い女で、目には気苦労の色が浮かんでいた。彼女にしたところでかつてはアメリカ人らしい生き生きとした愛らしさに輝いていたのだ。でもチャーリーはとくにそういうところに引かれはしなかったから、人々が彼女も昔は本当に綺麗な人だったねえと口にするたびに、いつも驚かされた。初対面のときから、ふたりはどことなくそりがあわなかったのだ。

「オノリアのことはどうお感じになった?」と彼女は訊いた。

「素晴らしいですよ。十カ月のあいだにあんなに成長するなんてまさに驚きだな。子供たちはみんな元気そうですね」

「もう一年もお医者知らずよ。久し振りのパリはいかが?」

「こんなにもアメリカ人の姿を見かけないというのは、すごく変な感じがしますよ」

「私は喜んでいますけれどね」とマリオンは吐いて捨てるように言った。「今では少なくとも、お店に入るたびに百万長者扱いされなくてすみますもの。私たちだって世間なみにきつい目にはあいましたけど、でも全体としては今の方が遥かに気持ち良く暮らしているわ」

「でも昔は昔で良かったでしょう」とチャーリーは言った。「僕らはいわば特権階級のようなものだった。何をやってもどうやっても、ちゃんとうまくいった。僕らは魔法のようなものを身につけていたんですね。今日の午後バーに行ったら」――彼は自分がミスをおかしたことに気づいて口籠もった――「知っている人間は一人もいなかったですよ」

彼女は鋭い視線を彼に向けた。「あなた、バーはもう沢山なんじゃありませんか」

「ちょっと寄ってみただけです。夕刻の一杯をやって、それでおしまいです」

「ディナーの前のカクテルはどうだい?」とリンカンが尋ねた。

「いや、毎日午後に一杯だけって決めているし、それももうさっき飲んじゃったから」

「その調子をずっと続けていただきたいものですわね」とマリオンが言った。

彼女のその冷たい口調には嫌悪感がはっきりと窺えたが、チャーリーはただにっこりと微笑んで受け流した。彼にはもっと大きないくつかの計画があった。彼女が強く出れば出るだけ、彼の立場は有利になる。じっと我慢して待てばいいのだ。彼としてはふたりの方からその話を持ち出させたかった。彼がパリに来た目的が何か、相手もちゃんと承知しているのだ。

夕食の席で、彼はオノリアが母親似なのかあるいは自分に似ているのか、結論を出せずにいた。彼女が、夫婦両方の性向を併せ持っていないことを祈るしかない。そのおかげで彼ら夫婦は破滅に向かったのだから。この子を守ってやりたいという思いが大波のように押し寄せてきた。この子に何をしてやればいいのか俺にはわかっている、と彼は思う。彼は品性というものの価値を信じていた。時代ひとつ丸ごと後戻りして、品性というものを永遠に価値のある要素として信奉して暮らしたいものだ。他のものはみんな擦り切れてしまう。

夕食のあと、彼はすぐに辞去したが、でも部屋には戻らなかった。彼はパリの夜の光景を、往時よりずっと分別の備わった明晰な目で見てみたかったのだ。彼はカジノの補助席を買い、ジョゼフィン・ベーカーの踊りがチョコレート色のアラベスクを綾なすのを見物した。

一時間の後に彼は席を立ち、モンマルトルの方に向けてそぞろ歩きをした。ピガール通りを抜けてブランシュ広場へと。雨はもう止んでいて、キャバレーの前でタクシーから下りてくる夜会服に身を包んだ何人かの人の姿も見えた。売春婦（ココット）が一人で、あるいは二人一組で客を探してうろついていたし、黒人たちの姿も沢山見受けられた。彼は中から音楽が聞こえる電灯に照らされたドアの前を通りかかったとき、ここにはよく来たなという感慨を抱いて歩を止めた。それは〈ブリックトップ〉だった。そこで彼はかつてずいぶん多くの時間とずいぶん多くの金を消費したのだ。その何軒か先で、もうひとつ別の大昔の溜まり場をみつけ、何気なくふと中を覗き込んでみた。間髪を置かず、オーケストラが待ってましたとばかりに音を響かせ、二人のプロのダンサーがさっと立ち上がり、案内係が「みなさん、これからお見えになりますですよ」と叫びながら彼の方に走り寄ってきた。でも彼は素早くそこを立ち去った。

「べろんべろんに酔ってでもいなきゃ、誰が好きこのんで」と彼は思った。

〈ゼリ〉は閉まっていた。それを取り囲むように並んだ、うらぶれて不吉な感じのする安ホテルは明かりが消えていた。ブランシュ通りまで来ると、あたりは明るくなり、くだけたフランス語をしゃべる地元の人々で溢れていた。〈詩人の洞窟〉はなくなっていたけれど、〈極楽カフェ〉と〈地獄カフェ〉は相変わらず二つの口をぱっくりと開けていた。眺めていると、それらはツアー・バスで運ばれてきたまばらな乗客（ドイツ人と日本人がひとりずつとアメリカ人のカップルが一組）を貪欲に呑み込んでさえいた。アメリカ人のカップルは脅えた目で彼のことをちらっと見た。

モンマルトルの努力と工夫はその程度のものだった。悪徳と浪費に仕えると言ったところで、所詮はお子様向けのものに過ぎない。彼は「散財する」という言葉の意味をそこではっと悟った。それは文字通り空にばらまくことなのだ。有を無に変えることなのだ。夜も更けてくれれば、場所から場所への移動は、とてつもなく大きなジャンプを伴うことになる。そして、ゆっくり動きたいと思えば思うほど、その特権に対して払われる代価はどんどん大きなものになる。

彼は覚えていた。たったひとつの曲を演奏させるために何枚もの千フラン札がオーケストラに与えられたことを。タクシーを呼んだだけで何枚もの百フラン札がドアマンに放られたことを。

しかしその金はまったく無駄に与えられたわけではなかった。

どれほどでたらめに浪費された金でさえ、それは運命の神への供物として差し出されたものだった。もっとも覚えておくべきであることを、なんとか忘れてしまいたいと願って。そして今では彼はそれを念頭から追いやることができない——彼の手から取り上げられてしまった子供のこと、ヴァーモントの墓へと退いていった彼の妻のこと。

照明の眩しい軽食堂で、一人の女が彼に話しかけてきた。彼は女に卵とコーヒーをご馳走してやった。それから誘いかける女の視線をのがれるようにして、二十フラン札を彼女に与え、タクシーに乗ってホテルに戻った。

Ⅱ

目が覚めると、外は素晴らしい秋の一日であった。フットボール日和というやつだ。昨日の暗い思いはどこかに消えて、彼は道を行く人々に好感を覚えた。昼には彼は〈ル・グラン・ヴァテル〉のテーブルで、オノリアと向かい合って座っていた。シャンパン・ディナーや、二時に始まって朦朧とした酩酊の黄昏にいたる長い午餐会のことを思い出さずにすむレストランというとそこくらいしか頭に浮かばなかった。

「さあ、野菜はどうだい？　何か野菜を食べなくちゃいけないんじゃないのかな？」

「ええ、そうね」

「ホウレンソウとカリフラワーと人参といんげんがあるけれど」

「カリフラワーをいただくわ」

「野菜を二つ取ったら？」

「ランチにはいつも野菜はひとつだけいただくことにしているの」

ウェイターは自分は無類の子供好きでという表情を顔に浮かべていた。「なんて可愛いお嬢様でしょうね。フランス人と同じくらい流暢にフランス語をお話しになりますですね〔原文フランス語〕」

「デザートはどうだい？　あとで決めることにしようか？」

ウェイターが下がった。オノリアは期待をこめて父親の顔を見た。

「私たちこれから何をするの？」

「まず最初にサントノレ街のおもちゃ屋に行こう。そこでなんでも君の好きなものを買ってあげる。その次にアンピール劇場にヴォードヴィルを見に行こう」

彼女は躊躇した。「ヴォードヴィルには行きたいわ。でもおもちゃ屋はよしましょうよ」

「どうしてかな？」

「だって、お父さんは私にこのお人形を持ってきて下さったし」彼女はその人形を抱えていた。「それに私、いろんなものを持っているわ。そして私たち、もうお金持じゃないんでしょう」

「お金持だったことなんて一度もないよ。でも今日はとにかく、君の好きなものはなんでも買ってあげるのさ」

「わかったわ」と彼女はまあ仕方ないという顔で同意した。

母親とフランス人の乳母がついていた頃は、彼は娘に対してどちらかというと厳格に接しがちだった。でも今では彼は精いっぱいがんばって、新しい寛容さを身につけようとしていた。これからは一人で両親の役をつとめなくてはならない。娘のあらゆる側面を自分がしっかりと受け止めなくてはならないのだ。

「あなたとお近づきになりたく存じますな」と彼は真面目くさった声で言った。「わたくしの方から自己紹介させていただきましょう。わたくしはプラハから参りました、チャールズ・J・ウェールズと申します」

「まあ、お父さんったら！」吹き出したせいで彼女の声はうわずってしまった。

「それであなたは何というお名前でしょう？」と彼はなおも続けた。娘はすぐに調子を合わせた。「オノリア・ウェールズ、パリのパラティーヌ街に住んでおりますわ」

「結婚はなすっておられるのでしょうか？」

「いいえ、まだひとりでございますの」

彼は人形を指した。「しかしお子様を連れておられますね、マダム」

自分の子供ではないとは言えなくて、彼女はそれを胸に抱きかかえ、頭を素早く働かせた。「ええ、以前は結婚しておりましたの。でも今はひとりでございます。主人に先立たれたものでして」

彼は素早く続けた。「お子様は何とおっしゃるのでしょう」

「シモーヌ。学校のいちばんのお友達の名前をつけたの」

「君が学校でよくやっているそうで、お父さんはとても嬉しいよ」

「今月は私、三番だったのよ」と彼女は得意そうに言った。「エルシーは」——というのが彼女の従姉妹の名前だった——「やっとこさ十八番なのよ。そしてリチャードなんかビリに近いんだから」

「でもエルシーとリチャードのことは好きなんだろう？」

「ええリチャードのこと大好き。エルシーだってちゃんと好きだわ」

注意深く、他意はないような口調で、彼は尋ねてみた。「それからマリオン伯母さんとリンカン伯父さん——君はどっちが好きだい？」

「そうねえ、リンカン伯父さんかしら」

彼はやがて彼女の存在がまわりの人目を引いていることに気づいた。人々が入ってくるたびに、「まあなんて可愛らしい……」というささやきが聞こえる。そして隣のテーブルの客は口をきくのも忘れて、彼女の話にじっと耳を傾けている。彼らは意識を持った人を見るというよりは花か何かでも見るみたいに、彼女のことをまじまじと凝視していた。

「どうして私、お父さんと一緒に暮らせないの？」と突然彼女が質問した。「ママが死んじゃったから？」

「君はここに残ってフランス語をもっと完璧に身につけなくちゃいけないのさ。それにお父さんがあっちで君の世話をするのは大変だったと思うしね」

「私、もうそんなに手間はかからないのよ。何だって自分でできるんだから」

レストランの外に出ると、一組の男女が大声で名前を呼びかけてきたので、彼はびっくりしてしまった。

「ねえ、ウェールズじゃない」

「やあやあ、ロレーン……ダンク」

突如現れいでた過去の亡霊。ダンカン・シェーファー、大学時代からの友人だ。ロレーン・クォールズ、三十歳の淡い色あいのブロンドの美人だ。三年前の贅沢三昧の時勢には、仲間の一員としてみんなを焚きつけて、月々を日々のごとく派手に浪費させた女である。

「主人は今年はここに来られなかったの」、彼の質問に答えて、彼女は言った。「私たち見事素寒貧になっちゃってね。あの人ったら私に毎月二百ドル渡すから、それで好き放題やれですって……この子はあなたの娘さん？」

「中に戻って、積もる話をしようじゃないか」とダンカンが誘った。

「そうもいかなくてね」、断る口実があることが彼にはあり難かった。昔と同じように、彼はロレーンの放つ熱情的で挑発的な魅力を感じてはいた。しかし彼自身のリズムは以前とは違ったものになっていたのだ。

「じゃあ夕食はいかが？」と彼女は尋ねた。

「約束があってね。君の住所を教えてくれないか。こちらから連絡しよう」

「ねえチャーリー、ひょっとしてあなた素面じゃないの」彼女はまじめくさった顔で言った。「ほんとにこの人、素面みたいよ、ダンク。ちょっとつねってたしかめてごらんなさいよ」

チャーリーは頭でオノリアの方を示した。二人は声をあげて笑った。

「君の住所はどこなんだい？」と探るようにダンカンが言った。

彼は躊躇した。ホテルの名前を教えたくなかったのだ。

「まだ落ち着き先を決めていないんだ。僕の方から電話をかけるよ。これからアンピール劇場にヴォードヴィルを見に行くところなんだ」

「あらあら！　それこそまさに私のやりたいことよ」とロレーンが言った。「私、道化師やらアクロバットやら曲芸師やらが見たいわ。私たちも一緒に行きましょうよ、ダンク」

「僕らはちょっと先に寄るところがあるんだ」とチャーリーは言った。「たぶん向こうで会えるだろう」

「わかりましたよ、気取り屋さん……さよなら、可愛いお嬢ちゃん」

「さよなら」

オノリアは礼儀正しくちょこんとお辞儀した。

あまり嬉しいとはいえない邂逅であった。二人が彼に好意を持ったのは、彼がまともにやっているからだった。真面目に生きているからだった。二人が彼に会いたがるのは、今では彼が二人より強くなっているからだった。彼の強さから滋養を引き出したいと望んでいるからだ。

アンピール劇場で、オノリアは父親の折り畳んだコートの上に腰掛けることを毅然として断った。彼女は既に自分の行動規範というものを身につけた一個の存在であった。そして彼は、娘の人格がしっかりと固まってしまう前に自分の一部を彼女の中に注ぎこみたいという熱い思いに、ますますせきたてられるのであった。こんなに短い時間で彼女のことを知るなんて絶望的じゃないか。

幕間にふたりは、バンドが演奏しているロビーでロレーンとダンカンに出くわした。

「一杯やるかい？」

「いいとも。でもカウンターは困る。テーブルを取ろう」

「立派なお父様だこと」

ロレーンの話をうわの空で聞き流しながら、チャーリーはオノリアの目がテーブルを離れるのを見ていた。そして彼はその視線が部屋の中を動きまわる様子を切ないような思いで追った。この子の目はいったい何を見ているのだろう？　彼と目が合うと、娘はにっこりと笑った。「レモネード美味しかったわ」と彼女は言った。

彼女は何を言ったのか？　自分は何を期待していたのか？　後刻、家に戻るタクシーの中で、彼は娘を抱き寄せ、その頭を自分の胸の上に置いた。

「ねえ、お母さんのことを考えることはあるかい？」

「ええ、ときどき」彼女はちょっと曖昧な返事をした。

「君にお母さんのことをずっと覚えていてほしいんだ。君はお母さんの写真を持っていたかな？」

「ええ、持っていたと思う。とにかくマリオン伯母さんは持っているわ。どうしてお父さんは私にお母さんのことを覚えていてほしいの？」

「お母さんは君のことを本当に愛していたからさ」

「私もお母さんのことを愛していたわ」

二人は少し黙りこんだ。

「ねえお父さん、私はお父さんのところに行って一緒に暮らしたい」彼女は出し抜けにそう言った。

彼の心臓は飛び上がった。彼としてはまさにこのようにことが運んでほしかったのだ。

「ここではそんなには幸福ではないの？」

「幸福よ。でも他の誰よりもお父さんのことが好きだもの。そしてお父さんは誰よりも私のことを愛している。そうでしょう、お母さんは死んじゃったし」

「もちろん愛しているさ。でも君の方はいつまでもお父さんのことがいちばん好きってわけではないと思うな。大きくなって、同じ年頃の人と知り合って、結婚して、自分にお父さんがいたことなんてすっかり忘れてしまうんだよ」

「それはたしかにそうね」と彼女は平然とした声で答えた。

彼は家の中には入らなかった。九時にあらためて来ることになっていたし、その時には大事な話があった。そのためにも、まっさらな気分で出直してきたかった。

「ちゃんと部屋に着いたら、窓のところに立って姿を見せるんだよ」

「わかったわ。さよなら。お父さん、お父さん、お父さん」

頭上の窓に、娘がすっかり暖かそうに光に照らしだされたその姿を見せ、夜の中にキスを投げるまで、彼は暗い街路にじっと立っていた。

Ⅲ

ふたりは彼を待ち受けていた。マリオンは喪服をかすかに暗示するいかめしい黒いディナー・ドレスを着て、コーヒーセットの後ろに座っていた。既に話は始まっていたらしく、リンカンは立って部屋を行ったり来たりしていた。ふたりの方でも彼と同様、前置きなしで話の核心に入ることを望んでいた。彼はすぐに切り出した。

「僕がどういう用向きでここに来たかもう御存知でしょう。わざわざパリまでやってきたわけを」

マリオンはネックレスについた黒い星を指でいじりながら、難しい顔をした。「僕はどうしても家庭を持ちたいんです」と彼は続けた。「そして僕はオノリアをどうしてもそこに加えたい。僕はあなたがたが親戚のよしみで娘をひきとって下さったことを感謝しています。でも今は事情が変わりました」――彼は少し迷ったが、力を入れて先を続けた――「僕という人間もずいぶん大きく変わりました。そして僕はお願いしたいんです。このことについてもう一度考え直していただけまいかと。もちろん三年ばかり前に僕が馬鹿な真似をしでかしたことを否定するというつもりじゃありません――」

マリオンは険しい目つきで顔を上げた。

「――でもそれはすっかり終わったのです。この前も言ったとおり、僕はこれでもう一年以上、一日一杯の酒しか飲んじゃいません。それだって僕はいわば意図的に飲んでいるんです。アルコールのことを考えても、それで頭がいっぱいになったりしないようにです。おわかりですか？」

「いいえ」とマリオンは簡潔に答えた。

「それは僕が自分に対して仕掛けたトリックのようなものです。そうしておけば物事が頭の中で必要以上にふくれあがったりしないんです」

「わかるよ」リンカンが言った。「自分がそれに魅かれているということを認めないようにしているんだな」

「そういうところですね。ときどき飲むのを忘れて、飲まずに終わってしまうことだってあります。でもなるべくそれだけは飲もうと思っているんです。それに今の僕の立場じゃ酒を飲んだりするような余裕はありません。僕が代理人をつとめている人たちは僕の仕事ぶりにこの上なく満足してくれていますし、家事をみてもらうためにバーリントンから姉を呼び寄せているところです。そして僕はどうしてもオノリアをその家に迎えたいんです。あなたがたも御存知でしょうが、僕らの夫婦仲が悪くなったときでさえ、何があろうとオノリアだけにはその余波をかぶらせたりはしませんでした。あの子が僕を好いていることはわかっています。そして僕にはあの子の面倒をみることができる。とまあそんな次第です。いかがなものでしょう？」

さあこれから俺はひとしきり叱責を浴びなくちゃならんだろうと彼は思った。一時間、二時間続くかもしれない。それは厳しいものになるだろう。しかしもしそこで怒りをぐっと呑みこんで、改心した罪人らしいしおらしい態度を崩さなければ、最後には風向きもこちらに向いてくるかもしれない。

頭に血をのぼらせるんじゃないぞ、彼は自分にそう言い聞かせた。俺は自分の立場を正当化したいわけじゃないんだ。俺が求めているのはオノリアなんだ。

リンカンがまず口を開いた。「先月君の手紙を受け取ってから、僕らは何度もそれについて話し合った。僕らはオノリアがここにいてくれることがとても嬉しい。本当に良い子だしね。僕らとしては喜んで進んであの子の面倒をみているんだ。でも今はもちろんそのことが問題じゃない――」

そこでマリオンが唐突に口をはさんだ。「ねえチャーリー、あなたはこの先どれくらいお酒から遠ざかっていられるのかしら」と彼女が尋ねた。

「永久に、と考えています」

「それがどれだけあてになるでしょうね」

「御存知でしょう、僕は仕事を辞めて、ここに来て無為な生活を始めるまでは深酒なんて一度もしたことなかったんですよ。それからヘレンと僕とはああいった連中とあちこち――」

「お願いですからヘレンのことは持ち出さないで。私はあなたがヘレンのことをそんな風に言うことに耐えられないの」

彼は渋い顔で彼女をじっと見た。ヘレンが生きているころ、この姉妹はいったいどれくらい仲良しだったっていうのだろう？

「僕が酒を飲んでいたのは、たった一年半のあいだだけです。僕らがここに来てから、僕が――駄目になってしまうまでです」

「充分な期間です」

「たしかに充分な期間です」と彼も認めた。

「私の負っている責任は全面的にヘレンに対するものです」と彼女は言った。「私はいつもこう考えようとしているんです。もしヘレンが生きていたらあの人は私にどうしてもらいたいと思うだろうかと。腹蔵なく言わせてもらえば、あなたがひどいことをしたあの夜からこの方、私にとってはあなたという人間は存在しないも同然でした。それはしかたないことです。あの子は私の妹でしたから」

「ええ」

「あの子は死ぬ間際に私に頼んだんです。オノリアの面倒をみてくれと。もしその時あなたがサナトリウムに入っていなかったなら、話はちがったかもしれませんけれどね」

彼には返事のしようもなかった。

「ヘレンが私の家のドアを叩いた朝のことを、私は二度と忘れることができないでしょう。ぐしょ濡れになって、がたがた震えながら。そしてあなたが自分を家から閉め出したんだって言うんです」

チャーリーは椅子の両肘をぎゅっと摑んだ。予想を越えたひどさだ。彼は自分の言い分をずらりと並べて説明をしたかった。でも彼が口にできたのは「僕が彼女を閉め出した夜――」ということだけだった。マリオンがあとを遮った。「そんな話をもう一度聞くのには私は耐えられません」

ちょっと沈黙があってから、リンカンがこう言った。「本題からそれてしまったね。君が求めているのは、マリオンが法律的な後見人であることを下りて、君にオノリアを譲ることだな。彼女がいちばん問題にしているのは、君を信頼できるかどうかということだ」

「マリオンの言い分はもっともです」とチャーリーは静かに言った。「でも僕を全面的に信頼していただけるはずだと思う。三年前までは僕はまともに人生を送っていた。そりゃもちろん生身の人間ですから、いつどんな間違いをしでかさないとは限りません。でもこれ以上待っていたら、僕は子供時代のオノリアを失ってしまうんです。そして僕が家庭を持つというチャンスを」彼は首を振った。「僕はあの子をきれいさっぱり失ってしまうことになるんです。おわかりですか？」

「わかるよ」とリンカンが言った。

「どうしてそのことをもっと以前に考えなかったのかしら？」とマリオンが訊いた。

「折りにふれて考えていたと思います。でもヘレンと僕の仲はどうしようもなくなっていた。僕が後見人のことに同意したとき、僕はサナトリウムに寝たっきりで、おまけに恐慌のせいで一文なしになっていた。たしかに自分でもひどいことをしたとも思っていました。そしてヘレンの気持ちが少しでもやすまるならどんなことにだって同意しようと思っていたんです。でもそのときと今とでは話は別です。僕は立ち直りました。きちんと(ダム・ウェル)した生活を送っています。ですから――」

「私の前で汚い言葉を使わないで下さい」とマリオンが言った。

彼はびっくりして彼女の顔を見た。ひとこと口をきくたびに、彼女の嫌悪の勢いはますます顕著になっていった。彼女は自分の人生の恐怖を積み上げてひとつの壁にし、それを彼の方に向けているのだ。こんな些細なことにいちいち目くじらをたてるのも、あるいは何時間か前に料理女と何かいさかいをしたその結果なのかもしれない。彼に対してこれほど敵意を含んだ環境の中にオノリアを残していくことに、彼はますます不安になってきた。遅かれ早かれそれは表に出てくるだろう。言葉の端々に、頭をちょっと振る仕種に。そしてそのような不信感の一部は取り返しがつかないまでにオノリアの頭に植えつけられてしまうだろう。でも彼はその苛立ちの色を顔から消し去り、自分ひとりの胸に収めた。彼はポイントをひとつ稼いだのだ。というのはリンカンが妻の指摘が馬鹿げていることを認めて、軽い調子でおい君はいつから「ダム」という言葉を排斥するようになったんだいと訊いたからである。

「それにですね」とチャーリーは言った。「僕は今ではあの子にしかるべきことをやってやれるんです。僕はプラハにフランス人の女の家庭教師を連れていこうと思っています。それに新しいアパートメントも借りましたし……」

彼は間違いを犯したことに気づいて、話すのをやめた。彼の収入が再び自分たちの収入の二倍になったという事実を平静に受け入れる心構えは、彼らにはまだ出来ていないのだ。

「私たちよりもっと贅沢なものをあなたはあの子に与えられるということですか」とマリ

オンは言った。「私たちが十フランを一枚一枚つつましく使っていた時に、あなたたちは湯水のようにお金をばらまいていた。またぞろそんな暮らしを始めるつもりなのかしら」

「そうじゃありません」と彼は言った。「僕も学びました。僕は十年間みっちりと働いた。あなたも御存知でしょう。それから僕は株式で大当たりを取った。他の多くの人たちとおなじようにね。とてつもなく幸運だった。なんで馬鹿みたいにあくせく働くことがあるものかと思ったんです。それで仕事を辞めた。そんなことはもう二度と起こりはしません」

長い沈黙が続いた。全員の神経がぴりぴりとしていた。この一年のあいだで初めて彼は酒が飲みたいと思った。彼は今ではリンカン・ピーターズが子供を返してやろうと思っていることを確信した。

マリオンが突然身震いした。心の隅で彼女は、チャーリーが今ではしっかりと地面に足をつけていることがわかっていた。そして彼女の母性的な感情は、彼の望みが当然のものであることを認めていた。しかし彼女はずっと長いあいだ、偏見とともに生きてきていた。その偏見は、妹の幸せな身の上を信じることができないという奇妙な感情に根ざしていた。そしてそれは、あの恐ろしい一夜のショックの中で、彼に対する憎悪へと姿を変えたのだ。そのときちょうどマリオンは健康を損ない、逆境にあって、すっかり落ち込んでおり、そのせいもあってはっきり目で見ることのできる悪事や悪人が、この世界に存在しているという事実を彼女は必要としていたのである。

「私は自分の考えるようにしか考えられないのよ！」と彼女は唐突に叫んだ。「ヘレンの死にあなたがどれくらいの責任があるのか、私は知らない。それはあなたが自分の良心にしたがって決めることだわ」

苦悩の電流が彼の体を刺し貫いた。すんでのところで、席から立ち上がりそうになった。声にならない音が喉の奥にこだました。彼はひとしきり自分自身にすがりついた。そしてもうひとしきり。

「落ち着きたまえ」とリンカンが落ち着きの悪い声で言った。「あのことで君に責任があると思ったことは一度もないよ」

「ヘレンは心臓病で死んだんです」とチャーリーは力なく言った。

「そう、心臓病ね」とマリオンは言った。まるでその言葉は彼女にとって別の意味を持っているのだとでもいわんばかりに。

それから、感情を爆発させたあとに来る弛緩の中で、マリオンは彼のことを冷静に眺め、結果的にその男が場の趨勢を握ってしまっていることを悟った。彼女はちらっと夫の顔に目をやったが、助けの手を差し延べてくれそうな気配は見えなかった。だしぬけに、もうどうでもいいと言わんばかりに、彼女は一切を放り出した。

「好きになさいな！」とマリオンは叫んで、椅子から飛び上がるようにして立った。「あの子はあなたの娘です。あなたの邪魔をするつもりは私にはありません。もしあの子が私の娘だったら私はむしろ――」彼女はなんとか自制した。「あなたがたお二人で決めてください。私、もう我慢できません。気分が悪いわ。横になってきます」

それから足早に部屋を出ていった。しばし間を置いてリンカンが言った。

「今日は女房にとってきつい一日だったんだよ。君にもわかるだろう、彼女はすごく感情的に強く――」彼の声はほとんど申し訳なさそうでさえあった。「女というのは一度こうと思い込むとね」

「ええ、わかります」

「うまくいくさ。それは女房にもわかっているはずだよ。君が今では――子供を扶養できるようになったし、僕らにはなんといっても君やオノリアの邪魔をすることはできないんだということがね」

「ありがとう、リンカン」

「ちょっと行って、彼女の様子をみてきた方がよさそうだ」

「僕も失礼します」

表に出たときにも、からだはまだ震えていた。しかしボナパルト街を岸壁まで歩いていくうちに、だんだん元気が戻ってきた。そして岸壁に沿って並んだ街灯に照らされてすっかり生まれ変わったように見えるセーヌ川を渡る頃には、してやったという気分になっていた。でも部屋に戻ってみると、彼は眠ることができなかった。ヘレンの顔が浮かんで去らないのだ。彼はヘレンのことを本当に愛していたのだ。二人が意味もなくお互いの愛を濫用し、それをずたずたに引きちぎり始めるまでは。マリオンがいまだにありありと記憶しているあのおぞましい二月の夜、だらだらとした喧嘩はもう何時間も続いていた。まず〈フロリダ〉という店でひと悶着があった。彼が妻を連れて戻ろうとすると、彼女はテーブルに座っていたウェブ青年にキスした。マリオンがヒステリックに述べたてたことは、そのあとで起こったのだ。彼は一人で家に戻ると、激怒して玄関の錠を下ろした。その一時間後にヘレンが一人で帰宅するなんて、そして突然吹雪がやってきて、その中を彼女が夜会靴を履いてうろうろ歩き回るなんて、どうして彼にわかるだろう？　タクシーに乗ることも思いつかないくらい彼女は混乱していたのか？　そしてその余波。奇蹟的に肺炎にならずに済んだものの、その結果ひどい大騒ぎが持ちあがった。二人はなんとか「和解」したのだけれど、でもそれが終局の始まりになった。その一部始終を目にしたマリオンは、それはしょっちゅう妹が味わわされている数多くの受難の情景のひとつなのだと思い込んでしまった。そして彼女はそれを決して忘れなかった。

そんなことをあらためて思い返しているうちに、ヘレンのことが懐かしく思えてきた。そしてうとうととしかけた明け方近くの淡く白い光の中で、気がつくと彼はヘレンに向かってもう一度語りかけていた。オノリアのことではあなたは百パーセント正しいわ、オノリアはあなたと一緒にいるべきよ、と彼女は言った。あなたが立ち直って、しっかりやっているのを見て嬉しいわ。その他にもいろんなことを言った。非常に好意的なことをだ。でもヘレンは白いドレスを着てブランコに乗っていた。そしてブランコをどんどん速く揺らせていった。そのおかげで、最後には何を言っているのかうまく聞き取れなくなってしまった。

Ⅳ

幸福な気持ちで彼は目覚めた。世界のドアは再び開かれていた。オノリアと自分のための計画を立て、展望を頭に描き、将来を考えた。でもかつてヘレンと二人で立てたあれやこれやの計画のことを思い出して、ふと悲しい気持ちになった。自らの死は彼女の計画の中には入っていなかったのだ。大事なのは現在だ――なすべき仕事、愛すべき相手。でもあまり愛しすぎてはいけない。彼は父親が娘と近しくなりすぎ、母親が息子と近しくなりすぎることによってもたらされがちな弊害を、よく承知していた。そういう子供はあとになって結婚した相手に同じような盲目的な優しさを求め、そしておそらくはみつけることができず、愛や人生に対して背を向けるようになる。

今日もきりっと晴れ上がった一日だった。彼はリンカン・ピーターズの勤めている銀行に電話をかけ、自分がプラハに帰るときにオノリアを同行させてもらえると考えていいのかと尋ねてみた。それに反対する理由はないだろうねとリンカンは言った。ただしひとつだけ要望がある、法的後見人の問題だ。マリオンはその権限をもうしばらく保持していたいと思っている。彼女は今回のことでは気がたかぶっている。だからあと一年、自分の手に決定権が委ねられているとなれば、事態は円滑に進むと思うんだよ。チャーリーはそれを呑んだ。彼が求めているのは手の触れることのできる、目で見ることのできる我が子なのだ。

それから家庭教師の問題があった。チャーリーは陰気な斡旋所の椅子に座って、意地の悪そうなベアルヌ女と、豊満なブルターニュの農婦と話をした。どちらの女にもとても耐えられそうになかった。翌日別の候補者たちに会うことにした。

彼は〈グリフォンズ〉でリンカン・ピーターズと会って、今にも顔に浮かびそうになる喜色を奥に隠しながら昼食を食べた。

「なんといっても我が子ほど可愛いものはないさ」とリンカンは言った。「でもマリオンの気持ちもわかってやってほしいんだ」

「彼女は僕が七年のあいだ本国でこつこつと地道に働いてきたということを忘れてしまっている」とチャーリーは言った。「そしてたった一晩のことだけをいつまでも覚えているんだ」

「そのことだけじゃない」、リンカンは言いにくそうに言った。「君とヘレンがヨーロッパのあちこちで金をばらまいて浮かれ騒いでいるあいだ、僕らはつつましく暮らしていた。僕は繁栄のおこぼれにはあずからなかった。保険以外のものには手出しもしなかったからさ。そういうのはちょっとおかしいんじゃないかとマリオンは感じたんだと思うよ。君は最後の頃には働きもしなかったのに、ますます金持ちになっていったものね」

「そういう金は入ってきた時とおなじぐらいあっけなく消えてしまいましたよ」

「ああ、その手の金はボーイやらサキソフォン吹きやらレストランの客席係やらの懐にたっぷりと転がり込んだのさ。まあとにかく盛大なパーティーはお開きになったんだ。僕がこんな話を持ち出したのも、あの常軌を逸した時代についてマリオンがどのように感じているかを君に知ってもらいたかったからだよ。今夜の六時頃、まだマリオンがくたびれきっていない時間に家に寄ってくれたら、その場で細かいところを決めてしまおう」

ホテルに戻ってみると、速達郵便が届いていた。リッツのバーから回送されてきたものだった。チャーリーがある人物に会いたくてそこに住所を残してきたからだ。

チャーリー様

このあいだお目にかかったとき、あなたの様子が変だったので、私は自分が何かあなたの気に障る真似をしたのではないかと案じております。もしそうだとしたら、それは私の本意ではありません。それどころかこの一年、私はあなたのことばかり思い出していたんですよ。そして心の隅の方で、こっちに来たらあなたに会えるかもしれないといつも思っていたんです。あのクレイジーな春に私たちはずいぶん楽しい思いをしましたよね。あなたと私とで肉屋の三輪自転車を盗んだあの夜とか、大統領に会いたいといってふたりで訪ねていったときのこととかね。あなたは古いダービー・ハットの縁だけをかぶって、針金のステッキなんかついてね。最近ではみんなめっきり老けこんでしまったみたいです。でも私はぜんぜん年を取ったなんていう気がしません。昔のよしみで、今日にでも一度会いませんか？ 私は今のところひどい二日酔いですが、午後にはよくなるでしょう。そしてリッツのバーで五時頃にあなたを探してみます。

それでは御機嫌よう　　　　ロレーンより

それを読んで、彼は我ながら啞然としてしまった。俺は本当に、一人の大のおとなとして、三輪自転車を盗んでそこにロレーンを乗せ、未明の時刻にエトワールを漕いでまわったのだ。今思い出してみると、まさに悪夢だった。ヘレンを閉め出したことは、彼の人生におけるその他の行為とはうまくそぐわなかった。しかし三輪自転車の話はさもありなんという類のものだった。その手の話なら掃いて捨てるくらいある。かくの如き出鱈目の境地に到達するまでに、いったい何週間、何カ月という遊蕩の歳月が送られたのだろう？　その当時ロレーンは自分の目にどういう風に映じていたのだろうと、彼は思い出してみた。たしかに心は惹かれていたと思う。ヘレンは口にこそ出さなかったけれど、そのことで傷ついてはいたはずだ。でも昨日レストランで会ったロレーンの顔はくたびれて、締まりがなく、どことなく擦り切れて見えた。彼女と顔をあわせることは何があっても避けよう。彼はアリックスが自分の泊まり先を彼女に教えなかったことに感謝した。オノリアのことを考えると、彼の心は和んだ。彼女とともに過ごす日曜日、朝におはようを言うこと、夜にはあの子がこの自分の家の中にいるんだ、暗闇の中で息をしているんだ、と思えること。

五時に彼はタクシーを拾って、ピーターズ一家の全員のためにプレゼントを買った。洒落た布の人形、ローマ時代の兵士の箱入りセット、マリオンには花、リンカンには大きな亜麻のハンカチ。

アパルトマンに着いたとき、彼はマリオンが既にあきらめの境地にあることを見てとった。彼女はチャーリーを有害な侵入者としてではなく、扱いにくい親類に対するような態度で迎えた。オノリアは自分が父親と一緒に出発することを既に聞かされていた。娘が賢明にもその夢のような喜びをうまく押し隠しているのを見て、彼はほっとした。父親の膝の上に載ったときに、ようやくオノリアはその嬉しさをそっと打ちあけた。「いつ行くの？」と訊いた。それからすぐに他の子供たちと一緒にどこかに行ってしまった。

ちょっとのあいだ、彼とマリオンは部屋に二人きりになった。ほとんど衝動的に、彼は切り出した。

「家族の中でのいさかいは辛いものです。そこにはこうすればいいという定めがないからです。それは痛みとか傷とかとも違うんだ。それはまるで肌が裂けてしまうようなものです。治そうとしても、皮膚が足りない。僕はもしできるものならあなたともっと良い関係を作りたいと思うんですが」

「世の中には、忘れたいとおもってもなかなか忘れられないことがあります」と彼女は答えた。「それは信頼の問題ですよ」、これに対する返事はなかった。ややあってから彼女は言った。「あなたはいつあの子を連れていきたいの？」

「家庭教師がみつかり次第です。できることなら明後日あたりには発ちたいですね」

「それは無茶だわ。いろいろと仕度だってあるし、少なくとも土曜日までは待ってもらいたいわ」

彼は譲歩した。リンカンが部屋に戻ってきて、彼に酒を勧めた。

「日課のウィスキーをいただきますよ」と彼は言った。

そこは暖かかった。そこは家庭だった。暖炉の前に人々が集まっていた。子供たちは自分たちが安全であり、大事にまもられていると感じていた。父親と母親はしっかりとした人々で、よく注意を払っていた。彼がここを訪問したことよりは、子供たちの世話をすることの方が彼らにとってはずっと重要なのだ。結局のところ、マリオンと彼自身との緊張をはらんだ関係よりは、子供に薬をひと匙与えることの方が大事なのだ。彼らは決して退屈な人々ではなかったけれど、しかし日々の暮らしの場の中に絡めとられていた。このリンカンを退屈な銀行勤めの生活から解きはなつために何か自分にできないものだろうかと彼は思った。

ドアベルが長く響いた。メイドが部屋を通り抜けて廊下を歩いていった。もう一度ベルが長く鳴っている最中にドアが開けられた。そして声が聞こえた。サロンにいた三人はいったい何だろうと顔を上げた。リンカンは廊下を見わたせる位置に移動した。マリオンは腰を上げた。やがてメイドがこっちにやってきた。そのあとをぴたりとついてきた声はやがて明かりの中に進み出て、ダンカン・シェーファーとロレーン・クォールズの姿に結像した。

彼らは上機嫌で、浮かれていた。二人とも腹を抱えて笑い転げていた。一瞬チャーリーは言葉を失ってしまった。彼らがどうやってピーターズの住所を探りだしたのか、見当もつかなかった。

「いたぞいたぞ」とダンカンがチャーリーに向かって悪戯っぽく指を振った。「いたぞいたぞ」

彼らは二人でまた馬鹿笑いをひとしきりやった。動転し、どうしていいかわからぬまま、彼はふたりの手を素早く握り、リンカンとマリオンに紹介した。マリオンは肯いただけで、ろくに口も開かず、暖炉の方に一歩退いた。彼女の娘がそのそばに立っていた。マリオンはその子の肩に手をまわしていた。

彼らの侵入に苛立ちを募らせながら、チャーリーは二人がわけを説明するのを待っていた。笑いを収めるのにしばらく苦労したあとで、ダンカンが口を開いた。

「我々は君を夕食に誘うべくここに来たんだ。ロレーンと僕は、君がこそこそと立ち回って居場所を隠しだてするのを何とかやめさせなくてはならんと決議したんだ」

チャーリーは二人を廊下に押し戻そうとするかのように、彼らの前に行った。

「悪いけれど僕は行けない。君たちの居場所を教えてくれ。三十分後に電話する」

彼の言ったことは何の効果も及ぼさなかった。ロレーンはだしぬけに椅子の肘かけに腰を下ろした。そしてリチャードに目の焦点をあわせて、こう叫んだ。「まあなんて可愛い男の子でしょう！ こっちにいらっしゃいな、坊や」リチャードはちらりと母親の方を見たが、動こうとはしなかった。彼女はわずかに肩をすくめて、チャーリーの方に向きなおった。

「一緒に御飯を食べにいきましょうよ。あなたのお従兄弟さんたちは気にしないわよ、きっと。ねえ久しぶりじゃない、何をそんなしからめつしい、じゃなかった、しかつめらしい顔してるのよ」

「それはできない」とチャーリーは鋭い口調で言った。「君たちふたりで食事は済ませてくれ。あとで電話する」

彼女の声は突然不快感のこもったものになった。「わかったわよ。行くわよ。でもね、あなたが昔朝の四時にうちのドアをがんがん叩いたときのこと、私覚えているわよ。その時一杯お酒を出すくらいの親切心を、私は持ち合わせていましたけどね。さあ行きましょう、ダンカン」

焦点の定まらぬむっとした顔と、不確かな足取りで、彼らはのっそりと廊下を引き上げていった。

「おやすみ」とチャーリーは言った。

「おやすみ！」とロレーンがわざとらしい声でそれに答えた。

客間に戻ってきたとき、マリオンは一歩も動いていなかった。男の子が彼女の腕の中に移っていただけだった。リンカンは相変わらず振り子が揺れるみたいにオノリアを左右に動かしていた。

「無礼なやつらだ！」とチャーリーが吐き捨てるように言った。「まったく無礼にもほどがある」

二人は無言だった。チャーリーは安楽椅子にどさっと腰を下ろし、酒のグラスを手に取ったが、それをまたもとに戻して言った。

「もう二年も会っていない相手なのに、あの面の皮の厚さといったら――」

彼の言葉はそこで中断された。マリオンが怒りをこめた疾風のような息を吐き、「おお」というような音を出したのだ。そして身をよじらんばかりに彼に背を向け、部屋を出ていった。

リンカンはオノリアをそっと下におろした。

「子供たちは食堂に行ってスープを飲んでなさい」と彼は言った。子供たちが行ってしまうと、チャーリーに向かって言った。

「マリオンは具合が良くない。ショックに耐えられないんだよ。ああいった連中は彼女の神経にこたえるんだ」

「僕はあいつらに来いと言ったわけじゃない。あなたの名前をあいつらはどこかで探りだしたんです。それであてつけに――」

「まずかったな。まったくうまくないよ。ちょっと失礼させていただくよ」

ひとり残されたチャーリーは身をこわばらせて座っていた。隣の部屋からは子供たちが食事しながら、簡単な言葉だけの会話を交わしているのが聞こえてきた。大人たちのあいだでついさっき起こったごたごたなど、子供たちはもうとっくに忘れていた。その奥の部屋からは、会話の端々が洩れ聞こえてきた。受話器を取りあげるちりんというベルの音が聞こえた。彼は急にいたたまれなくなって、部屋のいちばん奥の音の聞こえないところに移動した。

ほどなくリンカンが戻ってきた。「なあチャーリー、今晩のディナーはやめにした方がよさそうだね。マリオンの具合がおもわしくない」

「彼女は僕のことを怒っているんですか？」

「まあね」と彼はかなりぶっきらぼうに言った。「女房は体が丈夫じゃないんだ、それに――」

「オノリアのことで考えを変えたということなんですか？」

「今は気が立っている。どうなるかはわからん。明日になったら銀行の方に電話をくれないか」

「あなたの口からもよく説明してほしいんです。あいつらが押し掛けてくるなんて、夢にも思わなかったんだっていうことを。僕だってあなたがたと同じくらい癪にさわっているんですよ」

「今は何を説明しても無理だね」

チャーリーは立ち上がった。彼は帽子とコートを取り、廊下を歩き始めた。それから食堂のドアを開けて、乾いた声で言った。「おやすみ、子供たち」

オノリアは席を立ち、テーブルをぐるっとまわって彼に抱きついた。

「おやすみ、スイートハート」と彼は心ここにあらずという声で言った。それからもっと心の籠もった声を出さなくては、何かをやわらげなくてはと思った。「おやすみ、みんな」と彼は言った。

V

チャーリーはそのまままっすぐリッツのバーに行った。ロレーンとダンカンをとっつかまえてやろうと思ったのだが、彼らの姿はそこにはなかった。それにふたりをみつけたところで、いったいどうなるというのだ。考えてみれば、彼はピーターズの家では結局酒には手をつけなかった。ウィスキー・ソーダを彼は注文した。ポールがやってきて、彼に挨拶をした。

「すっかり様変わりしてしまいましたよ」と彼は悲しげに言った。「昔のおおよそ半分の商売にしかなりません。アメリカにいらっしゃる方々も、多くは一文なしになられたようです。最初のガラは持ちこたえても、二度めのでやられたらしいです。おともだちのジョージ・ハートさまもすっかららかんになられたという話です。あなたはアメリカにお帰りになっていたんですか?」

「いや、僕はプラハで仕事をしているんだ」

「ガラでずいぶんご損をなすったとか」

「したさ」そして顔をしかめながらこうつけ加えた。「でも僕は、自分の求めていたものをすべて好況の中で無くしたんだ」

「空売りっていうやつですか」

「まあそんなところだね」

再びその頃の思い出が悪夢のように流れ込んできた。旅行中に彼らが会った人々。足し算もできなければ、まともなセンテンスひとつしゃべれない人々。船のパーティーでヘレンがダンスをすることを承諾した小男。なのにそいつはテーブルから十フィート離れたところで彼女を侮辱した。酒やらドラッグやらに酔って、大声でわめきながらみんなの前から連れ去られた女たち、娘たち——

——妻を雪の中に閉め出していた男たち。一九二九年の雪は本物の雪には見えなかったからだ。もしそれが雪であることを望まないのなら、君はただ金を払えばいいのだ。

彼は電話のところに行って、ピーターズのアパルトマンの番号を回した。リンカンが電話に出た。

「どうにも気になって電話をかけたんです。マリオンは何かはっきりとしたことを口にしましたか？」

「マリオンは病気なんだ」とリンカンは素っ気なく答えた。「今回のことが何から何まで君のせいだと言うつもりはない。でも僕は、このごたごたで女房を倒れさせてしまうわけにはいかない。たぶん予定は六カ月ばかり延期せざるをえないだろう。彼女をもう一度こういう状態に追い込むような危険は、僕としては避けたいのだよ」

「ええ、それは」

「悪いね、チャーリー」

彼はテーブルに戻った。ウィスキーのグラスは空っぽだった。しかしアリックスが尋ねるようにそれを見た時、彼は首を振った。今の彼にできるのは、オノリアに何かものを買ってやるくらいだ。明日はあの子にいろんなものを送ってやろう。ただの金じゃないかと、彼は怒りのようなものをこめてそう思った。俺は前にも湯水のように金をばらまいたんだ……

「いや、もう結構だ」と彼は別のウェイターに向かって言った。「勘定してくれ」

またいつか戻ってくるだろう。彼らだっていつまでもいつまでも俺に代価を払わせつづけるわけにはいかないはずだ。しかし彼はどうしても子供を手に入れたかった。その事実に比べれば、他のことなどどうでもいい。彼はもう、甘い思いや夢をひとりで抱え込んで生きている若者ではなかった。これだけははっきり言える、と彼は思った。ヘレンだって、俺にこれほどまで孤独になってほしくはなかっただろう。

冬の夢

Winter Dreams

I

キャディーたちの中にはおそろしく貧乏で、一間しかない、神経衰弱を患った雌牛を前庭に飼っているような家に住んでいるものもいたが、デクスター・グリーンの父親はブラックベアで二番目に有名な食料品店を経営していた。いちばん名が通っていたのは「ザ・ハブ」で、その店はシェリー・アイランドからやってくる富裕な人々が主にひいきにしていた。デクスターがキャディーをやっていたのは、ただ自由になる小遣い銭がほしかったからだ。

秋になると、空気がぴりっとひきしまり、灰色を帯びる。それからまるで真っ白な蓋が下ろされるように、ミネソタの長い冬が訪れた。デクスターはスキーを履き、かつてはゴルフコースのフェアウェイであったところを歩き、滑った。そういう折りには、その故郷の地はデクスターを深い憂愁に沈み込ませ、また腹立たしい気持ちにもさせた。ゴルフ場は休業を余儀なくされ、足もとに虚しく埋もれ、つらく長い季節のあいだ雀たちのうらぶれた姿にとりつかれていた。夏には陽気な色合いの様々な旗をはためかせていたティーも、今ではうら淋しい砂箱がかちかちの氷に深く埋もれているだけだと思うと、どうしようもなく情けない気持ちになった。斜面を横切っていくとき、酷薄なまでに冷ややかな風があたりを吹き渡った。太陽が姿を見せると、デクスターはその奥行きを欠いた、厳しく眩しい光を目を細めて見上げながら、あてもなくあたりを歩きまわるのだった。

四月になると、冬は唐突に終わりを告げる。雪がブラックベア湖に流されてしまうのを待ちきれぬように、気の早いゴルファーたちが姿を見せ、赤と黒のボールを使ってシーズンの幕を威勢良く切って落とす。浮き浮きする心の高ぶりもなく、湿り気を含んだ輝かしいひと休みもなしに、寒さは既にどこかに消えてしまったのだ。

北国の春には何かしら心を滅入らせるものがあることを、デクスターは承知していた。その地の秋に何かしら豪勢なものがあることを知っていたのと、ちょうど同じように。秋になると彼は両手をぎゅっと握りしめ、身を細かく震わせ、愚かしい文句を自分に向かって幾度となく繰り返した。そして架空の聴衆や軍隊に向かって指令を出すかのように、意味をなさぬ唐突な身振りをした。十月には彼の胸は希望でいっぱいになり、それらは十一月になるとめくるめく勝利へと高められた。そしてこのような心持ちの中で、シェリー・アイランドで過ごした夏の、つかの間の輝かしい記憶が、出番を待ちかねていたように息づき始めた。彼はゴルフのチャンピオンになり、仮想のフェアウェイで百回も繰り返された見事なマッチプレイで、T・A・ヘドリック氏を打ち破った。マッチプレイの細部はそのたびごとに、飽きることなく変更を受けた。あるときには彼は軽々と難なく勝利を収めた。またあるときには背後から追い上げて、息を呑むような逆転勝ちを収めた。彼はまたモティマー・ジョーンズ氏よろしく、ピアース・アロウ車から優雅に降り立ち、冷ややかな顔つきでシェリー・アイランド・ゴルフクラブのラウンジに足を踏み入れた。あるいは眩しげな視線を送る群衆に囲まれ、クラブの浮き台の飛び込み板から、湖面に華麗なダイブを披露した。ぽかんと口を開けてその光景に見とれる人々の中には、モティマー・ジョーンズ氏の姿もあった。

そしてある日、モティマー・ジョーンズ氏が——仮想ではなく実の本人が——まさに目に涙を浮かべてデクスターのところにやってきて、君はうちでは最高のキャディーなのだし、もっと待遇を良くしたら辞めずに残ってくれるだろうかと、泣きつく事態にあいなった。「どうしてかと言えばだね、ほかのキャディーはみんな、ああ……ホールひとつにつき一個はボールをなくしてしまうし……」

「申し訳ありません」とデクスターはきっぱりと答えた。「もうキャディーはやりたくないんです」、それから一拍置いて言った。「もうキャディーをやるような年でもありません」

「だって君はまだ十四歳じゃないか。どうしてまた、よりによって今朝になって、急に辞めるなんて言いだすんだ。来週の州トーナメントには私と一緒に行こうって約束していたじゃないか」

「僕はもうそういう年じゃないんだって、そう思ったんです」

デクスターは「優秀キャディー」のバッジをはずして返上した。そしてその日までの給与をキャディー頭から受け取り、ブラックベア村にある自宅まで歩いて戻った。

「あんなに、ああ——優秀なキャディーはほかにはいなかった」とモティマー・ジョーンズ氏はその日の午後、グラスを傾けながら叫び声をあげた。「ボールはひとつとしてなくさなかったし、意欲があり、頭が働き、口数も少なく、正直で、感謝の念を常に忘れなかった！」

彼が辞める原因となったのは、ひとりの十一歳の少女だった。彼女は美しいと言っていいまでに不器量だった。そしてそういうタイプの少女たちが往々にしてそうであるように、数年を経ずして、得も言われぬ美女となり、幾多の男たちの心を際限なく、無惨に引き裂くことになる。そんな火花の片鱗は、その少女の中に既にほの見えていた。彼女が微笑むと、唇の両端がぐいとねじれたように下がるところや、その瞳——ああ天よ許したまえ！——の中にうかがえる情熱を秘めた輝きには、はなから神をも恐れぬおもむきがあった。このような女性たちには、まだ年若いうちからヴァイタリティーが備わっている。彼女のほっそりとした体躯の内側からその輝きが、明かりのように洩れこぼれているのを、たしかに見て取ることができた。

彼女は朝の九時に、やる気満々でコースに出てきた。白のリネンの服を着た付き添いと、白いキャンバス・バッグに入った真新しい子供用ゴルフ・クラブの五本セットとともに。ゴルフバッグは付き添いの女が担いでいた。デクスターが最初に見かけたとき、彼女はキャディー小屋のわきに立っていた。どちらかというとばつが悪そうで、それを取り繕うために付き添いの女を相手に、どう見ても不自然な会話を交わしていた。話しながら、ぎょっとするような、場違いのしかめっ面を彼女は浮かべていた。

「ねえ、とても素敵な日和じゃないこと、ヒルダ」と彼女が言うのをデクスターは耳にした。彼女は唇の両端をぎゅっと下げて微笑みを浮かべていた。そして密かにあたりを目で窺っていた。移動する彼女の視線はいっときデクスターの上に落ちた。

それから付き添いの女に言った。

「今朝はまだあまり人が出てきていないようね」

そして再び微笑が浮かぶ。ぱっと明るく、あけすけなまでに人工的な、しかしついひきずりこまれてしまうような微笑だ。

「困りましたね。さて、どうしたものでしょう」と付き添いの女がとくにどこを見るともなく言った。

「あら、困ることはないわ。私がうまくやるから」

デクスターは口を微かに開き、ぴくりとも動かずにそこに立っていた。一歩前に出れば、彼がそちらを注視していることが、相手にわかってしまう。一歩後ろに下がれば、彼女の顔をはっきりと視野に収めることができなくなってしまう。しばらくのあいだ彼は、彼女がまだ幼い少女なのだということがうまく認識できなかった。それからはっと思い出した。前の年に何度か彼女を見かけていたことを。そのときはまだ女児用半ズボン（ブルーマー）をはいていた。出し抜けに、自分でも意識しないままに、デクスターは声を上げて笑ってしまった。短い、唐突な笑いだった。そして自分でもそれに驚いてしまった。彼は振り向いて、そこを足早に去ろうとした。

「きみ（ボーイ）！」

デクスターは足を止めた。

「ねえ、きみ――」

自分が呼ばれていることに間違いはなかった。それだけではない。その馬鹿げた、意味のかけらもない微笑みが、彼に向けて投げかけられていた。少なからざる数の男たちが、その記憶を中年になるまで抱え込んでいきそうな種類の微笑みだ。

「きみ（ボーイ）、ゴルフの先生はどこにいるか知ってる？」

「今レッスンをしているところです」

「それじゃ、キャディー頭はどこかしら？」

「今朝はまだ出てきていません」

「あら」。少しのあいだ彼女は手がかりを失った。彼女は右足と左足にかわりばんこに身体の重心を移し替えた。

「キャディーが必要なの」と付き添いの女が言った。「私たち奥様に、ミセス・モティマー・ジョーンズにコースに行くように言われたんだけど、キャディーがいないことにはどうやっていいのかさっぱりわからなくて」

そこで彼女は話しやめた。ミス・ジョーンズが不吉な視線をちらりと送ったからだ。しかし微笑みがすぐにそれに取って代わった。

「ここには今、僕のほかにキャディーはいません」とデクスターは付き添いの女に言った。「そして僕はここに詰めていなくちゃならないんです。キャディー頭がやってくるまで」

「そう」

ミス・ジョーンズと彼女の付き添いはそこで引き下がった。そしてデクスターからしかるべき距離をとったところで、二人のあいだで白熱した会話が交わされた。最後にミス・ジョーンズがクラブのひとつを手に取り、それで乱暴に地面を引っぱたいた。更に追い打ちをかけるように、彼女はそれをもう一度振り上げ、付き添いの女の胸に思い切り振り下ろそうという素振りを見せた。付き添いの女はクラブを摑んで、相手の手からもぎ取った。

「この意地悪のクソばばあが！」とミス・ジョーンズは口汚く叫んだ。

口論はなおも続いた。そこには喜劇的な要素がふんだんに込められていたから、デクスターは何度か思わず笑い出しそうになった。しかしそのたびにぐっとこらえて、笑いを声に出さないように努めた。しかし彼としては、この付き添い女を打ちのめしてやりたいという少女の怒りは当を得たものだと、理不尽に首肯せずにはいられなかった。その状況は幸運にも、キャディー頭が姿を見せたことによって解消された。付き添い女はキャディー頭に泣きついた。

「ミス・ジョーンズは年少のキャディーを必要としているんですが、この子はここを動けないと言うんです」

「ここであなたが来るのを待つようにと、ミスタ・マケンナに言われました」とデクスターはすかさず言った。

「もう来たじゃない」、ミス・ジョーンズは楽しそうにキャディー頭に向かって微笑んだ。そしてゴルフバッグをどすんと地面に落とし、いかにも得意げに最初のティーに向かって歩を運んだ。

「さあ、何をしているんだ」とキャディー頭はデクスターの方を向いて言った。「そんなところにぼおっと突っ立ってないで、お嬢さんのバッグを担いでいきなさい」

「今日はそれはできそうにありません」とデクスターは言った。

「できそうにない？」

「僕はこの仕事を辞めようと思うんです」

その決断の大胆さは、彼自身をも縮み上がらせた。彼は評判の良いキャディーだったし、夏場には月に三十ドルを稼ぐことができた。ブラックベア湖の周辺でそんなまとまった金を稼げる場所はほかにない。しかしデクスターは強い感情的なショックを受けていた。そしてその動揺は、即刻の、そして力ずくのはけ口を求めていた。

でも実はそれほど単純なことでもなかった。先になって幾度となく体験することになるのだが、デクスターは自分でもそれと意識せぬまま、彼の「冬の夢」に命じられるとおりに動いていたのである。

II

もちろんのこと、それらの冬の夢の中身と都合の良さは時に応じていろいろに異なっていたが、その特性だけは変わらなかった。数年ののちに彼のその夢は、州立大学のビジネス課程に進むことを拒否するように、そして東部の名門大学の門戸を叩くようにと、デクスターを説き伏せた。わざわざ遠方の大学に行くメリットがあるかどうかは怪しいものだったし、乏しい仕送りではかつかつの生活しか送れなかったというのに。そのときには父親にも経済的な余裕ができていたから、地元の学校に進めば楽にやっていけたはずだった。しかし誤解のないように申し添えると、その少年の「冬の夢」が最初にたまたま、裕福な人々に対して強い関心の目を向けていたからといって、彼がただ薄っぺらで世俗的な人間であったということにはならない。華麗な事物や華麗な人々と関わりを持つことを、彼は求めていたわけではなかった。彼は華麗なるもの、それ自体を欲していたのだ。しばしば彼は、自分でもどうしてそんなものを欲しがるのかはわからないままに、最良のものを求めた。そして時によっては、謎めいた――まるで人生がその気まぐれを楽しんでいるかのような――拒絶や禁制に出くわすことがあった。この物語が取り上げるのは、彼の出世物語の一部始終ではなく、そのような拒絶のひとつの例である。

彼は金を儲けた。その経緯はなかなか目覚ましいものだ。大学を出たあと、彼はブラックベア湖にやってくる富裕な人々が本拠を構えている都市に行った。彼はまだ二十三歳で、その街に来て二年にもならなかったが、それでも既に「なかなか見どころのある青年がいてね――」と人々の口の端にのぼるようにまでなっていた。彼のまわりでは金持ちの息子たちがおぼつかなげに債券を売り歩いたり、世襲財産をこわごわ株に投資したり、「ジョージ・ワシントン商業コース」全二十四巻を読破するべく努めていたが、デクスターは学位と持ち前の雄弁を活用して千ドルを借り入れ、あるクリーニング店の共同経営権を手に入れた。

そもそもは小さなクリーニング店だった。しかしデクスターは、英国人が上等なウールのゴルフ・ストッキングを縮ませることなく洗濯する方法を学び、それを売り物にした。それから一年を経ずして、彼はニッカボッカーを愛用する人々の愛顧をも得るようになった。人々はシェトランドの長靴下やセーターを出すときには、彼の店に持って行くようにと指示した。ちょうどかつて人々が、ゴルフボールをうまく見つけることのできるキャディーを競って指名したのと同じように。ほどなくして、彼らの夫人の肌着類を扱えるようにもなった。その結果彼は市内の各所に、合計五軒の支店を持つに至った。二十七歳になる頃には、その地域でもっとも多くの支店を持つクリーニング店チェーンのオーナーになっていた。そしてまさにそのときに、彼は店の権利を売り払い、ニューヨークに移ったのである。しかしここで語られるのは、それより以前に起こった出来事である。彼が最初の大きな成功を収めつつあった時代に、我々は立ち戻ることになる。

デクスターが二十三歳のときに、ハート氏――「なかなか見どころのある青年がいてね」と言い回っていた白髪の男たちの一人である――がある週末、シェリー・アイランド・ゴルフクラブにゲストとして招いてくれた。そのようにしてデクスターはある口、受付の登録簿に署名をし、午後にはフォアサムでコースを回ることになった。メンバーはハート氏、サンドウッド氏、そしてT・A・ヘドリック氏だった。かつて自分はハート氏のゴルフバッグをかついでこのコースを回ったし、目をつぶっていてもこのコースのバンカーや溝はそっくり頭に入っているというようなことは、あえて持ち出す必要もあるまいと彼は思った。しかしそれでも、彼らのあとをついてくる四人のキャディーたちに、ちらちらと視線を送らないわけにはいかなかった。彼らの目の輝きや動作の中に、かつての自分を思い出させるものが見当たらないか、そしてそれが彼の現在と過去とのあいだに横たわる大きな溝をいくらかでも埋めてくれないものか、と考えながら。

それは奇妙にとりとめのない一日だった。覚えのある懐かしい感覚が、細切れに唐突に彼を襲った。あるときには自分が場違いな侵入者のように思えたし、次の瞬間には自分がT・A・ヘドリック氏に対して圧倒的な優越感を抱いていることを知って、感に堪えぬ気持ちになった。T・A・ヘドリック氏は退屈な人間であるばかりではなく、今となってはゴルファーとしての腕だってたいしたものではなかった。

それから、ハート氏が十五番グリーン近くでボールを見失ったせいで、とんでもないことが持ち上がった。彼らがラフのごわごわした草の中で捜し物をしているときに、後方の丘の彼方から「フォア！」というはっきりとした声が聞こえた。みんなが捜索をやめてはっと後ろを振り向いたとき、丘を越えてスライスしてきた目にも鮮やかなニューボールが、あっという間もなくT・A・ヘドリック氏の腹を一撃した。

「なんてこった！」とT・A・ヘドリック氏は叫んだ。「こういう頭のいかれた女どもは、コースから閉め出すべきなんだ。とんでもないことになってきてるぞ」

丘の向こうから頭がひとつ、声とともに姿を見せた。

「お先に行っちゃってかまいませんか？」

「あなたのボールがですね、私の腹に当たったんですぞ！」とT・A・ヘドリック氏は声を荒らげて言った。

「ホントに？」、その娘は男たちのグループに近づいてきた。「それはどうも。フォアって叫んだんだけど」

彼女の視線は男たち一人ひとりの上にさりげなく落ちた。それから自分のボールを求めて、フェアウェイをざっと検分した。

「バウンドして、ラフに落ちちゃったのかしら？」

その質問が無邪気なものなのか、それとも悪意の混ざったものなのか、判断しかねるところだった。しかしまもなくそれは明らかになった。連れが丘の上に姿を見せると、彼女は明るくこう叫んだからだ。

「ここよ！　何かにぶつからなかったら、ちゃんとグリーンにのっていたはずだったんだ」

五番アイアンで短いショットを打つべくスタンスをとる彼女を、デクスターはまじまじと眺めた。青いギンガムのドレスの喉もとと肩口には白い縁取りがあり、それが日焼けした肌を強調していた。十一歳の頃には痩せて、誇張されたところばかりが目立ち、その情熱的な目や、下を向いた唇の両端がどことなく愚かしく見えたのだが、今ではもうそんなことはない。彼女は息を呑むほど美しくなっていた。頬の色はまるで絵画の中の色のように、中心近くに集まっていた。決して「血色がいい」というのではない。そこにあるのは細かく震える、発熱に近い温かみだった。深い陰影が施されているせいで、今にもそのまま消え入ってしまいそうに見える。その顔色と、活発に動き回る口のせいで、人が彼女から受けるのは、絶え間のない変化、集約された生命力、情熱的なヴァイタリティー……、そういう息つく暇もない印象だった。哀しいばかりに贅沢な目だけが、そこに均衡をもたらしていたが、それもあくまで部分的なものでしかなかった。

彼女はいかにもじれた素振りで、どうでもいいというように五番アイアンを振って、ボールをグリーンの向こう側のバンカーに放り込んだ。手短で心のこもっていない微笑みと、素っ気ない「どうもありがとう」という言葉だけを残して、彼女はそちらに歩いて行ってしまった。

「まったく、あのジュディー・ジョーンズときたら！」とヘドリック氏は次のティーで言った。彼女が先にボールを打ち終えるまで、彼らはしばらくのあいだ待たされていた。「あの娘に必要なのは、半年ばかり尻が腫れ上がるほど折檻されてから、昔気質の騎兵隊中尉に嫁にやられることだ」

「でもたいした美人じゃありませんか」とサンドウッド氏が言った。彼はまだ三十を少し過ぎたばかりだった。

「美人だって！」とヘドリック氏は堪えかねたように言った。「いつも誰かにキスされたいっていう顔をしているじゃないか。あの雌牛みたいな大きな目を、街中の仔牛に向けておるんだから」

ヘドリック氏の発言はどうやら、母性的本能に関して述べられたものではないようだった。

「彼女は真剣に練習すればかなり良いゴルファーになれますよ」とサンドウッド氏が言った。

「フォームがなっとらんぜ」とヘドリック氏がおごそかに言った。

「スタイルがとても良い」とサンドウッド氏。

「彼女にもっと速い打球が打てないことを神に感謝しなくちゃな」とハート氏は言って、デクスターにウィンクした。

その日の夕方、太陽が黄金色と、刻々色合いを変える青と、緋色の、すさまじいばかりの渦巻きを描きながら没し、あとに乾燥した、葉擦れの音に満ちた西部の夏の夜を残していった。デクスターはゴルフクラブのベランダからあたりを眺めていた。微風を受けて、水がどこまでも均等に重なり合っていた。それは秋の月に照らされて、あたかも銀の糖蜜のようだ。しかしやがて月が指を一本その唇にあてると、湖面はしんと静まり、淡い色合

い の澄み渡ったプールとなった。デクスターは水着に着替え、いちばん遠くの浮き台まで泳いでいった。そこの飛び込み用ボードの濡れたキャンバスの上に、水滴のしたたる身体を横たえた。

魚がジャンプする音が聞こえた。星が光をまたたかせ、湖のまわりには灯火がきらめいていた。あちらの暗い岬では、昨年の夏に、またいつかの夏に流行った曲をピアノが演奏していた。『チン・チン』や『ルクセンブルク伯爵』や『チョコレートの兵隊』の劇中音楽だ。水面を渡ってくるピアノの音色は、デクスターの耳にはいつだって心地よく響いたから、彼はそこに静かに横になって、じっと耳を澄ませていた。

そのときピアノが演奏していたのは、五年前には陽気な新曲だったものだ。当時デクスターは大学の二年生だった。一度プロムでその曲が演奏されたことがあった。しかしそのときの彼は懐が寒く、そのプロムに参加する余裕もなく、体育館の前に立って、洩れ聞こえる音楽を聴いていた。その音楽の響きは、ある種の陶酔を彼の中に誘発し、その陶酔によって彼は、今の自分の身に起こっていることを見識することができた。ああ、なんて素晴らしいことだろう、と彼は実感した。そこにあるのは、たった今、自分が人生にぴたりとはまりきっているという感覚であり、彼のまわりのすべてのものが、この先もう二度とこんなことはないかもしれないと思えるくらい鮮やかに、輝きと栄光を放射しているんだという感覚だった。

丈の低い、淡い色合いの細長い物体が、レース用モーターボートの轟音をまき散らしながら、島の暗がりの中からぬっと姿を現した。ボートは水を割って、二本の白い吹き流しを背後に広げるように作り出しながら、あっという間に彼のそばまでやってきた。熱く軽やかなピアノの音は、そのしぶき混じりの騒音にかき消されてしまった。デクスターは両腕をついて身を起こし、ボートが通り過ぎていくときに、その舵輪をとっている人影を目にした。一対の黒い瞳が、遠ざかりながらじっとこちらを見ていた。ボートはそのまま行ってしまい、湖の真ん中でしぶきを立てながら大きな、意味のないサークルを何度も何度も描いた。そして同じくらいエキセントリックなやり方で、突然サークルを描くのをやめ、浮き台の方に一直線に戻ってきた。

「あなた誰なの？」と彼女はエンジンを切ってから、声をかけてきた。二人のあいだの距離はぐっと狭まって、今ではその水着を目にすることもできた。それはピンク色のロンパースのようなつくりらしかった。

ボートの舳先が浮き台を打った。浮き台はぐらりと傾いて、彼は否応なく彼女の方に転がっていくことになった。相手についての関心の度合いこそ違え、二人はお互いの顔を認め合った。

「あなたはたしか、今日の午後私たちがゴルフ場で追い越した人たちの一人よね」と彼女は尋ねた。

そうだと彼は言った。

「ねえあなた、モーターボートの操縦はできる？　もしできたら、あなたに操縦してもらって、私は水上スキーをやりたいんだけど。私の名前はジュディー・ジョーンズ」。彼女はまるで彼に恩顧を与えるみたいに、いかにも馬鹿げた笑みを顔に浮かべた。というか、それはなんとか笑みになろうとしている、精一杯の唇のねじれのようなものだったが、それでも決してグロテスクではなかった。それはただ得もいわれず美しかった。「私はあそこの島にある家に住んでいるの。そしてその家には、私を待っている男の人がいる。彼が車でうちの前に乗り付けたとき、私はすかさずドックから逃げ出してきた。だって彼ったら、私のことを理想の人だなんて言うんですもの」

魚が水面から跳ね、星が光り、湖のまわりの灯火が明るくきらめいていた。デクスターはジュディー・ジョーンズの隣に座り、自家用ボートの操縦方法を教わった。それから彼女は水に入って、しなやかなクロールで後ろに浮かんでいる波乗り板まで泳ぎついた。彼女を眺めるのは、ひどく目に心地良かった。ちょうど風にそよぐ枝や、空を飛ぶカモメを眺めているときと同じように。クルミ色に焼けた彼女の両腕は、鈍いプラチナ色のさざ波のあいだを気持ち良さそうに縫っていった。まず肘が水面に現れ、リズムよくしたたる水とともに前腕がその背後に従い、それが前に伸びて下ろされ、前方に水を切りひらいていった。

二人は湖に出た。デクスターは振り返って、波乗り板の後方に彼女が膝をついているのを目にした。板の先端がぐっと持ち上がっている。

「もっと速く」と彼女が声をかけた。「出せるだけのスピードを出してね」

言われたとおり、彼はレバーをぐいと前に倒した。艫（とも）の方で白いしぶきが盛大に上がった。次に振り向いたとき、娘は勢いよく進むボードの上に立ち上がっていた。両腕がいっぱいに広げられ、その目はじっと月を見上げていた。

「すごく寒いわ」と彼女は叫んだ。「あなたの名前は？」

彼は名前を教えた。

「ねえ、明日うちに夕食にいらっしゃらない？」

彼の心臓はボートのはずみ車（フライホイール）みたいにでんぐり返ってしまった。そしてこれで二度目になるが、彼女のちょっとした気まぐれが、彼の人生に新しい方向性を与えたのだ。

III

翌日の夜デクスターは、ガラス張りのベランダのついたサマー・ルームで、彼女が階下に降りてくるのを待ち受けていた。部屋には柔らかな深い夏の気配が満ち、そこからベランダが続いていた。デクスターはそこに、以前ジュディー・ジョーンズと恋に落ちた男たちの気配を感じとった。彼らがどのような人種であるか、デクスターはよく承知していた。彼が大学に入ったとき、そのような人々はまわりにたくさんいた。名の通ったプレップ・スクールを卒業し、優雅な服に身を包み、夏の日差しにこんがりと健康的に肌を焼いた人々だ。ある意味においては、彼らより自分の方が優れているのだということも、デクスターにはわかっていた。彼はより新しいより力強い人間だった。しかしそれでも、もし自分に息子ができたら彼らのような人種になってもらいたいと望んでいることを通して、自分は、彼らがもともとはそこから出てきたものの、二度と復するつもりのない、荒削りで力強い素材でしかないのだと認めることになった。

自らが上等な服を着る立場になったとき、どこがアメリカでいちばん優れた仕立て屋であるかをデクスターは知っていた。彼がその夜着ていたスーツも、そのいちばんの仕立て屋に作らせたものだ。デクスターは大学在学中に、彼の大学特有の穏やかで目立たぬスタイルを身につけていた。それはほかの大学ではまず手に入れることのできないものだった。このような型どおりの様式が自分にとって大事であることが彼にはわかっていたし、だからそれを進んで自分のものとした。服装やマナーなど我関せずと超然としていられるのは、よほどの自信家にしかできないことだった。デクスターにはそれがわかっていた。そのような超然とした態度は、彼の子供たちの代にまかせよう。彼の母親の旧姓はクリムズリッチといった。ボヘミアの農家の出身で、死んだその日までつたない英語をしゃべっていた。そのような女の息子は、決められた型どおりのことを律儀にやり通さなくてはならない。

七時少し過ぎにジュディー・ジョーンズは階段を下りてきた。彼女は青いシルクのアフタヌーン・ドレスを着ていた。それを見て、彼は少しがっかりした。というのは彼女はもっと趣向を凝らした服を着て現れると予想していたからだ。短い挨拶のやりとりがあり、そのあとで彼女が配膳室のドアを押し開けて、「もうお食事を出してもいいわよ、マーサ」と声をかけたときに、そのような肩すかしの感覚はより強いものになった。彼としては執事が食事の開始を告げ、まずカクテルが振る舞われることを期待していたのだ。しかし二人が安楽椅子に隣り合わせに座り、お互いの顔を見合わせたとき、彼はそのような思いを頭から追い払った。

「父も母も今夜は留守をしているの」と彼女は考え深げに言った。

最後に彼女の父親を目にしたときのことを思い出した。デクスターとしては彼女の両親が今夜家にいないことに感謝した。彼らは彼の素性を知りたがるかもしれない。彼が生まれたのはキーブルというミネソタの村で、ここから五十マイルばかり北方にあった。彼は出身地を聞かれたときには、ブラックベア村ではなく、このキーブルの名をいつも口にすることにしていた。田舎の小さな町は出身地とするには都合がいい。とくにそれがどんなところかよく知られておらず、富裕な人々の住む湖畔地域の踏み台のごとき扱いを受けていない場合には。

二人は彼の出た大学の話をした。彼女はその大学を、この二年ばかり頻繁に訪れていた。それから近くにある都会の話をした。その街に住む多くの人々が、このシェリー・アイランドに休暇を過ごしに来ていた。デクスターも翌日にはまた、その街に戻ることになっている。繁盛しているクリーニング・チェーンの経営にあたるために。

夕食のあいだ彼女は何かが心にかかっているらしく、折に触れて顔が暗くなり、デクスターは気が気でなかった。その喉にかかったような声で、彼女が不機嫌なことを口にするたびに、彼の胸は痛んだ。彼女が何かに向けて——彼に向けて、チキン・レバーに向けて、無に向けて——微笑むたびに、その微笑みは彼の心を揺さぶった。その微笑みは自然な喜びから引き出されたものではなく、単なるおかしみさえそこには見当たらなかったからだ。彼女の緋色の口の端がぎゅっと下向くとき、それは微笑みというよりはむしろ、口づけへの誘いのように見えた。

夕食のあと、彼女はデクスターを薄暗いガラス張りのベランダへと連れて行った。そしてお膳立てを整えるように雰囲気を変えた。

「少し泣いてかまわないかしら？」と彼女は言った。

「僕はあなたを退屈させているんじゃありませんか」と彼はあわてて言った。

「いいえ、そんなことじゃないの。あなたのことは好きよ。ただ今日の午後、私はとてもつらい思いをしたものだから。ずっと好意を寄せていた男の人がいたんです。でも今日の午後になって、その人は突然こんなことを打ち明けたのよ。実は僕は教会のネズミ同然に貧しいんですって。そんなこと、それまでは匂わせもしなかったのに。こういう言い方って、あまりにも打算的すぎるかしら？」

「おそらくその人は、あなたに真実を告げるのが怖かったんでしょう」

「だとしても」と彼女はそれに答えて言った。「始め方がまずかったのよ。つまりね、もし私が彼のことを貧乏な人として始めから考えていたら——だって、私はこれまでたくさんの貧乏な男の人たちに夢中になってきたし、そういう人たち全員と本気で結婚したいと思ったわよ。でも今回の件に関して言えば、私は彼を貧乏な人としては考えていなかったのよ。そして彼に対する私の関心は、そのようなショックを乗り越えられるほど強いものではなかったということなの。ちょうど女の人が婚約者に向かって、実は私は未亡人なんですとさりげなく告げるのと同じようなものね。相手の男の人は、未亡人というものに対してとくに含むところはないんだけど、それでも、ほら——

ねえ、間違いのないところから出発しましょう」、彼女は唐突に自分の話を自分で打ち切って、そう切り出した。「あなたはいったいどういう人なの？」

少しのあいだデクスターは言葉を失った。それから言った。

「僕は名のある人間ではありません」と彼は告げた。「僕はいわばこれから道を拓いていこうとしている人間です」

「あなたは貧乏なの？」

「貧乏じゃありません」と彼は率直に言った。「僕の年代で、この北西部で、僕より多くの稼ぎを得ている人間はおそらくいないでしょう。こんなことを口にするのは品の良いことじゃありませんが、あなたが間違いのないところから始めたいと言ったものだから」

一瞬の間があった。それから彼女は微笑み、唇の両端が下にさがった。そしてほんの微かに身をそよがせるようにして、彼に寄り添い、その目を見上げた。デクスターの喉にかたまりのようなものが込み上げてきた。そして彼は息を詰まらせながら、その実験の行方を見守った。二人の唇という元素（エレメント）からミステリアスに形作られようとする、予想もつかぬ合成物を彼は、目の当たりにしているのだ。やがて結果はそこに現れた。彼女は自分の心の高まりをキスを通して、彼に伝えた。惜しみなく、そして深く。それは約束の口づけではなく、成就の口づけだった。その口づけは彼の中に、刷新につながる飢えをではなく、更なる飽食につながる飽食を立ち上げることになった。それはまさに施し（チャリティー）のようなキスだった。そのキスはすべてを惜しげなく差し出すことによって、逆に渇望を引き出していくのだ。

大望を抱いた、誇り高い少年時代から、自分はずっとジュディー・ジョーンズを手に入れたいと望んでいたのだと彼が思い当たるまでに、それほど長い時間はかからなかった。

Ⅳ

そのようにしてものごとは開始された。そして強度の度合いを様々に変えつつ継続し、最後に至った。これまで巡り会った中では、もっとも直接的で放埒なパーソナリティーに、デクスターは自らの一部を差し出すことになった。ジュディーは何かを求めたときには常に、自分の魅力を総動員してそれを手に入れようとした。自分のやり方を変更することなく、策を弄することもなく、それがどのような結果をもたらすことになるのか思い煩うこともなかった。彼女の恋愛沙汰には、どれをとっても、メンタルな側面はほとんど存在しなかった。彼女はただ自分の外見の美しさを、効果的にあますことなく男たちに見せびらかした。デクスターは、ジュディーを変えようとは露も思わなかった。彼女にはたしかに欠落しているものがあったが、その欠落がまさに情熱的なエネルギーと結びついていた。エネルギーはその欠落を超越し、正当化していた。

その最初の夜、ジュディーの頭が彼の肩に載せられていたとき、彼女は囁くようにこう言った。「私はいったいどうしちゃったのかしら。昨夜私はある男の人と恋をしていたというのに、今夜私はあなたに恋をしているみたいだし――」。それは彼には美しくロマンチックな台詞に思えた。そのような鋭敏なまでに振れやすい心を、彼は今のところ手中に収めているのだ。しかし一週間後に彼は、それと同じ資質を、まったく異なった光の下で眺めることを余儀なくされた。彼女は自分のロードスターに彼を乗せて、ピクニックの夕食に出かけた。そして夕食のあと、彼女は同じようにロードスターに乗って、どこかに雲隠れしてしまった。ほかの男と二人で。デクスターはそれですっかり取り乱し、そこに同席したほかの人々の前で、礼を失する振る舞いに及ぶことになった。彼女がその男とはキスもしなかったと誓っても、それが嘘であることが彼にはわかった。それでもデクスターは嬉しかった。わざわざ自分に嘘をつくような手間を、彼女はかけてくれたのだから。

夏が終わる前に思い知らされたのだが、デクスターは、彼女を取り囲むようにぐるぐる回転している一ダースばかりの男たちの一人に過ぎなかった。その顔ぶれはときどき入れ替わった。彼らはみんな一度は、彼女のいちばんのお気に入りになったことがあった。そしてその半分ばかりは今でも、時折ふと思い出したみたいに、ジュディーから再び心を寄せられるという恩恵に浴することになった。あまりにも長くなおざりにされたせいで、取り巻きグループから離脱しそうな素振りを誰かが見せると、彼女はその男にとろけるようなひとときを与えてやった。それですっかり元気づけられた男は、そのあとまた一年かそこら彼女のあとにくっついてまわることになった。ジュディーは、見込みのない哀れな男たちに対するこのような酷い仕打ちを、決して悪意を持ってやっていたのではない。自分が何かひどいことをしているかもしれないなんて、ほとんど頭にものぼらなかったはずだ。新しい男が街に姿を見せると、すべての男たちが一時うち捨てられた。約束は自動的にキャンセルされた。

それについて何かしらの手を打とうとするとき、いかんともしがたいのは、すべてが彼女のペースで進められているということだった。ジュディーは力学的な意味合いにおいて、誰かの前に「屈する」ような娘ではなかった。彼女に対しては知恵も通用せず、魅力も通用しなかった。もしそのような資質が、彼女に対して正面から挑むことがあれば、彼女はその関係を直ちに肉体的な地平へと移し替えた。そしてその肉体の魔術的輝きのもとでは、力を持つものも、また才気あるものも、彼らのゲームではなく、彼女のゲームをプレイさせられることになった。彼女は自らの欲望を充足し、自らの魅力をじかに行使することによってのみ、喜びを感じることができた。おそらくは若いうちからあまりに多くの恋をし、あまりに多くの若い恋人たちを知ってきたせいで、彼女はそのようなものから自分の身を護るために、養分を専ら自分の内部に求めることを覚えたのだろう。

最初の興奮に続いてデクスターが味わうことになったのは、落ち着かぬ思いであり、満たされぬ心だった。彼女にのめり込むことによってもたらされる、身の置きどころのないエクスタシーは、強壮剤というよりは、むしろ麻薬に近いものだった。冬のあいだそれほど頻繁にそのエクスタシーがもたらされなかったのは、彼の仕事にとって幸運なことだった。知り合った最初のころ、二人の間にはしばらく相思相愛、深く自然に惹かれ合うところがあるように見えた。たとえばその最初の八月、彼女の家を三日にわたって訪れ、暮れなずんだベランダで共に過ごした長い宵。夕方、影に包まれた小部屋で、あるいは庭のあずまやの格子の奥で、人目を忍んで交わした奇妙に物憂い口づけ。朝になると、彼女はまるで夢のように新鮮に見え、鮮やかな朝日の下で彼と顔を合わせるのを恥じらっているようだった。そこには約束が交わされたという無上の恍惚があり、その恍惚は、実際には約束など交わされていないのだと思い当たることによって、いたく研ぎ澄まされた。デクスターが最初に彼女に求婚したのは、その三日のあいだのことだった。彼女は「いつかそのうちに」と言った。彼女は「キスして」と言った。彼女は「あなたと結婚したいわ」と言った。彼女は「あなたのことを愛している」と言った。そして彼女は――結局のところ何も言わなかった。

その三日間は、ニューヨークから来た男によって終止符を打たれた。その男は九月の半分も、彼女の家に滞在した。二人が婚約したという噂が広まり、デクスターは悲嘆に暮れた。男は名の知られた信託会社の社長の息子だった。しかしその月の終わりにはジュディーが欠伸をしているという話が伝わってきた。ある夜のダンス・パーティーで、彼女は地元の青年と一緒にずっとモーターボートに乗っていて、そのあいだニューヨークの男は半狂乱でクラブ中彼女の姿を探し求めていたということだ。その青年に向かって彼女は、あの滞在客は退屈で仕方ないとこぼした。その二日後に男は街を離れた。彼女は男と一緒に駅にいるところを目撃された。目撃者の言によれば、彼はまことに沈痛な面持ちであったということだ。

このような調子で夏が終わった。デクスターは二十四歳で、今では自分がしたいと望むことをかなり自由にできるポジションにいた。本人にもそれはわかっていた。デクスターは街の二つのクラブに入会し、そのうちのひとつに寝泊まりしていた。そのようなクラブにあって彼は、ダンス・パーティーの常連というわけではまったくなかったのだが、それでもジュディー・ジョーンズが現れそうなダンス・パーティーには、努めて参加するようにした。その気にさえなれば、彼はいくらでも社交的に成功を収めることができたはずだ。デクスターは今では好ましい独身男性だったし、街の父親たちのあいだではずいぶん評判がよかったからだ。そしてジュディー・ジョーンズにぞっこんであり、それを隠そうとしないことも、かえって彼の評価を高めていた。しかし彼には社交界への憧れみたいなものはなかった。木曜日や土曜日のパーティーにいつでも気楽に顔を出し、若い夫婦の催すディナーに手頃な客として招待されるような青年たちに対して、むしろ反感を抱いていた。当時既に彼は、その土地を離れ、ニューヨークに移る計画を立てていた。できればジュディー・ジョーンズを伴って新しい地に赴きたかった。彼女が生まれ育った世界に対する幻滅をもってしても、彼女が魅力的であるというデクスターの幻想がさめることはなかった。

覚えておいてもらいたいのだが、そのような光に照らされてこそ、彼女のために彼がとった行動が初めて理解できるのだ。

ジュディー・ジョーンズに出会ってから十八ヵ月後に、彼は別の女性と婚約した。アイリーン・シアラーという名前だった。彼女の父親は常にデクスターを引き立ててくれていた。アイリーンは明るい色の髪をした、気だての良い誠実な女性で、どちらかというと肉付きがよかった。彼女には二人の求婚者がいたが、デクスターが正式に結婚を申し込んだとき、何の未練もなく彼らとの関係を断った。

それまでの夏、秋、冬、春、そしてもう一度の夏と秋、彼はその活動的な生活をジュディー・ジョーンズの始末に負えない唇に捧げていた。彼女はデクスターを関心をもって、励ましをもって、悪意をもって、冷淡さをもって、侮りをもって扱っていた。そしてことあるごとに、数え切れないほどの細かい軽侮や屈辱を彼に与えた。まるで自分がかつて彼の目の前で退屈そうに欠伸をし、それから再び招き寄せた。彼を招き寄せては、それに少しなりとも心を傾けたことに対する、腹いせか何かのように。彼を招き寄せては、そと、冷たく寄せた目でそれに応じた。恍惚とするような幸福と、耐え難いまでの精神の苦悩が彼にもたらされた。ジュディーは計り知れぬほどの迷惑を彼にかけ、少なからざるトラブルを引き起こした。あざけり、踏みにじり、彼女に対する彼の関心をもてあそび、その関心が仕事なんぞに向かわないようにした。そうすることがただただ楽しかったからだ。

彼女はありとあらゆることを彼に対してやったわけだが、ただどうしてか、批判することだけはしなかった。そんなことをしたら、ジュディーが公然ととっている、彼に対するまったくの無関心な態度（それはおそらく偽りのない気持ちであったに違いない）が損なわれてしまうという、ただそれだけの理由からだろうと、デクスターは踏んでいた。

今一度の秋がやってきて、去っていったとき、デクスターは悟った。俺がジュディー・ジョーンズを手に入れる見込みはもうないのだと。彼はそれを何度も自分に言い聞かせなくてはならなかった。しかしようやく得心がいった。夜中に横になって、眠れぬままに、それについてあれやこれやと考えてみた。これまでに彼女のおかげで被った幾多のトラブルや苦痛について考えた。彼女が妻とするにどれくらい不向きな女性であるか、難点を列挙してみた。それから胸のうちに思った。それでも俺はとにかく彼女を愛しているんだ、と。そうやって彼はようやく眠りにつくことができた。一週間、受話器から聞こえる彼女のハスキーな声や、昼食の席で向かい合う彼女の目を思い浮かべないために、彼は脇目もふらず夜遅くまで仕事をした。夜中にオフィスに行って、将来の計画を立てた。

その週の終わりに彼はダンス・パーティーに顔を出し、一度だけ、ダンスに割り込んでジュディーと踊った。彼女と出会って以来ほとんど初めてのことなのだが、どこか静かなところに行って一緒に座らないかと誘わなかったし、今日の君はとてもきれいだねと賞めもしなかった。でも相手がそんなことを気にもかけないのを知って、彼の心は傷ついた。

結局はその程度のものだったのだ。彼女がその夜見かけたことのない男と連れ立っているのを目にしても、嫉妬の感情はわいてこなかった。嫉妬なんてものには、ずいぶん前から彼は無感覚になっていた。

その夜は遅くまでダンス・パーティーに残っていた。一時間ばかりアイリーン・シアラーと二人で、本や音楽について語り合った。彼はどちらについてもほとんど知識を持たなかった。しかし今ではけっこう自由に時間を使えるようになっていたし、若くはあっても既に成功を収め、デクスター・グリーンという名前も世間にかなり知られるようになったのだから、そのような教養的知識をある程度身につけることも必要だろうという、いささか世俗的な思いが彼にはあった。

それが十月のことで、彼は二十五歳になっていた。一月に彼とアイリーンは婚約を交わした。婚約は六月に発表される予定で、その三ヵ月後に二人は結婚式を挙げることになっていた。

ミネソタの冬はだらだらと際限なく延びて、風がようやく柔らかくなり、雪解け水がブラックベア湖に流れ込んだのは、五月も目前になってからだった。この一年あまりのあいだで初めて、デクスターは魂の平穏らしきものを楽しむことができた。ジュディー・ジョーンズはフロリダで冬を過ごし、そのあとホット・スプリングズに移った。どこかしらで誰かと婚約し、またどこかしらでそれを解消していた。デクスターはきっぱりと彼女をあきらめたのだが、それでも最初のうち、人々はまだ彼とジュディーを結びつけて考え、彼女の消息を尋ねたりして、彼をつらい気持ちにさせた。しかしデクスターが夕食の場で、アイリーン・シアラーの隣の席に割り振られるのを見て、人々はもうジュディーについて彼に尋ねるのをやめた。逆にみんなが彼にジュディーの消息を教えてくれたりするようになった。彼は彼女の権威であることをやめてしまったのだ。

ようやく五月がやってきた。デクスターは夜の通りを歩いていた。暗闇は雨降りのような湿り気を帯びていた。あれほどの恍惚感がこんなに簡単に、いともあっけなく、自分の内から去ってしまうものなのだろうか、と彼は歩きながら思った。一年前の五月はちょうど、ジュディーの胸を刺す、許しがたい（しかし許さないわけにはいかない）激しい気まぐれが刻印された月だった。ひょっとしてジュディーは自分に愛情を抱くようになったのではないかという儚い思いをデクスターが抱いた、きわめて稀な時期でもあった。そんなささいな幸福を手放して、その代わりに彼は計り知れぬまでの充足を手にしたのだ。アイリーンが彼にとって、カーテン地みたいに背景的なものでしかないだろうということは、デクスターにもわかっていた。ぴかぴかのティーカップのあいだを動く手、子供たちを呼ぶ声……燃えさかる炎や愛しさはもうどこかに消えてしまっている。魔法に満ちた夜、移りゆく時間や季節の与えてくれる驚き……下に向かってぎゅっと傾いた薄い唇。それが彼の唇に降りてきて、その瞳の楽園へと運び上げてくれる……それらは彼の内に深く焼きつけられていた。そのような情熱を簡単に燃え尽きさせてしまうには、彼の人間性はあまりに力強く、生命力に溢れていた。

五月の半ば、本格的な夏へと繋がっていくか細い橋の上で、気候が数日間ほど良いバランスをとっている頃、デクスターはある夜アイリーンの家を訪れた。二人の婚約は一週間のうちに発表されることになっていた。それを聞いても、誰も驚きはしないはずだ。その夜、二人は「ユニヴァーシティー・クラブ」のラウンジに座って、一時間ばかりみんなが踊っている姿を眺めることだろう。彼女と一緒に出かけると、自分が地に足の着いた人間になったような気がした。彼女は人々の間で揺らぎのない人気をもっていたし、人柄にはまさに文句のつけようがなかった。

彼はブラウンストーン作りの家の階段を上って、家に足を踏み入れた。

「アイリーン」と彼は声をかけた。

シアラー夫人が居間から出てきて、彼を迎えた。

「ねえ、デクスター」と彼女は言った。「アイリーンは頭痛がひどくて、二階で横になっているの。あなたと出かけたいって言うんだけど、うちで大事にしていた方がいいみたい」

「大したことじゃないといいですが――」

「ええ、大丈夫よ。明日の朝には、あなたと一緒にゴルフをするつもりでいるわ。でも今夜は勘弁してやってちょうだい。悪いけど、かまわないわよね？」

夫人の微笑みは温かいものだった。彼女とデクスターはお互いに好意を抱いていた。居間で少し彼女と世間話をしてから、彼は辞去した。

デクスターは自分の居室を持っている「ユニヴァーシティー・クラブ」に戻り、戸口に立って、ダンスに興じている人々の姿をしばし眺めた。ドアの枠にもたれかかって、一人か二人の知り合いに軽く挨拶をした。そしてひとつ欠伸をした。

「ヘロー、ダーリン」

覚えのある声がすぐ脇で聞こえて、彼ははっとした。ジュディー・ジョーンズがどこかの男のもとを離れ、部屋を横切って彼の方にまっすぐ歩いてきた。ジュディー・ジョーンズは金色の衣装に身を包み、エナメルの人形のように美しく、ほっそりとしていた。彼女の頭に巻かれたバンドは金色で、彼女のドレスの裾からのぞいている舞踏靴（スリッパ）のふたつの先端も金色だった。彼に向かって微笑んだとき、彼女の顔に浮かんだ脆い輝きが、ふと花開いたかのように見えた。温かみと明るさを含んだそよ風が部屋を吹き抜けた。ディナー・ジャケットのポケットに突っ込まれた両手が痙攣するようにこわばり、彼は降ってわいたような興奮に満たされた。

「いつここに戻ったんだ？」と彼はさりげなく尋ねた。

「こっちにいらっしゃいよ。それについて話したいから」

ジュディーはくるりと背を向け、彼はそのあとに従った。彼女は長くこの地を離れていた。そしてこうして戻ってきた。そう思うと、彼は泣き出したいような気持ちになった。

あの頃、彼女の歩く通りには魔法がかかり、彼女の所業には刺激的な音楽に似たものがあった。そんなミステリアスな出来事や、瑞々しく、心を励ます希望が、すべて彼女とともに失せてしまった。しかし今また、彼女とともにここに戻ってきたのだ。

彼女は戸口のところでこちらを振り向いた。

「あなた、ここに車を持っている？　もし持っていないのなら、私の車があるけれど」

「クーペがある」

そして黄金の衣擦れとともに車に乗り込んだ。彼はドアを閉めた。彼女はこれまでに数え切れないほどの車に、同じように乗り込んできたのだ。あちらの車、こちらの車。背中を革のシートにもたせかけ、肘をドアにかけて、そして待ち受ける。もしそこに彼女を汚すようなものが――つまり彼女自身のほかにということだが――あったなら、彼女は遥か昔に汚されていたはずだ。しかしそこにあるものはただ、彼女自身の内側からのほとばしりだった。

彼はやっとのことで車をスタートさせ、道路に出た。こんなこと意味はないんだと、デクスターは自分に言いきかせた。彼女は前にこんなことを何度もやってきたのだし、彼はもう心を決めてジュディーと縁切りをしたのだから。好ましからざる取引先があれば、帳簿から削除するのと同じように。

彼はゆっくりとダウンタウンを運転した。ぼんやりとした風を装って、閑散としたビジネス地域を通り抜けた。ところどころに人の姿が見えるだけだ。映画を見終えて外に出てきた人々や、玉撞き場の前にたむろしている若者たち――健康を害した連中、喧嘩早い連中。グラスの触れ合う音や、バーカウンターを平手でぴしゃりと叩く音が洩れ聞こえてくる酒場。それはけばけばしい色つきガラスと、汚れた黄色い光でこしらえられた修道院だ。

彼女はじっと彼を見つめていた。沈黙は彼をそわそわさせた。でもこのままではいけないとわかっていても、何かさりげない言葉を口にして、そのひとときの神聖さを汚すような真似をすることが、彼にはどうしてもできなかった。彼は適当なところで折り返し、あちこちふらふらしながら「ユニヴァーシティー・クラブ」まで戻った。

「私がいなくて淋しかった？」と彼女は出し抜けに尋ねた。

「みんな淋しがっていたよ」

アイリーン・シアラーのことを彼女は知っているのだろうか、とデクスターはふと思った。彼女が戻ってからまだ一日しか経っていない。彼女が街を離れていた時期と、彼が婚約を交わしていた時期はほぼ一致していた。

「なんていう言い方なの！」とジュディーは言って悲しそうに笑った。しかしそこには悲しみはなかった。彼女は探るような目で彼を見た。デクスターはダッシュボードに意識を集中していた。

「あなた、前よりハンサムになったわね」と彼女は思慮深げに言った。「デクスター、あなたは忘れられない目をしている」

普通なら吹き出してしまうような台詞だ。しかし彼は笑わなかった。大学二年生に向かって口にするような文句ではあったけれど、それでもその言葉は彼の胸にぐさりと刺さった。

「すべてのものに疲れ果ててしまったわ、ダーリン」。彼女は誰も彼もをダーリンと呼んだ。その言葉に気楽なうちとけた気持ちを込めた。「あなたが私と結婚してくればいいんだけど」

そのあまりに率直な物言いは、彼を混乱させた。別の女性と結婚することになっているのだと、そのとき彼は告げるべきだったのだ。しかし彼にはそれができなかった。「君のことを愛したことなんて一度もなかったよ」と言い切るのと同じくらい、それは困難なことだった。

「私たちはきっとうまくやっていけるわ」と彼女は同じ口調で続けた。「もしあなたが私のことを忘れて、ほかの娘と恋に落ちたりしていなければね」

彼女の確信はどこまでも揺るぎないものだった。彼女が言ったのは要するにこういうことだ。私にはそんなことが本当に起こるなんてとても信じられないし、もし本当だとしたら、あなたはただ子供みたいに愚かな真似をしているだけ。それはきっと当てつけみたいなものなのでしょう。でもあなたのことを赦してあげます。なぜならそんなのは実のないことだし、あっさり片付けてしまえるのだから。

「言うまでもなく、あなたには私以外の誰かを愛することなどできない」と彼女は続けた。

「私は、あなたが私のことを愛する愛し方が好きなの。ああ、デクスター、あなたったら、去年のことを忘れてしまったの？」

「いや、忘れはしないさ」

「私だって忘れられない！」

彼女は本当に心を動かされているのだろうか。それともただ自分の演技に流されているのか？

「もう一度あんな風になれたらいいなって思うの」と彼女は言った。彼はやっとの思いで、それにこう答えた。

「そいつはもう無理だと思う」

「そうかもね……あなたがアイリーン・シアラーにぞっこんになったっていう話を耳にしたわ」

彼女はその名前を、どのような特別な意味合いも込めずに口にした。それでもデクスターは即座に自らを恥じた。

「ねえ、うちまで送ってちょうだいな」とジュディーは出し抜けに声を上げた。「あのくだらないダンスに戻りたくないわ。だってみんな子供なんですもの」

そのあと、彼が住宅地域に向かう通りに車を乗り入れたところで、ジュディーはひとり静かに泣き始めた。彼女が泣いているのを目にしたのはそれが初めてだった。

暗い通りに明かりがともり、裕福な人々の屋敷が、二人のまわりにぼんやりと大きく浮かび上がった。モティマー・ジョーンズの純白の豪邸の前に、デクスターはクーペを停めた。その屋敷は眠そうにまた華麗に、湿った月光の輝きにしっとりと濡れていた。その堅固さは彼を驚かせた。頑丈な壁、鋼鉄のごとき大梁、その恰幅や、晴れがましさや威厳は、彼の隣にいる若くて美しい娘と好対照を描くことを唯一の目的として、そこに存在しているようにも思えた。それがそこまでがっしりしているのは、彼女のか弱さを際だたせるためなのだ――蝶々の羽ばたきがどれほどのそよ風を起こせるかを示すかのように。

彼は座したまま、身じろぎひとつしなかった。デクスターの心は激しい騒擾の中にあった。もしここで少しでも身を動かせば、抗しがたくジュディーを抱きしめてしまうことになりそうだ。涙が二粒、彼女の濡れた頬を伝って落ち、上唇でかすかに震えた。

「私はほかの誰よりも美しいと思う」と彼女は声を震わせて言った。「なのにどうして幸福になれないの？」。彼女の濡れた瞳は、彼の堅固な心を激しく攻め立てた。彼女の唇はゆっくりと下向きになり、得も言われぬ悲しみの色を浮かべた。「もしあなたにそのつもりがあるのなら、デクスター、あなたと結婚する。きっと私のことを、伴侶とするには値しない相手だと思っているんでしょう。でも私はあなたのために、どこまでも美しくなるわ、デクスター」

数えきれぬほどの、怒りや誇りや情熱や憎しみや優しさの言葉が、彼の唇の上でせめぎ合った。それから感情が無敵の波となって押し寄せてきて、そこにあった堆積物をあとかたもなく洗い流してしまった。叡智やしきたりや疑念や体面、そんなすべてを。そこで語っている娘が、彼の女だった。彼の所有物であり、彼の美であり、彼の誇りだった。

「中に入らない？」、彼女が鋭く息を吸い込む音が聞こえた。

彼女は待っていた。

「わかった」と言う彼の声は震えていた。「中に入ろう」

V

不思議と言えば不思議なのだが、ものごとが終わりを告げたときも、それから長い歳月を経たあとでも、その夜のことを彼は悔やまなかった。十年後に振り返ってみても、ジュディーの彼に対する情熱がたった一ヵ月しか続かなかったという事実は、とくに重要性を持たなかった。また自分が身を屈したために、結局は深い苦悩を味わわなくてはならなかったことも、アイリーンと、彼と親しくしてくれた彼女の両親に大きな痛手を与えてしまったことも、それほどの問題ではなかった。アイリーンの悲しみも、彼の脳裏にしっかり焼きつけられるほどの鮮やかさを残さなかった。

デクスターは根底において冷徹だった。彼の振る舞いに対して街の人々が示した態度も、何の意味も持たなかった。こんなところは早晩出て行くのだと開き直っていたからではない。この件に関しては、よその人々には表面しかわかりっこないんだと知っていたからである。誰が何を言おうと、彼はまったく意に介さなかった。また一切が無益な試みであり、自分には自らを大きく動かす力もなく、ジュディー・ジョーンズを繋ぎ止めておくだけの力もないとわかったあとでも、彼女に対してこれっぽちの悪意も抱けなかった。デクスターは彼女を愛していた。そして年老いてもう誰のことも愛せなくなるまで、変わることなく彼女を愛し続けるだろう。しかし彼にはジュディーを手に入れることはできない。そのようにして彼は、強者のためにのみ用意された深い痛みを味わうことになった。ほんの束の間ではあるけれど、痛切なまでの幸福を味わったように。

婚約を破棄するためにジュディーが持ち出した究極の欺瞞——私はあなたをアイリーンから「奪い去る」ようなことはしたくないの——でさえ彼を不快な気持ちにはさせなかった。実はそれこそが彼女の求めていたことなのに。何かを嫌悪したり、面白がったりするような心境には彼はもうなかった。

デクスターは二月に東部に移った。クリーニング店のチェーンを売却し、ニューヨークに居を定めようというのが彼のつもりだった。しかし三月にはアメリカが大戦に参戦し、その計画は大きく変わってしまった。彼は中西部に戻り、ビジネスの権利を共同経営者に委譲し、四月の後半には設立されたばかりの士官養成キャンプに入営した。彼は、もつれ絡み合った感情から解放され、救われたような気持ちで参戦を歓迎した数多くの青年たちの一人だった。

Ⅵ

前にもお断りしたように、この物語は彼の伝記ではない。彼が若い頃に抱いていた夢とは関係のないものごとも、そこに少しは入り込んでくることになるにせよだ。ともあれ、それらの夢についても、彼についても、語るべきことはほぼ語り終えた。ただあとひとつだけ、この件にからんだ出来事がある。それが起こったのはさらに七年後のことだ。

ニューヨークでの出来事だった。その地で彼は成功を収めていた。それはもう目覚ましい成功で、彼に越えられないほど高い障壁はどこにも見当たらなかった。彼は三十二歳になっていた。戦争が終わった直後に、一度だけ飛行機で帰郷したことはあったが、それを別にすればこの七年間というもの、中西部に足を踏み入れることもなかった。デヴリンという名のデトロイトから来た人物が、商用で彼のオフィスを訪れたところからこの出来事が始まる。そしてその結果として、彼の人生のひとつのとくべつな側面が、言うなれば、固く閉じられてしまうことになった。

「あなたは中西部のご出身なんですな」とデヴリンという男は無遠慮な好奇心を示して言った。「なんだか不思議な気がしますよ。あなたのような方はてっきりウォール・ストリートで生まれて育ったのかと思っていました。実を言いますと――デトロイトで私がとても親しくしている男の細君が、あなたと同じ街の出身なんです。私はその結婚式で新郎付添人をつとめましてね」

デクスターは懸念を持つでもなく話の続きを待った。

「ジュディー・シムズ」とデヴリンはどうでもいいんだがという口調で言った。「ジュディー・ジョーンズというのが結婚前の名前です」

「ええ、彼女のことは知っています」。鈍いいらだちのようなものが彼の中に広がった。彼女が結婚をしたことはもちろん聞き知っていた。でも彼としては、それ以上のことはできる限り耳にするまいと努めていた。

「とても感じの良い女性でしてね」、デヴリンはわけもなさそうに考え込んだ。「いささか気の毒に思うところはありますが」

「それはどうしてですか？」、デクスターの中で何かがきっと警戒の態勢をとった。神経が張り詰めた。

「なんと言いますか、ラド・シムズはどうもでたらめなことになりましてね。いや、奥さんを虐待しているとか、そういうんじゃないんですよ。ただ彼はずいぶんな酒飲みだし、遊びも派手だし――」

「彼女は遊び回ったりしないんですか？」

「いいえ。彼女はうちで子供たちの面倒をみています」

「ほう」

「彼女は彼にはいささか老けているんですよ」

「老けている！」とデクスターは声を荒らげた。「だってあなた、彼女はまだ二十七歳ですよ」

今すぐここを走り出て、デトロイト行きの列車に乗り込みたいという向こう見ずな考えにデクスターはとらわれた。彼は発作的に椅子から立ち上がった。

「きっとお忙しいでしょう」とデヴリンはあわてて詫びた。「すっかり気がつかなくて――」

「いや、忙しくはありません」とデクスターは声を落ち着けて言った。「ぜんぜん忙しくはありません。大丈夫、気にしないでください。彼女は――二十七歳だとおっしゃいましたね。いや違う、私がそう言ったんだ。彼女は二十七歳だと」

「そう、あなたがそうおっしゃいました」とデヴリンが素気なく言った。

「じゃあ、続けてください。それで？」

「何のことでしょう？」

「ジュディー・ジョーンズのことです」

デヴリンは困ったように彼を見た。

「ああ、そうですね――だいたいさっき申し上げたとおりのことです。彼は細君をひどく扱います。彼らが離婚するだろうとか、そういうことじゃないんです。彼がとんでもない、非道なことをしても、彼女は赦します。きっと彼女は夫のことを、ある意味では愛しているのでしょうな。私はそう思います。最初にデトロイトにやってきたときは、かわいい娘さんだったんだが」

かわいい娘さん！　その表現はデクスターにはひどく滑稽なものに思えた。

「彼女はもう――かわいい娘ではないんですか？」

「ああ、悪くはありませんよ」

「いいですか」、デクスターは再び勢いよく椅子に座り込んで言った。「よくわかりませんね。あなたは彼女を『かわいい娘さん』だと言った。そしてあなたは今の彼女のことを

『悪くはない』と言う。おっしゃっている意味が私にはうまくつかめないんです。ジュディー・ジョーンズはかわいい娘なんかじゃなかった。彼女は並ぶもののない美人だったんです。ええ、私は彼女のことを知っていました。とてもよく知っていた。彼女は――」

デヴリンは愛想よく声を上げて笑った。

「私には言い合いをするつもりはありません」と彼は言った。「ジュディーは気だてのいい女性だし、私は彼女のことが好きです。ただ私としてはですな、ラド・シムズのような男がどうして彼女と激しい恋に落ちたのか、それがよく理解できんのです。しかしとにかく彼は恋に落ちた」、それから彼は付け加えた。「おおかたの女たちは彼女に好意を持っています」

デクスターはまじまじとデヴリンの顔を見た。そして必死に考えを巡らせた。これには何か理由があるに違いない。この男はよほど神経が鈍いか、あるいは彼女に何か個人的な悪意を持っているのだ。

「多くの女たちがあっけなく色香を失っていくんですね」、デヴリンはぱちんと指を鳴らした。「こんな具合に。そういうのはあなたも目にされたことがあるでしょう。たぶん私も、結婚式でどれほど彼女が美しかったかを忘れちまったんですな。それからずっと日常的に顔を合わせてきましたからね。彼女はきれいな目をしている」

ある種の鈍さがデクスターの上に降りた。生まれて初めて、彼は泥酔したいと思った。

しかし彼はデヴリンが口にした何かに対して、自分が大笑いしていることは自覚していた。しかしそれがどんなことであったのか、それの何がおかしかったのか、よくわからなかった。まもなくデヴリンが出て行ってしまうと、彼は部屋の寝椅子に身を横たえ、窓の外に連なるニューヨークの街を眺めた。ビルの谷間に太陽が、鈍色がかったピンクやゴールドの美しい影を投げながら没しようとしていた。

これ以上失うべき何とてないのだから、傷つくことを怯える必要はやっとなくなったのだと、彼は考えてきた。しかし今こうして、俺は何かを更に失ってしまったのだ、彼はそう思った。まるで自分がジュディー・ジョーンズと結婚し、彼女が色香を失っていくのを目の当たりにしたような気がした。

夢は消えてしまったのだ。何かが彼の内から持ち去られてしまった。一瞬の混乱におそわれて、彼は両手の手のひらをはっと自分の両目に押し当てた。そしてシェリー・アイランドの岸辺を打つ波を、月光に照らされたベランダを、ゴルフ場を彩ったギンガムのドレスを、からりと乾いた太陽を、そして彼女の首筋の柔らかな黄金色のうぶ毛を思い浮かべようとした。彼の口づけに濡れたその唇を、メランコリーに彩られたその哀しげな瞳を、朝を迎えたときの彼女の、新しい上質のリネンのようにまっさらな姿を。ああ、それらはもうこの世界には存在しないのだ！　かつては存在した。そして今はもう存在しない。

この何年かで初めて、涙が彼の頰をつたった。でもそれは今では、自らのために流される涙だった。口も瞳も動き回る手も、もうどうでもよかった。どうでもいいことにはしたくなかったが、今となってはどうでもいいことだった。彼は既にそこをあとにしていたし、再び戻ることもかなわない。門は閉ざされ、日は没してしまった。そこにある美しさといえば、身じろぎひとつしない鋼鉄の、灰色の美しさだけだった。かつては抱けたはずの悲しみでさえ、背後の土地に置き去りにされていた。幻想と、若さと、生きることの実りに彩られ、冬の夢が豊かにはぐくまれたあの土地に。

「ずっと昔」と彼は言った、「ずっと昔、僕の中には何かがあった。でもそれは消えてしまった。それはどこかに消え去った。どこかに失われてしまった。僕には泣くこともできない。思いを寄せることもできない。それはもう二度と再び戻ってはこないものなのだ」

メイデー

May Day

戦争があり、それは勝利のうちに終わった。勝利者たちの偉大なる都市には凱旋アーチが設けられ、目にも鮮やかな白や赤やバラ色の花が投げかけられた。その春の長い日々、帰還した兵士たちが、勇ましい太鼓や、愉悦に満ちた高らかな金管楽器の音を前に立てて、目抜き通りを行進した。商店主や事務員たちは言い争いやら数字の勘定やらをさておいて窓辺に飛んでいき、青白い顔で、眼下を通り過ぎていく部隊を感慨深く眺めた。

この大都市がこれほどの輝きを帯びたことはかつてなかった。というのはその勝利のうちに終わった戦争は、結果的に豊かさをもたらしたからだ。商人たちは南から西から、一家を引き連れてその街に集まってきた。豪華絢爛たる祝宴気分を味わい、用意された豪勢な見せ物を見物するために。また、来るべき冬のための毛皮のコートやら、金のメッシュのバッグやら、色とりどりの絹の舞踏靴（スリッパ）やら、銀色やバラ色のサテンやら、黄金の布地やらを、妻や娘や恋人のために買い求めるべく。

今まさに戸口にある平和と繁栄は、勝利者たちの中の作家や詩人たちによって、実に愉しげに騒々しく歌い上げられたので、散財するために各地から参集する人々はひきもきらなかった。彼らは興奮の美酒を飲み、店主たちは休む暇もなく宝飾品やら舞踏靴やらを売りさばいた。やがて彼らは天を仰いで、もっとたくさんの宝石と舞踏靴を我らにお与え下さいと大声で叫ぶまでになった。何しろ求められているものを差し出すのが彼らの商売なのだから。中にはあきらめ顔で両手を宙に上げ、こう叫ぶものさえいた。

「ああ、私にはもう舞踏靴の手持ちがありませぬ。ああ、私にはもう宝飾品の手持ちがありませぬ！　天よ、私をおたすけ下さい。この先どうしていいものか、私にはわかりませぬ！」

しかしながら彼らの大いなる悲鳴に耳を傾けるものはいなかった。というのは人々はなにしろ忙しかったからだ。毎日のように兵士たちが颯爽と大通りを行進し、誰もが浮き浮きした気分だった。帰還した若者たちは純粋にして勇敢であり、頑丈な歯とピンク色の頬を輝かせていた。そしてこの地の若い乙女たちは清純そのものであり、顔も姿も見目麗しかった。

そのようなわけでこの時期を通じて、その大都市にはあまたの冒険譚が生まれた。それらの中からいくつかが――それともひとつなのだろうか――ここに記述されている。

I

　一九一九年五月一日の午前九時、ひとりの青年がビルトモア・ホテルの客室担当者に、もしフィリップ・ディーンという人がここに投宿していたら、その部屋に取り次いでいただきたいのだがと言った。その青年は仕立ては良いがいささかくたびれたスーツに身を包んでいた。小柄で痩せた、どこか翳（かげ）のあるハンサムな男だ。並外れて長いまつげと、不健康を示す半月型のくまとの間に、彼の目は上下からしっかりはさまれていた。そのくまは、絶え間のない低い発熱を思わせる不自然な頬の赤らみによって、余計に人目を惹いた。

　ミスタ・ディーンはたしかにそこに宿泊していた。青年は手近の電話に案内された。

　電話はすぐに通じて、眠たげな声が上階のどこかの部屋から応答した。

「ディーンさん？」、そして声は急に熱を帯びる。「こちらはゴードンだよ、フィル。ゴードン・スタレットだ。今下のロビーにいるんだ。君がニューヨークに来ているって話を聞いてね、ここに泊まっているんじゃないかって目星をつけたのさ」

　眠たそうな声は徐々に生気を帯びてきた。やあ、どうしてたゴードン。懐かしいなあ。こいつは嬉しい驚きだ！　すぐに部屋に上がって来いよ！

少し後、ブルーの絹のパジャマ姿のフィリップ・ディーンがドアを開け、二人の青年は半ば照れながらも熱烈に再会を喜び合った。二人とも二十四歳前後で、戦争の始まる前の年にイェール大学を卒業していた。しかし相似点はそこでぱったりと終了する。ディーンは金髪で、血色が良く、薄いパジャマの下には剛健な肉体がある。その体軀は見るからに心地よく引き締まっている。彼はしょっちゅう微笑み、大きな出っ歯をのぞかせた。

「君がどこにいるか探そうと思っていた」と彼は熱意を込めて言った。「二週間ばかり休暇をとってきたんだ。よかったらちょっとそこで待っていてくれないか。僕はシャワーを浴びてくるから」

彼が浴室に消えてしまうと、訪問者の黒い目は落ち着かなげに部屋の中をさまよった。その目は隅にある見事な英国製の旅行鞄の上にしばしとまり、それから人目を惹くネクタイや柔らかそうなウールの靴下に混じって、あちこちの椅子の上に散らかされた、同じような作りの一群の分厚い絹のシャツの上にとまった。

ゴードンは立ち上がり、シャツの一枚を取り上げ、仔細な検証を加えた。とてもしっかりとした絹でできていて、黄色の地に淡いブルーのストライプがついていた。それと同じものが全部で一ダース近くあった。彼は思わず自分のシャツの袖を見つめた。縁のところがすり切れてほつれ、汚れのために淡い灰色になっている。彼は絹のシャツをもとのところに置き、上着の袖を下ろし、みすぼらしいシャツの袖を見えないところまでもそもそと突っこんだ。それから鏡の前に行って、熱意なく、不幸せな関心を持って自らの姿を眺めた。かつては栄華を誇ったネクタイも色褪せ、長のお勤めにへばっていた。それはもう襟元のボタン穴がぎざぎざになっているのを隠す役目を果たさなくなっていた。ほんの三年前、大学四年生のときには、クラスのベストドレッサー投票でいくつかの票を集めたことだってあったのにと彼は思った。その思い出に愉快な感興は伴っていなかった。

ディーンが身体を拭きながら浴室から出てきた。

「君の昔の知り合いに昨夜会ったぜ」と彼は言った。「ここのロビーですれ違ったんだが、どうしても名前が出てこなかった。ニュー・ヘイヴンの四年生のときに君が連れてきた女の子だ」

ゴードンはびっくりした。

「イーディス・ブレイディンか？　彼女のことを言っているのか？」

「そうだよ。すげえ美人の子だ。今でもお人形みたいにきれいだったぜ。冗談抜きでさ。畏れ多くて指一本触れられないみたいな感じだよ」

彼は見事に輝く自分の身体を鏡に映し、満足げに点検した。淡い笑みを浮かべ、歯の一部をむき出しにした。

「もう二十三かそこらだろう」と彼は続けた。

「先月で二十二になった」とゴードンはうわの空で答えた。

「なんだって？　ああ、先月でね。それはともかく、彼女はガンマ・プサイ・クラブのダンスのために来たんだと思うな。イェールのガンマ・プサイ主催のダンス・パーティーが今日『デルモニコ』で開かれるって、知っていたかい？　君も顔を出せよ、ゴーディー。卒業生のたぶん半分はやってくるぜ。招待状なら手に入れてやるよ」

　身体を隠すのを惜しみながら新しい下着を身にまとい、ディーンは煙草に火をつけ、開いた窓のわきに腰を下ろした。そして部屋に降り注ぐ朝の陽光の下で、脛と膝頭を点検した。

「座ったらどうだ、ゴーディー」と彼は言った。「これまで君がどこで何をしてきたのか、そして今何をしているのか、話をそっくり聞かせてほしいね」

　ゴードンは思いもよらずへなへなとベッドの上に倒れ込んでしまった。そこでじっと動かず、まるで腑抜けたようになった。普通のときにも、気をゆるめると口が少し下がって開き気味になるのだが、今では収拾がつかないまでにぽかんと開けられていた。

「おい、いったいどうしたんだ？」とディーンが驚いて言った。

「ああ、参った！」

「どうしたっていうんだい？」

「何もかもがうまくいかないんだ」と彼は惨めな声で言った。「僕はとことんだめになっちまったよ、フィル。もうくたくただ」

「なんだって？」

「僕はもうくたくたなんだ」。彼の声は震えていた。

ディーンは探るような青い目で彼をしげしげと値踏みした。

「たしかにひどい様子だ」

「そのとおりだ。僕は何もかもをめちゃくちゃにしちまった」、彼はそこで口をつぐんだ。

「最初から話をした方がいいと思うんだ。それともそんな退屈な話は聞きたくないかな？」

「そんなことあるもんか。いいから話してくれ」、しかしディーンの声にはためらいの響きがあった。この東部への旅は彼にとっては楽しい休暇となるはずだった。ゴードン・スタレットが災難に見舞われているのを目にするのは、彼の歓迎するところではない。

「話せよ」と彼は繰り返した。そして半ば声を落として付け加えた。「そっくり吐き出しちまえよ」

「つまりさ」とゴードンは落ち着かない声で話し始めた。「僕は二月にフランスから帰還して、一カ月ほどをハリスバーグの自宅で過ごした。それからニューヨークに出てきて職に就いた。輸出関係の会社だよ。ところが昨日解雇された」

「解雇された？」

「そのこともいずれ話す。なあフィル、何もかもぶちまけて話すよ。こういうことについて、腹を割って話せる相手は君しかいないんだ。洗いざらいしゃべってもかまわないよな？」

ディーンはまた少し身構えた。彼がぱたぱたと自分の膝を打つ仕草はおざなりなものになった。そういう責任を押しつけられるのはどうも迷惑だったし、だいいち相手の身の上話をとくに聞きたいという気持ちもない。ゴードン・スタレットが多少の苦境にあることを知ってもとりたてて驚きはしなかったが、それでも今回目にしているひどい有様には、ディーンを嫌悪させ、冷淡にさせるものがあった。たとえそれが彼の好奇心を刺激していたとしてもだ。

「話してくれよ」

「女のことなんだ」

「ほう」、今回の旅行は何があっても楽しいものにしようとディーンは心に決めた。もしゴードンが惨めな話を並べ立てるようであれば、これから先この男に会うのを避けなくてはならない。

「名前はジュエル・ハドソンっていうんだ」、ゴードンはベッドの上からうろたえた声で語り続けた。「彼女は無垢だった。そうだな、一年ほど前まではね。ニューヨークの貧しい家に育った。家族はみんな亡くなり、年老いた叔母さんと二人暮らしだ。彼女に会ったのは、みんなが群れをなしてフランスから続々と帰還してくる時期に当たった。その頃の僕がやっていたのは、新たに戻ってきた連中を迎え、パーティーに出かけて騒ぐことだけだった。そういうところから話が始まったんだよ、フィル。みんなの顔を見て喜び、そして僕の顔をみんなに見せて喜んでもらっているうちに」

「しかし分別ってものがあるだろうに」

「わかっているさ」、ゴードンはしばし沈黙した。それから力なく続けた。「僕は今一人で自活している。そしてほら、僕は貧乏に我慢できないんだ。そのときにこの娘が登場した。彼女はしばらくのあいだけっこう僕に夢中になっていた。僕には深入りするつもりはなかったんだが、成り行きでどこに行っても彼女に出くわすようなことになってしまった。輸出関係の会社の仕事がどんなものだか、君にもおおよその想像はつくだろう。知ってのとおり、僕は前からずっと絵描きになりたかった。雑誌にイラストを描くような仕事さ。あれは金になるからな」

「なぜ最初からそれをやらなかった？　もしそっちで成功しようと思ったら、片手間では間に合わないだろうよ」とディーンは型どおりの台詞を冷たく口にした。

「やってはみたさ。少しばかりだけどね。しかし僕の腕はまだ未熟だった。僕には才能はあるんだよ、フィル。しかしどうやって描けばいいのかがまだわかっていない。学校に行くべきなのだろうが、そんな金の余裕はない。それで、先週に危機のようなものが訪れた。僕が文無しになると、その娘が文句を言い始めたんだ。いくらか金を寄越せって。もし金がもらえなかったら、僕をまずい立場に追いやるってさ」

「そんなことができるのか？」

「ああ、できるんだよ。僕が仕事を失った理由のひとつがそれだ。彼女はとにかくしょっちゅう会社に電話をかけてきた。そいつが命取りになった。洗いざらいを手紙に書いてうちの家族に送りつけようとしている。ああ、そうなんだ、僕はがんじがらめにされちまった。彼女に金を渡さなくちゃならない」

ばつの悪いしばしの沈黙があった。ゴードンはじっと横になっていた。彼の両手は身体の脇でしっかりと握りしめられていた。

「僕はもうくたくただ」と彼は言った。その声は細かく震えていた。「頭がおかしくなりかけている。君が東部にやってくると耳にしなかったら、僕はもう自殺していたかもしれない。三百ドル貸してくれないか」

むき出しのくるぶしをぱたぱたと叩いていたディーンの両手は、突然静かになった。そして二人のあいだに漂っていた、そろそろと先を窺うような不確かな空気は、一転してぴんと張り詰めたものになった。

一瞬の間があり、それからゴードンが続けた。

「家族にはずいぶん無理を言った。もうこれ以上一銭も無心はできないというところまでね」

それでもディーンは一言も口にしなかった。

「ジュエルは二百ドルどうしてもほしいって言うんだ」

「おあいにく様と言えばいい」

「ああ、そうできればいいだろうな。しかし彼女は僕の手紙を二通ばかり握っている。酔っぱらって書いた手紙だ。そして彼女は一筋縄ではいかない女なんだ。君が考えているような女じゃない」

ディーンはたまらないという顔をした。

「その手の女には耐えられないな。君は相手を選ぶべきだったんだ」

「そのとおりだ」とゴードンは力なく認めた。

「現実というものをしっかりと見なくちゃ。もし金がないのなら、働かなくてはならないし、女からは離れていなくちゃならない」

「口で言うのは簡単なんだよ」とゴードンは言った。彼の目は不快げに細められた。「君の場合はなにしろ大金持ちだからね」

「とんでもない。僕は家族から金の出し入れを厳重に見張られているんだ。自由にできる金がある程度あるからこそ、無駄遣いしないように余計に気を遣っているのさ」

彼はブラインドを上げて、陽光を更に奥の方まで入れた。

「僕は堅苦しいことを言う人間じゃない。ご存じのように」と彼は慎重に続けた。「愉しいことは好きだし、こういう休暇旅行のときには存分に楽しもうと思っている。君は——

君はずいぶん参っているみたいだ。これまで君がそんな話し方をするのを聞いたことがない。君はどうやら壊滅状態にあるみたいだな。モラルの面においても、財政の面においても」

「そのふたつはたいてい連動するものじゃないのか」

ディーンはよしてくれというように首を振った。

「今の君はひどく変だぜ。なんだか僕にはわからないが、とにかくたちの悪いものにまとわりつかれているみたいだ」

「それは心痛と貧困と眠れぬ夜が醸し出す空気だよ」とゴードンはむしろ挑戦的に言った。

「そうだろうか」

「自分でもそれはわかる。人が見たら気が滅入るだろう。自分だって滅入っちまうんだもの。しかし一週間休んで、新しいスーツに身を包み、しかるべき額の金を手にすれば、ちゃんと回復する。元の僕のようになれる。なあフィル、僕はなんだってすらすらと描けちゃうんだ。君もそれは知っているだろう。しかしたいていの場合、まともな画材を買う金だってないときている。そして疲れて気落ちして、がっくりしているときに、絵を描くことなんてできっこないんだ。いくらか手持ちの金があって、数週間身を休めることができたら、僕は新しいスタートを切ることができる」

「どこかの別の女にその金を注ぎ込んだりしないという保証はあるのかい？」

「なんでそんな嫌みを言うんだ」とゴードンは静かな声で言った。

「これは嫌みなんかじゃない。僕だってこんな風になった君と再会するのは心穏やかじゃないんだ」

「なあフィル、君は僕に金を貸してくれるのかくれないのか?」

「今すぐには決められない。そいつはかなりの額だし、僕にだって僕の事情があるんだよ」

「もし君に用立てできなかったら、僕はひどいことになる。勝手な泣き言を言っているってことは自分でもよくわかる。すべて僕の落ち度だ。でも——藁にもすがる思いなんだよ」

「いつ金を返せる?」

脈はある、とゴードンは思った。正直なところを言うのが最良の策だろう。

「もちろん来月に返すと約束することはできる。しかし三カ月と言っておいた方が確かだろう。絵が売れ始めたらすぐに」

「君の絵が売れるって、どうして僕にわかる?」

ディーンの声に加わった新たな冷淡さは、ゴードンの背筋をひやりとさせた。金は結局のところ手にできないのだろうか。

「君は僕をいちおう信用してくれていると思っていたんだが」

「信用していたさ。しかしこんな風になった君の姿を見ていると、確信もだんだん揺らいでくるね」

「とことん切羽詰まっていなかったら、君のところにこんな話を持ち込んでくると思うかい？　僕が好きこのんでこんなことをやっていると思うかい？」、彼はそこで言葉を切り、唇を嚙んだ。いや、こみ上げてくる怒りを声に滲ませてはならない。なんといっても、こちらは情けを請うている身なのだから。

「しかし君はずいぶん都合良く話を持ち出しているじゃないか」とディーンは怒気をはらんだ声で言った。「君のいいぶんを聞いていると、もし君に金を貸さなかったら、僕は冷血漢ってことになってしまいそうだ。そうじゃないとは言わせないぜ。いいかい、三百ドルってのは、僕にとって右から左に簡単に動かせる金じゃない。僕の収入はたかがしれたものだし、それだけの金を捻出するのはずいぶん大変なことなんだ」

彼は椅子から立ち上がり、服を着始めた。注意深く着る服を選んだ。ゴードンは両腕を伸ばして、ベッドの縁をぎゅっと握りしめた。そして叫びだしたくなるのをなんとか押しとどめた。頭はぐらぐらして、今にも割れそうだった。口の中は乾ききって苦く、血液の中にある熱が、軒からぽつぽつと落ちてくる雨粒のような、無数の規則的なかたまりに分解していくのがわかった。

ディーンは綿密にネクタイを結んだ。眉毛にブラシをかけ、歯についた煙草の葉を真剣な顔つきで除去した。それから煙草ケースに煙草を補充した。空になった煙草の箱を仔細ありげにゴミ箱に捨てた。そしてケースをヴェストのポケットにしまった。

「朝食は食べたか？」と彼は詰問するように言った。

「いや、僕はもう朝食は食べない」

「じゃあ、とにかく外に行って何か食べよう。金のことはまたあとで話そうじゃないか。その話は今はしたくない。僕は楽しむために東部にやってきたんだよ。イェール・クラブに行こうじゃないか」と彼は面白くなさそうに続けた。そしていくぶんのあてつけを込めて付け加えた。「もう働いていないんだから、暇はあるだろう」

「少しでも金があれば、やることはいくらでもあるんだが」とゴードンは尖った声で言った。

「頼むからしばらくその話はよしてくれないか。僕の旅行を台無しにしないでくれよ。ほら、金は少し渡すから」

彼は五ドル札を取り出し、それをゴードンの方に放った。ゴードンはそれを丁寧に畳み、ポケットにしまった。彼の頬には新たな赤みがひとつ生じた。それは熱によってもたらされたほてりではなかった。出て行く前に二人の目がちらりと合った。そのときに思わず視線を下に逸らさせる何かを、彼らは相手の目の中に見出した。その瞬間、二人は互いに対してきわめて唐突な、そして留保のない憎しみを抱くことになったからだ。

II

五番街と四十四丁目通りの交差点は昼休みの人混みでごった返していた。幸福に満ちた豊かな太陽が高級店の分厚いウィンドウを抜けて、メッシュのバッグや、パースや、グレーのビロードのケースに入った真珠の首飾りに反射し、あるいは色とりどりの羽根の扇子や、高価なドレスのレースや絹に、インテリア装飾家たちの念入りに整えられたショールームに置かれたお粗末な絵画や年代物の家具に反射し、束の間の黄金色に輝いていた。

勤めに出ている娘たちが二人連れで、あるいはグループで、あるいは群れをなしてウィンドウのそばにたむろし、まばゆいディスプレイをのぞき込んで、ゆくゆくはこんな素敵なお部屋に住みたいものだと品定めをしていた。そこには、ベッドにさりげなく投げ出された男物の絹のパジャマさえ含まれていた。彼女たちは宝石店の前に立って、婚約指輪や結婚指輪や、プラチナの腕時計なんかを選んでいた。それから羽根の扇子や夜会用コートを吟味すべくよそに移動していった。そうこうするあいだに、娘たちが昼食として口にしたサンドイッチやサンデーはめでたく消化されていくというわけだ。

群衆の中には制服姿の男たちがたくさん混じっていた。ハドソン川に停泊する大艦隊から下りてきた水兵たち、マサチューセッツからカリフォルニアにいたるありとあらゆる出身地の師団徽章をつけ、痛々しいまでに人に見てもらいたがっている兵士たち。そして彼らは、その大都市が帰還兵たちにつくづくうんざりしていることを思い知らされた。人々が歓迎するのは、きれいな隊列を組み、見事に足並みを揃え、ライフルや軍装の重みにじっと耐えている兵士たちだけなのだ。

このような雑多な群衆の中を、ディーンとゴードンは通り抜けていった。前者はそのようなどこまでも浅薄で派手ばでしい人間性の発露に惹かれ、また同時に油断するまいと心を引き締めた。後者は自分がこれまで幾度となく、そのような群衆の中の一人になっていたことを思い出した。疲れ果て、不規則に食事を取り、仕事に追いまくられ、無駄金を使ってきた。ディーンにとって日々の格闘は輝かしく若々しく、そして心躍る作業だった。ゴードンにとってのそれは気の滅入る、いつ果てるともない無意味なお勤めだった。

イェール・クラブで二人はかつての級友たちに迎えられた。彼らは大声をあげてディーンの到来を歓迎した。半円形に並べた寝椅子やら肘掛け椅子やらに座り、みんなでハイボールを飲んだ。

ゴードンにとってその会話は退屈で長々しいものだった。それから大勢で一緒に昼食を食べた。午後も始まったばかりというのに、みんなの身体は既に酒でほかほかしていた。彼らは全員その夜のガンマ・プサイのダンス・パーティーに出席することになっていた。戦争になって以来、最高のパーティーになると言われていた。

「イーディス・ブレイディンが来るんだ」と誰かがゴードンに言った。「彼女は君の昔のガールフレンドだったよな。たしか君たち二人ともハリスバーグの出身だったね」

「そうだよ」、彼はなんとか話題を変えようとした。「彼女の兄さんにはときどき会うよ。社会主義にかぶれていてね。ニューヨークで新聞か何かを発行しているんだ」

「派手な妹とはずいぶん違うものだね」とその熱意溢れる情報提供者は話を続けた。「とにかく、彼女の今夜のエスコート役はピーター・ヒンメルっていう三年生だよ」

ゴードンはその夜の八時にジュエル・ハドソンと会う予定だった。そのときにいくらかの金を持っていくと約束していた。何度も彼は落ち着かない顔で、腕時計に目をやった。四時になってディーンが席を立ち、これからカラーとネクタイを買いにリヴァーズ・ブラザーズに行かなくてはとみんなに告げたとき、ゴードンはほっとした。しかし二人がクラブをあとにするとき、グループの中の一人がそこに加わった。ゴードンはそれでがっかりしてしまった。ディーンの方はすっかり愉快になっていた。愉しくて、その夜のパーティーのことで気分が高揚し、いくらか羽目を外していた。リヴァーズで彼は一ダースほどネクタイを買った。一本一本時間をかけてもう一人の男とともに品定めをした。細いネクタイの流行はまた復活するだろうか？　リヴァーズがもうウェルチ・マーゴットソンのカラーを仕入れていないなんて、興ざめじゃないか。「コヴィントン」みたいな素敵なカラーがほかにあるだろうか。

ゴードンはほとんどパニックに陥っていた。彼は今すぐ金を必要としていた。そして今ではガンマ・プサイのダンス・パーティーに顔を出してみようかという気にさえなっていた。イーディスにも会いたかった。フランスに出征する直前に、ハリスバーグ・カントリー・クラブでロマンチックな一夜を過ごして以来、一度も会っていない。彼女との関係は既に過去のものになっていた。戦争の渦に溺れ、この三カ月ばかりのややこしい成り行きの中で忘れ去られていた。しかし彼女の胸を打つ優雅な面影や、罪のないおしゃべりに夢中になっている様が、彼の脳裏に出し抜けによみがえってきた。幾多の思い出がそこに伴われていた。大学時代を通してゴードンはイーディスの顔を、一定の距離は置きつつ、愛おしいものとして心の中に抱き続けてきた。彼女の顔を描くのが好きだった。彼の部屋には一ダースもの彼女の絵が飾ってあった。ゴルフをしているところ、泳いでいるところ、そして生き生きして人目を惹くその横顔。目を閉じていても描ける。

五時半に彼らはリヴァーズをあとにした。そして歩道で少しのあいだ立ち止まった。

「さて」とディーンは愛想良く言った。「これで用事は片付いたよ。これからホテルに戻って、髭剃りとヘアカットとマッサージをしてもらう」

「僕もつきあおう」ともう一人の男は言った。

結局のところもう為す術はないのか、とゴードンは思った。その男に向かって「お前なんかさっさとどこかに行っちまえ！」と怒鳴りつけたくなるのをやっとのことで思いとどまった。深い絶望の中でゴードンは疑った。ディーンは金について面倒な話をするのを避けるために、あらかじめその男に声をかけておいて、同行するように頼んでおいたのではあるまいかと。

三人はビルトモア・ホテルに戻った。ホテルの中は若い女性で華やいでいた。多くは南部や西部からやってきた娘たちだった。社交界デビューする華やかな娘たちが、有名大学のエリート友愛会の主催するダンス・パーティーに顔を出すべく、全米各地から馳せ参じてきたのだ。しかしゴードンにとって、彼女たちは夢の中に現れる顔に過ぎなかった。彼は最後の訴えかけをしようと全身の力を振り絞った。どう言えばいいのかわからないが、とにかく何かを切り出そうとした。するとディーンは突然、もう一人の男に「ちょっと失礼」と言ってゴードンの腕を取り、脇に連れて行った。

「ゴーディー」と彼は手短に言った。「よくよく考えてみたんだが、君にその金を貸すことはやはりできない。君のためにそうして上げたいとは思う。しかしそいつが正しいことだとも思えないんだ。それは僕を一カ月くらいは落ち着かない気持ちにさせることだろう」

ゴードンはぼんやりと彼の顔を見ながら、彼の歯がこんなに出っ張っていることにどうしてこれまで気づかなかったんだろうと不思議に思った。

「ほんとに悪いとは思うんだ」とディーンは続けた。「しかしそれが正直なところだ」

彼は札入れを取り出し、ゆっくりと七十五ドルを数えた。

「ここにこれだけある」と彼は言ってそれを差し出した。「七十五ドルだ。前の分とあわせて八十ドルになる。それは、この旅行のために必要な実費を別にして、僕が今持ち合わせている現金のすべてだ」

ゴードンは握りしめた手を機械的に差し出し、トングか何かのようにそれを開き、また閉じて金をつかんだ。

「ダンス・パーティーで会おう」とディーンは続けた。「今から床屋に行かなくちゃならない」

「それじゃ」とゴードンは緊張してかすれた声で言った。

「じゃあな」

ディーンは微笑みかけたが、思い直した。彼は短く肯き、姿を消した。

しかしゴードンはそこに立ちつくしていた。そのハンサムな顔は悲痛に歪んでいた。巻かれた紙幣が手に堅く握りしめられていた。それから突然あふれ出てきた涙に視野を遮られながら、彼は覚束ない足でビルトモア・ホテルの階段をよろよろと降りた。

Ⅲ

その夜の九時頃のことだが、二人の人物が六番街にある大衆レストランから出てきた。彼らは醜く、栄養状態も劣悪で、もっとも低い形態の知性のほかには何一つ持ち合わせていなかった。そこには、何はなくとも巧まずして人生に色合いを与える、あの動物的な活気さえ見受けられなかった。彼らはここのところ、異国の薄汚れた町でシラミにたかられ、寒さにさらされ、腹を減らしてきた。彼らは文無しで、知り合いもいなかった。生まれてこの方ずっと、流木のようにあちこちに流され運ばれてきた。この先もずっと死ぬまで、同じような流れ者の暮らしを続けることだろう。この男たちは合衆国陸軍の軍服を着ていた。それぞれの肩にはニュージャージー徴募兵師団の肩章がついている。三日前に帰還船から下りたばかりだ。

二人のうちの背の高い方の名はキャロル・キイ。その姓からも察せられるように、世代を経るごとに退歩し薄められてきたとはいえ、それなりの血筋が彼の中には潜在的に流れていた。しかしながらその顎の線の消えた細長い顔と、とろんとした水っぽい瞳と、骨張った頬をどれだけ睨んでいても、人はそこにご先祖の気概や、生来の資質を匂わせるものを見出すことはできない。彼の連れはもっと顔が浅黒く、がにまたで、ネズミのような目と、あちこちで折れたかぎ鼻を持っていた。彼の見せるふてぶてしい態度は、どう見てもうわべだけのものだった。肉体のはったりと肉体の威脅からなる弱肉強食の世界から、かたちだけ借りてこられた自己防衛のための武器だった。この男が生まれてこのかた身を置いてきたのはそういう世界だった。彼の名前はガス・ローズ。

軽食堂をあとにした二人は楊子をせっせと動かし、まことに陽気そうに、いかにも超然とした態度で、あてもなく六番街を歩いた。

「どこに行こうか？」とローズは尋ねた。その口調には、もしキイが「よし、これから南洋諸島に行くぞ」と言ってもちっとも驚かないという響きが聞き取れた。

「酒を手に入れるってのはどうだい」。禁酒法はまだ施行されていなかったが、兵士に酒類を販売してはならないという法律があり、キイの発言はそんな意味で挑発的だった。

ローズは熱烈にその提案に飛びついた。

「あてはある」、キイは少し考えたあとで言った。「ここに兄弟がいるんだ」

「ニューヨークにか？」

「ああ、あんちゃんだよ」。年長の兄弟ということだ。「どっかの食堂でウェイターをしている」

「じゃあ、酒が手に入るかもな」

「きっと手に入るさ」

「いいか、俺はこの軍服と明日にはおさらばしてやる。こんなものには二度と袖に手を通すものか。平服を手に入れなくちゃなあ」

「俺はこのままでいるかもな」

もっとも二人の持ち金は合わせても五ドルに及ばなかったから、こうした意図はおおむね言葉の上だけの愉しいゲームであると解釈してよかろう。害のない気晴らしのようなものだ。しかしながら二人は、くすくす笑いや、聖書がらみの高名な人物の名前を口にすることによって、あるいはまた「すげえや！」とか「ほらな！」とか「あたりめえよ！」とかいう更に威勢の良い強調語句を繰り返しつけ加えることによって、けっこう良い気分になった。

この二人の人物の精神の糧といえば、彼らがこれまでに過ごしてきた、というか生活の面倒をみてもらってきた各種施設——陸軍、職場、救貧院——や、それらの施設における直接の上司に対する敵意に満ちた嘲（あざけ）りの言及、ただそれのみだった。その日の朝まで、彼らの属する施設とはすなわち「合衆国政府」であり、直接の上司といえばすなわち「大尉殿」であった。二人はその両者から今しがた解放されたばかりで、次の受け皿もまだ見当たらず、どことなく居心地の悪い心持ちでいた。二人はこれという確信が持てず、面白くなく、気持ちがどうにも落ち着かなかった。二人は、軍隊なんぞから解放されてせいせいしたというふりをすることによって、また自由を愛する俺たちのふてぶてしい魂を、二度と軍隊の規律なんかに好きにされてたまるものかと互いに確認し合うことによって、その不安を奥に隠していた。とはいえその新しく訪れた制限なき自由よりは、むしろ刑務所にでも入っていた方が、彼らとしてはよりほっとした気持ちになれたはずだ。

突然キイが歩調を早めた。ローズは顔を上げ、相棒の視線をたどり、通りの五十ヤードばかり向こうに人だかりがあるのを目にした。キイは含み笑いをして、その人だかりの方に駆けていった。ローズもそれを受けて同じように笑い、相棒のぎこちない広い歩幅に負けまいと、短いがにまたの脚をせっせと動かして並んで走った。

人だかりの外縁に達すると、二人はあっという間にその群衆の名もなき一部と化してしまった。その人だかりは、酒のせいでよりうらぶれて見えるみすぼらしい身なりの民間人と、幾多の師団に所属する、そして幾多の酩酊段階にある兵士たちによって構成されていたからだ。彼らは大きな身振りで演説する、黒くて長い頬髭をはやしたユダヤ人の小男のまわりに集まっていた。その男は両腕を振り回し、興奮した、しかし簡明で直截な熱弁をふるっていた。キイとローズはその人の輪の前方とおぼしきところに強引に割り込み、こいつはいったいなんだろうという疑いの目で、その人物をしげしげと観察した。その男の言葉は彼らの共有する意識に深く入り込んでいった。

「——君たちは戦争からいったい何を得た？」と彼は嚙みつくように叫んでいた。「まわりを見てみろ、まわりをよく見てみろ！　君たちは金持か？　誰かが君たちに大金を差し出してくれたか？　そんなことはないはずだ。命があって、足がちゃんと二本ついていたら幸運だと思わなくちゃならない。戦地から帰ってきて、君の奥さんが金を積んで徴兵忌避した男と駆け落ちしていなかったら、幸運だと思わなくちゃならない。君らにとっての幸運っていや、せいぜいそれくらいのものだ！　我々は戦争から何ひとつ得ちゃいない。金儲けをしたのはJ・P・モルガンとジョン・D・ロックフェラーだけじゃないか」

この時点で小男のユダヤ人の演説は中断させられた。敵意にあふれる鉄拳が彼の髭を生やした顎に一発見舞われたからだ。そして彼は後ろ向きにどうと倒れ、路上にのびてしまった。

「くそったれのボルシェヴィキが」と、その一発を見舞った大柄の工兵が叫んだ。人々のあいだから同意のざわめきがあり、人の輪が縮んで真ん中に寄った。ユダヤ人はよろよろと起き上がったが、新たに差し出された半ダースばかりの拳によって再び沈んだ。今回彼はもう立ち上がらなかった。ぜいぜいと大きく息をし、唇の内側や外側の傷口から流れ出る血をそのままにしていた。

声が一斉に湧き起こった。そしてほどなくローズとキイは自分たちが、とりとめのない群衆と共に六番街をひとつの流れとなって歩いていることを発見した。リーダー役を務めているのはつばの広いソフト帽をかぶった痩せた民間人と、さっきあっけなく演説を終わらせてしまった屈強な兵隊だった。群衆は瞬く間にずいぶんな数に膨れあがった。そしてそこには加わらないものの、彼らを追って歩道を進む更に多くの一般市民たちは、断続的に励ましの声援を送っていた。

「俺たち、どこに向かってるんだ？」とキイは近くにいる男に大声で尋ねた。その男はソフト帽をかぶったリーダー役の男を指さした。

「あの男は連中がたくさん集まる場所を知っている。連中の目を剝かせてやるんだよ！」

「連中に目を剝かせてやるんだ！」とキイはローズに向かって嬉しそうに囁いた。ローズはその文句を反対側の隣にいる男に向かって、熱を込めて反復した。

行進は六番街を進んでいった。あちこちで兵隊や海兵隊員が加わり、そこに一般市民もちょくちょくと加わった。俺もついこのあいだまで軍隊にいたんだと、彼らはおきまりのように叫んだ。それがまるで新たに開設された男性用娯楽施設の入場券がわりでもあるかのように。

それから行進は交差点をそれて、五番街の方に向かった。トリバー・ホールで行われているアカの大会に向かっているんだという話があちこちに広がっていった。

「それはどこにあるんだ？」

その質問が口から口へ前の方に伝えられ、少しあとで回答が漂うように戻ってきた。トリバー・ホールは十丁目にある。その大会をぶちこわすためにべつの兵隊たちがそちらに向かっており、もうそちらに到着している。

しかし十丁目という言葉にはずいぶん遠方の響きがあり、それを聞いた群衆のあいだからうなり声に似たどよめきが起こった。行進から脱落していくものも少なからずいた。ローズとキイもその中に入っていた。彼らは歩調を落とし、より熱意に溢れたものたちを前に行かせた。

「俺は酒を手に入れる方がいいな」とキイは言った。彼らは歩くのをやめ、「落ちこぼれ!」とか「裏切り者!」とかいう罵声を浴びながら歩道に上がった。

「おたくの兄貴はこのあたりで働いてるのか?」と、かりそめなるものから永劫なるものへと移行していくような風を見せながらローズは尋ねた。

「そのはずなんだが」とキイは返事をした。「もう二年くらい会ってないんだ。俺は二年前にペンシルヴェニアに移ったから。たぶん夜番をしていることはないと思う。ちょうどこのへんだったな。まだ勤めていたら、俺たちのためにしっかりとモノを手に入れてくれるはずだ」

二人は通りを数分間探し回って店を見つけた。五番街とブロードウェイのあいだにある、安物のテーブルクロスのかかったレストランだ。キイが中に入って、兄のジョージのことを尋ねている間、ローズは外の歩道で待っていた。

「兄貴はもうここでは働いてないそうだ」と出てきたキイが言った。「今じゃあの『デルモニコ』でウェイターをやっているんだって」

ローズは、そんなことだろうと思ったという顔で、もっともらしく肯いた。能力のある人間がちょくちょく商売替えをするのは当たり前のことだ。彼にもウェイターをしている知り合いがいた。それから二人のあいだで歩きながらの長い会話がもたれた。その題目は、ウェイターの固定給はチップの額より多いか少ないかというものだった。それは働いている店の客の階層による、というのが導き出された結論だった。「デルモニコ」で食事をし、一本目のシャンパンに五十ドル札を支払う金持ち連中の姿を、お互いに克明に描き合いながら、二人とも内心、自分もウェイターになりたいものだと考えた。実際のところ、キイの狭い眉間には、兄に会ったら自分の就職口を頼んでみようという決意が秘められていたのだ。

「ウェイターは客の残したシャンパンを全部飲んでもいいんだぜ」とローズは嬉しそうに言った。そしてひとこと言い添えた。「たまんねえよな！」

二人が「デルモニコ」に着いたときには十時半になっていた。そして二人は、タクシーが次から次へと店の前に停まり、そこからあでやかな無帽の若い女性たちと、彼女たちそれぞれに付き添って夜会服を着た、取り澄ました顔つきの若い紳士たちが降りてくるのを見て、びっくりしてしまった。

「パーティーだ」とローズは畏れいったように言った。「俺たち中に入らない方がいいかもな。兄さんもこれじゃ手が離せないだろう」

「いいや、心配ねえよ。なんとかなる」

しばらく迷ったあとで、彼らはいちばん目立たない入り口をみつけ、そこから店内に入ったのだが、それからどうすればいいか急にわからなくなり、たまたま自分たちが入り込んだ小さなダイニング・ルームの、できるだけ人目を惹かない隅に落ち着かなく位置を定めた。二人は帽子をとり、それを手に持った。重苦しい雲が二人の頭上に垂れ込めた。部屋の一方の端にあるドアが急にばたんと開き、そこから一人のウェイターが彗星のように飛び出してきて、あっという間もなく部屋を横切り、もう一方の端にあるドアから出て行ったときには、二人とも飛び上がりそうになった。

三人のウェイターが同じように閃光のごとく部屋を横切っていった。そこでようやく二人の闖入者はなんとか我に返り、やってきた一人のウェイターを呼び止めた。彼は振り返り、疑わしい目で二人を眺め、猫のようなこっそりとした足取りでやってきた。何かあったらすぐに走って逃げ出せるように身構えているようだった。

「あのさ」とキイは言った。「あの、あんた俺の兄貴を知ってるかな。ここでウェイターをやってるんだけどさ」

「名前はキイっていうんだ」とローズが注釈をつけた。

キイなら知っている、たぶん二階にいると思う、とそのウェイターは言った。メイン・ボールルームで大きなパーティーが開かれているんだ。彼に伝言しておくよ。

十分後にジョージ・キイが姿を見せ、こよなく深い疑惑の表情を顔に浮かべて、弟と再会の挨拶を交わした。彼の頭に最初に浮かんだ当然至極な考えは、弟が金をせびりに来たのではないかということだった。

ジョージは長身で、弱々しい顎を持っていた。しかし弟との外見的共通点はそこで終わっていた。そのウェイターの目はとろんとはしておらず、きびきびとしたきらめきがあった。彼の物腰は如才なく、落ち着きがあり、微かな優越感が含まれていた。二人は形式どおりの言葉を交わした。ジョージは所帯持ちで、三人の子供がいた。弟のキャロルが軍隊に入って外地にいたという話を聞いて、いくぶんの興味を抱きはしたが、とりたてて感心したようには見えなかった。それでキャロルはがっかりした。

「なあ、ジョージ」、弟はひととおりの挨拶を終えた今、そう切り出した。「俺たち酒を手に入れたいんだ。俺たち兵隊には酒を売ってもらえないんでね。兄貴なら手に入れてくれるんじゃないかと思ってさ」

ジョージは考えた。

「いいとも。大丈夫だと思う。ただし半時間くらいかかるかもしれん」

「かまわない」とキャロルは言った。「それくらい待てる」

そこでローズは手近な椅子に腰を下ろそうとした。しかし憤慨したジョージに怒鳴られて、さっと立ち上がった。

「おい、あんた、そんなところに座るんじゃない！　この部屋は十二時からの宴会のために整えてあるんだ」

「べつに害はないだろう」とローズは面白くなさそうに言った。「シラミとりの処置は受けたんだからさ」

「そんなこと言ってるんじゃない」とジョージは厳しい顔をして言った。「俺がここで立ち話なんかしているところを給仕頭に見つかりでもしたら、えらい目に遭わされるんだ」

「ほう」

給仕頭と聞いただけで、それ以上の説明を二人は必要とはしなかった。彼らは海外従軍帽を指でもじもじといじりながら、どうすればいいのか指示を待った。

「いいか」とジョージは一息置いて言った。「お前らが待っていられる場所がある。こっちに来てくれ」

二人は彼のあとについて、奥にあるドアを抜けた。誰もいない食器室を抜け、暗いくねくねと曲がった階段を二つばかり上がり、やっとその小さな部屋にたどり着いた。そこにあるものといえば、積み重ねられたバケツと、山ほどのたわしだけだった。裸電球がひとつ、あたりをわびしく照らしていた。ジョージは二ドルを徴収し、半時間後にウィスキーのクォート瓶を持って戻ってくるからと言い、そこに二人を残して行ってしまった。

「ジョージはけっこう金を稼いでいるようだな」とキイはバケツを逆さにしてそこに座り、憂鬱そうな声で言った。「週に五十ドルにはなるんじゃないかな」

ローズは肯いて唾を吐いた。

「たしかにそれくらいは稼いでいそうだ」

「何のダンス・パーティーだって言ったっけ？」

「大学生がたくさん集まるんだ。イェール大学だ」

二人はお互いに向かって重々しく肯いた。

「あの兵隊たち、どのへんまで行ったかな？」

「さあ知らんね。とにかく歩いて行くには遠すぎる」

「同感だね。そんなに歩けるもんか」

十分ばかりして二人はだんだん落ち着かない気持ちになってきた。

「どうなっているのか、ちょっと様子を見てくるよ」とローズは言って、用心深くドアのところまで歩いていった。

緑のラシャ張りのスイング・ドアを、彼はそっと一インチほど開けた。

「何か見えるか？」

返事をするかわりにローズは鋭く息を吸い込んだ。

「すげえや。たっぷり酒があるぜ！」

「酒だって？」

キイはやってきて、ローズと共に熱心に外を眺めた。

「誰がなんと言おうとこいつは酒だ」、じっくりと検分したあとで彼はそう言った。

その部屋は彼らが入れられていた部屋の二倍の広さがあった。そしてそこには酒類が何から何まで、目にも鮮やかに取り揃えられていた。白いカバーのかかった二つのテーブルには、様々な酒瓶が壁をなすように並べられていた。ウィスキー、ジン、ブランデー、フランスやイタリアのベルモット、オレンジ・ジュース、それからもちろんずらりと並んだサイフォン、二つの大きな空っぽのパンチボウル。部屋にはまだ人影はなかった。

「今始まろうとしているダンス・パーティーのためのものだな」とキイは小声で言った。

「バイオリンの音が聞こえるだろう。ああ、踊るのも悪かねえな」

二人はドアをそっと閉め、互いの顔を見合わせた。それぞれに考えていることは同じだ。

「あそこにある瓶を二、三本失敬してきたいね」とローズは力を込めていった。

探り合いをする必要はなかった。

「同感だ」

「誰かに見咎められるかな」

キイはそれについて考えた。

「みんながやってきて飲み始めるまで待った方がいいと思う。瓶はさっきあそこに並べられたばかりだし、何本あるか数だってわかっているはずだ」

二人はその点について五、六分のあいだ論議を交わした。ローズは今すぐに、誰かがやってくる前に酒瓶をかっぱらい、上着の下に隠せばいいと言った。しかしキイは用心深く行動することを主張した。彼としては、兄を面倒に巻き込みたくはなかった。いったん瓶の封が切られてしまえば、こっそり持って行っても大丈夫だ。どこかの学生が持って行ったと思われるだろう。

二人がまだ論争を続けているときに、ジョージ・キイが足早に部屋を抜けていった。二人にはほとんど声もかけなかった。そして緑のラシャ張りのドアから出て行った。そのすぐあとにコルクを抜くぽんぽんという音が聞こえてきた。氷を割る音が聞こえ、酒がつがれる音が聞こえた。ジョージはパンチ酒を混ぜていた。

兵士たちは楽しげな笑みを交わした。

「すげえや！」とローズは小声で言った。

ジョージがまた姿を見せた。

「おとなしくしているんだぞ」と彼はてきぱきした声で言った。「あと五分で酒は持ってきてやるから」

彼は入ってきたドアから出て行った。

その足音が階段を降りて消えてしまうと、ローズは用心深く様子をうかがってから、喜びに満ちた部屋に駆け込み、酒瓶を一本手にして戻ってきた。

「こうしようじゃないか」、二人でそこに座って一杯目の酒をありがたく飲み干したあとで、キィはそう言った。「兄貴がやってくるまでここで待つ。やつが来たら酒を受け取って、それをここで飲んでいてかまわないかって尋ねるんだ。それを飲める場所がほかにないからって言えばいい。そうだろ？　そうすれば俺たちは人がいないときに部屋に忍び込んで、上着の下に酒を隠して持ってくることができる。二日ぶんぐらい持ち出せるぜ。そうだろ？」

「いいとも」とローズは言った。「すげえよな。それにもしそうしたければ、ほかの兵隊に好きなときに酒を売ることだってできる」

二人は黙り込んで、明るい見通しにしばし胸を膨らませた。やがてキィは手を伸ばし、くすんだオリーブ色の軍服のカラーを外した。

「ここはなんだか暑いや。そうじゃないか？」

ローズは熱心に同意した。

「やけに暑いや」

Ⅳ

彼女は化粧室から出て、ホールとのあいだにお上品に設けられている付属の小部屋（パーラー）を横切っているときも、まだ腹を立てていた。彼女が腹を立てていたのは実際に起こった出来事に対してというよりは（それは実際のところ、彼女のような社会階級の人間にとってはごくありふれたことだった）、それがよりによって今夜起こったということに対してであった。彼女は自分に不満はなかった。彼女はいつもと同じように、威厳と言葉少なな憐（あわ）れみの正しい配合をもって振る舞った。彼女はきっぱりと手際よく、彼にけんつくをくらわせたのだ。

それは二人の乗ったタクシーがビルトモア・ホテルを出たときに起こった。まだ半ブロックも進んでいなかった。彼は右手を不器用に挙げて——彼女は彼の右側に座っていた——彼女の着ていた、毛皮の縁のついた深紅の夜会用コートにさりげなくまわそうとしたのだ。その行為自体が不適切だった。若い男性がそれを容認してくれるかどうか今ひとつ自信の持てない若い女性を抱（いだ）こうとするとき、遠い側の腕を相手の身体にまずまわす方が、やり方としては数段手際がいい。そうすることによって、女性に近い側の腕を持ち上げる

という ぎこちない行為を回避することができる。

彼の次なる過ちは意図しないものだった。彼女はその日の午後を美容院で過ごした。その髪に何らかの災厄が降りかかるなど、何があろうと容認しがたいことだった。なのにピーターは、その不運な試みをしようとしたとき、肘で彼女の髪をほんの微かにかすったのだ。それが二つめの失敗だった。二つ揃えばもうおしまいだ。

彼はもそもそと何かを口にし始めた。その最初のもそもそで、彼女にはよくわかった。この男はまだ子供同然の大学生なのだ。イーディスは二十二歳で、そしてこのダンス・パーティーは（戦争のあと初めての本格的なものだ）彼女に避けがたく昔のことを思い出させたし、その連想のリズムは加速度的に高まっていった。いつかのダンス・パーティー、そしていつかの男。伏し目がちの少女のあどけない憧憬でしかない想いを寄せた一人の男。そのゴードン・スタレットを思い出すと、イーディス・ブレイディンの胸はときめいた。

彼女はそんな具合に「デルモニコ」の化粧室から出てきて、入り口のあたりにしばし立っていた。そしてイェール大学の学生や卒業生たちが階段の上り口で、威厳ある黒い蛾よろしく優雅に飛び交っている様子を、前にいる女性の黒いドレスの肩越しに眺めた。彼女があとにしてきた部屋からは、芳醇な香りが漂い出てきた。匂いを身にまとったたくさんの美しい娘たちが行き来しつつ、あとに残していった香りだ。高価な香水、儚い想い出の詰まったかぐわしい白粉（おしろい）。そのような匂いは外に流れ出て、ホールに浮かんだ煙草の煙のきりっとした匂いと混じり合い、階段をなまめかしく降りていって、ガンマ・プサイ主催のダンス・パーティーが催される広間にあまねく浸透していった。それは彼女が熟知している匂いだった。刺激的で、心が躍り、落ちつきなく甘い、上流舞踏会の匂いだ。

彼女は自分の容姿のことを考えた。露出した彼女の腕と肩は、パウダーでクリームがかった白になっている。彼女はそれらがいかにも柔和に見えることを、男たちの黒い夜会服の背中に置かれて乳白色に輝き、今宵そこにシルエットが浮かび上がるであろうことを承知していた。ヘア・スタイルはぴたりと決まっている。赤毛はたっぷりと積み上げられ、圧搾され、ひだをつくられており、それは動く曲線として、尊大なまでに人目を惹いた。唇は深いカーマイン色で精妙に仕上げられていた。目の虹彩はデリケートな、今にも壊れてしまいそうな青だった。まるで陶器でできた瞳のようだ。彼女は隙ひとつなく、どこまでもデリケートだった。その美しさはまさに完璧で、上は手の込んだ髪型から、下はほっそりとして小振りな両足にいたるまで、その身体の線はむらひとつなくすらりと流れていた。

今夜この酒宴で、自分が口にするであろう言葉を彼女は思った。高い声や低い声の笑い、軽い舞踏靴の立てる足音、階段を上下するカップルたちの動き、そんなものが彼女の気持ちをささやかながら既にもり立てていた。これまでに何年にもわたって口にしてきた言葉を彼女は口にするだろう。彼女特有の話しぶり。当世流行の言い回し、ジャーナリズム言語の断片、大学生のスラング、そんなものが寄せ集められ、ひとまとめにされて固有の語法と化している。無頓着で、いくらか挑発的で、細やかにセンチメンタルな代物だ。彼女の近くで階段に座っていた一人の娘が「あんたなんかまだ、なんにもわかっちゃないんだから！」と言うのを耳にして、彼女は微かに笑みを浮かべた。

微笑みによって、彼女の怒りはしばしのあいだ溶けた。彼女は目を閉じ、悦びの息を深く吸い込んだ。そして両腕を脇に下ろしていった。彼女の身体を包み、そして際だたせているつるりとした細身のドレスに、その腕はやがて微かに触れた。彼女は自分の身体の柔らかさをそれほどありありと感じたことはなかったし、また自分の腕の白さをそこまで嬉しく思ったこともなかった。

「私は甘い匂いがする」、彼女はぽつんとそう独りごちた。それから次の思いがやってきた。「私は恋をするように生まれた」

彼女はその言葉の響きが気に入って、もう一度頭の中でそのように考えた。その避けがたい結果として、さきほど生まれたゴードンがらみの、激しい夢想が再び訪れた。二カ月ほど前に、彼女の想像力のちょっとした成り行きで、彼に再会したいという、思いもしなかった欲望が明らかになったのだが、考えてみれば彼女はそれによってこのダンス・パーティーへと導かれ、今ここにいるのだろう。

その類なき美しさとは裏腹に、彼女は手間暇をかけて誠実にものを考える女性だった。

彼女の血の中には、その兄を社会主義者・反戦主義者にしたのと同じ、ものごとを深く考えたいという欲求と、若い人々にありがちな理想主義が流れていた。兄ヘンリー・ブレイディンはコーネル大学経済学部の講師の職についていたのだが、急進的な週刊新聞の論説記事を通して、不治の悪を退治するための最新式の治癒方法を説くべく、大学を離れてニューヨークに移っていた。

イーディスは、さすがにそこまで能天気ではなく、ゴードン・スタレット一人治癒できれば満足だったろう。ゴードンの中には性格的弱さがあり、それは彼女に「この人の面倒をみてあげたい」と感じさせる種類のものだった。彼の中には、思わず保護してあげたくなるような頼りなさがあった。また彼女は自分が昔から知っている誰かを、そして長期間にわたって自分を愛してくれた誰かを求めていた。彼女は自分がいささか疲れたと感じ、そろそろ身を固めたいと望んでいた。積み上げられた手紙や、半ダースばかりの写真、それと同じ数の想い出、そしてくたびれた心。今度ゴードンに会ったときには、二人の関係を違うものに変えてしまおうと彼女は心を決めていた。そのための言葉も用意していた。そして今宵がやってきた。今夜は彼女のための夜だった。いや、すべての夜は彼女のための夜だった。

そんな彼女の思いは、謹厳な顔つきの大学生によって中断された。彼の顔には傷心のあとがあり、その振る舞いは緊張してしゃちほこばっていた。彼はイーディスの前に立って、いつにはなく深くお辞儀をした。それは彼女の今夜の連れであるピーター・ヒンメルだった。彼は長身で、ユーモアの感覚を持っていた。つのぶちの眼鏡をかけ、魅力的な気まぐれさを漂わせていた。しかし彼女は突然彼のことがそれほど好きではなくなってしまったようだ。たぶん彼が上手にキスできなかったせいだろう。

「それで」と彼女は切り出した。「あなたはまだ私に腹を立てているのかしら?」

「まさか、そんなことはありません」

彼女は前に進み出て、彼の腕をとった。

「ごめんなさいね」と彼女は優しく言った。「あんな風にきつくあたるつもりはなかったの。今夜はどうしてか気持ちがささくれているみたいなの。悪かったわ」

「いいんです」と彼はもそもそと言った。「気にしないで」

彼は納得のいかない居心地の悪さを感じた。彼女はさっきの俺の失敗をわざと思い出させようとしているのだろうか?

「あれは間違いだった」と彼女は続けた。その声には終始、わざとらしい優しい調子がうかがえた。「お互い、そのことは忘れてしまいましょう」、それを聞いて彼は女に憎しみを抱いた。

数分後、二人はフロアへとゆっくり出て行った。そこでは十人ほどで編成されたジャズ楽団が、身を揺すったりため息をついたりしながら、ボールルームを埋めた人々に向かって「私とサキソフォンが二人きりになれたなら、二人はとってもいーい感じ！」と歌いかけていた。彼らはこの日のために特別に呼ばれた楽団だった。

口髭をはやした男がダンスに割って入った。

「ヘロー」と彼は咎めるように切り出した。「僕のことを覚えていませんね」

「お名前が急には思い出せないわ」と彼女は明るい口調で言った。「もちろんよく覚えているんだけど」

「以前あなたにお会いしました。あれは——」、彼の声は心ならずも遠ざかって小さくなっていった。輝く金髪の男がダンスにまた割り込んだのだ。イーディスはその名も知れぬ男に向かって決まり文句を口にした。「どうもありがとう——のちほどまた誘って下さいな」

輝く金髪の男は熱心に握手を求めてきた。彼の名前がジムであることをなんとか思い出したが、彼女の知り合いには山ほどたくさんのジムがいたし、ラストネームは謎のままだった。彼の踊り方のリズムに特色があったということまでを彼女は思い出した。そしていざ踊り出してみると、その記憶が正しかったことがわかった。

「ここに長くいるつもりなんですか？」と彼は自信たっぷり、囁くように言った。

彼女は身を後ろにそらせ、相手の顔を見上げた。

「二週間くらいは」

「どこにいるんですか?」

「ビルトモアよ。いつか誘って」

「社交辞令じゃないですね」と彼は念を押した。「喜んで。お茶でも飲みに行きましょう」

「社交辞令じゃなく、お待ちしているわ」

黒髪の男がきわめて折り目正しくダンスにカットインした。

「きっとあなたは私のことを覚えてはおられないでしょうね」と男は丁重に言った。

「いいえ、覚えています。あなたのお名前はハーランね」

「外れです。バーロウです」

「でもまあ、二音節だというのはあっていたでしょう。ハワード・マーシャルのハウス・パーティーでとても上手にウクレレを弾いてらしたわね」

「ええ、そうですが……でも僕が弾いていた楽器は……」

歯が前に出た男がカットインした。イーディスは微かなウィスキーの匂いを嗅ぎ取ることができた。アルコールが少々入っている男が彼女は好きだった。酒が入ると彼らは陽気になるし、彼女の良さをもっとわかってくれるし、お世辞もうまくなる。ずっと話しやすくなる。

「僕はディーンっていいます。フィリップ・ディーン」と彼は明るい声で言った。「僕のことは覚えてないでしょうね。でも君はよくニュー・ヘイヴンに来ていた。四年生のときに僕と同室だったゴードン・スタレットと一緒に」

イーディスはさっと顔を上げた。

「ええ、彼とは二度ばかり行きましたわ。『パンプスと舞踏靴』のときと、ジュニア・プロムと」

「彼にはもう会ったんでしょうね」とディーンは何気なく言った。「彼は今日ここに来ています。ついさっき見かけたばかりですよ」

イーディスは驚いた。彼はここに来ているはずだという確信を持っていたのだが、それでもなお。

「いいえ、まだ会っていませんけど――」

赤毛の太った男がカットインしてきた。

「ヘロー、イーディス」と彼は切り出した。

「あら――ああ、こんにちは――」

彼女は足を滑らせ、軽くよろめいた。

「あら、ごめんなさいね」と彼女は機械的にわびた。

彼女はゴードンを目にしたのだ。ゴードンはひどく顔色が青白く、元気がなかった。戸口のわきに背中をもたせかけ、煙草を吸いながらボールルームを眺めている。彼の頬がそげ落ちているのが見て取れた。煙草を口元にやる時の手は細かく震えていた。二人け今では踊りながら彼のすぐそばに近づいていた。

「――女性同伴じゃない連中まで呼んだものだから、これじゃまるで――」と背の低い男はしゃべっていた。

「ヘロー、ゴードン」とパートナーの肩越しにイーディスは声をかけた。彼女の心臓はどきどきと音を立てていた。

彼の大きな黒い瞳が彼女に釘付けになった。ゴードンは彼女の方に一歩足を踏み出した。そのときパートナーが彼女の身体をくるりと回した。男が騒々しくしゃべり続けているのが聞こえた。

「――でも男の半分くらいは酔っぱらって、早々に引き上げてしまうから――」

それからすぐそばで低い声が聞こえた。

「失礼していいかな?」

気がつくと彼女はゴードンと踊っていた。片方の腕は彼女の身体に回されている。その手がひきつったみたいにきゅっと堅くなるのが感じられた。彼の手が指を広げて背中に置かれていた。小さなレースのハンカチを持った彼女の手は、彼の手の中で握り潰されそうになった。

「あら、ゴードン」と彼女は息を詰まらせて言った。

「やあ、イーディス」

彼女はまた足を滑らせた。なんとか身を立て直そうとして前につんのめり、彼のディナー・ジャケットの上着の黒い布地に顔が触れた。それからしばし沈黙があった。そのあいだに奇妙な居心地の悪さが彼女の肌を這った。何かが間違っている。

出し抜けに彼女の心臓が縮み上がり、動転した。どういう事態なのか察しがついたからだ。彼は惨めで、うらぶれて、少し酔っぱらって、哀れなほど疲れているのだ。

「まあ」と彼女は思わず叫んでしまった。

彼の目は彼女を見下ろしていた。彼女はそのときはっと気づいた。相手の目が赤く血走り、あてもなくぎょろぎょろしていることに。

「ゴードン」と彼女は躊躇の混じった声で言った。「どこかに行って座りましょう。私、座りたいわ」

二人はフロアの真ん中あたりにいた。しかし向かいあった両側の壁から、それぞれこちらめがけてやってこようとしている男を二人、彼女は目に留めていた。だから彼女は立ち止まり、ゴードンのだらんとした手を摑んだ。そして彼を引きずるようにして、あちこちで人にぶつかりながら人混みを抜けた。彼女の口は一文字に閉じられ、顔はルージュの下でいくらか淡く青ざめ、瞳は涙を湛えて小さく震えていた。

彼女は柔らかい絨毯を敷いた階段の上の方に、座れる場所を見つけた。ゴードンは彼女の隣にどすんと腰を下ろした。彼女を見るその視線には落ち着きがなかった。「君に会えてとても嬉しいよ、イーディス」

彼女は何も言わず彼の顔をじっと見た。彼女の胸は潰れてしまいそうだった。彼女はこれまでに男たちがいろんな酔っぱらい方をするのを目にしてきた。上は叔父たちから、下は運転手に至るまで。彼らの酔態を見ておかしがることもあったし、うんざりさせられることもあった。しかしたった今、彼女はこれまでに経験したことのない新しい感情に捉えられていた。底の知れぬ恐怖だ。

「ゴードン」と彼女は責めるように言った。今にも泣き出しそうだった。「あなたはまるで悪鬼のような顔をしている」

彼は肯いた。「僕はトラブルを抱えているんだよ、イーディス」

「トラブル？」

「あらゆる種類のトラブルだ。家族のものには言わないでくれ。でも僕はもうだめになってしまいそうだ。僕はどうしようもないところまで来ているんだよ、イーディス」

彼の下唇はだらんと垂れていた。その目はほとんど彼女を見ていないようだ。

「それで——それであなたは」とイーディスはためらいがちに言った。「それがどういう問題なのか、私に教えてくれるかしら、ゴードン。つまり、あなたのことはいつも気にかけていたわけだから」

彼女は唇を噛んだ。彼女としてはもっと力のある言葉を彼にかけるつもりでいた。しかし結局、そういう言葉はどうしても口から出てこなかった。

ゴードンは気怠く首を振った。「僕にはそれは言えない。君は善良な女性だ。これはそんな人に話せるようなことじゃないんだ」

「馬鹿なことを言わないで」と彼女は憤然として言った。「そんな風に人を善良な女って呼ぶのはずいぶんな侮辱だわ。人を馬鹿にしているとしか思えない。あなたはお酒を飲んでいるのね、ゴードン」

「ありがとう」と彼はがっくりと首を傾けながら言った。「ありがとう。親切に教えてくれて」

「なんでお酒なんか飲んだの？」

「とてつもなく惨めだからさ」

「お酒を飲んでものごとが好転すると、あなたは思ってるの？」

「いったい何のつもりなんだ。僕を矯正しようとしているのかい？」

「いいえ、私はあなたを助けようとしているだけよ、ゴードン。何があったのか話してちょうだい」

「僕は今とんでもないごたごたに巻き込まれている。いちばん良いのは、僕なんか知らないというふりをしていることだよ」

「どうしたのよ、ゴードン」

「ダンスに割って入って悪かった。そんなことするべきじゃなかったんだ。君は純粋な人だ。うまく言えないけれど。誰かダンスの相手を見つけてきてあげよう」

彼はよろよろと立ち上がった。しかし彼女は手を伸ばして、階段の隣に彼を座り直させた。

「ねえ、ゴードン、あなたは意味のないことを口にして私を傷つけている。あなたはまるで――まるで頭がおかしくなったみたいだし――」

「そのとおりだ。僕はいささか狂っている。僕の中で何かがおかしくなっているんだよ、イーディス。僕の中にはまだ何かが少しは残っている。しかしそんなことはどうでもいいんだ」

「どうでもよくなんかないわ。ちゃんと話してちょうだい」

「それだけのことさ。僕はいつもちょっと変わった人間だった。ほかの子供たちとはどこか違っていた。大学時代はそれでうまくいった。でも今は何もかもだめだ。僕の中でこの何カ月かのあいだにいろんなことが、次々に折れていったんだ。ドレスの小さなホックが折れるみたいにね。そしてあといくつかのホックが折れたら、もうばらばらになってしまうかもしれない。頭がじわじわとおかしくなっていくような気がする」

彼はイーディスをまじまじと見つめ、それから笑い出した。彼女は思わず身を引いた。

「いったいどうしたの？」

「僕の頭がおかしくなり始めているというだけさ」と彼は繰り返した。「この場所全体が僕には夢のように思える。この『デルモニコ』が——」

彼が語るのを聞いていると、相手がすっかり変わってしまったのだということがイーディスにもわかった。彼はもう軽やかでも陽気でも向こう見ずでもなかった。無気力と落胆が彼を支配していた。不快感が彼女を捉えた。それから驚いたことに、微かな退屈さを彼女は感じた。彼の声は巨大な虚空の中から聞こえてくるみたいだった。

「イーディス」と彼は言った。「僕はかつて自分のことを、頭が切れて、才能があって、絵描きの端くれだと思っていた。今では自分が無だということがわかる。僕にはもう何ひとつ描けないんだよ、イーディス。どうしてこんなことを君に打ち明けるのか、自分でもよくわからないけれど」

彼女はうわの空で肯いた。

「僕には描けない。僕には何もできない。そして教会のネズミのように素寒貧だ」。彼はそう言って笑った。苦々しげに、そしていくぶん大きすぎる声で。「僕は施しを受けるまで落ちぶれてしまった。友人に金をたかる人間になった。僕は敗残者だ。情けない一文無しだ」

がみつかったら、すぐにでもここから腰を上げなくてはと彼女は思った。

そのとき突然ゴードンの両目に涙が溢れた。

「イーディス」と彼は言って、彼女の方を向いた。なんとか自制を失うまいという強い意志がそこにうかがえた。「たとえ一人でも、この世の中にまだ僕に関心を持ってくれている人がいるということが、僕にとってどれくらいの意味をもつか、言葉には言い表せない」

彼は手を伸ばして、イーディスの手を軽く叩いた。彼女は思わずその手を引っ込めてしまった。

「君はなんて優しいんだろう」と彼は繰り返した。

「だって」と彼女は相手の目を見ながら、そろそろと言った。「昔のお友だちに会えれば、誰だって嬉しいものでしょう。でもこんな風になったあなたを見て、気の毒に思うわ」

二人は互いの顔を見合ったが、そこにはしばしの沈黙が降りた。そしていっとき瞳の中にわき起こった彼の熱意が揺らいだ。イーディスは立ち上がり、彼を見下ろした。彼女の顔からは表情が失われていた。

「ダンスをしない？」と彼女は冷めた声で尋ねた。

愛は脆いものだ――彼女はそう考えていた――しかしおそらくそのいくつかのかけらは

使い物になるだろう。唇の上に漂ったもの、口にされるかもしれなかったもの。新たな愛の言葉、そこで習得された優しさ、それらは次なる恋人のために大事にとっておかれるものだ。

V

美しいイーディスのエスコート役であるピーター・ヒンメルは、ひじ鉄を食わされることに慣れていなかった。彼は自分がはねつけられたことで傷ついたし、困惑したし、自分自身を情けなくも思った。この二ヵ月ばかりのあいだ、彼とイーディス・ブレイディンとは、速達で手紙のやりとりをする関係だった。わざわざ速達にするのは、その通信にセンチメンタルな価値が込められているからとしか考えられなかったし、だからこそ彼は自分が、彼女の中に揺らぎのない地歩を得ていると確信していた。だからただ一度のキスのために、なぜ彼女があれほどつっけんどんな態度を取らなくてはならなかったのか、その理由がよくわからなかった。

　そんなわけで二人のダンスに口髭の男がカットインしたとき、彼は廊下に引っ込んで、頭の中で文章を組み立て、それを自分自身に向かって何度も口にした。余計な部分を大幅に省くとだいたいこういう台詞になる。

「ふん、女が男に気を持たせておいて、そのあとでけんつくをくわせる。まるで絵に描いたみたいじゃないか。僕がさっさとどこかに行って、気楽に酔っぱらっても、彼女には文句を言える筋合いはあるまい」

だから彼はサパールームを抜けて、そこに隣接する小部屋に入った。まだ早い時刻に彼はそういう部屋があることを目に留めていた。そこにはパンチの大きなボウルがいくつも置かれ、背後には各種の酒瓶がところ狭しと並んでいた。酒瓶が配されたテーブルの前にピーターは腰を下ろした。

二杯目のハイボールで、退屈さやうんざりした思いや、時間の単調さや、面倒なあれこれの出来事は、とりとめのない背景の中に沈み込んでいった。その手前には目映く光る蜘蛛の巣が張られた。ものごとはそれぞれにうまく帳尻を合わせ、それぞれの棚の上におとなしく収まっていった。その日に起こったいくつかの手違いは、小綺麗な隊列を組んでそこに並び、「そんなものどこかに行ってくれればいい」という彼の素っ気ない望みにしたがって、いずこへともなく行進して消えていった。そして憂いの消滅にあわせるように、心の隅々にまで浸み渡る、輝かしい象徴性の世界がやってきた。イーディスは軽率で取るに足りない女になった。そんな女のことなんか、いちいち気にしたって仕方ない。笑い飛ばせばいいだけだ。イーディスの姿は夢のかけらのように、彼のまわりに形成される薄っぺらな世界にはめ込まれていった。ピーター自身もいくぶん象徴的な存在になった。自制心のある快楽主義者、あるいはまた自由に羽を広げた輝かしき夢想家となった。

それから、三杯目のハイボールを口にするころには、象徴的な気分も次第に霞んで消え、想像力は温かい輝きに座を譲っていった。そしてピーターは心地良い水に仰向けに浮かんでいるのに似た状態へと入り込んでいった。ちょうどそんなときに、近くにある緑のラシャ張りのドアが二インチばかり開いているのを、彼は目に留めた。そしてその開いた部分から、一対の目が彼の姿をじっと見ていた。

「ほほう」とピーターは平然とつぶやいた。

緑色のドアは閉まり、それからまた開いた。今度はほんの半インチくらいしか開かなかった。

「いないいない、バー」とピーターはつぶやいた。

ドアはそのまま動かなかった。それから彼は囁き声を耳にした。押し殺された、途切れ途切れの声だ。

「男が一人」

「何をしてるんだ？」

「座って眺めている」

「早く行っちまってくれねえかな。もう一本瓶をいただきたいんだが」

そのような言葉が自分の意識の中に入るともなく入ってくるのを、ピーターは聞いていた。

「おやおや」と彼は思った。「なんか面白いことになってきたぞ」

彼はわくわくしてきた。愉しい気持ちになってきた。思いもしなかった謎に出くわしたような気分だった。できる限り無頓着な風を装って彼は立ち上がり、テーブルをぐるりとまわった。それから素早く振り向いて、緑色のドアをさっと開けた。ローズ二等兵が部屋に転がり出てきた。

ピーターはお辞儀をした。

「ご機嫌いかがですか？」と彼は言った。

ローズ二等兵は片足を少しだけ前に出し、殴り合うか、逃げるか、それとも折り合いをつけるか、どれかに備えた。

「ご機嫌いかがですか？」とピーターは丁重にもう一度尋ねた。

「悪かない」

「一杯おやりになれば？」

ローズ二等兵は探るように相手を見た。ひょっとして馬鹿にされているのではないのか？

「悪かないな」と彼はややあって言った。

ピーターは椅子を示した。

「座り給えよ」

「連れがいる」とローズは言った。「あん中に友だちが一人入っているんだけど」、彼は緑色のドアを指さした。

「出てこられればよろしい」

ピーターは部屋を横切り、ドアを開けてキイ二等兵を出迎えた。キイは何か裏があるのではという顔をし、よくわけがわからず、また罪の意識に怯えていた。椅子が持ってこられ、三人はパンチボウルのまわりを囲むように座った。ピーターは二人にハイボールを作り、自分の煙草ケースから煙草を勧めた。二人はおずおずと両方を受けた。

「さてと」とピーターは気楽な口調で続けた。「もしよろしければひとつお伺いしたいのですが、あなた方お二人は、いったいいかなる理由をもって、このような場所で、つまり見かけたところ主に洗浄ブラシが収納されているような部屋で、くつろいだ時間を過ごしておられたのでしょう。そして人類はかくも進歩を遂げ、今や日々、日曜日は別にしてということですが、堂々一万七千脚もの椅子を生産できるようになったというのに――」、彼はそこで口をつぐんだ。ローズとキイはぽかんと彼の顔を眺めていた。「あなた方は水をひとつの場所から別の場所に移動させることを目的として作られた品物をわざわざ選択し、その上に腰を休めておられたが、それはどうしてか？」

その段階でローズはうめき声を発し、会話に彩りを添えた。

「そしてこれが最終の質問になりますが」とピーターは締めくくった。「私はもうひとつお伺いしたい。この建物には無数の美しいきらびやかな燭台がさがっています。にもかかわらず、あなた方はどうしてわざわざこのような貧相な裸電球ひとつの下で、今宵のいっときを過ごすことをより好まれたのでしょう？」

ローズはキイを見た。キイはローズを見た。二人は笑った。大声を上げて、腹を抱えて笑った。お互いの顔を見ると、とにかく笑い出さないわけにはいかなかった。しかし二人はこの男と一緒に笑っているのではなかった。二人は彼のことを笑っていたのだ。二人にとって、こんな気取った話し方をする人間はとんでもなく酔っているか、それともとんでもなく気が触れているか、どちらかしかなかった。

「あなた方はきっとイェールの学生ですね」とピーターが言った。彼はハイボールを飲み干し、おかわりを作った。

二人はまた笑った。

「違うね」

「ほんとうに？　あなた方は、シェフィールド・サイエンティフィック・スクールという名前で知られている、うちの大学の身分つつましい部門のメンバーではあるまいかと推測していたのですが」

「違うね」

「ううむ。そいつは参ったな。となれば、きっとハーヴァードの出身者に違いない。あなた方は変名を用いてこの、新聞が書くところのヴァイオレット・ブルーの楽園に忍んでこられたんだ」

「違うね」とキイは蔑むように言った。「俺たちはただ人を待っていただけさ」

「そうか」と叫んでピーターは立ち上がり、彼らのグラスを満たした。「きわめて興味深い。掃除女とデートの待ち合わせをしておられたわけだ」

二人は憤然としてそれを否定した。

「気になさるな」とピーターは二人に言い聞かせた。「弁明なさることはありません。掃除女がほかの女性に劣るようなところはみじんもないのですから。キップリングも言っているではありませんか。『どんなレディーも、ジュディー・オグレディーも、一皮剝いたらみんな同じ』ってね」

「そいつは言える」とキイは言って、ローズに向かっておおっぴらにウィンクした。

「僕の例をもって申し上げれば」とピーターは続けた。そしてグラスの酒をぐいと飲み干した。「私の相手の女性は上にいるんだが、すれた女です。こんなにすれた女にはまたとお目にかかれない。僕にキスするのを拒否した。何の理由もなしにだ。相手をうまく彼女にキスしたいという気にさせておいて、そしてぴしゃんときた。お払い箱だ。若い世代はいったいどうなっているんだ？」

「そいつは災難だったね」とキイが言った。「そいつは掛け値なしの災難だ」

「まったくなあ」とローズが言った。

「もう一杯いかがかな？」とピーターが言った。

「俺たちはちょっと前に殴り合いに出くわしたんだ」とキイはわずかに間をおいて言った。

「だけど遠すぎてさ」

「殴り合い？　けっこうなことじゃないか！」とピーターは言った。そして危なっかしく腰かけた。「みんなやっちまえ！　僕も軍隊にいた」

「相手はボルシェヴィキの男だったよ」

「よくぞやった！」とピーターは熱意を込めて叫んだ。「声を高くして言うぞ。ボルシェヴィキをやっちまえ。やつらを皆殺しにしちまえ！」

「俺たちはアメリカ人だ」とローズは不屈の、けんか腰の愛国心を込めて言った。

「そうとも」とピーターは言った。「世界でもっとも偉大な人種だ！　我々はみんなアメリカ人だ！　もう一杯やろう」

みんなでもう一杯飲んだ。

VI

一時になると、特別オーケストラが「デルモニコ」に到着した。それはいくつもの「特別オーケストラ」が用意された一日にあっても、とりわけ特別なオーケストラだった。その楽団員たちはいかにも悠然とピアノのまわりに席を並べ、ガンマ・プサイ友愛会のために音楽を提供するという重責を進んで担った。リーダーは高名なフルート奏者だった。彼は最新のジャズ曲をフルートで演奏しながら逆立ちをして両肩でシミーを踊るという離れ業を演じることで、ニューヨーク中に勇名をはせた人物だ。この立ち回りがなされているあいだ、場内の明かりはすっかり消され、スポットライトがひとつそのフルート奏者を照らし出し、あとは移動する一条の光線が、密集した踊り手たちの上に、ちらちらと揺れる影やら、移り変わる万華鏡の色を投げかけるという段取りになっていた。

イーディスは踊っているうちに、社交界デビューしたての娘たちだけが経験するような、まったりとした、夢見心地の状態に入ってきた。それはまた、丈の長いグラスで何杯かハイボールを飲んだあとの、高尚なる魂の輝きにも匹敵するものであった。彼女の意識は、音楽の海の真ん中にほんのりと浮かんでいた。彼女のパートナーは、まるで刻々と色合いを変化させていく薄暮の中に見え隠れする幽霊のごとく、実感のないまま次々に入れ替わっていった。そしておおかた自失状態にある彼女には、ダンスが始まってから既に数日が経過してしまったかのように思えた。たくさんの男たちを相手に、たくさんの細切れな話題について語った。彼女は一度キスをされ、六度言い寄られた。まだ早い宵のうちは、何人もの学部生が彼女と踊った。しかし今では彼女は、そこにいる人気のある娘たちのおおかたがそうしているように、何人かの取り巻きを従えていた。五、六人の我こそはという男たちが彼女に目をつけ、あるいは彼女の魅力とほかの美女たちの魅力とを、交互に見比べていた。彼らは順序よく次々にダンスにカットインしてきた。その繋がりを断ち切ることは不可能だった。

彼女は何度かゴードンの姿を目にとめた。彼は手のひらを頭にあてて、長いあいだ階段に座っていた。彼のどんよりと曇った目は眼前の、実体のない床の一点にじっと注がれていた。すっかり落ち込んで、ひどく酔っているように見えた。しかしイーディスは彼の姿を目にするたびに、あわてて視線をそらせた。何もかもが遥か昔に起こったことのように思える。彼女の心は今ではすっかり無気力の状態になり、その意識は忘我にも似た眠りの中に誘われていた。脚が勝手にダンスのステップを踏み、声が勝手に取り留めのない感傷的な軽口を語っているだけだ。

しかしそんなイーディスも、ピーター・ヒンメルがダンスにカットインしてきたときには、彼が酔っぱらってすっかりご機嫌になっていることを見て取り、いくら疲れているとはいえ、その無責任さに憤慨しないわけにはいかなかった。彼女はあきれて息を呑み、彼の顔をまじまじと見た。

「なんてことなの、ピーター！」

「ああ、うん、ちっと酔っぱらったかな、イーディス」

「もう、あなたったら、とんでもない人ね、ピーター！　そんないい加減なことがよくできたものね。私のエスコート役だっていうのに」

しかし彼女は心ならずも相好を崩さないわけにはいかなかった。というのは彼はいかにも謹厳そうな、想いを込めた眼差しで彼女を見つめていたからだ。愚かしい痙攣のような微笑みがそこに彩りを添えていた。

「愛しいイーディス」と彼は熱っぽい声で言った。「僕が君のことを愛していることを、君は知っているのだろうか？」

「今しかとうかがったわ」

「僕は君を愛している――そして僕はただ君にキスを求めただけだ」と彼は哀しげに付け加えた。

彼の屈辱も、恥じらいも、どちらもどこかに消えてしまっていた。君はこの世界じうでいぃちばんきれいな女性であり、そのすぅごくきれいな瞳は夜空の星のようだ。僕は君にったしさ――
ぁやまりたい。まぁず、大胆にも君にキスしようとしたことで。その次に酒を飲んだことで。でも僕はすっかり気落ちしてしまってたんだ。君は僕に対して頭に来ているみたいだったしさ――

赤毛の太った男がカットインしてきた。そしてイーディスの顔を見上げて、満面の笑みを浮かべた。

「あなたは誰かの付き添いをなさってきたの?」と彼女は尋ねた。

ノー。赤毛の太った男には同伴者はいなかった。

「あの、もしよろしかったら、それほどご迷惑じゃなかったらということだけど、今夜私を家まで送って下さらないかしら。(このような極端におずおずした態度は、イーディス特有のチャーミングなふりだった。この赤毛の太った男が、それを聞いて歓喜のあまり今すぐここで発作を起こしかねないことを、彼女はもちろん承知していた)」

「迷惑ですって? とんでもありません。喜んでお送りしますよ。いや、実に光栄ですよ、それは」

「すごくありがたいわ。本当にご親切に」

彼女は腕時計に目をやった。一時半になっている。そして自分自身に向かって「一時半」とつぶやいているとき、いささかおぼつかなくではあるが、昼食を一緒にとったときに兄が口にしていたことが、頭によみがえってきた。毎晩午前一時半過ぎまで新聞社のオフィスで仕事をしているんだよ、と彼は言っていた。

イーディスは新しい同伴者の方をさっと向いて言った。

「この『デルモニコ』はどの通りにあるんでしたっけ？」

「通り？　ああ、五番街ですよ、もちろん」

「そうじゃなくて、横のストリートの方。何丁目だったかしら？」

「そうだな――ええと――四十四丁目通りです」

彼女が考えていたとおりだった。ヘンリーのオフィスは通りをひとつ渡った角にあるはずだ。ちょっとそこに寄り道して兄を驚かせてやろうという考えが、即座に彼女の頭に浮かんだ。思いがけなく登場し、彼女の新しい夜会用コートのクリムゾンの輝かしい煌めきを見せて、彼の心を「浮き立たせ」てやろうというつもりだった。それはいかにもイーディスが好みそうな趣向だった。かた破りの活発ないたずらだ。そのアイデアが頭に浮かび、彼女の想像力をしっかり捉えてしまった。いっときの躊躇がないでもなかったが、結局は実行しようと決めた。

「髪がなんだかくしゃくしゃになってきちゃったみたい」と彼女は明るい声で同伴者に言った。「なおしてくるあいだ待っていていただけるかしら？」

「もちろん」

「ごめんなさいね」

数分後、彼女はクリムゾンの夜会用コートに身を包み、裏階段を駆け下りていた。彼女の頬はその小冒険の興奮に紅潮していた。彼女はドアのところに立っていた二人の脇を駆け抜けた。弱々しい顎をしたウェイターと、いささかルージュをつけすぎた若い婦人で、二人は激しく言い争いをしていた。彼女はドアを押し開け、温かい五月の夜へと足を踏み出した。

Ⅶ

ルージュをつけすぎた若い女性は、イーディスの後ろ姿にちらりときつい一瞥をくれた。それから再び振り向いて、弱々しい顎をしたウェイターを相手にまた言い合いを始めた。

「あの人に私がここにいることを伝えた方がいいよ」と彼女は挑みかかるように言った。

「さもないと、自分で乗り込んでいくから」

「いや、そいつはだめだ」とジョージはきっぱりと言った。

娘は馬鹿にしたように微笑んだ。

「そいつはだめだって？　大学生の連中なら、私はあんたが見たこともないくらいたくさん知ってるし、向こうだってあたしのことをよく知っている。喜んで私をパーティーに連れてってくれるさ」

「そうかもしれないが――」

「そうかもしれないんだよ」と娘は相手を遮った。「さっきここから走り出ていったような女なら――どこに行ったのかは知らないけど――ここに招かれたり、勝手に出入りすることもできる。でもあたしがここにいる友だちに会おうと思ったら、あんたみたいな安っぽい、鈍くさい、貧乏ったらしいウェイターが入口に立っていて、通せんぼうされるんだ」

「なあ、いいかい」と年長のキイは憤然として言った。「俺はこの仕事を失いたくないんだ。あんたの言うその友だちはひょっとして、あんたに会いたくないかもしれないじゃないか」

「まさか。彼はあたしに会いたがっているさ！」

「いずれにせよ、こんなにたくさんの人間がいるんだ。どうやってその相手を見つければいいんだね？」

「彼はこの中にいるんだから」と彼女は確信をもって言った。「誰でもいい、ゴードン・スタレットはどこだって尋ねればいいんだよ。そうすれば誰だって彼がどこにいるか教えてくれるさ。あの連中ときたら、みんな知り合いみたいなものだからね」

彼女はメッシュのバッグを持ち出し、そこから一ドル札をとってジョージに渡した。

「ほら」と彼女は言った。「ほら、こいつが嗅ぎ薬よ。彼を見つけて伝言してきてちょうだい。五分以内にここに来なかったら、あたしが乗り込んでいくからって言って」

ジョージは暗い顔をして首を振った。そしてその問題についてしばし考え、荒々しく身体を揺らし、それから奥に消えた。

制限時間のうちにゴードンが下に降りてきた。彼は宵の口に比べると遥かに酔っぱらっていた。様子もすっかり変化していた。酒のおかげで彼は、まるで分厚い甲羅のようにこわばっていた。身体は重そうによろめいて、言っていることはほとんど筋が通っていない。

「よう、ジュエル」と彼は回らぬ舌で言った。「よく来たね。なあジュエル、金は集まらなかった。ずいぶんがんばったんだけどさ」

「お金なんてどうでもいい」と彼女はぴしゃりと言った。「あんたはもう十日間もあたしの前に顔を見せていないじゃないの。いったいどうしたっていうのさ」

彼はゆっくりと首を振った。

「すごく落ち込んでいた、ジュエル。病気だった」

「病気なら病気って言えばいいじゃないの。どうしてもお金が必要ってわけじゃなかったんだから。あんたがあたしにすげなくし始めるまで、お金の話なんて持ち出さなかったでしょう」

彼はまた首を振った。

「君にすげなくしたことなんてない。一度もない」

「すげなくしたことがないって？　あんたはもう三週間もあたしの前に顔を出していないじゃないの。ぐでんぐでんに酔っぱらって、自分が何をしているのかわからないときは別にしてね」

「具合が悪かったんだよ、ジュエル」と彼は、疲れ果てた目を女の方に向けながら繰り返した。

「でもここにやってきて、上品なお友だちと一晩中遊び回るだけの元気はあるんだ。夕食を一緒にしよう、そのときまでにいくらかお金を工面するからって、あんたは言ったじゃないの。なのに来られないという電話さえくれなかった」

「金をうまく集めることができなかったんだ」

「そんなことは問題じゃないって、さっき言わなかった？　あたしはあ、ん、た、に会いたかったのよ、ゴードン。でもそっちはどうやら別の誰かさんに会いたかったみたいね」

　彼はそれを言下に否定した。

「じゃあ帽子を持って一緒にいらっしゃいな」と彼女は言った。

　ゴードンは躊躇した。すると彼女は出し抜けに彼のそばにやってきて、両腕をするりとその首にまわした。

「さあ、一緒にいらっしゃい、ゴードン」と彼女は半ば囁くように言った。「『デヴィネリーズ』に行って一杯やろうよ。それからあたしのアパートメントに来ればいいわ」

「僕は行けないよ、ジュエル」

「大丈夫だったら」と彼女は決めつけるように言った。

「僕はもうへとへとなんだよ！」

「なら、こんなところでダンスなんかしてちゃいけない」

ゴードンは救いと絶望とが入り混じった目であたりを見まわしながら、躊躇した。そこで彼女は唐突にゴードンをさっと抱き寄せ、その柔らかいふっくらした唇でキスした。

「わかったよ」と彼は重い声で言った。「帽子をとってくる」

VIII

空気の澄んだ五月の夜にイーディスが足を踏み出してみると、通りはまったくの無人だった。大きな店舗のウィンドウは真っ暗だった。正面入口には大きな鉄のマスクが下ろされ、それは今は亡き昼間の栄光の、薄暗い墳墓としか見えなかった。四十二丁目通りを先まで眺めると、いくつかの終夜レストランの明かりが入り混じり、滲んで見えた。六番街の上では高架鉄道が、ぱっと炎となって燃え上がり、平行に並んだ微かにきらめく駅の明かりの間を、列車が轟音を立てて通り抜け、通り(ストリート)を横切り、色濃い暗闇の中に突進していった。しかし四十四丁目通りは恐ろしいほど静まり返っていた。

コートを身体に堅く巻き付けるようにして、イーディスは矢のごとく五番街を渡った。一人の男が彼女とすれ違って、しゃがれた声で「お嬢ちゃん、どこにいくんだね」と話しかけてきたとき、心臓が縮まった。子供の頃、夜中に家の近所をパジャマ姿で歩きまわっていて、一匹の犬がどこかの家の謎めいた大きな裏庭から吠えかかってきたときのことを、彼女は思い出した。

目的の場所にはすぐにたどり着けた。四十四丁目通りにある二階建ての、どちらかというと古びた建物だ。ありがたいことに、その二階の窓から明かりが一筋こぼれているのが見えた。窓の脇にかかった看板の字を読みとれるほどには外は明るかった。看板には「ニューヨーク・トランペット」と書かれている。彼女は暗い玄関に足を踏み入れ、隅に階段があるのをすぐ目にとめた。

やがて彼女は細長く天井の低い部屋にたどり着いた。部屋にはたくさんの机があり、いたるところに新聞の綴じ込みがかかっていた。中には二人の人間がいるだけだった。二人はそれぞれ部屋の両端に座り、緑色のまびさしをつけ、それぞれの明かりの下で文章を書いていた。

しばしイーディスは確信のないまま戸口にたたずんでいた。それから二人の男たちは同時に身を曲げて彼女の方を向いた。その一人は兄だった。

「イーディスじゃないか！」、彼はさっと席を立ち、まびさしを取り、驚いた様子で彼女の方にやってきた。彼は長身で痩せて、髪は黒く、分厚い眼鏡の下の瞳も突き刺すように黒かった。その彼方を見るような目は常に、彼が話している相手の頭のちょっと上あたりに焦点を結んでいるみたいに見えた。

彼は妹の両腕の上に両手を置いて、頰にキスをした。

「いったいどうしたんだね？」と彼は警戒するような声で繰り返した。

「この向かいにある『デルモニコ』でダンス・パーティーがあって、それに出ていたのよ、ヘンリー」と彼女は高ぶった声で言った。「で、ちょっと抜け出して、兄さんに会わなくっちゃという気になったわけ」

「そいつは嬉しいね」、彼の警戒心はすぐに消えて、いつもの放心同然の状態に席を譲った。「しかしこんな夜遅くに、一人で外を出歩いちゃいけないよ」

向こう側の端っこにいた男は、何だろうという目で二人を見ていた。しかしヘンリーがこちらに来いよという素振りをすると、彼らの方にやってきた。彼はしまりのない太り方をした男で、きらきら光る小さな目を持っていた。カラーとネクタイを外していたので、まるで日曜日の午後に寛いでいる中西部の農夫のような印象を与えた。

「僕の妹だよ」とヘンリーは言った。「会いに立ち寄ってくれたんだ」

「初めまして」と太った男はにこやかに言った。「僕の名前はバーソロミューといいます、ミス・ブレイディン。あなたのお兄さんは僕の名前なんか、ずいぶん昔に忘れちゃったみたいだけど」

イーディスは上品に笑った。

「でも」と彼は続けた。「ここはあなたのような方には、ずいぶんむさ苦しい場所じゃありませんか」

イーディスは部屋の中を見渡した。

「なかなか悪くありませんわ」と彼女は言った。「爆弾はどこに隠してらっしゃるのかしら？」

「爆弾？」と彼は言って、それから笑い出した。「こいつはいいや。爆弾ねえ。聞いたかい、ヘンリー？　彼女は僕らがどこに爆弾を隠しているか知りたいんだってさ。ああ。こいつはけっさくだ」

イーディスはさっと身体を翻して、無人の机の上に座り、端っこから両脚を出してぶらぶらさせた。兄はその隣の椅子に座った。

「どうだい」と彼は心ここにあらずという顔つきで尋ねた。「今回のニューヨーク旅行を楽しんでいるかな？」

「悪くない。私はホイト家の人たちと一緒にビルトモア・ホテルに日曜日まで泊まっているの。明日の昼食会に来ない？」

彼は少し思案した。

「僕はちょっと忙しくてね」と彼は断った。「それに女の集まりってのは、どうも苦手なんだよ」

「わかったわ」と彼女はこともなげに受け入れた。「そのかわり二人だけでお昼ご飯を食べましょう。私と兄さんだけで」

「それはいい」

「明日の十二時に迎えに来るから」

バーソロミューはすぐにでも自分の席に帰りたそうだったが、それなりの一言もなしに場をあとにするのは失礼にあたると考えたらしかった。

「あのですね」と彼はぎこちなく切り出した。

二人は彼の方を向いた。

「ここでですね――ここで宵のうちに、いささか興奮させられることがありまして」

二人の男たちはちらりと視線を交わした。

「もっと早い時間に来られるべきだったな」、バーソロミューはいくらか勇気づけられたみたいに続けた。「たいした茶番劇（ヴォードヴィル）があったんですよ」

「ほんとに？」

「セレナーデみたいなものさ」とヘンリーは言った。「たくさんの兵隊が窓の下の通りに集まって、うちの看板に向かって怒鳴っていた」

「何のために？」と彼女は尋ねた。

「ただの群衆だよ」とヘンリーはどうでもよさそうに言った。「人は数集まると怒鳴りたがるものなんだ。彼らには主導する人間がいなかった。もしいたら、連中は力ずくでここに乗り込んできて、すべてを破壊していただろう」

「まさに」とバーソロミューは言って、イーディスの方を見た。「あなたはここにいるべきだったよ」

彼はこのやりとりを切り上げる良い潮時と考えたようだった。くるりと振り返って、自分の机に戻っていった。

「兵隊たちはみんな社会主義者に反対の立場をとっているの？」とイーディスは兄に尋ねた。「つまり彼らは兄さんに襲いかかったり、そういうことをするわけ？」

ヘンリーはまたまびさしをつけ、欠伸をひとつした。

「人類は長い道のりを歩んできた」と彼は人ごとのように言った。「しかし我々の大半は先祖返りをしているみたいだ。兵隊たちは自分が何を求めているのかわかってないし、自分が何を憎んでいるのか、自分が何を好んでいるのかもわかっていない。彼らは大人数で行動することに慣れているし、その力をとにかく見せつけないことには落ち着かないらしい。たまたまその力が我々の方に向いているんだよ。今夜彼らはこの街じゅうで暴動を起こした。なにしろメイデーだったからね」

「ここでの騒ぎは深刻なものだったの？」

「ぜんぜん」と彼は嘲るように言った。「九時頃に二十五人ばかりが路上に立ち止まり、月に向かって大声で怒鳴り始めた」

「ふうん――」彼女はそこで話題を変えた。「私に会えて嬉しい、ヘンリー？」

「もちろんさ」

「そうは見えないわ」

「嬉しいさ」

「あなたは私のことを、軽薄な浪費家だって思っているんでしょう。救いがたい最悪の浮かれ女だって」

ヘンリーは笑った。

「そんなこと思ってもいないよ。若いうちに楽しめるだけ楽しめばいいんだ。どうしてだい？　僕は堅苦しくて真面目一筋の政治青年に見えるかな？」

「そんなことないけど――」と言って彼女は口をつぐんだ。「――ただふとこう思ったのよ。今まで私が出ていたパーティーは、あなたの――あなたがたの目指しているものとはずいぶん遠いところにあったものなのだなあって。それはなんていうか、すごく不釣り合いなものに見える。私はパーティーで浮かれていて、そのあいだあなたたちは、ここでその手のパーティーを不可能にするであろうもののために、一生懸命働いている。もしあなたたちの思想がうまく機能すれば、ということだけど」

「僕は自分たちのやっていることをそんな風には考えないね。君はまだ若いし、自分が育てられた世界のあり方に沿って行動しているだけだ。何も悪くはない。楽しめばいいんだよ」

何気なく振られていた彼女の両脚は止まり、彼女の声は一段落ちた。

「兄さんがハリスバーグに戻って、そこで落ち着いて暮らしてくれればいいんだけど。ねえ、自分のやっていることが本当に正しいことだと思って――」

「君は美しいストッキングを履いているね」と彼は遮るように言った。「それはいったいどういうものなんだい？」

「刺繍入りなの」と彼女は答えて、脚に目をやった。「素敵でしょう？」、彼女はスカートを引っ張り上げて、ほっそりとした、絹に覆われたふくらはぎを露わにした。「それとも絹のストッキングなんて許し難いのかしら？」

彼はいくぶんむっとしたように、鋭い黒い目を彼女に向けた。

「僕が君のことを、何かにつけ批判的に見ているように思いたいのか？」

「そんなことないけど――」

彼女は口をつぐんだ。バーソロミューがうなり声を発した。振り向くと、彼が机を離れ、窓際に立っているのが見えた。

「どうしたんだ？」とヘンリーが鋭く尋ねた。

「群衆だ」とバーソロミューは言った。それからすぐに付け加えた。「すごくたくさんだ。六番街の方からやってくる」

「群衆」

太った男は窓ガラスに鼻を押し当てた。

「まずい。兵隊たちだ！」と彼は力を込めた声で言った。「あいつら、また戻ってくるんじゃないかと思っていたんだ」

イーディスは慌てて床に降りた。そして窓際にいるバーソロミューのそばに飛んでいった。

「すごい人数よ！」と彼女は興奮した声で言った。「こっちに来てよ、ヘンリー！」

ヘンリーはまびさしの位置を調節した。しかし席は立たなかった。

「俺たち、明かりを消した方がよかないかな？」とバーソロミューが意見を求めた。

「いや、そのうちにどこかに行ってしまうさ」

「そんなことない」とイーディスは窓の外をじっと見ながら言った。「立ち去ろうなんてことは考えてもいない。もっとたくさんの人があとからやってくる。ほら——あんなに多くの人が六番街の角を曲がってくる」

街灯の黄色い光と青い影の下で、歩道が人々に埋め尽くされているのを、イーディスは目にすることができた。おおかたは軍服を着ている。素面の人間もいるが、真剣に酔っぱらっているものもいる。そしてほとんどの連中が興奮して、意味の通らないことを口々に叫んでいる。

ヘンリーは立ち上がって窓際に行き、部屋の明かりを背景に、その細長いシルエットを浮かび上がらせた。すると途端に、叫び声は確かな怒号へと変わった。そして細かい飛び道具を使った、活発な一斉攻撃が始まった。嚙み煙草の端っこ、シガレットの箱、中には一セント硬貨まで混じっていた。それらがしばしばと窓を打った。折り曲げ式の扉が開かれると、群衆のどよめきが階段を上って聞こえてきた。

「やつら上にあがってくるぜ」とバーソロミューが叫んだ。

イーディスは不安そうにヘンリーを見た。

「連中はここまであがってくるわよ、ヘンリー」

階下の玄関ホールから聞こえてくる彼らの叫びは、今でははっきりと聞き取れた。

「――罰当たりの社会主義者め！」

「ドイツ贔屓野郎！　ボルシェヴィキかぶれ！」

「二階の表側だ。さあ行こうぜ」

「あいつらを痛い目に――」

そのあとの五分間はまるで夢を見ているみたいだった。イーディスは、人々の叫び声が三人の上に驟雨のように突然激しく降りかかったことを覚えている。階段をたくさんの足音がどやどやと上がってきたことを覚えている。ヘンリーが彼女の腕をつかんで編集室の奥の方に連れて行ったことを覚えている。それからドアが開き、男たちが後ろから押し出されるように部屋の中に入ってきた。彼らが群衆を先導したのではない。たまたま一番前にいた男たちだ。

「よう、アカ野郎！」

「ずいぶん遅くまでやってるじゃないか」

「女連れかよ、このやろう」

ひどく酔っぱらった二人の兵隊が前面に押し出されていることに彼女は気づいた。彼らはそこでふらふらとよろめいていた。ひとりは小柄で黒髪、もう一人は背が高くて、弱々しい顎をしていた。

ヘンリーは前に進み出て、片手を上げた。

「我が友よ！」と彼は言った。

怒声はその一瞬収まった。ぶつぶつつぶやく声が時折聞こえるだけだ。

「我が友よ！」と彼は繰り返した。遠くを見るような彼の目は、群衆の頭上に据えられていた。「君たちが今夜ここに押し入って、その結果傷つけられるのは、ほかならぬ君たち自身なのだ。我々が金持に見えるかね？　我々がドイツ人に見えるかね？　よく公正に考えてみてもらいたいのだが――」

「黙りやがれ！」

「いい加減なことを言うな」

「そこにいるご婦人のお友だちは誰なんだ？」

テーブルの上をひっかきまわしていた平服の男が、突然新聞を掲げた。

「これを見ろ！」と彼は叫んだ。「こいつらはドイツが戦争に勝つことを求めているんだ！」

新たな一群が階段からねじ込むように入ってきて、部屋は突然男たちでいっぱいになった。彼らは奥にいる青ざめた小さなグループをぐるりと取り囲んだ。弱々しい顎の長身の兵隊がまだ人々の先頭に立っているのを、イーディスは目にとめた。背の低い黒髪の男の姿は見えなくなっていた。

彼女はじりじりと僅かに後ろに下がり、開いた窓に近いところに立った。ひやりとした夜気が、清らかな息づかいのように中に入り込んできた。

それから部屋は暴動の場と化した。兵隊たちが突進してくるのを彼女は目にした。太った男が頭上で椅子を振り回しているのがちらりと見えた。その瞬間明かりが消え、粗い布地に包まれたいくつかの温かい身体が、自分を押すのを彼女は感じた。怒号や、ばたばたという足音や、荒々しい息づかいのほかには何も聞こえない。

人影がひとつどこからともなく彼女のわきにさっと現れ、つまずいたかと思うと、そのまま横向きによろけて、突然ふっと消えてしまった。なすすべもなく開いた窓から落ちたのだ。その怯えた短い悲鳴は喧噪に呑み込まれて、切れ切れにしか聞こえなかった。裏側を向けているビルからこぼれる光に照らされ、一瞬のことではあるが、落下したのが顎の弱々しい兵隊であることを、イーディスは見て取った。

驚くほどの怒りが彼女の中に込み上げてきた。彼女は闇雲に両腕を振って、騒ぎの中心とおぼしきところに後先も考えず割り込んでいった。うめき声やら、罵(ののし)りやら、拳を振う鈍い音が聞こえた。

「ヘンリー！」と彼女は声を限りに叫んだ。「ヘンリー！」

それからやや間があって突然、どうやら部屋の中に別の一群が入り込んでいるらしいことに彼女は気づいた。威嚇的で、命令的な太い声が響いた。騒動の中を黄色い光線が飛び交った。叫び声はまばらになった。つかみ合いはいったん激しくなったが、それからぱたりと止んだ。

唐突に明かりがつき、部屋の中に大勢の警官がいるのがわかった。彼らは手当たり次第に警棒をふるっていた。太い声が轟いた。

「やめろ！　やめろ！　やめんか！」

それから、

「静まれ！　ここから出ていけ！　やめんか！」

洗面台から水を抜くみたいに、部屋は突然からっぽになったようだった。抵抗する兵隊を部屋の隅でしっかりと押さえ込んでいた警官が、相手を解放し、ドアの方に押しやった。

太い声はなおも叫び続けていた。その声の主が戸口の近くに立った猪首の警部であることをイーディスは見て取った。

「よさんか！　馬鹿な真似はやめるんだ。お前らの仲間の兵隊が一人、押されて奥の窓から落ちて、死んでしまったぞ！」

「ヘンリー！」とイーディスは叫んだ。「ヘンリー！」

彼女は自分の前にいる男の背中を拳で思い切りどんどんと叩いた。二人の男たちのあいだをかき分けた。必死になって、悲鳴を上げながら、力ずくで前に進み、机の近くの床にへたり込んでいる、真っ青になった男のところに行った。

「ヘンリー！」と彼女は思いあまったように叫んだ。「いったいどうしたの？　何があったの？　怪我をさせられたの？」

彼は両目を閉じていた。うなり声を上げ、それから顔を上げて、吐き出すように言った。

「あいつら、俺の脚を折りやがった。まったく、馬鹿どもめが！」

「やめんか！」と警部は叫んでいた。「いいから、よさんか！」

IX

レストラン「チャイルズ」五十九丁目店のいつもの朝八時の風景は、他の姉妹店とさして変わりはない。せいぜい大理石のテーブルの幅や、フライパンの磨き具合がいくらか違っているくらいだ。眠たげな顔をした貧乏くさい人々が、自分の前に置かれた料理にまっすぐに目を向けようと努めている。まわりの貧乏くさい人々の姿を見たくないからだ。しかし「チャイルズ」五十九丁目店のその四時間前の光景ときたら、オレゴン州ポートランドからメイン州ポートランドに至る、全米を網羅する姉妹店とは似ても似つかぬものだった。その青白くも衛生的な壁に囲まれた店内は、コーラスガールたちや、大学生たちや、社交界入りしたばかりの良家の娘たちや、放蕩ものたちや、「街の女」たちが入り混じって、まことににぎやかにごった返していた。ブロードウェイの、あるいは更に言えば五番街の、いちばんうわついた部分を寄せ集めた見本帳だと言えなくもなさそうだ。

五月二日の早朝、店はいつになく満員だった。大理石張りのテーブルの上では、フラッパーたちが興奮した顔つきで前屈みになっていた。彼女たちの父親は、村をまるごとひとつ所有しているような人種だ。そういう娘たちがバックホイートのパンケーキやスクランブル・エッグをいかにもおいしそうに腹に詰め込んでいた。同じ場所で四時間後に同じことを繰り返せと言われても、それは無理だろう。

客のほとんどは「デルモニコ」の友愛会パーティーから流れてきた連中だ。唯一の例外はサイド・テーブルに座っているコーラスガールたちで、彼女たちは深夜のレビューが終わってやってきたのだが、化粧をもう少ししっかり落としておけばよかったと悔やんでいた。時折いかにも場違いな、ネズミを思わせる貧相な連中がやってきて、いったい何があったんだろうと首をひねり、くたびれた好奇の目でそこに舞う派手な蝶々たちをまじまじと眺めた。しかしその手のみすぼらしい連中はあくまで例外的な存在だった。それはなんといってもメイデーの翌日の朝であり、あたりにはまだ祝祭の雰囲気が漂っていた。

ガス・ローズの頭は、酔いは醒めたものの、まだいくぶんふらついていた。彼もまた「貧相な連中」の一人に分類されるべき人間だった。暴動のあと、四十四丁目から五十九丁目までどうやってたどり着けたのか、半分も思い出せなかった。キャロル・キイの遺体が救急車に運び込まれ、運びさられるのを彼は目にした。それからローズは二、三人の兵隊たちとともにアップタウンに向けて歩き始めた。四十四丁目と五十九丁目とのあいだのどこかで、ほかの兵隊たちは女たちと出会って、いずこともなく消えてしまった。ローズはそのままあてもなくコロンバス・サークルまで歩き、「チャイルズ」の明るい照明を目にし、そこでコーヒーとドーナッツを食べたいという欲求を満たすことにした。彼は店に入り、腰を下ろした。

陽気な、どうでもいいような会話と、ピッチの高い笑い声が彼のまわりを取り巻いていた。最初のうち何が持ち上がっているのか、さっぱりわけがわからなかった。しかし五分ばかりあっけにとられたあとで、これは何か盛大なパーティーのお流れなんだと気がついた。あちこちで、陽気な青年がせわしなく歩き回り、気さくに親密にテーブルからテーブルへと移っていた。誰彼となく握手をし、時折歩を止めてうわついたおしゃべりをしている。その一方で、興奮したウェイターたちはパンケーキや卵料理を高く掲げて運び、声にはならない罵声をその男に浴びせ、邪魔だと言わんばかりに体でぐいぐい押しのけていった。いちばん目立たず、いちばん混み合っていないテーブルについたローズの目には、そのような店内の光景は、美しさと底抜けの愉悦を詰め込んだカラフルなサーカスのように映った。

しばしの後、斜め向かいに座ったひと組の男女も、なかなかに興味深いカップルだということが、彼にもだんだんわかってきた。その二人は人々に背を向けるようにして座っていた。男は酔っぱらっていた。ディナー・ジャケットを着ていたが、ネクタイは乱れ、シャツはこぼれた水やらワインやらでぐずぐずになっていた。両目は濁って血走り、不自然に左右にさまよっている。そして唇のあいだからはあはあと短く息をしていた。

「ずいぶん派手に飲んだみたいだな」とローズは思った。

女の方は飲んでいないか、飲んだとしても僅かなものらしかった。なかなかの美人で、瞳は黒く、顔の血色はよかった。そして鷹を思わせるような怠りのない目を男に注いでいた。折に触れて男にもたれかかり、何ごとかを熱心にその耳に囁いていた。彼は頭をがっくりと傾けたり、とくに凄惨でおぞましいウィンクをすることで、それに応えていた。

ローズはしばらくのあいだ意味もなく、その二人を仔細に観察していた。しかし女が嫌な目でちらりと彼を見たので、視線を移動し、二人の若い男を眺めることにした。彼らはテーブルからテーブルへと長い周回を移動している男たちの中にあっても、とりわけ人目を惹く、陽気で元気の良い存在だった。驚いたことに、その一人は、「デルモニコ」で馬鹿丁寧に彼をもてなしてくれた青年だった。それで彼は、漠然とした感傷の念を持ってキイのことを思い出した。そこには畏怖も混じっていないではない。キイは死んでしまったのだ。三十五フィートばかりの高さから落ちて、その頭はココナッツのように割れてしまった。

「あいつは本当に良いやつだったよなあ」とローズは死者を悼んだ。「まったく良いやつだった。運が悪かったとしか言いようがない」

二人の陽気な巡回青年がやってきて、ローズのテーブルと隣のテーブルとのあいだを抜けていった。彼らは知り合いにも、赤の他人にも、等しく明るく気さくな挨拶をしていった。出っ歯気味の金髪の男がそこで突然歩を止めるのを、ローズは目にした。男はローズの向かいに座っている男女を定まらぬ目でじっと見据えた。それから何かを責めるように頭を左右に振った。

血走った目の男が顔を上げた。

「ゴーディー」と巡回する出っ歯の男は言った。「ゴーディー」

「やあ」とシャツを染みだらけにした男がだみ声で返事をした。

出っ歯男はカップルに向けて、暗い顔つきで指を振った。娘にちらりと向けた視線には高みから見下ろすような非難が込められていた。

「言っただろう、ゴーディー」

ゴードンは椅子の上で身をもじもじさせた。

「よしてくれ！」と彼は言った。

ディーンはそこに立ったまま、指を振り続けていた。それで女は頭に来たようだった。

「消えちゃってよ！」と彼女は声を荒らげて言った。「どっかに行きなさい、この酔っぱらいが！」

「こいつだって酔ってるじゃないか」とディーンは言った。そして指を振り続けながら、それをゴードンに向けた。

ピーター・ヒンメルが今は謹厳な顔となり、いかにも一家言ありという様子でぶらぶらとやってきた。

「さてさて」と彼は切り出した。子供同士のつまらない言い争いの仲裁の為に呼ばれてきたというような顔つきで。「いったい何が問題なんだね？」

「このお友だちをどこかに連れてってちょうだい」とジュエルは吐き捨てるように言った。

「お呼びじゃないんだから」

「なんだって？」

「聞こえたでしょう！」と彼女は声を荒らげた。「あんたのこの酔っぱらいの友だちをどっかに連れていってちょうだい」

彼女の甲高い声は店内の喧噪を貫くように大きく響き渡り、ウェイターが急いでやってきた。

「もう少し静かにしてもらえませんか」

「この人は酔っている！」と彼女は叫んだ。「それであたしたちにひどいことを言うのよ」

「言っただろうが、ゴーディー」とディーンは難詰を続けた。「だから言ったじゃないか」、彼はウェイターの方を向いた。「ゴーディーと僕とは友だちなんだ。それで僕はこの男を助けようとしていたんだ。そうだよな、ゴーディー」

ゴーディーは顔を上げた。

「僕を助けるだと？　冗談じゃない」

ジュエルは唐突に席を立ち、ゴードンの腕を摑んで立たせた。

「行きましょう、ゴーディー！」と彼女は彼の方にかがみ込み、半ば囁くように言った。

「こんなところは出ていきましょう。この人はあんたにいやらしく絡んでいるだけなんだから」

ゴードンはなされるがままに立ち上がり、戸口に向かった。ジュエルはちらりと後ろを振り返り、自分たちを退去させる原因となった相手を糾弾した。

「あんたのことはよく知っているよ」と彼女は吐き捨てるように言った。「友だちだって？まったくよく言うよ。あんたのことはこの人からさんざん聞かされたよ」

それから彼女はゴードンの腕をとり、一体何だろうという怪訝な顔をした人々のあいだを通り抜け、勘定を払い、外に出た。

「席に着いてくれませんか」と、二人が消えたあと、ウェイターがピーターに言った。

「なんだって？　座れって言うのか？」

「そうです。でなければ、出ていってください」

ピーターはディーンの方を見た。

「上等だ」と彼は言った。「このウェイターをひとつぶちのめそうじゃないか」

「よしきた」

二人はウェイターに向かっていった。二人の顔は真剣だった。ウェイターは思わず後ずさりした。

ピーターは出し抜けに手近なテーブルに置かれていた皿に手を伸ばし、そこに載っていた賽切りポテト（ハッシュ）をひとつかみ手に取り、空中に放り投げた。それはあたりの人々の頭上に、まるで雪のように不活発な放射線を描いて落ちてきた。

「おい、何をするんだ」

「こいつを放り出せ」

「座れよ、ピーター」

「馬鹿な真似はよせ」

ピーターは笑ってお辞儀をした。

「かくも盛大なる拍手をありがとうございました、紳士淑女の皆様。このあともいささかのハッシュとシルクハットのご提供を願えれば、さらに余興を続けることができるのでありますが」

店の用心棒らしき男が足早にやってきた。

「さあ、出ていってくれ」と男はピーターに言った。

「やだね！」

「こいつは僕の友だちなんだぞ」とディーンが憤慨した面持ちで割り込んできた。

ウェイターたちが集まってきた。「こいつを放り出せ！」

「行った方がいいぞ、ピーター」

短いもみ合いがあり、二人はじりじりと戸口の方に押されていった。

「帽子と上着を預けてあるんだ」とピーターは叫んだ。

「じゃあ取ってこい。でも時間はかけるなよ！」

用心棒は摑んでいたピーターの腕を放した。ピーターはいかにもわざとらしくきわめて狡猾なふりをして、向こうのテーブルに回り込んだ。そして嘲るように大笑いして、怒り狂っているウェイターたちに向かって指で鼻を持ち上げた。

「もうちっと時間をかけさせてもらうぜ」とピーターは宣言した。

追いかけっこが始まった。四人のウェイターが一方から追いかけ、あとの四人が反対側から回り込んだ。ディーンはそのうちの二人の上着を摑んだ。そしてピーターの追跡が再開される前に、別の取っ組み合いが始まった。砂糖壺といくつかのカップをひっくり返したあとで、とうとうピーターは押さえつけられた。そしてレジの前でまた新たな口論が始まった。ピーターはそこで、警官たちに投げつけるために、ハッシュをひと皿持ち帰りで買い求めようとしたのだ。

しかし彼の退場に伴う騒動は、新たに生じた現象によってすっかり影が薄くなってしまった。店内のすべての人々がはっと目を見開き、思わず「おおお」という長い溜息のようなものを洩らした。

店の正面の大きなガラス窓が、深いクリーミーな青に染まった。マックスフィールド・パリッシュ〔米国のイラストレーター。一八七〇—一九六六〕の描く月光の色だ。その青はまるでレストランの中に入り込もうとするかのように、窓ガラスにぴたりと身を寄せていた。コロンバス・サークルに夜明けが訪れたのだ。息もつけぬほど見事な、魔法のような夜明けだった。それは偉大なるクリストファー・コロンブス像のシルエットをくっきりと浮かび上がらせ、店内の電灯の薄れゆく黄色と混じり合い、得も言われぬ神秘的な色合いをつくりだした。

X

「ミスタ・イン」と「ミスタ・アウト」は人口調査の対象には含まれていない。名士録にも載っていないし、出生、結婚、死亡記録もないし、食料品店の顧客帳にもその名を見出すことはできない。忘却が彼らをすっぽりと呑み込んでしまったし、彼らが実在したという証言もあやふやで、信憑性のないものになってしまっている。そんなものが法廷で採用される見込みはない。しかし私はここできわめて確実な筋から「ミスタ・イン」と「ミスタ・アウト」が短い期間であったとはいえ、実際に生命を有し、呼吸をし、名前を呼ばれれば返事をし、それぞれに鮮やかな個性を備えていたと聞いている。

その短い生涯を通じて、二人は生来相応しい衣に身を包み、偉大なる国の偉大なる街路を歩んだ。人々に笑われ、罵られ、追いかけられ、また避けられた。その後二人はいずこへともなく去ってしまい、以来行方は杳として知れない。

五月の夜明けのまだ微かな煌めきの中、屋根を開けたタクシーに乗って、ブロードウェイを颯爽と運ばれていくときから、この二人組は既におぼろげにではあるが、形成されつつあった。このタクシーの客席には「ミスタ・イン」と「ミスタ・アウト」の原型が座り、コロンバス・サークルの彫像の背後の空をあっという間に染めた青色について賛嘆の念を持って語り合い、早起きの人々が、老けてげっそりとした顔をして、まるで灰色の湖面を風に吹かれていく紙切れみたいに、生気なく通りを歩いていく様を、困惑した面持ちで語り合っていた。二人はあらゆることで偶々まで意見が合致した。「チャイルズ」の用心棒の愚かしさから、人生という営みの愚かしさに至るまで。朝が自分たちの輝ける魂に呼び覚ました見事なまでに感傷的な幸福感のせいで、二人の頭はくらくらしていた。まったくの話、彼らのそのとき感じていた生きることの愉悦は、あまりにも新鮮で強烈なものだったので、二人はそれを盛大な雄叫びというかたちで発露しないわけにはいかなかった。

「いやっほうほう！」、ピーターは手でメガフォンをつくってそう叫んだ。ディーンもそれに参加した。彼の雄叫びも同じくらい見事で象徴的ではあったが、言葉があまり明瞭ではないというまさにそれ故に、そこには豊かな共鳴が生まれた。

「いやほう。やああ。やっほう。ようううう！」

五十三丁目は黒髪をボブ・カットにした美人がてっぺんに乗ったバスだった。五十二丁目はあわてて飛び退き、「おい、ちゃんと前を見て運転しろや！」と怒鳴る清掃人だった。それは痛々しく恨みがましい声だった。五十丁目ではとても白い建物の前のとても白い歩道に立っていた一団の男たちが、振り返って二人をまじまじと眺め、叫んだ。

「やあ、ずいぶん派手にやったみたいだな！」

四十九丁目ではピーターはディーンの方を向いた。「美しい朝じゃないか」と彼はフクロウのような目を細めながら、重々しく言った。

「そのようだね」

「どっかで朝飯でも食べないか？」

ディーンは同意した。そしてそれに付け加えた。

「朝飯にプラス、酒だ」

「朝飯にプラス、酒」とピーターは繰り返した。それから二人は顔を見合わせ、肯き合った。「きわめて論理的だ」

それから二人は大笑いした。

「朝飯にプラス、酒。まったくなあ！」

「そういうのって無理かもな」とピーターが言った。

「出してくれないっていうのか。大丈夫さ。無理にでも出させてやる。押し通せばいいんだ」

「論理を貫けばいいんだ」

タクシーは唐突にブロードウェイを離れ、横の通り（ストリート）をするすると進んで五番街の、墓標のようにそびえるどっしりとしたビルの前に停車した。

「何のつもりだ？」

ここが「デルモニコ」ですぜ、とタクシーの運転手は二人に告げた。

まったく要領を得ない話だった。数分のあいだ二人は、これはいったいどういうことだろうと、深く考え込まなくてはならなかった。もしそこに行くように運転手に命じたのであれば、それには何かしらの理由があったはずなのだ。

「あの、コートがどうたら言ってましたけどね」と運転手が示唆した。

そうだ、それだ。ピーターのオーバーコートと帽子。彼はそれらを「デルモニコ」に置いてきてしまったのだ。いちおうわけがわかると、二人はタクシーを降り、腕を組んで建物の入口に向けて悠々と歩いていった。

「ちょっと！」とタクシーの運転手が言った。

「なんだい？」

「料金をまだもらってないですけど」

二人はそんなひどいことを言われるなんてという顔で、首を振った。

「あとで払う。今じゃなく。だからここで待つように」

それはだめだ。今すぐここで料金を払ってもらいたいと運転手は言った。とてつもない自己制御力を発揮している男たちが見せる、まったくしかたないなという偉そうな態度で、二人は運転手に料金を支払った。

中に入ると、ピーターは薄暗く人気のない一時預かり所(チェッククルーム)で、自分のコートと山高帽(ダービー)を手探りで探したが、どうしても見つからなかった。

「どうやらないみたいだ。盗まれたのかもしれない」

「どうせシェフィールド校のやつらの仕業だろう」

「そうに決まっている」

「気にするな」とディーンは気高く言った。「僕のコートと帽子を置いていこう。そうすれば僕らは同じような身なりをしていることになる」

彼はオーバーコートと帽子を取り、それを掛けた。彼はきょろきょろとあたりを眺め回していたのだが、そのときに何かが目にとまった。それは彼の注意を強く惹きつけた。大きな四角形の厚紙でできた札が、コートルームの二つのドアに鋲でとりつけられていた。左手のドアのそれには大きな黒い字で「入口(イン)」と書かれ、右手のドアのそれには同じくらい目にも鮮やかに「出口(アウト)」と書かれていた。

「見ろよ!」と彼は得意そうに叫んだ。

ピーターの目は彼が指さす方を見た。

「なんだよ?」

「あの札を見ろよ。いただいていこうぜ」

「いいねえ」

「見るからに貴重な珍しい札だ。何かと役に立つぞ」

ピーターは左のドアの札を外し、洋服の中にそれをなんとか隠そうとした。しかしかなり大きな札だったから、そう簡単にはいかなかった。そのときアイデアがはっと彼の頭に浮かんだ。彼はいかにももったいをつけた謎めいた素振りで、背中を向けた。それからひとつ間を置いて、劇的にくるりと身を翻して前を向き、両腕を大きく外に広げてその出来映えを示し、ディーンを感服させた。彼はその札をヴェストの中に突っ込んでいた。それは彼のシャツのフロントにぴったりと収まっていた。その結果「イン」という単語が大きな黒い文字でシャツに描かれたような格好になった。

「すごいぞ!」とディーンが歓声を発した。「ミスタ・インだ」

彼も同じようにその札を突っ込んだ。

「ミスタ・アウト!」と彼はいかにも誇らしげに表明した。「ミスタ・イン、こちらはミスタ・アウトであります」

二人は前に進み出て握手を交わした。それからまた二人は笑い転げ、こんなに愉しいことはあるものかと、まるで発作に襲われたみたいに身体を前後に揺すり、腹を抱えた。

「やっほー！」

「たっぷりと朝飯を食べようじゃないか」

「よし、そうだな――コモドア・ホテルに行こう」

二人は腕を組んで颯爽と表に出て、四十四丁目通りを東に折れ、コモドア・ホテルへと向かった。

二人が外に出たところで、一人の背の低い黒髪の兵隊がいた。彼はとても青白い疲れた顔をして、あてもなく歩道を歩いていたのだが、振り返って彼らの顔を見た。

彼は挨拶をしようかという格好で二人の方に寄っていったのだが、すぐに「お前のことなんか知らない」という厳しい視線を向けられたので、二人がおぼつかない足取りで通りを歩いて行ってしまうのを待った。それから四十歩ばかり距離を置いて、くすくす笑いをしながら、そのあとをついていった。「たまらんなあ！」と彼は小声で何度も繰り返した。そこには喜ばしげな、何かを期待するような響きがあった。

ミスタ・インとミスタ・アウトはそのあいだ、これからの計画について愉しい意見を交わしていた。

つは切り離せないぞ」

「我々は両方を求めているぞ！」

「両方だぞ！」

あたりはもうすっかり明るくなっていて、通りを行く人々は二人に好奇の目を向けていた。どうやらその二人は、それぞれをきわめて愉快な気持ちにさせてくれるような類の、何かの話し合いに没頭しているようだった。というのは時折彼らは、激しい発作のような暴力的なまでの笑いにとらわれ、組んだ腕を離すこともせず、身体をほとんど二つに折ってもだえていたからだ。

コモドア・ホテルに着くと、二人は眠そうな目をしたドアマンを相手に、気の利いた警句をいくつか交換し、いささかの苦労と共に回転ドアを抜けた。ロビーの客はまばらだったが、それでも驚きの視線を浴びながら、そこを抜けて二人はダイニング・ルームに向かった。ダイニング・ルームでは困惑したウェイターが、二人をあまり目立たない隅っこのテーブルに案内した。二人はわけがわからんという顔でメニューを眺めた。当惑したようなもそもそした声で、お互いに向かって品目を読み上げた。

「ここには酒のさの字も見当たらないじゃないか」とピーターが非難するように言った。

ウェイターの声は耳に届いたが、意味はよくわからなかった。

「もう一度言うぞ」とピーターはやれやれまったくという顔つきで言った。「いかなる理由によるものか、まことにけしからんことには、このメニューには酒類が掲載されておらんじゃないか」

「いいから！」とディーンが自信たっぷりに言った。「いいから俺にまかせろ」。彼はウェイターを見た。「ええと――そうだな――」、彼は熱心にメニューを睨んだ。「シャンパンのクォート瓶と、それから、えーと、そうだな、ハム・サンドイッチをもらおうかな」

ウェイターはどうしたものかという顔をした。

「いいから持ってこい！」、ミスタ・インとミスタ・アウトは声を合わせてそう叫んだ。ウェイターはこほんと咳をして消えた。注文したものが運ばれてくるまでに少し時間がかかった。本人たちは気づかなかったけれど、二人はそのあいだに給仕頭の用心深い精査を受けなくてはならなかったのだ。ようやくシャンパンが運ばれてきた。それを見てミスタ・インとミスタ・アウトは歓声を上げた。

「我々が朝食にシャンパンを飲むことに、やつらが反対するなんてところを想像してみてくれ。想像してもみろよ」

二人はその恐るべき可能性のもたらす情景について熱心に語り合った。しかしそれは二人の手には余る行為だった。それぞれの手持ちの想像力をかき集め、寄せ合っても、人が朝食にシャンパンを飲むことに異議を唱えるような輩(やから)のいる世界を、彼らはどうしても思い描くことができなかったからだ。ウェイターがひどく大きなぽんという音を立ててコルクを抜いた。そして二人のグラスはすぐに淡い黄色の泡で満たされた。

「君の健康に、ミスタ・イン」

「君の健康に、ミスタ・アウト」

ウェイターが引き下がった。何分かが経過した。瓶の中のシャンパンが減ってきた。

「なんというか――小癪（こしゃく）であるな」と突然ディーンが言い出した。

「何が小癪なんだ？」

「我々が朝食にシャンパンを飲もうとすることに対して、異議を唱えるような輩のことだ」

「小癪である」、ピーターはそれについて考えた。「そうだ。そいつは実に言い得て妙だ。小癪きわまりないぞ」

それから二人はまた笑い転げた。大いに咆哮（ほうこう）し、身を震わせ、椅子の上で前後に大きく身体を揺すり、互いに向かって「小癪である」という言葉を何度も繰り返し口にした。繰り返せば繰り返すほど、その言葉は滑稽さの度合いを更に高めていくようだった。

そのあとの数分をさんざん愉しい心持ちで過ごしたあと、二人はあと一本クォート瓶を注文することにした。二人の担当ウェイターは心配になって、上司に伺いを立てた。そしてこの慎重な人物は、もうこれ以上シャンパンを出してはならないという遠まわしなお達しを出した。二人の勘定書が運ばれてきた。

五分後に二人は腕を組んでコモドア・ホテルから出てきた。そして二人は人々の好奇の視線を浴びながら、四十二丁目を歩んだ。ヴァンダービルト通りからビルトモア・ホテルへと向かった。そこで二人は突然狡猾さを発揮し、足早に、不自然なくらい身体を直立させてロビーを横切った。

いったんダイニング・ルームに入ると、彼らは先刻と同じ行動を繰り返した。二人は周期的に訪れる発作的な笑いと、政治や大学や、お互いの上機嫌さについての脈絡のない断続的な論議とのあいだを、行ったり来たりした。二人の持っている時計は、時刻が九時になっていることを告げていた。今自分たちは記念すべき饗宴を張っているのだという漠然とした考えが、彼らの頭に浮かんだ。これはこの先、ことあるごとに思い出すであろう大事な意味合いを持つ何かなのだ。彼らは二本目のシャンパンに取りかかっていた。どちらかが「小癪である」という言葉を口にするだけでよかった。そうすれば二人して息がつけないほど笑い転げることができた。食堂は今や音を立てながら変化を遂げつつあった。ちょっと不思議な軽やかさが、重い空気に浸み込み、それを希薄なものにしていた。

二人は勘定を払い、ロビーに出ていった。

そのときにちょうど玄関の扉がその朝千回目の回転を行い、ひどく青白い顔をした美しい娘をロビーに運び入れた。彼女の両目の下には黒いくまができて、身にまとっているイブニング・ドレスはくしゃくしゃになっていた。彼女に付き添っているのは見栄えのよくない、がっしりした大柄の男だった。彼女のエスコートとして相応しい相手とは見えない。

階段を上がったところで、このカップルはミスタ・インとミスタ・アウトと鉢合わせした。

「イーディス」とミスタ・インが切り出した。そして堂々と彼女の前に進み出て、優雅にかがんでお辞儀をした。「ダーリン、おはよう」

大柄な男は眉をひそめてイーディスを見た。こんなやつ今すぐどっかに放り出してかまわないか、と許可を求めるように。

「無遠慮のほどはお許しを」とピーターは思い直したように付け加えた。「イーディス、おはよう」

彼はディーンの肘をとって、彼を前の方に突き出した。

「ミスタ・アウトを紹介しよう。僕のいちばんのしんゆうなんだ。僕ら二人を分かつことはできない。ミスタ・インとミスタ・アウトだ」

ミスタ・アウトは前に進み出て、お辞儀をした。実際のところ、彼はいささか前に進み出すぎて、いささか深くお辞儀をしすぎたので、前に少しつんのめり、イーディスの肩に片手を置くことで、なんとか身体のバランスを保つことができた。

「僕がミスタ・アウトだ、イーディス」と彼は愉しげにろれつのまわらない舌で言った。

「俺たちミスタいんミスタあうと」とピーターが得意そうに言った。

しかしイーディスの視線は彼らの脇を素通りして、まっすぐ前方に向けられていた。彼女の目は上にある廊下の何かの一点をじっと見つめていた。彼女がそのたくましい男に微かに肯くと、彼は牡牛のように前に進み出て、いかつい動作でミスタ・インとミスタ・アウトを手際よくぐいと左右に押しのけた。この開けた小径を彼とイーディスは歩いて抜けた。

しかし十歩ばかり進んだところでイーディスは再び歩を止めた。そこに立ち止まり、背の低い黒髪の兵隊を指さした。彼はそこにある人混み全体を眺めていた。中でもとりわけミスタ・インとミスタ・アウトの奇想天外な姿に、ある種の畏敬の念に打たれたように、戸惑ったように、彼はじっと見とれていた。

「あそこよ！」とイーディスは叫んだ。「あそこを見て！」

彼女の声は高まり、金切り声に近いものになった。男を指し示す彼女の指は微かに震えていた。

「あの兵隊が兄さんの脚を折ったのよ！」

一ダースばかりの叫びが起こった。モーニングを着た一人の男がデスクのそばを離れ、油断怠りなくそちらに向かった。大柄な男はその背の低い黒髪の兵隊の方に、電光石火のごとく飛びかかっていった。ロビーの人々がその小さなグループを取り囲み、ミスタ・インとミスタ・アウトの視線を遮ってしまった。

しかしミスタ・インとミスタ・アウトにしてみれば、その出来事は音を立ててぐるぐると回転する世界の、まだらに混じった虹色の、ただの一コマに過ぎなかった。彼らは大きな声を聞いた。大柄な男がさっと飛び出すのを見た。そこで画像は突然ぼやけた。

それから二人は上に向かうエレベーターに乗った。

「何階でしょうか？」とエレベーターの運転手が尋ねた。

「何階でもいい」とミスタ・インが言った。

「最上階」とミスタ・アウトが言った。

「ここが最上階です」と運転手が言った。

「もう一階付け加えろ」とミスタ・アウトが言った。

「もっと高く」とミスタ・インが言った。

「天上まで」とミスタ・アウトが言った。

XI

六番街を少し外れたところにある小さなホテルの一室で、ゴードン・スタレットは日覚めた。頭の後ろに痛みがあり、全身の血管が嫌な感じでとくとくと疼いた。彼は部屋の隅々にあるどんよりとした灰色の影に目をやった。角に置かれた大きな革の椅子のすりむけた部分を眺めた。椅子はそこで長いお勤めをしてきたようだった。だらしなく乱れた服、床の上で丸まっている服を彼は目にした。煙草の匂いと、酒の匂いがむっと鼻をついた。窓はぴたりと閉まっていた。外に満ちた明るい陽光は、細かい埃のたっぷり混じった光線を窓の下枠越しに投げかけていた。その光線は彼の寝ている幅広の木製ベッドの枕板によって遮られていた。彼はとても静かにそこに横になっていた。昏睡状態のような、薬漬けのような様子で、目は大きく見開かれていた。頭はまるでオイルの切れた機械のようにかちゃかちゃとうるさい音を立てていた。

すぐそばに生命の気配があることを感じたのは、埃を含んだ陽光を認め、大きな革製の椅子のほつれを目にした三十秒ばかりあとのことだったろう。そして自分がジュエル・ハドソンと取り返しのつかない結婚をしてしまったことに思い当たったのは、更にその三十秒あとのことだった。

彼は三十分後にそこを出て、スポーツ用品店で回転拳銃を買い求めた。それからタクシーを拾って、東二十七丁目通りにある自分の部屋に戻った。そして画材を並べたテーブルに前屈みになり、自分の頭の、こめかみの少し後ろに弾丸を撃ち込んだ。

クレイジー・サンデー

Crazy Sunday

I

日曜日だ。日曜日――それは一日というよりはむしろ、二つの違う日にちに挟まれた隙間みたいなものだ。すべての人の背後には、セットと撮影場面があり、マイクロフォンを動かすクレーンの下での待ち時間があり、郡(カウンティー)の端から端まで車で一日百マイルを走りまわる日々があり、会議場でライバルとしのぎを削る独創性の争いがあり、尽きることなき妥協の連続があり、命がけで戦う多くの個性の衝突と緊張がある。しかし今は日曜日、一人の人間としての生活がよみがえり、前日の午後には単調さのために生気を失っていた瞳が、ようやく明るく燃え上がる。時間が過ぎるにつれて、彼らは玩具店の自動人形よろしく次第に目覚めてくる。隅の方で何ごとかが熱く話し合われ、恋人たちは廊下でネッキングしようと姿を消す。「急いで。まだ遅すぎはしない。でも四十時間の祝福された気ままな休みが終わってしまう前に、急いで」、そんな気配がそこには漂っている。

ジョエル・コールズは映画の脚本を書いていた。二十八歳で、まだハリウッドに押しつぶされてはいない。六ヵ月前にここに来てからずっと、まずは実のある仕事を与えられ、いろんな場面や情景を熱意を込めてせっせと書き上げてきた。自分のことを謙虚に「売文屋」と呼んできたが、本心からそう思っているわけではない。母親は成功した映画女優だったし、ジョエルは少年時代をロンドンとニューヨークを行き来しながら過ごし、リアルなものと非リアルなものを見分けるべく、あるいは少なくともどちらか見当くらいはつけられるようになるべく努めてきた。雌牛を思わせる、感じのいい茶色の目を持ったハンサムな青年だったが、それとうり二つの一対の目が、一九一三年には母親の顔からブロードウェイの観客を見渡していたものだ。

その招待状を受け取ったとき、自分はモノになりつつあるという彼の思いは裏付けられた。通常、日曜日には外出をしない。酒も口にせず、家に持ち帰った仕事をせっせと片付けていた。少し前に彼はユージン・オニールの戯曲を渡されており、それはあるとても重要な女優のための仕事だった。彼がそれまでに為し遂げた仕事はマイルズ・カルマンを喜ばせていたし、そしてマイルズ・カルマンは撮影所にあって、上からの制約なしに自由に仕事ができる唯一の監督だった。彼が責任を負うのはただ出資者に対してだけだ。ジョエルのキャリアに関してはすべてがとんとん拍子に進んでいた（こちらはミスタ・カルマンの秘書ですが、日曜日の四時から六時のあいだに、お茶の会にいらしていただけますでしょうか？　彼の自宅はベヴァリーヒルズの――）。

ジョエルはすっかり嬉しくなった。それはとびきり重要な人たちが集まるパーティーに違いない。そして自分は将来有望な青年として評価されているのだ。マリオン・デイヴィス〔映画女優。一八九七‐一九六一。メディア王ランドルフ・ハーストの愛人として知られる〕の取り巻き、お洒落で洗練された連中、札びらを切る大金持ち、ディートリヒやガルボだって、あるいはかの侯爵夫人だってそこに顔を見せるかもしれない。そんじょそこらではお目にかかれないような面々が、おそらくカルマンの家に参集するだろう。

「酒はいっさい飲まないようにしよう」と彼は自分に言い聞かせた。カルマンは飲んだくれにはうんざりだと公言しており、この業界が酔っ払いたちを抜きにしてはやっていけないことを嘆かわしく思っている、という話だった。

作家たちが酒を飲み過ぎるということに関しては、ジョエルも実に同意見だったが、彼自身もそのうちの一人だった。しかしその午後には酒には手を触れないようにしなくては。カクテルが差し出され、彼がそれに対して控えめに、しかしきっぱりと「いや、けっこうだ」と断る声を、マイルズが近くにいて耳にしていてくれればいいのだが。

マイルズ・カルマンの屋敷は、感興の大いに盛り上がる瞬間のために作られていた。その建物には静かに耳を澄ませているような趣があった。まるで広い眺望の奥なる沈黙の中に、聴衆がじっと身を潜めているみたいに。しかしその午後、屋敷はまさにすし詰め状態になっており、人々は招待されたというよりはむしろ召集を受けたみたいに見えた。その人混みを見渡して、自分の他に撮影所の作家は二人しか招かれていないことを知り、ジョエルは誇らしい気持ちになった。貴族の称号を持っている英国人と、そして（いささか驚いたことに）ナット・キーオだ。このキーオこそが、酔っ払いについてのカルマンの批判を引き出した張本人だったのだが。

ステラ・カルマン（もちろんかのステラ・ウォーカーだ）はジョエルと言葉を交わした後、すぐには次の客に移らなかった。彼女はその場にしばし留まり、美しい顔で彼をまっすぐ見つめ、何かしら素敵なひとことを求めているようだった。ジョエルはそこですかさず、母親から引き継いだ演技力をいかんなく発揮した。

「ああ、あなたはまるで十六歳くらいに見えますね！　あなたの子供用自動車はどこに置いてあるんですか？」

彼女は見るからにそれを喜んだようで、なおも立ち去らなかった。更に何かつけ加えた方がいいなと彼は思った。自信に満ちて、かつ気楽なひとことを。彼が彼女に初めて会ったのはニューヨークで、彼女はその頃は端役を求めて苦闘していた。ちょうどそのときにトレイが運ばれてきて、ステラはカクテル・グラスを彼の手に押しつけた。

「みんなが恐れている。そうじゃありませんか？」と彼はぼんやりとした目でグラスを見ながら言った。「誰もが他人の失敗を待ち受けている。あるいは自分のためになりそうな人々と一緒にいようと気を配っている。もちろんお宅に集まっているような人々は別ですが」と彼は慌てて言い添えた。「ハリウッドでの一般的な話です」

ステラはそれに同意した。彼女はジョエルを何人かの人々に紹介した。彼がとても重要な人物でもあるかのように。マイルズが部屋の離れたところにいることを確認してから、ジョエルはカクテルに口をつけた。

「それで、あなたには赤ん坊が一人いるんですね？」と彼は言った。「じゃあ注意が必要な時期ですね。美しい女性は最初の出産のあとにとてもあやうくなります。というのは、自分自身の魅力を再確認してほしいと望むからです。そして自分は何ひとつ失っていないと証明するために、新しい男性の絶対的な献身を手にしなくてはなりません」

「誰かの絶対的な献身を手にしたことなんて、一度もなくてよ」とステラはどちらかというと恨みがましく言った。

「みんな、あなたのご主人を恐れているんです」

「それだけだって、あなたは思うわけ？」、それについて考えながら、彼女はぎゅっと眉を寄せた。ジョエルにとって願ってもないタイミングで、そこで会話に邪魔が入った。

彼女が自分に注意を払ってくれたことで、彼の中に自信が生まれた。無難なグループに加わったり、部屋のあちらこちらで見かけた顔見知りの庇護のもとにこそこそと逃げ込んだりすることもない。彼は窓際に歩いて行って、太平洋を眺めた。沈みゆく鈍い太陽の下で、海は色を失って見えた。ここにいるのは素晴らしいことだ――このアメリカのリヴィエラに。もしそれを楽しむだけの余裕があればだが。身なりの良いハンサムな男性たち、きれいな娘たち――そう、なんといってもきれいな娘たち。人間、何もかもを手に入れることはできない。

彼はステラの生き生きとしたボーイッシュな顔が（片方の瞼がいつもくたびれて、目の上に少し落ちかかっているように見える）、客たちのあいだを動き回っているのを目にし、彼女のそばに座ってじっくりと話し合いたいものだと思った。有名人であることなんて関係なく、当たり前の一人の娘として。彼はステラの姿を目で追って、自分に対して払ったのと同じくらいの関心を、他の客にも払っているのかどうかを探った。そしてカクテルのお代わりを手に取った。自信を必要としていたからではなく、彼女がたっぷりと自信を与えてくれたからだった。それから彼は監督の母親のそばに腰を下ろした。

「あなたの息子さんは伝説的存在になられました、ミセス・カルマン。神から託宣を受けた人のように。個人的には僕は彼と対立する立場にいますが、僕はあくまで少数派です。あなたは息子さんのことをどのようにお考えになりますか？　彼に感心なさいますか？こんなに出世するなんてまさに驚きだとか？」

「いいえ、驚きはしません」と彼女は静かな口調で言った。「私たちはマイルズがゆくゆく大物になるだろうといつも思っていましたから」

「ほほう、そうですか。それはなんだか意外なことですね」とジョエルは意見を述べた。

「世の中の母親というのは、みんなナポレオンの母親みたいなものなのだろうと、僕は常々思っていたんです。僕の母親は僕が娯楽産業と関わることを望んでいませんでした。彼女は僕に陸軍士官学校に入って、着実な人生を歩んでもらいたがっていました」

「私たちはマイルズに全幅の信頼を置いていました」……

彼は、気の良い高給取りの、そして大酒飲みのナット・キーオと共に、ダイニング・ルームの作り付けのバーの脇に立っていた。

「――おれは一年に十万ドル稼いだんだが、賭け事で四万ほどすっちゃってね、それで今ではマネージャーを雇っている」

「エージェントでしょう」

「違う。エージェントも別にいるが、雇ったのはマネージャーだ。稼いだ金はそっくり女房に渡す。女房とマネージャーががっちりそれを握り、おれは二人から小遣いをもらう。つまり自分の金を自分に渡してもらうために、やつに年間五千ドルの給与を支払っているわけさ」

「エージェントにじゃなくて？」

「いや、おれはマネージャーの話をしているんだ。そしてそういうことをしているのは何もおれだけじゃない。他にもたくさんのいい加減な連中がそいつを雇っている」

「でもしあなたがそんなに無責任なら、どうしてマネージャーを雇うほどの責任感を持ち合わせているんですか？」

「おれがいい加減なのは賭け事に関してだけなのさ。いいかい――」

一人の歌手が歌い出した。ジョエルとナットはその歌を聴こうと、他のみんなと一緒に前に出て行った。

II

その歌声はジョエルの耳にはぼんやりとしか届かなかった。彼はそこにいるすべての人々に対して、幸福で友好的な気持ちを抱いた。勇猛にして勤勉な人々だ。この十年間というもの娯楽の慰めのみを求めてきた国家にあって、比類なく高い地位にまで上り詰めた人々である。有産階級の人々ほど無知でもなく、生活ぶりも乱れてはいない。彼はそのような人々に好意を――いや、愛をさえ抱いた。温かい感情の大波が彼の体内を流れた。

歌手が曲を歌い終えると、人々は列をなして女主人（ホステス）に別れの挨拶をした。ジョエルの頭にひとつの考えが浮かんだ。ここでみんなに彼自身が創作した『肉付けする』という寸劇を披露するのだ。それは彼にとっての唯一のパーティー芸だった。それはこれまでにも何度か試して好評だったし、ステラ・ウォーカーも喜んでくれるかもしれない。その見込みで頭がいっぱいになり、自己顕示欲の深紅の血球で血を脈打たせながら、彼は彼女の姿を探した。

「もちろんよ」と彼女は叫んだ。「どうかお願い！　何か必要なものはある？」

「僕が口述する相手の秘書役が一人必要になるけれど」

「私がやるわ」

その話が広まると、玄関で既にコートを着て帰り支度をしていた人々も中に戻ってきて、ジョエルはたくさんの見知らぬ人々の目と向きあうことになった。彼は自分の前に芸を見せたのが有名なラジオの芸人であることを知って、微かな不安を感じた。それから誰かが「しっ」と言って、インディアンの包囲を思わせる不穏な半円形の真ん中に、彼はステラと二人だけで残された。ステラは期待を込めた微笑を浮かべて彼を見上げた。ジョエルは始めた。

彼の演し物は、独立プロデューサーであるデイヴ・シルヴァースタイン氏の教養の限界を描いた笑劇だった。シルヴァースタインは自分が購入したあるシナリオの概略を述べる書簡を口述している――そういう設定だ。

「――離婚の物語。若いジェネレーターたち〔本人は「世代」のつもりで言っているが、ジェネレーターは発電機のこと〕と外人部隊」、彼はそう語る自分の声を耳にした。イントネーションはシルヴァースタイン氏のものだ。

「しかし我々はそいつを肉付けしていかなくてはならない。わかるね？」

疑念の鋭い痛みが彼を刺し貫いた。象（かたど）られた穏やかな光に照らされたまわりの人々の顔は、集中して好奇心に駆られてはいたが、そこには笑みの影は微塵も見受けられなかった。彼のすぐ正面には銀幕の「偉大な恋人」がいて、ジャガイモの芽のような鋭い目で、彼のことをじっと見据えていた。ただステラ・ウォーカーだけが、揺るぎのない明るい微笑みを顔に浮かべ、彼を見上げていた。

「もし彼をアドルフ・マンジュー風にすれば、ホノルルの風味を加えたマイケル・アーレンみたいなのができあがる」

正面の人々には相変わらずまったく動きはなかった。しかし後ろ側ではさわさわという音が聞こえ、左方向への、ドアのある方への移動が僅（わず）かに感知できた。

「――それから彼女は言う。自分は彼にセックス・アッピルを感じると。それから彼は精根尽きて言う。『ああ、そうやって自分を駄目にするがいい――』」

ある時点で彼は、ナット・キーオがクスクス笑いする声を耳にした。そして自分を励ますようないくつかの顔も目にした。しかしすべて演じ終えたとき、映画界の重要人物たちが居並ぶ前で、自分は実に愚かしい真似を演じてしまったのだと彼は悟った。そして暗（あん）澹（たん）たる気持ちになった。自分のキャリアの浮沈なんて、彼らの胸三寸で決まるというのに。

しばらくのあいだ彼は困惑した沈黙のまっただ中にいた。そしてその沈黙はぞろぞろと出口に向かう人々の移動の音によって破られた。彼は囁き話の底を貫いて流れる嘲りの笑いを感じた。それから——それはすべて十秒ほどの間に起こったことだが——「偉大な恋人」が、針の穴のような硬く空疎な目で彼を見据えながら、「ブー！　ブー！」と大声で野次っていた。その声に込められた響きは、場の人々の気持ちを代弁しているように彼には感じられた。そこにあるのはプロがアマチュアに対して抱く、そしてコミュニティーがよそ者に対して抱く嫌悪の情であり、おまえのことなど認めないぞという一族の意思表示だった。

ステラ・ウォーカーだけが彼の隣に立って、まるでその演し物が比類なき成功を収めたかのように、彼に礼を言った。その芸がみんなに受けなかったなんて、まったく思いも寄らないという風に。ナット・キーオがコートを着せかけてくれたとき、自己嫌悪の大きな波がどっと彼に押し寄せた。そして彼は自らのルールにしっかりしがみついていた。それがもう感知できなくなるまで、貶(おとし)められた感情を決して表には示さないというルールに。

「もうひとつ受けがよくなかったみたいですね」と彼は軽い口調でステラに言った。「仕方ない。受けるときもあるのですが。手伝ってくれてありがとう」

微笑みは彼女の顔を去らなかった。彼は酔った風にぎこちなく一礼し、ナットが彼を出ロの方に連れて行った……。

朝食が運ばれてきて、彼は目を覚ました。そこには打ち砕かれ破壊された世界があった。昨日までの彼はまともだった。これから業界に攻め込んでやろうと意気軒昂だった。でも今日の彼は、自分が圧倒的に不利な状況に追い込まれ、あれらの顔や、一人ひとりの侮りや、集団の冷笑と向き合わされているみたいに感じた。そして何よりまずいのは、マイルズ・カルマンの目に、彼がそのへんの酔っ払いの一人として映ったであろうことだった。その情けない姿を目にして、カルマンは彼を雇ったことを後悔しているに違いない。ステラ・ウォーカーに対しては、そのホステスとしての好意に甘えて、彼女を無理矢理みっともない立場に置いてしまったと、彼は悔やんだ。彼女がそれについてどう思っているか、想像する気にもなれない。胃液が止まってしまったので、ポーチドエッグは電話テーブルの上に戻した。そして手紙を書いた。

マイルズ様

私の感じている自己嫌悪のほどを、おわかりになっていただけると思います。自分が出しゃばりであることは認めますが、それにしても夕刻の六時、いまだ明るい光の中でです！　お恥ずかしいかぎりです。奥様に私のお詫びをお伝えください。

敬具
ジョエル・コールズ

ジョエルが撮影所内の自室を離れたのは、煙草の売店に行ったときだけだったが、足取りは犯罪者のようにこそこそしたものだった。その挙動があまりに怪しかったので、撮影所の警備員に身分証の提示を求められたほどだ。昼食も外でとろうと決めたところで、ナット・キーオが足取りも軽くにこやかにやってきて、彼をつかまえた。

「いったい何をこそこそ引っ込んでいるんだ？　あの気取り屋野郎にちょっと野次られたくらいで？」

「面白い話があるんだ」、キーオは撮影所の食堂に彼を引っ張って行きながら続けた。「グローマン劇場であいつの映画のプレミアがあった夜、やつがみんなに向かって深々とお辞儀をしているときに、ジョー・スクワイヤズがその尻を蹴飛ばした。おい、あとで話があるからなと、あの大根はジョーに言った。でも翌朝の八時にジョーがやつに電話をして、『おまえ、おれに話があるんじゃなかったのか』と言うと、やつは何も言わずに電話を切ったそうだ」

その馬鹿話がジョエルの気持ちを少し引き立ててくれた。また隣のテーブルにいる一団の人々を眺めていることで、陰鬱な慰謝を得ることができた。サーカス映画に出ている連しかしその向こうの、顔を黄色く染め、マスカラのせいでびっくりしたような、憂愁を含んだ目をして、昼の光の中ではいかにもけばけばしく映る舞踏会用のドレスを身にまとった美しい女たちを眺めているうちに、カルマンのところで見かけたグループがいることに気づき、彼はひるんだ。

「もう二度とするまい」と彼は口に出して表明した。「ハリウッドで社交の場に顔を出すのは、何があろうとあれで最後にしよう！」

翌朝、オフィスに行くと一通の電報が彼を待っていた。

あなたは私たちのパーティーに見えた人たちの中では、いちばん話が通じる方の一人でした。来週の日曜日に、妹のジューンが主催する夕食ビュッフェがあるので、是非お越しください。

ステラ・ウォーカー・カルマン

少しのあいだ頭がくらくらして、血が彼の血管をめまぐるしく駆け巡った。信じられぬ思いで、彼は電文をもう一度読み直した。

「ああ、こいつは僕がこれまでに受けとった中で、いちばん素敵な知らせだ！」

III

再びクレイジーな日曜日が巡ってきた。ジョエルは十一時まで寝ていた。そして先週どんなことが起こっていたかを知っておくために、新聞をまとめて読んだ。部屋で昼食に鱒とアボカド・サラダを食べ、カリフォルニア・ワインを一パイント飲んだ。お茶会のためにピン・チェックのスーツと、ブルーのシャツと、燃え立つオレンジのネクタイを選んだ。両目の下には疲労のために隈ができていた。それから中古で買った車に乗って、リヴィエラのアパートメント地区に出かけた。ステラの妹に自己紹介をしているときに、乗馬服を着たマイルズとステラが到着した。その午後のほとんどを二人は、ベヴァリーヒルズの裏手の未舗装道路を馬で回りながら、激しく口論を続けていた。

マイルズ・カルマンは長身の神経質な男で、向こう見ずな気質と、ジョエルがこれまで見たことのないような不幸そうな目を持ち合わせていた。そして不思議な形をした頭のてっぺんから、黒人並みの大足のつま先まで、掛け値なしの芸術家だった。そのくだんの両足で、彼はしっかりとそこに立っていた。彼は安物の映画をつくったことは一度もなかった。金をかけた実験的な失敗作で、大きな損失を出すことは時としてあったにしても。つきあうには素晴らしい相手だったが、彼が健康な人間でないことに気づくまでに長い時間はかからなかった。

二人が入ってきたときから、ジョエルの一日は彼らのそれと切り離しがたく運命を共にすることになった。二人のまわりにいたグループに彼が加わると、ステラは苛立ったように短く舌打ちをし、くるりと後ろを向いてそこを離れた。そしてマイルズ・カルマンは、たまたま隣にいた男に向かって言った。

「エヴァ・グーベルのことは話題にしないようにしてくれ。彼女のことで家内とひと悶着あったものでね」、マイルズはジョエルの方を向いた。「昨日はオフィスで会えなくて悪かった。分析医のところで午後がつぶれてしまったものでね」

「精神分析医にかかっておられるのですか?」

「もう何カ月も通っている。最初は閉所恐怖症のためだったんだが、今は人生をそっくり洗い直そうとしているところだ。一年以上かかるだろうと言われているが」

「あなたの人生には問題なんて何ひとつなさそうですが」とジョエルは励ますように言った。

「そう思うかね? いや、ステラは大ありと考えているようだ。誰にでも訊いてみればいい。まあ、ひととおり教えてくれるだろう」、彼は苦々しげな口調でそう言った。

一人の娘がマイルズの椅子の肘かけに腰を下ろした。暖炉のそばに暗い顔をして立っているステラの方に、ジョエルは部屋を横切って行った。
「電報をどうもありがとう」と彼は言った。「ご親切に感謝します。あなたのように美しい女性が、そんなに優しい心根を持っておられることが、僕にはうまく呑み込めないけれど」

彼女は彼がこれまで目にしたよりも、また更にいくらか愛らしかった。そしておそらくはジョエルの目に浮かんだ惜しみない賞賛が、彼女にその心の重荷を吐き出させたのだろう。それには時間がかからなかった。というのは彼女は明らかに感情的飽和点に達していたからだ。

「――マイルズはもう二年間その関係を続けてきたの。そして私はそのことをまったく知らなかった。だって、彼女は私の大の親友の一人だったし、いつもうちに来ていたから。でも結局、私もいろんな話をよそから聞かされて、マイルズも最後には認めないわけにはいかなかった」

彼女はジョエルの座っている椅子の肘かけに勢いよく腰を下ろした。彼女の乗馬用ズボンは椅子と同じ色をしており、髪には赤みがかった金髪と、色の淡い金髪がところどころに混じっていることが見て取れた。それで髪が染められていないことがジョエルにはわかった。また彼女はまったくメイキャップをしていなかった。それほど美しいということだ。その浮気発覚のショックに身体をまだ震わせつつ、新しい娘がマイルズにつきまとっている姿に、ステラはとても耐えられないようだった。彼女はジョエルを寝室に連れて行き、二人は大きなベッドの端と端に腰掛けた。そして会話を続けた。洗面所に行く途中の人々がそれを目にして何か冗談を言ったが、ステラは気にもかけず打ち明け話を続けた。しばらくあとでマイルズがドアから頭を出して言った。「半時間ばかりでジョエルに何か説明しようとしても、それは無駄だよ。僕自身にだってそいつは理解できていないし、理解するのにまるまる一年はかかるだろうと精神分析医は言っている」

ステラはまるで夫などそこにいないかのように語り続けた。私はマイルズを愛している、と彼女は言った。相当に困難な状況の中でも、私は常に彼に貞淑を誓ってきた。

「精神科医はマイルズに、あなたはマザーコンプレックスを抱えているって言ったの。最初の結婚で彼はそのマザーコンプレックスを奥さんに転移したわけ。で、それから彼はセックスを私に向けた。でも私たちが結婚したあと、それと同じことがもう一度繰り返された。彼はマザーコンプレックスを私に転移し、性的衝動(リビドー)をそっくりその女性に向けたの」

それがおそらくただの専門用語の羅列ではないことはジョエルにもわかったが、それでも実体のないただの言葉のように彼の耳には響いた。彼はエヴァ・グーベルを知っていた。母親タイプの女性だ。ステラより歳も上だし、おそらくより賢くもあるだろう。ステラはあくまで無垢な黄金の子供なのだ。

ステラにはまだたくさん話したいことがあるようだから、君も我々と一緒にうちに来てくれないかと、マイルズは苛立った口調でジョエルに言った。そして彼らは車でベヴァリーヒルズの屋敷に戻った。高い天井の下では、状況は更にいかめしく悲劇的に見えた。不気味なほど明るい夜だった。すべての窓の外の暗闇はどこまでも澄み渡り、ローズ・ゴールド色に包まれたステラは怒りや悲嘆を振りまきながら、部屋の中を歩き回っていた。もっとも映画女優の示す悲しみというものを、ジョエルはそれほど信用してはいない。彼女たちの心はどこかよそにある――彼女たちは脚本家や監督によって生命をたっぷり吹き込まれたローズ・ゴールド色に輝く美形なのだ。撮影が終わると彼女たちは集まってひそひそ声で語り、愉しげに笑い、噂話に興じる。幾多の冒険の切れ端は、彼女たちの中をただすらりと通過していくだけだ。

ときどき話を聴いているふりをしながら、なんて着こなしがうまいんだろうとジョエルは感心して彼女を眺めていた。すらりとした乗馬ズボンの中には、お似合いの両脚が収まっている。心持ちハイネックのイタリアン・カラーのセーターに、短い褐色のシャモアのコート。彼女が英国の貴婦人の真似をしているのか、あるいは英国の貴婦人が彼女の真似をしているのか、だんだんどちらかわからなくなってきた。彼女はこれ以上の現実はないという現実の世界と、どこまでも厚かましいなりきりの世界とのあいだのどこかを、緩やかに漂っていた。

「マイルズは私のことでとても嫉妬深くて、私が何をしたかいちいち尋ねるの」と彼女は軽蔑したように叫んだ。「ニューヨークに私がいたとき、私は彼に手紙を書いて、エディー・ベイカーと一緒に劇場に行ったって言ったの。そうしたらマイルズはすごくやきもちを焼いて、一日十回も電話をかけてきたわ」

「僕は落ち着きを失っていたんだ」とマイルズは鋭く鼻を鳴らした。それは彼がストレスを感じているときに示す癖だ。「分析医はその後一週間、何ひとつ結果を出せなかったよ」

ステラはあきれたように首を振った。「三週間もずっとホテルの部屋に一人でこもっていろって、あなたは言うわけ？」

「僕は何をしろとも言っていない。自分が嫉妬深いことは認める。そうならないように努めてはいるんだがね。ドクター・ブリッジベインと一緒に、それに取り組んだが、成果は何もなかった。今日の午後、僕はジョエルに嫉妬した。君が彼の椅子の肘かけに座ったことでね」

「なんですって？」と彼女ははっと身を起こした。「なんですって！　そのとき、あなたの椅子の肘かけには誰かが座っていなかったかしら？　そしてあなたはあそこにいた二時間のあいだに、私にひとことでも話しかけたかしら？」

「君は寝室でジョエルに悩みを打ち明けていたじゃないか」

「あの女が」――エヴァ・グーベルという名前を口にしないことによって、その女性の現実性が弱まると彼女は思っているみたいだった――「ここをよく訪れていたんだと考えると——」

「わかった——わかった」とマイルズは弱々しい口調で言った。「僕はそれをすべて認めた。そしてそれについては、僕だって君に劣らずつらく感じている」、彼はジョエルの方を向いて、映画の話を始めた。そのあいだステラは落ち着かなげに、向こう側の壁際まで歩いていた。その両手は乗馬ズボンのポケットにぐいと突っ込まれていた。

「あの人たちはマイルズをとってもひどく扱った」と彼女は言って、唐突に会話に復帰してきた。彼女の私的な問題なぞ、今までまったく話題にも上らなかったみたいに。「この人に説明してあげて、ベルツァー老人があなたの映画を作り替えようとしたことについて」

まるでマイルズを保護するかのように、彼の頭上にかぶさって立ち、彼女の目は彼の味方として憤り(いきどお)に光っていた。ジョエルは自分が彼女に恋をしていることを悟った。興奮に息を詰まらせながら、彼は別れの挨拶をするべく立ち上がった。

月曜日がやってきて、一週間は再び仕事のリズムを取り戻した。日曜日の思弁的論議や、ゴシップ、スキャンダルとは打って変わり、脚本の細部の際限ない手直しがあった。「ろくでもないディゾルブのかわりに、彼女の声はそのままサウンドトラックに残し、ベルのアングルから見たタクシーのミディアム・ショットへとカットさせる。あるいはカメラをそのまま後ろに引いていって、駅を風景に収め、それを一分ばかりホールドしてから、タクシーの列にパンするんだ」。月曜日の午後までにはジョエルは再び、世間を愉しませることを生業とする人間にだって、自ら愉しむ権利はあるのだという事実をすっかり忘れていた。夜になって、彼はマイルズの家に電話をかけた。マイルズを呼んでもらったのだが、電話に出たのはステラだった。

「事態は好転しましたか？」

「そうでもないわ。今度の土曜日にあなたは何をするつもり？」

「なんにも」

「ペリー家がディナーと観劇の会を開くんだけど、マイルズはよそにいる。彼はノートルダム大学とカリフォルニア大学のフットボールの試合を見るために、サウスベンド〔インディアナ州。ノートルダム大学がある〕まで飛行機で飛ぶのよ。彼の代わりにあなたが同伴してくださらないかしら」

長い間を置いてからジョエルは言った。「ええ——もちろん。もし会議があったら、ディナーは無理ですが、観劇になら間に合うと思います」

「それでは行けると伝えておくわ」

ジョエルは自分のオフィスの中を歩きまわった。カルマン夫妻の現今の緊張した関係からして、マイルズはそのような行為を喜ぶだろうか？　あるいはマイルズにはそれを知らせる必要はないと彼女は考えているのだろうか？　それは問題外だ。もしマイルズがそれについて何も言わなくても、自分の方から言い出さなくては。しかしジョエルが仕事に再び気持ちを集中できるようになるまでに、一時間かそこらはかかった。

水曜日には、煙草の煙が星雲や惑星のごとく充満した会議室での、四時間にわたる激しい議論があった。三人の男と一人の女がかわりばんこにカーペットの上をうろうろと歩き回り、鋭い口調で、あるいは説き伏せるように語り、自信満々に、あるいはやけっぱちに自分の考えを述べ、他人の考えをこきおろした。会議が終わると、ジョエルはそこにとどまりマイルズのところに行って話しかけた。

その男は見るからに疲弊していた。いっときの興奮がもたらす疲労ではなく、人生そのものに疲れ果てていたのだ。瞼は力なく垂れ下がり、口元の青い陰りにかぶさるように無精髭が目立っていた。

「ノートルダムの試合を見に行かれるという話を耳にしましたが」

マイルズは彼の背後に目をやりながら首を振った。

「それはやめにしたよ」

「どうしてですか？」

「君のせいだよ」、相変わらずジョエルから目を逸らせたまま彼は言った。

「いったいどういうことなんですか、マイルズ？」

「だから僕が旅行を取りやめにしたのは君のせいなんだよ」、彼は唐突に、おざなりの自嘲的な笑い声を上げた。「ステラが意趣返しにどんなことをするか、知れたものじゃない。ペリー家の集まりに同伴してくれと妻に誘われただろう。違うか？　そんな状態で試合を楽しむなんて、僕にはできっこないさ」

撮影現場では的確に迅速に働く優秀な本能は、見る影もないあわれな有様で私生活の中をよろよろと進んでいた。

「いいですか、マイルズ」とジョエルは眉を寄せて言った。「僕はステラに言い寄ったりしたことは一度もありませんよ。もしあなたが本当にそのせいで旅行を取りやめるというのなら、僕は彼女と一緒にペリー家に行ったりしません。彼女に会うこともしない。僕のことはどこまでも信用してもらってけっこうです」

マイルズはじっと彼を見た。今度は注意深く。

「おそらく」と彼は肩をすくめて言った。「しかしそうなれば、たぶん他の誰かと出かけるだろうし、僕はどうせ楽しめない」

「ステラのことをあまり信用なさってないようですね。彼女はあなたを裏切ったことは一度もないと、僕に言ってましたよ」

「たぶんそのとおりだろう」、その数分間にマイルズの口のまわりの、更にいくつかの筋肉が下にだらりと垂れるようになっていた。「しかしここで持ち上がった出来事のあとで、僕がいったい何を求められるだろう？　彼女に何を期待できよう――」、彼はそこで言葉を詰まらせ、顔を硬く引き締めて言った。「君にひとつ言っておくよ。正しいか正しくないかに関係なく、そしてどんな間違いを僕自身が犯していたとしても、彼女についての何かをつかんだなら、すぐに離婚する。自分の誇りを傷つけるわけにはいかない――それは僕にとっての最後の藁になるのだ」

彼の口調をジョエルは不快に思った。それでも彼は言った。

「エヴァ・グーベルの件で、彼女は少しは気持ちがおさまったのですか？」

「いや」とマイルズは暗い声で言って鼻を鳴らした。「僕の方もまだそのことをうまく解決できないでいる」

「関係はもう終わったのではないのですか？」

「もう二度とエヴァには会うまいと努めてはいるんだが、そういう関係はあっさり終わらせられるものではないんだ。わかるだろう？　相手は、昨夜タクシーの中でちょっとキスをしたどこかの若い娘というわけじゃないからな。僕の精神分析医が言うには――」

「知ってます」とジョエルは話を遮った。「ステラが教えてくれました」。まったく気の滅入る話だ。「いずれにせよ僕に関して言うなら、もしあなたが試合を観に行かれたとしても、ステラに会うつもりはありません。そしてステラは相手が誰であれ、あなたを裏切るような真似はしていないはずです」

「たぶんそのとおりだろう」とマイルズは力なく繰り返した。「いずれにせよ、僕は旅行には出ず、妻をパーティーに連れて行く。ところで」と彼は唐突に言った。「君もそこに同席してくれないかな。僕としては、心置きなく話ができる人間にそばにいてもらいたいんだよ。そいつが問題でね。僕は何ごとにつけステラに影響を及ぼしてきた。そのおかげで僕が気に入る男をみんな、彼女も同じように気に入るようになってしまった――こいつはずいぶん厄介なことなんだ」

「きっとそうでしょうね」とジョエルは同意した。

Ⅳ

ジョエルは夕食に参加できなかった。シルクハット姿で、失業者たちの前で居心地の悪さを感じつつ、ハリウッド劇場の正面で他の人々がやってくるのを待ち、行き交う夕刻の人々を眺めていた。輝かしい有名映画スターのぱっとしない複製のごとき人々、ポロコートを着た体の不自由な人々、顎髭をはやして伝道者の杖を持ち、足を踏みならすダルウィーシュ〔イスラム教スーフィー教団の修行僧〕、大学生風のなりをした二人のお洒落なフィリピン人、共和国のこの一角は七つの海に向けて開かれているのだと思い出させてくれるものたちだ。若者たちが叫び声を上げる長くて奇矯なカーニヴァルの行列は、大学のフラタニティー〔男子学生を会員とする社交的組織」の通過儀礼であると判明した。その列は、縁石のところで停まった二台の優雅なリムジンを通過させるために二つに割れた。

そして彼女が現れた。千もの淡いブルーの小片でできた、氷水を思わせるドレス。喉もとではつららが滴り落ちている。彼は前に進み出た。

「このドレスはお気にめして？」

「マイルズはどこですか？」

「結局、彼は飛行機で試合を観に行ったの。昨日の朝に発ったわ――少なくとも私はそう思っているけど――」、そこで彼女は急に黙った。「ついさっきサウスベンドから電報を受け取ったところよ。今から戻るって。そうだ、忘れていたわ――ここにいる人たちはみんなご存じ？」

八人の一行は劇場の中に移動した。

マイルズは結局試合に行くことにしたのだ。自分は果たしてここに来るべきだったのだろうかと、ジョエルは考え込んだ。しかし芝居のあいだ、金髪の純粋な粒立ちの下にあるステラの横顔を見ていると、もうマイルズのことなど頭には浮かばなかった。一度彼は首を曲げて彼女を見たが、彼女もまたにっこり微笑みながらこちらを見返し、そのまま彼が望む限り長くじっと目と目を合わせていた。幕間に二人でロビーに出て煙草を吸っているとき、彼女は小声で言った。

「みんなこれから、ジャック・ジョンソンのナイトクラブのオープニングに行くのよ。でも私は行きたくない。あなたはどう？」

「僕らはそこに行かなくちゃならないのだろうか？」

「そんなことはない」、彼女は少し口ごもった。「私はあなたとお話がしたいの。私の家に行けると思うんだけど——もし確信が持てればだけど——」

彼女は再び口ごもり、ジョエルが尋ねた。

「どんな確信だろう？」

「つまり、その——私、頭がどうかしているかもしれない。でもマイルズが本当に試合を観に行ったかどうか、確信が持てないの」

「つまり彼はエヴァ・グーベルと一緒にいるんじゃないかと」

「いいえ、そのことはそんなに心配してないんだけど、でも彼は私の一挙一動をすべて観察しているんじゃないかという気がしてならないの。ねえ、マイルズはときどきとっても妙なことをするのよ。一度彼は自分と一緒にお茶を飲む相手として、長い顎髭をはやした人を必要とした。そして俳優斡旋所にそういう人を探してもらって、午後のあいだずっとその人と一緒にお茶を飲んでいた」

「それはまた別の話だよ。彼はサウスベンドから電報を送ってきたんだろう。それはつまり現地で試合を観ているってことじゃないか」

芝居が終わったあと、二人は縁石のところで他の人々に「おやすみ」を言って、ふうんという顔をされた。二人はステラのまわりに集まった人混みをかき分けるようにして、黄金色に飾り立てられた通りを足早に抜けていった。

「そんな電報はいくらでも偽装できるわ」とステラは言った。「いとも簡単に」

たしかにその通りだ。彼女が不安がるのにも一理あるとわかると、ジョエルは次第に腹が立ってきた。もしマイルズがカメラを彼らに向けていたとしたら、彼がマイルズに対して義理だてする気持ちも失せてしまう。彼ははっきり声に出して言った。

「それは馬鹿げている」

店のウィンドウには既にクリスマス・ツリーが飾られていた。そして通りの上に浮かんだ満月は、街角の巨大な飾り街灯に負けず劣らず芝居がかっていて、作り物のようにしか見えなかった。昼間はユーカリ林として燃えるように明るい、ベヴァリーヒルズの暗い木立に入ると、ジョエルの目に映るのは自分の顔のすぐ下にある、白い顔の煌めきと、肩の曲線だけになった。彼女は唐突に身を引いて彼の顔を見上げた。

「あなたの目はお母様にそっくりね」と彼女は言った。「私は昔、彼女の写真でスクラップブックをいっぱいにしていたのよ」

「君の目は君の目にそっくりだし、他の誰の目にも似てはいない」と彼は言った。

その家に入るとき、ジョエルは何かが気になって、あたりを見回した。まるでマイルズがどこかの茂みに身を隠しているのではないかというように。玄関のテーブルに電報が一通置かれていた。彼女はそれを声に出して読み上げた。

シカゴ発

アスヨルニキタクスル　キミノコトヲオモッテイル。

マイルズ

「ほらね」と彼女は言って、その電報をテーブルの上に放って戻した。「こんなものはいくらでも偽装できるのよ」。彼女は執事に飲み物とサンドイッチを頼み、二階に駆け上がっていった。ジョエルはそのあいだ、無人の応接室に歩いて入っていった。うろうろと歩いているうちに、ピアノのそばに出た。ちょうど二週前の日曜日、面目を失って立っていた場所だ。

「――離婚の物語」と彼は声に出して言った。「若いジェネレーターたちと外人部隊」

彼の考えはもう一通の電報へと飛躍した。

「あなたは私たちのパーティーに見えた人たちの中では、いちばん話が通じる方の一人でした――」

ジョエルははっと思い当たった。もしステラの電報が純粋に礼儀からのものであるとすれば、彼を自宅に招待したマイルズが、その電報を出すことを妻に示唆したということはありそうだ。彼はおそらくこう言ったのだろう。

「彼に電報を出してあげなさい——きっと落ち込んでいるだろうから——馬鹿な真似をしてしまったと思って」

それは「僕は何ごとにつけステラに影響を及ぼしてきた。そのおかげで僕が気に入る男をみんな、彼女も同じように気に入るようになってしまった」というマイルズの台詞にも適合している。女性は同情心に駆られて、よくそういうことをするものだ。責任を感じてそうするのは男だけだ。

ステラが部屋に戻ってくると、ジョエルは彼女の両手を握った。

「なんだか妙な気がする。君がマイルズに仕掛けている意趣返しのゲームの、捨て駒に自分がされているみたいな」と彼は言った。

「何か好きに飲んで」

「そして不思議なのは、それにもかかわらず僕が君に恋しているということだ」

電話のベルが鳴り、彼女は彼の手を振りほどいてそちらに向かった。

「またマイルズからの電報が入ったわ」と彼女は言った。「彼はそれを空から落としたの。というか、落としたと電報には書かれている。カンザス・シティーの上空で飛行機から」

「彼はたぶん、僕によろしくと言っているんじゃないかな」

「いいえ、彼はただ私を愛していると言っているだけ。そしてそのとおりだと私も思う。彼はとても弱い人なのよ」

「僕の隣に座って」とジョエルは彼女を促した。

まだ夜の早い時刻だった。それから半時間経ったあとでも、まだ真夜中には数分を余していた。ジョエルは冷えた暖炉の前に行って、つっけんどんに言った。

「つまり君は僕に対して好奇心のかけらも持っていないということなんだね？」

「全然違うわ。あなたには心を惹かれているし、それはあなたにもわかるでしょう。いちばんのポイントは、私は本気でマイルズを愛しているらしいということなの」

「明らかに」

「そして今夜、私は何かにつけて不安でならないの」

彼は怒ってはいなかった——というか、ややこしいことにならずに済んで、むしろほっとしていた。それでも、彼女の身体の温かさと柔らかさが、身にまとったその冷ややかなブルーの衣装を緩やかに溶かしていくのを見ていると、自分は彼女のことをこの先ずっと想い続けるのだろうなと考えないわけにはいかなかった。

「もう行かなくては」と彼は言った。「電話でタクシーを呼ぶよ」

「何を言ってるの——運転手が待機してるのよ」

自分が去って行くことを彼女は何とも思っていないのだと知って、彼は顔をしかめた。

それを見て彼女は、彼に軽くキスをして言った。「あなたはとても優しいわ、ジョエル」。そのとき三つのことが一斉に起こった。彼が手にしていた酒を一口でぐいと飲み干すと、電話のベルが家中に鳴り響き、そして玄関の時計がトランペットの音色で時刻を告げた。

9――10――11――12――

V

再び日曜日が巡ってきた。ジョエルは自分がその夜、一週間ぶんの仕事を経帷子(きょうかたびら)のように身にまとったまま劇場に直行してきたことに気がついた。その日の終わりまでになんとか仕事を片付けてしまわなくてはと、まるで何かに攻撃をしかけるみたいに彼はステラに言い寄った。しかし日は変わり、もう日曜日になった。これからの二十四時間、その素敵な、怠惰ないちにちが彼の前に控えていた。すべての時間は、宥(なだ)めるような遠回しなやり方で接近されるべき何かであり、すべての瞬間が数え切れないほどの可能性の萌芽をそなえていた。不可能なものはひとつとしてなかった――すべてはまだ始まったばかりだ。彼は自分のために酒のお代わりを注いだ。

鋭い呻き声を上げて、ステラは電話のそばでよろよろと前に倒れた。ジョエルは彼女を抱き上げ、ソファに横たえた。ソーダ水をハンカチーフにかけて、それで彼女の顔をぴしゃぴしゃと叩いた。電話の受話器がまだ何かをがなり立てていたので、彼はそれを耳にあてた。

「――飛行機はカンザス・シティーのすぐこちら側に墜落しました。マイルズ・カルマンの遺体は確認され――」

彼は受話器を置いた。

「そこにじっと横になっていて」、ステラが目を開けると、彼は時間稼ぎにそう言った。

「ああ、いったい何が起こったの？」と彼女は囁くように言った。「電話をかけなおして。ああ、いったい何があったの？」

「すぐに電話をかけよう。君の主治医の名前は？」

「マイルズが死んだって言っていたの？」

「静かに横になっているんだ。使用人はまだ起きているかな？」

「私を抱いて――とても怖いの」

彼は腕を彼女の身体にまわした。

「君の主治医の名前を教えてくれ」と彼は強く言った。「それは何かの間違いかもしれないけれど、誰かにここにいてもらいたい」

「名前はドクター……ああ、神様、マイルズは死んでしまったの？」

ジョエルは二階に駆け上がり、アンモニア水を求めて、勝手の知れない薬品キャビネットをかきまわした。下に降りてくるとステラが叫んだ。

「マイルズは死んではいない――それが私にはわかる。これも計画の一部なのよ。彼は私を苦しめようとしているんだわ。あの人は生きていると私にはわかる。生きていると私は感じるの」

「君の親しい友だちにここに来てもらいたいんだ、ステラ。君は一人きりで今夜、ここにずっといることはできない」

「ああ、駄目よ」と彼女は叫んだ。「誰にも会うことなんかできない。あなたがここにいて。私には友だちなんて一人もいないのよ」、彼女はそう言って立ち上がった。涙が顔を流れた。「そう、マイルズが私のただ一人の友だちなの。彼は死んではいない――死ぬわけないのよ。私はすぐにもそこに行って、自分の目で確かめるわ。列車を予約して。あなたも私と一緒に来てくれなくては」

「君が行くなんて無理だ。今夜、君にできることは何もない。呼び出せる知り合いの女の人の名前をあげてくれれば、僕が電話をかける。ロイス？　ジョーン？　カーメル？　誰かいないのかい？」

ステラは虚ろな目で彼をじっと見た。

「エヴァ・グーベルが私のいちばんの友だちだったわ」と彼女は言った。

ジョエルはマイルズのことを考えた。二日前にオフィスで見た、彼の切羽詰まった悲しげな顔。その死の恐ろしいまでの沈黙の中で、彼についてのすべてが明らかになった。彼はアメリカ生まれの映画監督の中では唯一、興味深い性格と、芸術家としての良心を共にそなえた人物だった。映画業界にからめ取られ、融通をきかせられなかったことで、健康的なシニシズムを持たなかったことで、避難所を持たなかったことで、その代償として神経をずたずたにされてしまったのだ。そこにあったのはただ痛々しく、そして危なっかしい逃走だけだった。

表側のドアで音がした。ドアはばたんと開き、玄関に足音が響いた。

「マイルズ！」とステラが悲鳴を上げた。「あなたなの、マイルズ？　ああ、きっとマイルズだわ！」

電報配達の青年が戸口に姿を見せた。

「ベルが見つからなかったのです。中から話し声が聞こえたものですから」

電報の内容は、電話で聞いた知らせとまったく同じものだった。ステラがそれを、そんなものはまったくの嘘っぱちだという顔で何度も読み返しているあいだに、ジョエルは電話をかけた。まだ夜更けの時刻だったから、誰かを電話口に出すのは簡単ではなかった。なんとか数人の友だちに連絡がつくと、彼はステラに強い酒を飲ませた。

「あなたはここにいてちょうだい、ジョエル」と彼女は囁き声で言った。まるで半分眠りかけているみたいに。「どこにも行かないで。マイルズはね、あなたのことが好きなのよ——彼はこう言っていた。あなたは——」、彼女は激しく身体を震わせた。「ああ、神様、あなたにはわからないわ、私がどれくらい独りぼっちか」。彼女は目を閉じた。「私を抱いてちょうだい。マイルズはちょうどそんなスーツを持っていたわ」、彼女ははっとまっすぐ身を起こした。「ああ、どんな気持ちがしたことでしょう。あの人はとにかくほとんど何もかもを怖がっていたのよ」

彼女は呆然としたように頭を振った。そして急に彼の顔を両手でつかみ、自分の顔の方に引き寄せた。

「行かないで。あなたは私のことが好きでしょう——私のことを愛しているのでしょう？誰かを呼んだりしないで。明日までにはまだ時間がたっぷりあるわ。今夜は私と一緒にここにいてちょうだい」

ジョエルは彼女をまっすぐ見た。最初は信じられないという目で、それから事態を理解し、衝撃を受けて。ステラは暗闇で手探りをするように、夫が心に描いた、ジョエル絡みの状況を維持し続けることによって、なんとかマイルズを生かしておこうと努めているのだ。彼の心を乱した可能性がまだそこにある限り、マイルズの意識が途絶えることはないとでもいわんばかりに。そこにあるのは夫が死んだと認めることを少しでも先延ばしにしようという、痛ましくも錯乱した努力なのだ。

　ジョエルは心を強くして電話のところに行き、医師に電話をかけた。

「駄目よ、いや、誰も呼んだりしないで！」とステラは叫んだ。「ここに戻ってきて、私の身体を抱いて」

「ドクター・ベイルズはいらっしゃいますか？」

「ジョエル！」とステラは叫んだ。「あなたは頼りになる人だと思っていたのに。マイルズはあなたのことが好きだった。そしてあなたに嫉妬していた――ジョエル、さあ、ここに来て」

　ああ、それから――もし彼がマイルズを裏切ったら、彼女は夫を生かし続けることができる。なぜなら、もし彼が本当に死んでいるのなら、そもそも彼を裏切ることなどできっこないではないか？

「――とても激しいショックを受けたのです。すぐにこちらに来ていただきたいのです。それから看護婦を一人お願いできますか？」

「ジョエル！」

　ドアベルと電話のベルが切れぎれに鳴り始めた。玄関前に何台かの車が停まる音も聞こえた。

「でもあなたは行かないでくれるわね？」とステラはすがるように彼に言った。「ここに残ってくれるわよね？」

「それはできない」と彼は答えた。「しかし、もし君が僕を必要とするなら、また戻ってこよう」

まるで護りの木の葉のように死のまわりを取り巻いて震える生命とともに、その家は低くうなり、不穏な脈音を立てていた。玄関前の階段に立ち、彼は喉の奥で小さくすすり泣きを始めた。

「あの男は手に触れるものすべてに、何かしらの魔法をかけていった——」とジョエルは思った。「あの中身を持たぬ小娘に生命を与え、ひとつの芸術品にまで仕上げたのだ」

そしてそれから、

「この忌々しい荒野に、彼はなんという大きな空洞を残していったのだろう——もう既に！」

それからまたある苦々しさをもって口にした、「ああ、そうさ、僕は戻ってくる——戻ってくるとも！」

風の中の家族

Family in the Wind

I

二人の男が血のように赤い太陽に向けて、車で丘を登っていった。道路を挟んで続く綿花畑はまばらで、力なくしおれていた。松の枝を揺らす風もない。

「まったくの素面のときには」と医師は話していた。「つまり、ぜんぜん酒が入ってないときにはということだが——私はおまえが見ているのと同じ世界を見ちゃいないんだ。私の友人に片方の目はまともだが、もう一方の目が良くないものがいて、補正するための眼鏡をこしらえたんだが、それと同じようなものだ。その結果、やつは楕円形の太陽を見るようになり、傾斜のある道路の縁石からしょっちゅう足を踏み外すようになった。そして最後にはその眼鏡を捨てちまった。私も一日の大半を、すっかり麻酔をかけられた状態で送っているみたいなものだから、そんな状態にあっても手に負えるとわかる仕事しか引き受けんのさ」

「ああ」と彼の弟のジーンは居心地悪そうに言った。医師はそのとき少しばかり酔っていたし、ジーンは話を切り出すきっかけをうまく見つけられなかった。彼は慎ましい階層の南部人の多くがそうであるように、礼儀というものを何より重んじた。荒っぽくも情熱的な土地につきものの特徴だ。沈黙の瞬間が訪れるまでは、話題を転換することができなかったし、一方のフォレストは口をつぐもうとはしなかった。

「私はとても幸福であるか」と彼は続けた。「あるいはとても惨めであるか、そのどちらかだ。酒飲みらしくくすくす笑ったり、しくしく泣き出したり、そのどちらかだ。そして活力が衰えていくにつれ、それに合わせるように人生はスピードをあげていく。自分というものがその中に含まれていなければいないほど、映画は私抜きで面白いものになっていくのさ。私は周囲の敬意から身を退いてきたが、その代償として感情的肝硬変みたいなものを身のうちに感じられるようになった。そして私の感受性は、私の憐れみは、もう方向性なんてものを持たず、何であれ手近にあるものに向けられるから、私はこれまでになく良き人間になった。良き医師であったときよりも、遥かに良き人間にな」

次の角を曲がって、道路がまっすぐになると、ジーンは我が家を遠くに目にすることができた。妻が自分に約束をさせたときの顔が頭に浮かんだ。もうこれ以上は待てない。

「なあ、フォレスト、ちょっと話がある――」

しかしそのとき、松林の少し先にある小さな家の前で、医師は車を急停止させた。玄関の階段で、八歳の女の子が灰色の猫と遊んでいた。

「こんな可愛い女の子は見たことがないね」と医師はジーンに言った。それから女の子に重々しい声で言った。「ヘレン、猫ちゃんのためのお薬がほしいかい？」

女の子は笑った。

「さあ、わからないわ」と彼女は疑り深そうに言った。そして今ではもう猫と別の遊びをしていた。ちょっと中断が入っただけというように。

「猫ちゃんが今朝うちに電話をかけてきてね」と医師は続けた。「お母さんがあまり面倒を見てくれないので、モンゴメリーから専門の看護婦を呼べないかと言っていた」

「猫は電話なんてしないわ」と小さな女の子は猫をつかんで憤然と引き寄せた。医師はポケットから五セント玉を取りだし、階段に向けて放った。

「ミルクをたっぷり飲ませてやるんだね」と彼は言って、車のギアを入れた。「おやすみ、ヘレン」

「おやすみなさい、ドクター」

車が出発すると、ジーンは話の続きを始めた。「なあ、車を停めてくれないか」と彼は言った。「少し先で停まってくれ……ああ、ここでいい」

医師は車を停め、兄弟はお互いの顔を見やった。二人が似ているのは、身体ががっしりしたところや、顔つきに一種禁欲的な趣きがあるところだった。そしてどちらも四十代半ばを迎えていた。似ていないのは、医師の眼鏡がうまく隠しきれていない、酒飲み特有の血管の浮き出た涙目と、都市生活がもたらした額の皺だった。ジーンの方の皺は、畑を区切る境界や、棟木の連なりや、小屋を支える棹の線を示していた。目はきれいな、薄くこもった青色だった。しかし最もはっきりした相違点は、ジーン・ジャニーが田舎の人間である一方、ドクター・フォレスト・ジャニーは明らかに高度な教育を受けた人であるということだ。

「なんだい?」と医師は尋ねた。

「ピンキーが家にいることは知っているだろう?」とジーンは道路の先を見ながら言った。

「そう聞いている」と医師はあたりさわりなく答えた。

「あいつはバーミングハムで喧嘩騒ぎに巻き込まれて、誰かに頭を撃たれた」、ジーンは言い淀んだ。「おれたちはドクター・ベーラーに頼んだ。というのは、あんたに頼んでもたぶん――たぶんその――」

「ああ、引き受けないだろうな」とジャニー医師は素気なく同意した。

「しかしな、いいか、フォレスト。ひとつ問題がある」とジーンはなおも食い下がった。

「わかるだろう。あんたもよく言ってたように、ドク・ベーラーは何にもわかっちゃいないんだよ。まったくな、おれだってあの医者を高く評価しているわけじゃないさ。彼が言うには、弾丸が脳を圧迫している――圧迫しているんだそうだ。そして彼の手では、出血を伴わずにそいつを除去することはできないという。またピンキーを、バーミングハムだかモンゴメリーまで無事に移送できるかどうかもわからんと言う。かなり身体が弱っているから。あの医者はまるで助けにならんよ。もしおれらが――」

「だめだ」と彼の兄は首を振りながら言った。「だめだ」

「見てくれるだけでいいんだ。そしておれたちに、どうすればいいか教えてくれ」とジーンは頼んだ。「やつは意識がないんだよ、フォレスト。あいつにはあんたのことがわからんし、あんたにもあいつのことはほとんどわからんだろう。問題はあいつの母親がどうしようもなく取り乱しているってことだ」

「彼女はただ動物的本能のままに動いているだけだ」、医師はヒップ・ポケットから携帯酒瓶（フラスク）を取りだし、アラバマ・コーン酒を水で半分に割ったものを飲んだ。「あいつはな、生まれたその日に水に浸けて始末しておくべきだったんだ。それくらいはお互いわかっているはずだ」

ジーンはひるんだ。「たしかにあいつはやくざなやつだ」と彼は認めた。「しかしな、どうだろう――あいつの今の姿を目にすれば――」

酒が体内に浸み渡るにつれ、何かをしなくてはという本能を医師は感じてきた。自分の偏見を曲げるのではなく、ただ単に何かの素振りをするのだ。ほとんど死にかけてはいるが、それでもまだ辛うじて生き残っている意志の力を示さなくては。

「いいだろう。見るだけ見てみよう」と彼は言った。「私自身は奴を助けるために何もする気はない。死んで当然のやつだ。そしてたとえ死んだとしても、やつがメアリ・デッカーに対してやったことの償いにはならんぞ」ジーン・ジャニーは口をぎゅっと硬く結んだ。「なあ、フォレスト、あんたはそのことに確信を持っているのか？」

「確信を持っているかだと！」と医師は声を荒らげた。「もちろん持っているとも。あの娘は飢えのために死んだ。一週間というもの、数杯のコーヒーの他には何も口にしていなかったんだ。そしてその靴を一目見れば、おまえにもわかったはずだ。彼女が何マイルも歩いてきたことが」

「でもベーラーが言うには――」

「あいつにいったい何がわかる？　彼女がバーミングハム・ハイウェイで発見されたその日に、私は検視をおこなったんだ。飢えているという以外に、悪いところは何ひとつ見当たらなかった。あいつは――あいつは――」、彼の声は心の乱れに震えた。「あのピンキーの奴は彼女に飽きて、放りだしたんだ。彼女は家に歩いて帰ろうとしていた。その二週間後にやつ自身が自宅で意識不明になっていたとしても、とても同情はできないね」

話をしながら、医師は乱暴に車のギアを入れ、クラッチを繋いで車を跳ね上がらせた。

そして二人はあっという間もなくジーン・ジャニーの家の前に着いた。よく手入れされた庭が、家屋煉瓦の基礎の上に建てられた、真四角な木造住宅だった。

と農地の間を区切っていた。家はベンディングの町中や、その近隣の農村地帯で見かける家屋の大半よりはいくぶん立派だったが、それでもその基本的な形式において、あるいは内装の慎ましさにおいて、とりたてて異なったところはなかった。アラバマのこの地区に残っていた最後の大農園風邸宅(プランテーション・ハウス)は、とうの昔に消え失せていた。その誇り高き円柱は、貧困と雨の中に朽ちていった。

ジーンの妻のローズは、ポーチの揺り椅子から立ち上がった。

「こんにちは、ドク」と彼女は相手とは目を合わせることなく、いくらか緊張を含んだ声で言った。「ずいぶんご無沙汰だったわね」

医師は数秒間じっと彼女の目を見ていた。「こんにちは、ローズ」と彼は言った。「やあ、イーディス……やあ、ユージーン」、その挨拶は、母親の脇に立っている小さな男の子と女の子に向けられたものだった。それから「よう、ブッチ!」と、丸石をひとつ抱えて家の角から姿を見せた、逞(たくま)しい十九歳の青年に声をかけた。

「家の正面に低い壁をつくろうと思ってね。少しは見栄え良くなるだろう」とジーンが説明した。

そこにいる全員が医師に対して、まだ敬意のようなものを残していた。「なにしろモンゴメリーじゃいちばんの腕利きの外科医の一人なんだぞ」とおおっぴらに世間に誇ることもできなくなったその親戚に対して非難の目を向けてはいたものの、彼の学識と、かつて彼が外の世界で占めていた地位は打ち消しようがなかった。それなのに彼は冷笑的な性格と飲酒のせいで、自らの職歴を台無しにしてしまったのだ。そして二年前に故郷のベンディングに戻り、地元のドラッグストアの権利の半分を購入した。医師免許はまだ持っていたが、どうしても必要とされる場合にしか診療は引き受けなかった。

「ローズ」とジーンは言った。「ドクはピンキーを見てくれるそうだ」

ピンキー・ジャニーは暗くされた部屋のベッドに横になっていた。新たに生えた髭に覆われた唇は白く、意地悪そうにねじ曲がっていた。頭に巻かれた包帯を医師がとると、彼の呼吸は低い呻きに変わったが、腹の膨らんだ身体は動かなかった。数分後に医師は包帯を取り替え、ジーンとローズと共にポーチに戻った。

「ベーラーは手術をしようとはしないのか？」と彼は尋ねた。

「しない」

「なぜバーミングハムで手術してもらえなかった？」

「わからんよ」

「ふうむ」、医師は帽子をかぶった。「弾丸は取り出す必要がある。即刻な。弾丸は頸動脈鞘(けいどうみゃくしょう)を圧迫している。それはつまり――まあいずれにせよ、この脈の具合じゃモンゴメリーまで運ぶのは無理だな」

「どうすればいい？」、ジーンの質問は、途中で息を呑んだために、僅かに沈黙の尾を引いた。

「ベーラーに考えさせるんだな。あるいはモンゴメリーにいる誰かに。手術で彼が命をとりとめる可能性は二十五パーセント程度だろう。しかし手術をしなければ、助かる可能性はゼロだ」

「モンゴメリーに誰か良い医者の心当たりはあるか？」とジーンが尋ねた。

「まともな医師なら誰だってそれくらいできる。ベーラーだって、多少の度胸さえあればできるはずだ」

突然ローズ・ジャニーが彼のそばにやってきた。その両目はきりっとして、獣じみた母性愛に燃えていた。彼女は医師の上着の、だらんと開いた部分をつかんだ。

「ドク、あなたがやって！　あなたがやってちょうだい。以前は誰よりも腕のたつ外科医だった。お願いよ、ドク、あなたに手術をしてもらいたいの」

医師は少し後ろにさがって、彼女の両手を上着から離し、自分の両手を前にかざした。

「この震えが見えるだろう」と彼は複雑な苦みを込めて言った。「目を近づけてよく見てくれ。手術するなんぞ無理なことだ」

「あんたならきっとできる」とジーンがたたみかけるように言った。「一杯やって、しゃきっとすれば」

医師は首を振り、ローズを見ながら言った。「だめだ。いいかい、私の判断はもうあてにならないんだ。そしてもし何かまずいことになったら、それは私の落ち度にされるだろう」、彼は今では少しばかり演技をしていた。そして用心深く言葉を選んだ。「話によれば、メアリ・デッカーが飢えのために死んだと述べたとき、私のその所見は疑義を呈されたそうだ。私が飲んだくれだという理由でね」

「私はそんなことは言っていないわ」とローズは声を詰まらせて言った。

「もちろんそうだろう。言いたいのは、私は注意して行動しなくちゃならんということだ」、彼は階段を降りた。「もう一度ベーラーに会って話をした方がいい。それが私の忠告だ。もしそれでうまくいかないようなら、街から誰かを呼ぶんだ。それでは」

しかし彼がゲートに着く前に、ローズが彼のあとを追って走ってきた。彼女の目は白く、怒りに燃えていた。

「あなたが飲んだくれだと確かに言ったわ！」と彼女は叫んだ。「メアリ・デッカーが飢えのために死んだと言ったとき、あなたはまるでその責任がピンキーにあるみたいな言い方をした。一日中コーン酒を飲んでるくせに。あなたの頭がまともに働いていたかどうか、そんなこと誰にわかるものですか。それにどうしてメアリ・デッカーのことをそこまで気にかけるの？　半分くらいの歳の娘のことを。あの子がしょっちゅうあなたのドラッグストアに来て、あなたと話をしていたのをみんな見ている——」

あとを追いかけてきたジーンが彼女の両腕をつかんだ。「黙るんだ、ローズ。……もう行ってくれ、フォレスト」

フォレストは車を出した。そして次の角で車を停め、フラスクの酒を飲んだ。休耕中の綿花畑の向こうにメアリ・デッカーの住んでいた家が見えた。半年前であれば、彼は遠回りをして彼女の家に寄り、どうして今日は無料のソーダを飲みに店にこなかったんだと尋ねていたかもしれない。あるいはその朝にセールスマンが置いて言った化粧品のサンプルで、彼女を喜ばせていたかもしれない。彼はメアリ・デッカーに自分の思いを打ち明けたりはしなかった。そんなことをするつもりはない。娘は十七歳で、彼は四十五歳だった。そして自分には語るべき未来もない。しかし彼女がピンキー・ジャニーと一緒にバーミングハムに駆け落ちしたあと、自分の孤独な人生において、彼女への愛がどれほど大事な意味を持っていたかを、彼はあらためて知った。

彼の思いは弟の家へと引き戻された。

「さて、もし私が紳士であるなら」と彼は思った。「あんな風には振る舞わなかっただろう。そしてあの汚らしいならず者の犠牲者がまた一人増えていたかもしれない。もしあとでやつが死ねば、私が彼を死なせたとローズは言うだろうから」

それでも車を駐車しながら、気分はあまり良くなかった。もっと他にやりようがあったからというのではなく、ただすべてに救いがなかったからだ。

帰宅して十分と経たないうちに、家の前に車が停まる軋んだ音が聞こえ、ブッチ・ジャニーが入ってきた。口は固く結ばれ、目は狭くすぼめられていた。正しい対象に向けて束縛から解き放たれるまでは、自分を支配する怒りを一切外に出すまいと心を決めているみたいに。

「やあ、ブッチ」

「あんたに言いたいんだ、フォレスト伯父さん。うちの母さんにあんな口をきかないでもらいたい。あんな風な口のきき方をするようなら、おれはあんたを殺す！」

「落ち着け、ブッチ。まあ座れ」と医師は鋭い声で言った。

「母さんはピンキーのことでもうずいぶん参ってるんだ。そこにあんたがやってきて、あんなことを口にする」

「一方的に侮辱したのはおまえの母親の方だよ、ブッチ。私はそれを受けただけだ」

「母さんは自分が何を言ってるかわかってないんだ。それくらいはあんたにだってわかるはずだ」

医師はしばらく口を閉ざしていた。「ブッチ、おまえはピンキーのことをどう思ってるんだ？」

ブッチは居心地悪そうに少しもじもじしていた。「そうだな、おれはあいつのことを、それほど高く買っていなかったかもしれない」――そこで彼の声音は急に喧嘩腰になった――「しかしなんと言ってもあいつはおれの兄貴だし――」

「ちょっと待て、ブッチ。あいつがメアリ・デッカーをどんな目に遭わせたか、おまえはそのことをどう思うんだ？」

しかしブッチはもう抑制を解いていて、いまや怒りの弾丸をぶちまけた。

「そんなことはどうでもいい。おれが言いたいのは、うちの母さんに向かって礼儀正しく振る舞わない人間に対して、おれは黙っていないということだ。あんたは立派な教育を受けておきながら——」

「私は自分の力で教育を受けたんだよ、ブッチ」

「そんなことはどうでもいい。おれたちはドク・ベーラーに、手術をしてくれるようにもう一回頼んでみるし、街から誰かに来てもらうように手配もする。でももしそれがうまくいかないようなら、おれがあんたを連れに来る。そしてたとえ銃を突きつけてでも、あんたにあの弾丸を取り除かせる」。彼は背き、少し荒く呼吸をして、それから背を向けて家を出て、車に乗って去って行った。

「どうやら、このチルトン郡では」と医師は独りごちた。「もうこれ以上、心穏やかな生活は送れないようだ」。彼は黒人の少年に言って、夕食の用意をさせた。そして煙草を巻き、裏のポーチの階段に出た。

天候が変化していた。空は今ではどんよりと曇り、草は落ち着きなくそよいでいた。一陣の雨がざっと降ったが、あとは続かなかった。ついさっきまでは暖かかったのに、今では額に感じる湿り気は急にひやりとしてきた。彼はそれをハンカチーフで拭った。耳鳴りがしたので、唾を呑み込み頭を振った。僅かの間、身体が変調をきたしたに違いないと彼は思った。しかしそのぶうんという唸り(うな)は急に彼から離れ、うねりの音へと変わっていった。それは刻々とより大きくなり、刻々とより近くに聞こえてきた。まるで接近する列車の轟音のように。

II

ブッチ・ジャニーがそれを目にしたのは、家までの道のりの半ばあたりまで進んだときだった。巨大な黒い雲が接近しており、雲の下縁は地面にぶつかっていた。彼はその光景をただぼんやりと見つめていたのだが、そのあいだにも雲はどんどん広がって、ついには南側の空をそっくり呑み込んでしまった。暗雲の中に電光が走るのが見え、ますます高まる咆哮が聞こえた。彼は今では激しい風の中にいた。何かの残骸や、折れた木の枝の切れ端や、破片や、深まる暗闇の中で見分けのつかないもっと大きな物体が、すぐ脇を吹き飛ばされていった。彼は本能的に車を降り、今ではもう強い風にほとんど立つこともできなくなっていたものの、道路脇の盛り土のところまで走った。というかはね飛ばされて、気がついたときには盛り土に押しつけられるように突っ伏していた。それから一分か二分のあいだ、彼は混乱の暗黒の中心にいた。

まず最初に音があり、彼はその音の一部と化していた。そこに丸ごと呑み込まれ、そっくり押さえつけられていたので、自分という存在を音から分離することができなくなった。それはいくつかの音の寄せ集めではなく、どこまでも根源的な「音」だった。宇宙の和音をかき鳴らし、激しい金切り声を上げる巨大な楽弓の音だ。音と力は分かつことのできぬものだった。その音はその力に負けぬほど強く、盛り土とおぼしきものに彼の身体を、まるで十字架にかけられたみたいにぴったり押しつけていた。最初の時点のどこかで、彼は顔を横付けにされた姿勢のまま、自分の乗っていた車が小さくジャンプし、くるりと横倒しになり、それからぴょんぴょんと大きくとびはねるように、畑の上を吹き飛ばされていくのを目にした。そして爆撃が始まった。その音は、長く尾を引く砲弾の響きを、巨大な機関銃のバタバタバタという音に分割した。半ば気を失いつつ彼は、自分がその連続音の一部分と化したように感じた。そして自分の身体がその盛り土から持ち上げられ、空間を切り裂き、小枝や木片の塊によって視野を失い、ずたずたに裂かれるように感じた。その後、見当もつかないほどの時間彼は意識を失っていた。

身体がずきずきと痛んだ。彼は樹木のてっぺんの、二本の枝のあいだに横たわっていた。空気には埃と雨が充満し、音は何ひとつ聞こえなかった。自分が乗っている樹木が地面に倒されていることに気づくまでに、ずいぶん長い時間がかかった。彼が何も考えず松葉の中でしがみついた枝から地面までは、僅か五フィートの高さしかなかったのだ。

「ああ、なんてこった！」と彼は憤然と声を上げて叫んだ。「ああ、なんてこった！　なんてすごい風だ！」

痛みと恐怖のために鋭敏になった頭で、彼は推測した。自分はたぶん樹木の根の上に立っていたのだが、その大きな松の木が地面から引っこ抜かれたときのすさまじい捻(ねじ)れによって、勢いよく宙に吹き飛ばされたのだろうと。身体をあちこち手で探って、左の耳の中に土がごっそりと詰まっていることがわかった。まるで誰かが耳の内側の金型でもとろうとしたみたいに。洋服はぼろぼろになっていた。上着は背中の縫い目からざっくり裂けていた。気まぐれな突風が彼の服をもぎ取ろうと、両方のわきの下から切り込んでくるのが感じられた。

地面に降り立つと、父親の家に向けて歩き出した。しかし彼が通り過ぎているのは、まったく見覚えのない新しい風景だった。その怪物は——彼はそれが竜巻であったことをまだ知らなかった——四分の一マイルほどの幅の経路を切り開いていた。そして砂埃がゆっくり収まるにつれて、それまで目にしたことのなかった新たな眺望に、彼はすっかり戸惑ってしまった。そこからベンディングの教会の塔が見えるというのは、ずいぶん奇妙なことだった。これまでは町との間には叢林(そうりん)があり、視界は遮られていたのだから。

しかしいったいここはどこなんだ？　ボールドウィン家に近づいているはずなのに、彼は木材の山を乗り越えているだけだ。そこは乱雑に積み上げられた木材置き場みたいに見えた。それからブッチは理解した。もうボールドウィンの家は存在しないのだと。そして血走った目であたりを見回してみた。丘の上のネクローニーの家もなく、その下方にあったペルツァーの家もなかった。ひとつの明かりも見えず、物音も聞こえなかった。倒れた樹木の上に雨が降りかかっているだけだ。

彼は急に走り出した。父親の家が健在であるのを遠くから目にしたとき、「よかった」と彼は安堵の声を上げた。しかし近くに寄ってみると、何かが失われていることがわかった。屋外便所がなくなり、あとから加えた建て増し部分が――そこにピンキーが寝かされていたのだが――丸ごとこそげ取られていた。「母さん！」と彼は大声で呼んだ。「父さん！」。返事はなかった。一匹の犬が庭から跳ねるようにやってきて、彼の手を舐めただけで……

……ジャニー医師が自分の経営する、ベンディングのドラッグストアの前に車を停めたのはその二十分後で、あたりはもうすっかり暗くなっていた。電灯は消えていたが、ランタンを手にした男たちが通りに出ていた。ほどなく一群の人々が彼のまわりに集まってきた。医師は急いで店の入り口の鍵を開けた。

「誰か、古いウィギンズ病院をこじ開けてくれ」と彼は通りの向かい側を指さして言った。「重傷の人を六人ほど車に乗せている。誰でもいい、その人たちを病院に運び入れてもらいたい。ドク・ベーラーはここにいるかね？」

「ここにいるよ」、暗闇の中から熱意のこもった声がいくつも上がり、その医師が診療鞄を手に、人混みをかき分けるようにしてやってきた。ランタンの明かりに照らされ、二人の医師は顔と顔を見合わせた。二人はこれまで互いを嫌い合っていたが、そんなことはすっかり忘れて。

「これから怪我人の数はどんどん増えていくだろう」とジャニー医師は言った。「包帯と消毒薬を調達しよう。骨折しているものがたくさんいるだろうし――」、彼は大きな声で言った。「誰か、樽を持ってきてくれ！」

「私はあちらで先に開始している」とベーラー医師は言った。「あと五、六人が転がり込んできてる」

「何か手は打ったのか？」とジャニー医師は彼の後をついてドラッグストアに入ってきた人々に尋ねた。「バーミングハムとモンゴメリーには連絡したのか？」

「電話線は切れているが、電信はなんとか送れた」

「誰か、ウェッタラまで行って、ドクター・コーエンを連れてきてくれないか。それから車を持っている人に言って、ウィラード・パイクをあがって、コーシカの方に抜ける道筋と、その近辺のすべての道路を細かくチェックしてもらってくれ。黒人の店（ニガー・ストア）のある十字路あたりには、家はただの一軒も残ってはいなかった。怪我をしているたくさんの人とすれ違ったが、私の車にはそれ以上の人を乗せることはできなかった」、彼はそう言いながら、包帯や消毒液や薬品を毛布の中に片端から放り込んでいった。「もっとたくさん在庫があったはずなんだが。それから、ちょっと待て！」と彼は呼びかけた。「誰か車を運転して、ウーリーの一家の住んでいる窪地を見てきてくれないか？　畑を横切っていくといい。道路は通れなくなっているからな……それで、そこの帽子をかぶった人。君はエド・ジェンクスだったかな？」

「そうだよ、ドク」

「私がここに集めたものが見えるだろう？　同じような見かけのものを、店の中からかき集めて、向かい側まで運んできてほしい。わかったかい？」

「いいとも、ドク」

医師が通りに出ると、怪我人がぞくぞくと町に押し寄せてくるのが見えた。ひどく傷ついた子供を連れた母親、四輪馬車にぎっしり横たえられて苦悶の声を上げている黒人たち、喘ぎながら恐ろしい体験談を語る取り乱した人々。僅かな明かりで照らされた街路のいたるところに混乱があり、興奮が高まっていた。バーミングハムからサイドカーに乗ってきたという泥まみれの新聞記者は、街路を塞（ふさ）いでいる切れた電線や落ちた枝を車輪で乗り越えていた。三十マイル離れたクーパーの町から駆けつけた、警察車両のサイレンの音も聞こえた。

すでに人々が群れをなして病院の入口に押し寄せていた。患者の数が少なすぎて、三ヵ月前から閉鎖されていたその病院に。医師は、押し合いへし合いをしている青ざめた顔の人々のあいだをくぐり抜け、いちばん近くの病室に自分の場所を確保した――旧式の鉄製ベッドがそこにずらりと並んでいるのを目にして、ありがたいと感謝しながら。ベーラー医師は廊下の向かい側で既に治療を開始していた。

「ランタンを半ダースほど持ってきてくれ」と彼は言った。

「ドクター・ベーラーはヨードチンキと絆創膏が欲しいそうです」

「わかった。そこにある……おい、なあ、シンキー、ドアの横に立って、歩けない人の他はここに入れないようにしてくれ。誰かひとっ走りして、雑貨店にもっと蠟燭が残ってないか見てきてくれないか？」

今では外の通りはあらゆる物音で満ちていた。女たちの上げる悲鳴、ハイウェイを片付けに集まった有志の町民たちが出すいくつかの相反する指示、緊急事態を前にした人々の張りつめた、途切れ途切れの声。真夜中少し前に赤十字の最初の一団が到着した。しかし三人の医師たちと、しばらくあとでそこに加わった近隣の村からやってきた二人の医師たちは、もうとっくに時間の観念など失ってしまっていた。十時頃には死者たちが運び込まれ始めた。その数は二十から二十五に、三十に、そして四十にと、急速に膨らんでいった。もう手当の必要もない彼らは、ただの物言わぬ農夫となり、裏のガレージに横たえられた。その一方で、何百という数の怪我人が、定員二十人ほどの規模しか持たない旧式の病院にどんどん流れ込んできていた。嵐がもたらしたのは、脚、鎖骨、肋骨、腰などの骨折であり、背中や肘や耳や瞼や鼻の裂傷だった。飛んできた厚板による傷があり、身体のあちこちに様々な裂けた破片が突き刺さっていた。頭の皮を剝がれた男がいたが、回復すれば髪はまた生えてくるだろう。生きている者にせよ死んでいる者にせよ、ジャニー医師は全員の顔を知っていたし、ほとんどの名前を知っていた。

「もう心配はない。ビリーは大丈夫だ。じっと動かないで、私にこれをぎゅっと縛らせてくれ。人々は次々にここにやってくる。しかしこんなに忌々しく暗くなったら、見つかりやしない――ああ、これでいいよ、ミセス・オーキー。大した怪我じゃない。イブがヨードチンキをつけてくれるから……さあ、今度はこちらの人に移ろう」

二時になって、ウェッタラからやってきた年配の医師がダウンした。しかしモンゴメリーから到着したばかりの新顔の医師たちが、そのあとを引き継いだ。病室の空気は消毒液の匂いでもったりと重く、そこに人々が途切れなく発する意味不明の言葉が浮かび、それはいや増す疲弊の幾重もの層をくぐり抜けて、医師の耳にぼんやりと達した。

「……何度も何度も――何度も何度もただ転がされた。茂みをつかんでいたんだが、茂みごと持って行かれた」

「ジェフ！　ジェフはどこだ？」

「……嘘じゃない。豚が百ヤードも吹き飛ばされたんだ――」

「――ちょうど列車が停まったところで、乗客が全員外に出て、みんなでポールを引っ張るのを手伝って――」

「ジェフはどこだ？」

「彼は言ったんだ。『地下室に行こう』と。それでおれは言った。『ここには地下室はないんだ』ってな――」

「――もしもう担架がないのなら、軽いドアをどこかで探してきてくれ」

「……五秒だって？　というより五分だったぞ！」

年下の二人の子供たちを連れたジーンとローズを目にしたと、どこかの時点で誰かが医師に教えてくれた。その人は町に来る途中で彼らの家の前を通り、家屋がまだ無事に建っているのを目にして、そのまま先を急いだということだった。ジャニーの一家は幸運だった。医師自身の家は竜巻の通り道から外れていた。

街頭の灯りが突然復旧し、赤十字の前で温かいコーヒーをもらおうと並んでいる人々を目にして、医師は自分がどれほど疲れているかに初めて気づいた。

「少し休んだ方がいいですよ」と若い男が言った。「病室のこちら側を、私が引き受けましょう。看護婦も二人連れてきましたから」

「わかった——わかった。この列を片付けてしまうから」

負傷者たちは、傷口の応急手当を受けるとすぐさま、列車で近郊の都市へと運ばれていった。そして彼らの占めていた場所は新しい負傷者によって埋められた。彼が担当するべッドは、残り二つだけだった。そして最初のベッドに横たえられていたのは、ピンキー・ジャニーだった。

聴診器をその心臓にあてると、弱々しい鼓動が聞こえた。これほど衰弱し、ほとんど死にかけた身であの嵐を生き延びられたというのは、まさに驚嘆すべきことだった。どうやってここまで来られたのか、誰が彼を見つけて運んできたのか、まったくの謎だった。医師は身体を調べた。軽い打撲傷と裂傷があり、手の指が二本折れ、他のみんなと同じように耳の中が泥でいっぱいになっていたが、それだけだった。医師はしばし躊躇した。しかし目を閉じても、メアリ・デッカーの姿はもうおぼろにしか浮かんでこない。娘の姿は彼の前から去ってしまったようだった。個人のしがらみとは無縁の純粋に職業的な何かが、彼の身中で活動状態に入っており、それを阻む力は彼にはなかった。両手を前に差し出した。両手は微かに震えていた。

「ちくしょうめ！」と彼は呟いた。

部屋を出て廊下の角を曲がり、ポケットからフラスクを取り出した。そこにはその午後に飲んでいた、コーン酒を水で半分に割ったものが、まだ少しだけ残っていた。それをぐいと飲み干した。病棟に戻ると、彼は二つの手術用具を消毒し、ピンキーの頭蓋骨の底部の、傷が銃弾を癒着させている四角いところに、局部麻酔を施した。そして一人の看護婦を自分のそばに呼び、メスを片手に甥のベッドの片側に膝をついた。

III

二日後、痛ましい惨状を呈した郊外を医師は車でゆっくりと回っていた。混乱を極めた最初の夜が終わったあと、彼は緊急治療から身を引いていた。一介の薬局経営者である自分などが出しゃばると、一緒にやっている医師たちがやりにくかろうと思ったのだ。しかし赤十字を手伝って遠方の地区へ救援に行く仕事はたくさんあり、彼はそれに全力を尽くした。

その悪魔の通り道を辿っていくのは簡単だった。それは七リーグ〔約三四キロメートル〕もある特大のブーツで、不規則なコースを踏みしめながら進んでいた。野原を横切り、森を抜け、時には礼儀正しく道路を進むことさえあったが、カーブにさしかかるとそこでまた気ままなコースを進んでいった。時にはそのコースは綿花畑を目印に辿ることもできて、それらの畑はどうやら満開の状態にあるみたいだった。しかしそこにあるコットンは何百という数のキルトやマットレスの中身が、嵐によってばらばらに切り裂かれ、畑に再分配されたものだった。

かつては黒人の住む小屋であったものが、今では丸太の山に変わっていた。彼はそこで少し車を停め、二人の新聞記者と、二人の恥ずかしそうな黒人の子供たちの間で交わされる会話に耳を傾けた。頭に包帯を巻いた、年老いた黒人の祖母が、瓦礫の中に腰を下ろし、何か肉らしきものをくちゃくちゃと嚙みながら、揺り椅子を揺らせていた。

「しかし君たちが向こう岸まで吹き飛ばされたという川は、どこにあるんだね？」と記者の一人が訊いた。

「あそこだよ」

「どこ？」

子供たちは助けを求めるように祖母の方を見た。

「あんたたちの後ろ側にあるやつさ」と老女が口を開いた。

新聞記者たちは四ヤードほどの幅の泥の流れを、興ざめした顔で見やった。

「あれは川じゃない」

「あれはね、メナダ川っていうんだ。あたしが子供の頃からずうっとそう呼ばれてきたさ。ああ、そうともさ、あれはメナダ川だ。この二人の子供たちはきれいに吹き飛ばされて、川の向こう側にどすんと落ちて、それでいて怪我ひとつなかったんだよ。あたしの頭の上には煙突が落ちてきたけどさ」。彼女はそう言って、頭をさすった。

「それだけのことだって言うんですか？」と若い方の記者が憤然とした面持ちで言った。

「子供たちが向こう岸まで吹き飛ばされた川というのは、あれだと！　そして二千万の人々がこう信じ込まされたわけだ。つまり――」

「それでいいんだよ」とジャニー医師が口をはさんだ。「このあたりじゃ、あれは立派な川のうちに入るんだ。そしてそのおちびたちが大きくなった頃には、川幅もまたもっと大きくなっていることだろう」

彼は二十五セント貨を老女に放り与え、車を運転して去って行った。

田舎の教会の前を通り過ぎたとき、彼は車を停め、墓地の外観を不穏なものにしている新たな茶色の泥の山の数をかぞえた。彼は破砕の心臓部に近づいていた。ハウデンの家では三人が亡くなっていた。そこに残っているものといえば、ぼろぼろになった煙突と、瓦礫の山と、自宅用の野菜畑に冗談のように生き残った案山子くらいだった。道の向こうの廃墟の中では、一羽の雄鶏がピアノの上を偉そうに歩き回っていた。そこに散らばったトランクやら長靴やら、缶詰やら本やら、カレンダーやら絨毯やら、椅子やら窓枠やら、ねじ曲がったラジオやら、脚を失ったミシンやら、そういった財産の所有権を主張するみたいに騒々しい声を上げながら。至るところに寝具類が散乱していた。毛布、マットレス、曲がったスプリング、ずたずたになったベッドの詰め物――人が人生のどれほど多くの部分をベッドで過ごしているか、それまで医師は格別意識したことがなかった。あちこちで牛や馬たちが――その多くには消毒剤の染みがついていたが――また野原で草を食んでいた。ところどころに赤十字のテントを見かけた。ひとつのテントの脇に、灰色の猫を腕に抱いた小さなヘレン・キルレインが座っているのを、医師は目にした。そこにあるもう見慣れた木材の山が、すべてを物語っていた。それはまるで、子供が癇癪を起こして崩してしまった積み木のようにも見える。

「やあ、こんちは」と医師は沈んだ心で少女に挨拶した。「猫ちゃんは竜巻が気に入ったかな？」

「いいえ」

「その子はどうしてたのかな？」

「にゃあにゃあ言ってた」

「そうか」

「逃げたがったんだけど、あたしがずっとこの子にしがみついていた。だからあたしのことを引っ掻いたの――ほらね」

彼は赤十字のテントをちらりと見やった。

「誰がきみの面倒を見ているのかな？」

「赤十字の女の人と、ミセス・ウェルズと」と彼女は答えた。「父さんは怪我をした。あたしの上に何かが落ちてこないように、私に覆い被さっていたの。そしてあたしは猫ちゃんに被さっていた。父さんはバーミングハムの病院に運ばれていった。父さんが帰ってきたら、また家を建てると思うんだけど」

医師は一瞬言葉を失った。彼女の父親にはもう一度家を建てることなんてできないとわかっていたからだ。彼はその朝のうちに亡くなっていた。この子は今ではひとりぼっちなのだ。そして自分がひとりぼっちになったことをまだ知らないのだ。彼女のまわりには暗い宇宙が広がっていた。非情で、感覚を持たない宇宙が。彼女の小さな愛らしい顔が信頼するように彼を見上げていた。彼は尋ねた。「このへんにきみの親戚は誰かいるのかな、ヘレン？」

「知らないわ」

「でもまあ、きみには猫ちゃんがいる。そうだね？」

「でもただの猫だもの」と彼女はあきらめの声で言った。しかし自分のそのようなすげない発言を悔いて、猫をしっかりと抱きしめた。

「猫の面倒を見るのはずいぶん大変だろう」

「そんなことはないわ」と彼女は慌てて言った。「ぜんぜん大変じゃないもの。ほとんど何も食べないし」

彼はポケットに手を入れたが、それから突然気持ちを変えた。

「あとでまたきみに会いに戻って来る――今日のうちに。それまで猫ちゃんの面倒を見ていてくれ。いいね？」

「ええ、いいわよ」と彼女は明るい声で答えた。

医師は車を進めた。次に災害を免れた家に立ち寄った。家の主であるウォルト・カップスは玄関のポーチで散弾銃の掃除をしていた。

「そいつはなんだい、ウォルト？　次の竜巻を撃つつもりなのか？」

「次の竜巻なんぞあるものか」

「そんなことは誰にもわからんぜ。あの空を見てみろよ。ずいぶん暗くなってきたじゃないか」

ウォルトは笑って、銃をぴしゃっと叩いた。「あと百年はもう、あんなものは来ないさ。これは略奪から護るためのものだ。そういう連中がこの辺をうろうろしているし、それは黒人だけに限らない。もし町に行ったら、自警団をこっちに送り込んでくれるように、みんなに言ってくれるとありがたいんだがな」

「言っておこう。それであんたは何ごともなかったのか？」

「大丈夫だ。おかげさまでな。家の中にはおれたち六人がいたんだ。鶏が一羽持って行かれたよ。たぶん今でもまだどっかの空を舞っているかもな」

医師は、名状しがたい不安な気持ちを胸に重く抱きながら、車を運転して町に向かった。「天候のせいだ」と彼は思った。「これは、この前の土曜日に空中にあったのと同じ種類の感覚だ」

この一ヵ月ばかり、医師は永遠にここをあとにしたいという強い思いにとらわれていた。以前はこの田舎が自分に平和を約束しているように思えたものだ。自分をくたびれた停滞から引き上げてくれたいっときの刺激がすり切れてしまったとき、彼は休息を取るためにここに戻った。大地の発揮する力を目にし、近隣の人々と素朴で心地よい関係を保ちつつ生きるために。平和！　今ある家族内のいざこざがどうあっても収まりそうにないことを、物事が元通りに復さないだろうことを彼は承知していた。憎しみや憤りが終りなく続くはずだ。そして穏やかな田舎が喪に服す場所に変えられてしまうのを彼は目撃した。ここに平和などありはしない。よそに移ろう！

道路で彼は、町に向かって歩いて行くブッチ・ジャニーに追いついた。

「あんたに会いに行こうと思っていたんだ」とブッチは顔をしかめながら言った。「結局ピンキーを手術したんだね？」

「さあ、乗れよ……ああ、したよ。どうしてそれを知っているんだ？」

「ドク・ベーラーが教えてくれた」。彼はちらりと医師の顔を見た。そこに疑いの気持ちのようなものが込められていることを、医師は見て取った。「今日一日もたないだろうとみんな思っている」

「おまえの母さんには同情している」

ブッチは嫌みな笑い声を上げた。「ああ、そうだろうよ」

「おまえの母さんには同情していると私は言ったんだ」と鋭い口調で医師は言った。

「ああ、聞こえたよ」

二人はしばらく黙っていた。

「おまえの車は見つかったのか？」

「車が見つかったか？」とブッチは言って悲しそうに笑った。「それらしきものは見つけたよ。もう車とも呼べないありさまだけどな。そしておれは、二十五セントであの車に竜巻の保険をかけることだってできたんだ」、彼の声は怒りに震えていた。「たった二十五セントでな。でもいったい誰が竜巻保険のことなんて考える？」

あたりは暗くなってきた。ずっと南の方から微かな乾いた雷鳴が聞こえた。

「ねえ、おれが望むのは」とブッチは細めた目をちらりと向けて言った。「ピンキーの手術をしたとき、あんたが一杯やっていなかったということだけだよ」

「なあ、ブッチ」と医師はゆっくりと言った。「あの竜巻をここまで持ってくるなんて、私もずいぶん汚い手を使ったものさ」

そんな皮肉が通じるとは思わなかったが、それでも何かは言い返されるだろうと彼は予期していた。そのときブッチの顔がパッと目に入った。顔が魚のように血の気を失い、口がぽかんと開き、目は前方をしっかりと見据えていた。そして喉からはか細い声が洩れてきた。彼は片手を力なく前に上げ、それでやっと医師も見た。

一マイルの距離もないところで、独楽の形をした黒雲が空を覆い、それが身を屈めたり旋回したりしながら、こちらに迫っていた。そしてその前方では、既に先触れの風が重々しい歌声を上げていた。

「また戻ってきやがった！」と医師が叫んだ。

五十ヤード先に、ビルビー・クリークにかかった古い鉄の橋があった。彼はアクセルを思い切り踏み込んで、懸命にそちらに向かった。野原は同じ方向に走っていく人々の姿でいっぱいになった。橋にたどり着くと彼は車から飛び出し、ブッチの腕をぐいと引っ張った。

「降りるんだ、馬鹿め、降りろ！」

力の抜けた肉体が車から転がり出た。すぐに彼らは五、六人の人々と一緒になった。そして橋と岸との間に作り出された三角形のスペースに身を寄せ合った。

「あいつはこっちに来るのか？」

「いや、向きを変えているぞ」

「おじいちゃんを置いてきてしまった」

「ああ、助けて、助けて！　イエス様、助けてください！」

「ジーザス、お願いだ！」

外では急激な突風があった。その小さな触手が橋の下にも差し込まれ、そこに込められた奇妙なほどの圧迫感が、医師の肌をぞっと粟立(あわだ)たせた。その直後に空白が訪れた。もう風は止んでいたが、雨がざっと激しく降り出した。医師は橋の縁まで這っていって、用心深く頭を突き出した。

「もう通り過ぎた」と彼は言った。「このへんは端っこがかすっただけだ。竜巻の中心はずっと右を通っていった」

それをくっきり目にできた。ほんの一瞬のあいだ、その中に呑み込まれたものの姿を見分けることもできた。灌木、小さな樹木、厚板、ばらけた土くれ。もっと外まで這い出し、懐中時計を出して時間を確かめようとした。しかし雨の分厚い幕が視界をぼやけさせた。ぐしょ濡れになって、彼はまた橋の下に這って戻った。ブッチはいちばん奥で、横になってぶるぶる震えていた。医師は彼の身体を揺すった。

「あいつはおまえの家の方に向かっていった！」と医師は叫んだ。「さあ、しっかりするんだ！　家には誰かいるのか？」

「誰もいない」とブッチは唸るように言った。「みんなピンキーのところにいる」

雨は今では雹(ひょう)に変わっていた。最初は小さな粒だったが、次第に大きな粒になり、それが鉄の橋を打つ音はやがて耳をつんざくばかりに凄まじいものになった。

橋の下に逃げ込んで震えあがっていた人々は、ゆっくり回復していった。安堵の空気の中、ヒステリックな笑い声がそこかしこに聞こえた。緊張が長く続くとある時点で、神経組織は道理もなく節度もなく転換を遂げるのだ。医師にさえそのくすくす笑いは伝染しそうだった。

「こいつは災害よりたちが悪い」と彼は乾いた声で言った。「まったく面倒なことになってきた」

Ⅳ

その春アラバマにはそれ以上の竜巻は起こらなかった。二番目の竜巻を多くの人々は、最初のやつが舞い戻ってきたと考えていた。というのはチルトン郡の住民にとってそれは異教の神という形をとった、はっきり具体的な力としてとらえられたからだ。二度目のものは十軒あまりの家屋を破壊し（ジーン・ジャニーの家もそのうちのひとつだった）、三十人ほどを負傷させた。しかし今回は——おそらくみんなそれなりに身を守るこつのようなものを身につけていたからだろう——死者は一人も出なかった。竜巻は最後に、ベンディングのメインストリートをまっすぐに吹き抜けていくことで、そのドラマティックな幕引きをおこなった。そいつは電柱を次々になぎ倒し、三軒の商店（その中にはジャニー医師のドラッグストアも含まれていた）の正面を破壊していったのだ。

一週間の後には家々は、古い材木を使って再建されつつあった。そして長く瑞々しいアラバマの夏が終わる頃には、墓地中が青々とした草に覆われていることだろう。しかし土地の人々がいろんな出来事を「竜巻の前」と「竜巻の後」に分けて考えることをやめるようになるまでには、長い歳月を要するはずだ。そして多くの家族にとって、ものごとは前とはすっかり違ってしまった。

この地を去るには、これはまたとない機会だろうとジャニー医師は思った。救助活動と災害によってもぬけの殻同然になったドラッグストアの残骸を売却し、住んでいた家を、もとの家が再建されるまで弟のジーンに明け渡した。そして列車で街に向かった。彼の車は樹木にぶつけられて、駅まで行く以上の使役にはもう耐えられそうになかったからだ。駅に行くまでの道筋で、何度も車を停めて、人々に別れの挨拶をした。その中にはウォルター・カップスもいた。

「結局、あんたのところもやられちまったわけだな」と彼は陰気な屋外便所を見ながら言った。それがその場所に唯一残された目印だった。

「ずいぶんひどかった」とウォルトは言った。「でも考えてみてくれ。家の中とまわりに六人の人間がいて、誰一人怪我をしなかったんだ。それだけでも神様に感謝をしたいよ」

「あんたはラッキーだったんだ、ウォルト」と医師は同意した。「ところで、赤十字がヘレン・キルレインをモンゴメリーに連れて行ったか、あるいはバーミングハムに連れて行ったか、あんたは聞いてないかな？」

「モンゴメリーだ。なあ、猫の足に包帯を巻いてもらいに、あの子が町まで猫を抱いてやってきたとき、おれはそこにいたんだよ。雨と雹の中を、何マイルも歩いてやってきたに違いない。何よりも猫のことが大事だったんだな。悪いけど笑っちまったよ。まったくたいした根性を持った子だ」

医師はしばらく黙っていた。「あの子の親戚は、誰かこのへんに残っているのだろうか？」

「よくわからんが」とウォルターは答えた。「たぶん一人もおらんはずだ」

医師が最後に車を停めたのは弟のところだった。家族は全員そこにいた。いちばん年下の子供でさえ、瓦礫の中で立ち働いていた。ブッチは辛うじて残った家財道具を収めるための小屋を既に建てていた。それを別にして、そこでまともに残っているものといえば、庭を囲むはずだった白い丸石くらいだった。

医師は百ドルぶんの紙幣をポケットから取り出し、ジーンに手渡した。

「いつか返してくれればいい。しかし無理はせんようにな」と彼は言った。「店を売った金だ」。彼はジーンが礼を言うのを遮った。「私が本を送ってくれと言ったら、丁寧に荷造りしてほしい」

「あっちでまた医者の仕事を始めるつもりかね、フォレスト？」

「試してみることになるかもな」

しばし兄弟は互いの手を握り合った。二人の小さな子供たちがさよならを言うためにやってきた。古い青いドレスを着たローズがその背後に立っていた。彼女には長男のための喪服を買う金がなかったのだ。

「さよなら、ローズ」と医師は言った。

「さよなら」と彼女は言った。それから生気を欠いた声で付け加えた。「幸運を祈っているわ、フォレスト」

一瞬、何か和解に向けた言葉を口にしたいという誘惑に駆られたが、何を言っても無駄なことが、彼にはわかっていた。彼が相対しているのは母親としての本能なのだ。ヘレンに傷ついた猫を抱いて嵐の中を歩かせたのと同じ力だ。

駅でモンゴメリーまでの片道切符を買った。寝呆けたような春の空の下で、村はいかにも生気を失って見えた。出発する列車の中で彼は不思議に思った。ほんの半年前にはここがどこよりも良き場所に思えたのに、と。

二等車の白人専用席に乗っている乗客は彼一人だけだった。彼はヒップ・ポケットを探って、フラスクを取り出した。「なんといっても、四十五歳の男が人生をやり直そうとしているんだ。この程度の景気づけは許されるだろう」。それからヘレンのことを考えた。「あの子には親戚が一人もいない。私が引き取ることにしてはどうか」

彼はフラスクをとんとんと叩き、驚いたような目でそれを見下ろした。

「なあ旧友、当分のあいだきみにはご遠慮願わなくちゃならんようだ。手間のかかる、問題ある猫ちゃんには、牛乳がたくさん必要になるからな」

彼は座席に身を落ち着け、窓の外を眺めた。その恐ろしい週の記憶のせいで、風はいまだに彼の身の回りを舞い、隙間風となって列車の通路を吹き抜けていた。世界中の風――サイクロン、ハリケーン、竜巻――灰色であったり黒かったり、予期できるものもあれば、予測の及ばぬものもある。あるものは空から、あるものは地獄の穴から吹き寄せる。

しかしヘレンにはそんなものをもう二度と近づけるまい――自分の力の及ぶ限り。

うとうとと短くまどろんだが、決まったひとつの夢が彼を起こした。「父さんが私の上に被さって、私が猫ちゃんの上に被さっていた」

「いいとも、ヘレン」と彼は声に出して言った。独り言をいうのは彼の習慣になっていた。「このおんぼろ船もまだしばらくは水に浮いていられるだろう――たとえどんな風が吹こうと」

〈エッセイ三部作〉

壊れる

The Crack-up

I

もちろんすべての人生は崩壊の過程であるわけだが、その作業の劇的な側面をなすいくつかの打撃——外部からやってくる（あるいはやってくるように見える）突然の大きな打撃——つまりあなたがずっと覚えていて、いろんなことをそのせいにし、落ち込んだときに友だちに愚痴って聞かせたりするような打撃は、いきなりには効果を表さない。もうひとつそれとは違う種類の、内部からもたらされる打撃がある——気づいたときにはもう手の施しようがない、という種類の打撃だ。そしてある点においては、もう二度と自分は良き人間にはなれないのだと最終的に悟ることになる。最初の種類の破損はあっという間に起こるように見える。二番目の種類のものは、それが起こっているときにはほとんど気づきもしない。しかし後日きわめて唐突に、そのことに思い当たる。

この短い歴史を語る前に、一般論をひとつ持ち出させてもらう。第一級の知性の資格は、二つの対立する観念を同時に抱きつつ、その機能を十全に果たしていけることにある。たとえば人は、ものごとは絶望的だと知りつつも、希望を捨てず道を探らねばならない。その哲学は、成人してまだ間もない頃の私にぴったり即したものだった。そこでは起こりそうもないこと、ありそうもないこと、またしばしば「あり得ないこと」が実現した。人生とは多少の才覚さえあれば、思うように操れるものだった。人生は知性と努力に、あるいはその両者によってつくられる均斉に快く道を譲った。

成功した作家というのはロマンティックな職業であるように思えた。映画スターほど有名にはなれないが、名声はおそらくより長持ちするだろう。強い政治的、あるいは宗教的唱道者のような権力を手にはできないが、より自由にのびのび生きていける。もちろんどんな仕事に携わろうが、人の不満の種が尽きることはないだろうが、少なくとも私に関していえば、作家以外の職業につけばよかったと考えたことは一度もない。

一九二〇年代が過ぎ行くにつれ、また私自身の二十代が少しだけそれに先行して過ぎ行くにつれ、私の青春時代の二つの悔悟――体格が充分ではなく（あるいは技量が不足して）大学のフットボール部の選手になれなかったことと、戦争中に外地に出征できなかったこと――は原型を失って子供じみたヒロイズムかぶれの白日夢となり、気持ちの落ち着かない夜には、そんな夢想に耽っているうちに眠りにうまく誘われていったものだ。人生の大きな諸問題は、みんな勝手にするすると解決していくものに見えたし、もし解決が困難であったとしても、その作業に疲れ果てより広範な諸問題について考えを巡らさずに済んだ。

十年前には、人生というのはおおむね個人的な作業だった。努力など無益なものだという意識と、闘うことは必要であるという意識のバランスを、上手にとらなくてはならなかった。また失敗は避けられないという確信と、それでもなお「成功」を希求する決意とのバランスを。そしてそれにも増して、過去の重みと未来の高邁な意図との間に存する矛盾。もし私がよくある一般的な苦難——家庭的な、職業的な、あるいは個人的な苦難——をうまくくぐり抜け、しのいでいけたなら、自我は力いっぱい射られた矢のように、重力によって最終的に地面に落下させられるまで、そのまま妨害も受けず無から無へと飛び続けることだろう。

十七年間というもの——意図的にぶらぶらして休息をとっていた真ん中あたりの一年をも含めて——物事はそんな具合に運んだ。様々な新しい雑事も、より良き明日への励みとなった。生きていくのは決して楽ではなかった。しかし「四十九歳までは、それでかまわないじゃないか」と私は自分に言った。「それくらいまでならなんとかやっていけるだろう。自分のような人生を送ってきた人間に、それ以上の何が求められよう」

それなのに、四十九歳にはまだ十年を余したところで、私ははっと悟ったのだ、自分が早くも壊れてしまったことに。

II

さて、人はいろんな壊れ方をする。頭が壊れることもある。その場合、決定権はあなたの手を離れ、他人の手に委ねられる！　それから身体が壊れることもある。そういうときは、病院の真っ白な世界に身を任せるしかない。あるいは神経が壊れる。ウィリアム・シーブルック〔オカルティスト、探険家、著作家。一八八四－一九四五。食人やゾンビに深い関心を持ち、後に精神科病院に入る〕はある思いやりに欠ける本の中で、いくぶんのプライドと映画的結末をもって、自分が社会のお荷物となっていった経緯を述べている。彼をアルコール依存症に導いたものは、あるいはその依存症と不可分だったのは神経組織の崩壊だった。この筆者〔フィッツジェラルドのこと〕の状況はそこまでひどくはなかったが――当時はもう六カ月、一杯のビールすら飲んでいなかった――それでも神経の反射機能がやられて、怒りの感情があまりに強く、あまりに多くの涙が流された。

更にまた、人生は様々な形で攻撃をかけてくるという私の自説に戻るなら、自分が壊れたという認識は、受けた打撃と同時にもたらされるのではなく、猶予期間を置いて後日やってくる。

それほど昔のことではないが、私はある高名な医師の診察室に座って、重々しい宣告に耳を傾けていた〔結核だという診断を著者は受けた〕。あとになって考えると私は、おそらくあきらめにも似た心情をもって、当時暮らしていた都市における生活をそのまま営み続けた。本の登場人物たちによく見かけられるように、多くの物事が果たされぬまま残されたかとか、またあれやこれやの責務がこの先どうなるのかとか、そんなことをくよくよと考え込んだりすることもなかった。私にはたっぷり保険がかけられていたし、いずれにせよもともと私は、自分の手中に残された諸事物を上手に管理できるタイプの人間ではなかった。自分の才能さえも。

しかし私はそこで突然、自分は一人にならなくてはならないという強い本能を感じた。誰にもまったく会いたくなかった。この人生において私は、ずいぶん数多くの人々に会ってきた。私は人づきあいに関しては、格別良くもなく悪くもなくというところだが、自分自身や、自分の考えや、また自分の運命を、私が接触を持つことになったすべての階層の人々と関連づけておきたいという傾向は、人並み以上に強い。私は常に人を救い、また人に救われてきた。ある一日の朝だけで、私はワーテルローにおけるウェリントンもかくやという、多種多様な感情をくぐり抜けたものだ。不可解なまでの敵意を抱く人々や、離れがたい友人たちや支援者たちに囲まれて私は生きてきた。

しかしそのときの私はどこまでも一人になりたかったし、だから日常的な気苦労からは隔離された環境を自ら用意した。

それは決して不幸とは言えない時期だった。知り合いもほとんどいない遠方に出向いた。そして自分がずいぶん疲労していることに思い当たった。そのときは好きなだけ横になっていられたし、それは素敵だった。一日二十時間くらい眠ったり、うとうとしたりしていることもあった。目覚めている合間には、何も考えないように断固努めた。考えるかわりにリストを作った。いろんなリストを作っては破って捨てた。何百ものリストを。騎兵部隊の部隊長たち、フットボールの選手たち、いろんな都市、ポピュラー・ソング、野球のピッチャー、幸福だった時代、様々な趣味、住んだ家、陸軍を除隊して以来スーツを何着、靴を何足買ったか（ソレントで買ったスーツはすぐに縮んでしまったので勘定に入れなかった。何年も持ち歩いていたのに、一度も使うことのなかった礼装靴とドレス・シャツとカラーも勘定には入れなかった。靴は湿ってざらざらしていたし、シャツとカラーは黄ばんで、糊が腐ってしまったからだ）。好意を抱いた女性たちのリスト。そして人格的にも能力的にも、私より優りはしない人々から鼻であしらわれた体験のリスト。

――そして突然、驚いたことに私は病気から回復した。

――そしてその朗報を耳にした途端、まるで古い皿のように私は割れてしまったのだ。これが物語の真の結末だ。それをどのように扱えばいいかを知るには、古風な言い方をすれば「時の子宮」と呼ばれるものの中で静かに待機せねばならないだろう。だから今はただこう言うに留めておこう。孤独のうちに一時間ばかりじっと枕を抱きしめたあと、私には次第にわかってきた。この二年間というもの私は、自分がそもそも所有してもいない財源からいろんなものを引き出して生きてきたのだということが。つまり身体的にも精神的にも、自分自身をそっくり抵当に入れていたわけだ。それに比べたら、人生が戻ってきたというような小さな恩典に、いったいいかほどの意味があろう？　かつては自らを導くことを誇り、自立を保つことの確信に満ちていたのに。

私は悟った。この二年というもの、何か――それは内的な静寂かもしれないしそうじゃないかもしれない――を保護するために、かつて愛したすべてから自分を遠ざけてきたことを。そして朝の歯磨きから、夕食の席での友人との語らいに至るすべての生活の行為が、努力なしにはできないものになってしまったことを。長いあいだ自分が多くのものごとや、多くの人々が実は好きではなかったことに気づいた。何かを好きなふりをする、ありきたりの適当な見せかけだけを維持していたのだ。自分に最も近しい人々に対する愛でさえ、愛そうとするただの試みになってしまった。それほど密接ではない相手――編集者や、煙草屋の主人や、友人の子供との関係は、かつてあったことから生じた義務として思い出すだけになった。その同じ一カ月のうちに私は、いろんなものを苦々しく感じるようになった。ラジオの音、雑誌の広告、トラックのタイヤが軋む音、田舎の深い沈黙などが。人のやわなところに対して侮蔑的になり、頑（かたく）なな部分に対して（表には出さずとも）ひどく喧嘩腰になった。眠れないときには夜を憎み、次第に夜へと向かっていくという理由で昼を憎んだ。心臓を下にして眠るようになった。一刻も早く、少しでもいいから心臓を疲れさせれば、そのぶん素速くありがたい悪夢のときが訪れるとわかっていたからだ。悪夢は浄化作用(カタルシス)の役を果たし、私をよりすんなりと新しい日へと導いてくれた。

ある種の場所、ある種の顔が私の心に浮かんだ。大方の中西部出身者と同様、私は人種的偏見をまったくといっていいほど持たない——ただセント・ポールの街のポーチに座っている、スカンジナビア系の美しい金髪娘に対する密かな渇望が、私の内にはいつもあった。しかし当時のいわゆる「社交界(ソサエティー)」に加われるような資力は私にはなかった。彼女たちは気安く声をかけたりするには上品すぎたし、輝かしい場所に出て行くにはまだ農家育ちのおもちが抜け切れていなかった。でもその煌めく髪を、知り合うこともないまま終わるであろう一人の娘の眩しい衝撃を、ちらりとでも目にしようと、あちこちのブロックを巡ったことを私は覚えている。都会につきもののあまりぱっとしない話だ。これとは話が違ってくるが、ひとつの事実を述べれば私は後日、以下のような人々を目にすることに耐えられなくなった——ケルト人、英国人、政治家、異国の人々、ヴァージニア州出身者、黒人(色が薄くても濃くても)、狩猟を好む人々、商店の店員、仲買人と名のつく人々、すべての作家(私は作家たちを注意深く避けていたが、それは彼らが他のどんな人より、トラブルを永続させることができるからだ)。そして階級というものすべてに、それが階級であるが故に、耐えられなかった。また人々の大半に、彼らがそれぞれの階級に属しているが故に……。

何かにしがみついていなくてはと、私は医師たちや、十三歳までの女の子たちや、八歳を越えた躾けの良い男の子たちのことを好きになった。そしてそれらの少数の限られた範囲の人々とうまく、心穏やかにつきあっていくことができた。老人たちを好んでいたことも言い忘れてはならない。七十歳以上の人々。いや六十歳以上でも、顔がそれなりの年輪を刻んでさえいればかまわない。スクリーンでキャサリン・ヘップバーンの顔を見るのも好きだ。彼女の生意気さについて誰が何と言おうと。ミリアム・ホプキンズ〔女優。一九〇二―七二〕の顔も好きだ。昔の友人たちも好きだ。年に一度くらい顔を合わせるだけにとどめ、彼らの過去の亡霊をうまく呼び起こせればということだが。

それらはどれをとっても、概ね人間味を欠き、滋養が不足している。違うだろうか？そう、それこそが、子供たちが登場してくることこそが、壊れてしまったことのしるしなのだ。

あまり美しい絵ではないが、それが額に収められてあちこちに運ばれ、様々な批評家の目に晒されるのは避けがたいことだった。批評家の一人は、この人の生き方に比べたら他人の人生などまるで死んだも同然に見える、としか表現しようのない元気いっぱいの女性だった。ヨブ〔聖書中の人物。あらゆる苦難に耐える人〕を慰めるという、普通なら魅力的とは言えない独善的な役目を振り当てられたこのときでさえ。

この物語はもう語り終えられているという事実にもかかわらず、私は彼女との会話を一種の追記として付け加えたい。

「自分を憐れむ代わりにね、いいこと――」と彼女は言った（彼女は常に「いいこと」と言う。なぜなら彼女は話をしながら考えるからだ――ほんとうに考えているのだ）。そして彼女は言った。「いいこと。これはあなたの内なるひびとかじゃなかったと思うのよ――グランド・キャニオンの亀裂だったと思えばいいの」

「でも私の内側が割れたんだ」と私は勇を鼓して言った。

「いいこと！　世界はあなたの目の中にだけ存在するのよ――あなたの観念の中にあるものなの。あなたはそれを自分の望むままに大きくしたり、小さくしたりできる。なのにあなたは自分をちっぽけな、取るに足りない個人にしようとしている。あのね、もし私がひび割れたとしたら、私は自分と一緒に世界をもぱっくりひび割れさせちゃうでしょうね。いいこと！　世界というのは、あなたがそれを知覚することによって、はじめて存在するのよ。だからこう言えばいいのよ。割れたのは自分じゃない。割れたのはグランド・キャニオンなんだって」

「ずいぶんスピノザに影響されたみたいだね」

「スピノザなんて何も知らないわ。私が知っているのは――」、彼女はそれから自らのいくつかの過去の苦境について語った。それらは彼女の語るところによれば、私の苦境なんかよりもずっといたましいものであったようだ。そして彼女はいかにしてそれらを受けとめ、それらを乗りこえ、それらに打ち勝ったか。

彼女の言い分にはいささかの反撥(はんぱつ)を感じたが、でも私はだいたいにおいてものを考えるのに時間のかかる性分であり、また同時にこう思いもした。あらゆる自然の力の中で、ヴァイタリティーというのは分与することのできないものなのだと。活力が、責務を伴わない事物としてどんどん向こうからやってくる時期には、人はそれをよそにお裾分けしようと試みる。しかしそれがうまく運んだためしはない。比喩をより混合的なものにするなら、ヴァイタリティーがよそに「根付く」ことはないのだ。人はそれを有しているか、有していないか、そのどちらかだ。健康や、茶色の瞳や、道義心や、バリトンの声なんかと同じように。それを少し分けてくれと彼女に頼めばよかったのだろうか。うちに持ち帰ってすぐに調理し、口にできるようにきれいに包装してもらって。しかしそんなことができる道理はない——自己憐憫というブリキのコップを手に、たとえ一千時間待ち受けていたところで。私にできるのは、彼女の家の玄関から、自らをまるでひび割れた瀬戸物みたいにとても注意深く抱えて立ち去り、苦渋に満ちた世界へ戻っていくことでしかなかった(私はありあわせの材料をかき集めて、そこに我が家(ホーム)をこしらえようとしていた)。そして彼女の家を離れたあと、このような一節を自らに向けて引用することでしかなかった。

「あなたは地の塩である。しかしもし塩がその味を失ったなら、何をもって塩とすればよいのだろう？」

マタイ伝五章十三節。

貼り合わせる

Pasting it Together

前回掲載の記事で筆者は、いま自分の前にあるのが、自らの四十代のために注文しておいたものとはちがう皿であることに気がついた、と語った。実際、彼と皿とは同一のものであるから、彼は自らをひびの入った皿として記述したわけだ。これはこのままとっておくだけの価値があるのだろうか、と人が迷うような皿だ。我が編集者は、その文章は細かい検分がなされないまま、視点があちこち飛びすぎていると考えた。おそらく読者の多くもそのように感じられたことだろう。そしてまた世間には、「征服されざる魂」〔ウィリアム・ヘンリーの詩『不屈』の中の言葉〕をお与えくださった神々に対する気高い感謝という結末がつかない限り、すべての自己露出は蔑（さげす）むべきものであると考える人々がいる。

しかし私はあまりに長いあいだ神々に感謝し続けてきたし、おまけに感謝はすべて無駄に終わっていた。私としては悲嘆を自分の記録に書き留めておきたかったのだ。たとえそれに色を添えるべき、エウガネイ丘陵〔イタリア北部ベネト州の丘陵地帯。シェリーが美しきものとして詩に描いた〕の背景がなかったとしてもだ。いくら見渡しても、エウガネイ丘陵なんてどこにも見当たらなかった。

しかしながら、ひびの入った皿も食器棚にとっておくと、ときどき何かの役に立つ。必要に応じて家庭内の用に供されることもある。ストーブの上で温められたり、洗い桶の中で他の皿と一緒にがしゃがしゃ扱われたりすることは、もう二度とかなわないとしても。それが客の前に出されることはないにせよ、夜遅くにクラッカーを盛られたり、食べ残しを冷蔵庫に入れるときに使われたりすることはあるだろう……。

そんなわけで、これはその続篇だ。ひび割れた皿にその後何が起こったか。

さて、落胆した人間の標準的な治癒法は、現実に困窮している人たちや、身体的な苦しみを抱える人たちについて考えることだ。これはいかなるときにも憂鬱一般に対する至福となるし、昼間のうちなら、万人へのかなり有益な助言となるだろう。しかし夜更けの三時には、一個の忘れられた小包が死の宣告に負けぬ悲劇的重みを持つ。そこでは治癒法など無益だ。そして魂の漆黒の暗闇にあっては、来る日も来る日も時刻は常に午前三時なのだ。その時刻には、幼児的な夢に逃げ込むことで状況に直面することを極力回避しようとする傾向が生まれる。しかし人は世界との様々な接触によって、ことあるごとにこの夢からはっと目覚めさせられる。このような事態に直面した人はできるだけ知らん顔をしてさっさと、再びその夢の中に引き下がろうとする。何か立派な素材が出てきて、あるいは霊的次元の幸運が訪れて、ものごとが自然に解決されていくことを望みつつ。しかし逃避を続ければ続けるほど、たなぼたの機会は減っていく。人はいまや、ひとつの悲しみが薄れて消えていくのを待っているのではなく、ひとつの処刑の、自らの人格の解体の、いやいやながらの立ち会い人となっているのだ……。

狂気か薬物か酒が入り込まない限り、このままでは人はやがて袋小路にはまり込んでしまう。そのあとに訪れるのは空虚な静寂であり、そこでできるのは、何が刈り取られてしまい、何が残されているのかを見定めることくらいだ。この静寂が訪れたときに私はようやく気がついた。自分が過去にこれに相似した二つの体験をくぐり抜けてきたことに。

最初は二十年前だった。三年生のときに、マラリアと診断された病を得てプリンストン大学を離れた。十二年後にレントゲン写真を撮って、それが実は結核であったことが判明したのだが。さして重い病状ではなかったので、数ヵ月の休養のあと大学に戻った。でもその結果、私はいくつかの役職を失った。中でもいちばん重要だったのは、ミュージカル・コメディー劇団「トライアングル・クラブ」の会長の座だった。また私はひとつ学年が遅れた。私にとって大学はもう前と同じ場所ではなくなっていた。これでもう、表彰状もメダルも手に入れられる見込みはない。三月のある午後、これまで求めてきたものをすべて失ってしまった気がした。そしてその夜初めて私は女性の幻を追い求めた。おかげで短い期間ではあったが、それ以外のことはすべて取るに足らないものに思えた。

何年もあとでわかったことだが、大学で大物になり損ねたのは、結果的には逆に良きことだった。いろんな委員会で活躍するかわりに、私は英語詩に夢中になり、だいたいこういうことなんだというのが見えてくると、やがて自分でものを書くことに取り組み始めた。「好きなものが手に入らなかったら、手に入ったものを好きになった方が良い」というバーナード・ショーの原則に沿って言うなら、それは幸運な成り行きだった。しかしその時点では、みんなの先頭に立つという進路が断たれたことで、私はずいぶん気落ちし胸を痛めたものだ。

その日から私は出来の悪い使用人の首を切ることができなくなり、簡単にそれができる人を目にすると驚いたり、感心したりするようになった。人の優位に立つことに対する古くからの欲望のようなものが、そこで潰えてしまったのだ。私のまわりの人生は重苦しい夢となり、私は離れた街に住む一人の娘〔ミネソタの恋人ジネヴラ・キングのこと〕に手紙を書くことを生きるよすがとした。人はこのような衝撃から回復することはない。彼は違う人間となり、その新しい人は結果的に新しいものごとを大切に思うようになる。

今の私が置かれている状況に似通ったもうひとつのエピソードが、戦争のあとに持ち上がった——私がまた両翼を広げすぎたときに。それは資力の不足ゆえに悲劇を運命づけられた、よくある恋愛のひとつだった。そしてある日、娘は世間常識に基づいて二人の関係を終了させてしまった。その絶望の長い夏、私は手紙を書くかわりに一冊の長篇小説を書いた。そしてそれは良い結果を生んだ。しかしその結果を享受したのは以前とは違った人間だった。ポケットに金を詰め込み、一年後に件の娘と結婚した男は、有閑階級に対する尽きることなき不信と憎しみを、常に胸に抱くようになっていた。でもそれは革命家の抱く確かな信念ではなく、農民の抱くくすぶった憎しみである。それからの年月、私は友人たちの手にしている金がいったいどこから来ているのだろうと、ふと考えてしまうようになった。あるいは昔であれば、「領主権」〔領地の娘が結婚する前に領主がその処女を奪う権利〕の如きものが行使されて私の恋人が彼らのうちの誰かに与えられたのではあるまいかと、考えてしまうようになった。

十六年間にわたり、私は概ねのところこの「変化したあとの人間」として人生を送ってきた。私は金持連中に不信を抱きつつ、それでも金のために仕事をしてきた。その金を用いて、一部の裕福な人々が生き方として採用した流動性と優雅さを、彼らと共有するべく。その時期に私は、自分の乗り潰した駄馬を何頭も撃ち殺させた。名前のいくつかを覚えている。「破れたプライド」「挫かれた期待」「不実」「ひけらかし」「強打一発」「もう二度と」などなど。そしてふと気がつくと、私はもう二十五歳ではなくなっていた。やがて三十五歳でさえなくなっていた。そして何もかもが昔ほどよくはなくなっていた。でもそれらの歳月を通して、失意に沈んだ時期が私にあったかというと、そんな記憶はまるでない。正直な男たちが、自らの命を絶ちたくなるような暗い気分を通り抜ける様を、私は何度となく目にした。そこであきらめて命を落とすものもいたし、なんとか自分を持ち直し、やがては成功を手にしたものもいた。私の成功なんかよりもずっと目覚ましいものを。しかし私自身の士気に関して言えば、我ながら見苦しい個人的なひけらかしをしたときに感じる自己嫌悪のレベルを、それが下まわったことは一度もなかった。人が困苦に見舞われても、落胆と結びつくとは限らない。人を落胆させるには、それ独自の病原菌が必要なのだ。関節炎の困苦と硬直関節の困苦が、それぞれ成り立ちの異なるものであるのと同様に。

新たな空が去年の春に太陽を遮ってしまったとき、私は最初のうち、それを十五年か二十年前に起こった出来事と関連づけて考えはしなかった。そのうちにようやく、これには見覚えがあるなとだんだんわかってきた——大きく広げすぎた両翼、両端から燃えている蠟燭。自分がもう指揮権を持たぬ身体的能力の呼集。まるで銀行から預金残高以上の金を引き出してしまった人みたいだ。インパクトからすれば、この打撃は他の二つよりもっと荒っぽいものだが、種類としては同じだ——黄昏どきに人気のない空っぽの射撃場に立っているような気がする。両手に抱えているのは弾丸の込められていない空のライフルで、標的はもうみんな引っ込められている。どのような問題も提示されていない。そこにあるのはただの沈黙であり、聞こえるのは私自身の息づかいだけだ。

その沈黙の中には、あらゆる義務に対する広大な責任の放棄があり、私の価値観すべての収縮があった。秩序というものに対する熱情的な信念、動機や結末を軽視して思いつきや預言に頼る姿勢、技能や勤勉はいかなる世界にあっても報われるという感覚——またその他の確信がひとつひとつ押し流されていった。小説が——私が大人になった時期においては、一人の人間から別の人間にその考えや感情を伝えるための、最も強力で柔軟な手段であったものが——メカニカルで共同的な芸術の下位にまわされていくのを私は目にした。それらの芸術は、ハリウッドの商人の手に委ねられるにせよ、あるいはロシアの理想主義者たちの手に委ねられるにせよ、どこまでもありふれた思考や、見え透いた感情しか反映できない代物だった。そのような芸術においては、言葉は映像の下位に置かれ、人の個性は共同作業の低速ギアへと避けがたく呑み込まれていく。今をさかのぼる一九三〇年に私は、トーキー映画の誕生は最も売れっ子の作家さえをも、サイレント映画と同じくらい古色蒼然（こしょくそうぜん）としたものにしてしまうだろうという予感を抱いた。人々は今でもなお本を読み続けているが——それがキャンビー教授〔イェール大学の教授。出版人でもあり、ブック・オブ・ザ・マンス・クラブを一九二六年に立ち上げた〕の「今月の本」のみであるにせよ、あるいはドラッグストアの書棚でティファニー・セイヤー氏〔一九〇二－五九。大衆向けの、幻想に満ちた扇情的な小説を書いた〕のいかがわしい本をのぞき見している好奇心旺盛な子供たちであるにせよ——書かれた言葉の力が他の力の、よりきらびやかでより野卑な力の下位に置かれるのを目にするのは、まことに腹立たしく屈辱的なことであり、その屈辱感は私にとってほとんど強迫観念に近いものとなった……。

長い夜に私の胸を去来したもののひとつの例として、これを述べている。それは私が承服できぬものでもあり、私には闘いようのないものでもあり、また私の努力を時代遅れにしていくものである。大きなチェーン店が零細な小売商を潰していくのと同じように、打ち倒すことのできないひとつの外部の力が――

（なんだか講演でもしているような気分になってきた。目の前の時計に目をやり、持ち時間がどれくらい残っているのかを確かめつつ――）

さて、この沈黙の時期にたどり着いたとき、誰も自ら進んで採用しようとはしない処置を、私は強制された。思考することを強いられたのだ。ああ、それがなんと困難なことであったか！　大きな秘密のトランクをあちこち持ち歩くこと。くたびれ果てた最初の休憩時には、自分が今まで一度もものを考えたことがなかったような気がしたものだ。そして長い時間が経過したあと、私はこのような結論に達した。書き記してみる。

⑴自分の職業上の問題以外、私はほとんどものを考えてこなかった。一人の人間がこの二十年間、私の知的良心の役を果たしてきてくれた。それはエドマンド・ウィルソンだ。

⑵もう一人の男が、私の「良き人生」の感覚を代表してくれた。とはいえ彼とは十年に一度しか会っていないし、そのあと縛り首になったとしても不思議はない。彼は北西部で毛皮を商っており、ここに名前を挙げられることを好まないだろう。しかし苦境に陥ったとき、私はいつも彼のことを考えるように努めてきた。彼ならどう考えるだろう、彼なら

どう行動するだろう、と。

(3) 三人目の同時代人は、私にとっての芸術的良心であった人だ。私は彼の伝染性のある文体を模倣したことはない。というのは私自身の文体（と呼ぶほどのものではないが）は、彼が小説を出版する以前に既にできあがっていたから。とはいえ、私が窮地にあったときには、けっこう強くそちらの方に引っ張られもした〔アーネスト・ヘミングウェイのことだろう〕。

(4) 四人目の人物〔ジェラルド・マーフィーのことだろう〕は私のところにやってきて、私の他人との人間関係について（それはそういう関係がうまくいっていた時期だったが）、何をすればいいか、何を言えばいいか、そういうことを逐一指示してくれた。人々をたとえ一時的にせよ、幸福にするためにはどうすればいいかを（システム化された俗悪さをもって、全員をとことん落ち着かない気持ちにさせる、ポスト夫人の方法論とは真逆に）。それは常に私を混乱させ、どこかに行って酔っ払ってしまいたいという気持ちにさせた。しかしこの人物は世間のあり方をつぶさに見てきたし、それをしっかり分析し勝利を収めていた。そして彼の言葉は私にとっても十分有益だった。

(5) 私の政治的な良心はこの十年間というもの、私の作品のアイロニーの要素として以外は、ほとんど存在しないも同然だった。私がその下で機能せざるを得ないシステムに対して再び関心を持つようになったとき、それを情熱と新鮮な空気と共に私のもとに持ち込んできたのは、私よりもずっと年若い一人の男だった。

そんなわけで、そこには「私」は――自尊心を立ちあげるべき基盤は――もうなかった。残っているのはせいぜい苦役をこなしていく限りない能力くらいだが、それもどうやら寿命が尽きたらしい。自己を持たないというのは、どうにも奇妙なものだ。大きな家の中に一人で残された小さな子供になったみたいだ。なんでも好きなことができることになったとわかっていても、何をすればいいのか思いつけないのだ――

(時計はもう定められた時刻を過ぎているのだが、私はまだほとんど論点にも達していない。こんな話が一般の人々の関心を惹くものかどうか、いささか疑わしくもある。しかしもっと続きを聴きたいという方がおいでなら、まだまだ語るべきことはあるし、編集者にそう伝えていただきたい。もしもう十分だということであれば、そう言っていただきたい――でもそれほど大きな声ではなく。なぜなら、誰だかはわからないが、すやすや眠り込んでいる誰かがいるという気配を感じるからだ。もし目覚めていたなら、私が零細商店を開け続けることを手伝ってくれたはずの誰かが。それはレーニンでもなく、また神でもなかったが)

取り扱い注意

Handle with Care

ここまで私は、飛び抜けて楽天的な一人の若者が、いかにしてあらゆる価値の崩壊を経験してきたかについて述べてきた——ずいぶん後日に至るまで、それが起こったことにほとんど気づきもしなかった崩壊を。そしてそのあとに続いた荒廃の時期について語り、生き続けていくことの必要性について語った。ヘンリーのおなじみの英雄たちの「頭（こうべ）は血だらけだが、まだ垂れてはいない」〔ウィリアム・ヘンリーの詩『不屈』の一節〕みたいな台詞は抜きにして。というのは、私の精神上の問題点を精査したところ、垂れるも垂れないも、私にはもう頭そのものが残っていないことが判明したからだ。かつては心臓（ハート）なら持っていたが、私が確信をもって言えたのはそれくらいだ。

それは少なくとも、私がのたうっていた泥沼から抜け出すための出発点だった。「我感じた——それ故に我あった」というわけだ。私に頼る多くの人々がいたことも再々あった。困り果てて私のもとを訪れたり、遠方から手紙を書いてきたりした。無言の裡（うち）に私の忠告を信じ、私の人生に対する姿勢を信じて。いかに愚かしく陳腐な口先三寸の輩だって、ラスプーチンのごとき悪辣な輩だって、多くの人々の運命に影響を与えるには、それなりの個人性を持っているはずだ。だから問題は、私がどこで、なぜ変化を遂げてしまったか、それを究明しなくてはならないというところにある。私の熱意と活力が、まだ早いうちにずるずるとこぼれ落ちてしまった、当人にも所在の知れないその洩れ口は、いったいどこにあったのだろう？

悩みきって絶望的になったある夜、私はブリーフケースに荷物を詰め、それについて考えるために一千マイルの旅をした。誰一人知る人も居ない、見栄えのしない小さな街の、一晩一ドルの部屋に泊まり、持ち金のすべてを缶詰の調理肉と、クラッカーと林檎につぎ込んだ。しかし贅沢といってもいい世界から、そこそこの禁欲主義への移行を、『崇高な探求』〔H・G・ウェルズが一九一五年に出版した長篇小説〕みたいな意図的なものだとは思わないでもらいたい。私はただ徹底的に静かな場所に行って考えたかっただけだ。なぜ自分は悲しさに対して悲しみの姿勢をとったのか？　憂鬱に対して憂鬱の姿勢をとったのか？　そして悲劇に対して悲劇の姿勢をとったのか？　私はなぜ自らの恐怖や憐れみの対象に自らを同化してしまったのか？

細かい区分けにこだわりすぎているだろうか？　いや、そんなことはない。ものごとの達成を阻むのは、まさにそのような同一化なのだ。正気をなくした人々に仕事ができないようにさせるのは、そのような何かなのだ。レーニンはプロレタリアートの苦しみを、ワシントンは兵士たちの苦しみを、ディケンズはロンドンの貧民たちの苦しみを、自ら進んで引き受けようとはしなかった。そしてトルストイが、自分の関心の対象に自らをいくぶん同化させようと試みたとき、それは作り物的な失敗に終わってしまった。私がここでそんな名前を挙げるのは、彼らがみんなによく知られた人物であるからに過ぎない。

それは危険な霧だ。「この地上から栄光は失われてしまった」と断じたとき、ワーズワースは自らもまた地上から失われてしまおうという衝動には駆られなかった。また「火の粉の如き」キーツも肺病に対する闘いをいっときもやめなかったし、人生の最期まで英国詩壇に名を連ねるという希望を放棄しなかった。

私の自己抹殺はじとじととして薄暗いものだった。それはまったく現代的なものではなかった。とはいえ私は、一ダースばかりの他の人々の中にも——戦後に活躍した名誉と勤勉を重んずる人々の中にも——それと同じものを目にした（聞こえてますよ、でもそれも当然のこと——それらの人々の中には何人かのマルクス主義者もいたから）。私と同世代のある有名な人物が半年間にわたって「大いなる退出」〔自殺を意味する〕の考えを弄んでいるあいだ、私はそのかたわらに立っていた。同じくらい傑出した別の人物が、まわりの人間とのいかなる接触にも耐えられず、何カ月かを精神科病院で送る姿を目にした。そしてまた、あきらめて実際に死んでいった人々の名前を列挙することもできる。

そこで生き残った人々は、一種の「クリーン・ブレイク（完全脱出）」を果たしたのだという考えに私は到達した。これは大きな言葉であり、「ジェイル・ブレイク（脱獄）」なんかと同列に置かれるものではない。脱獄したって、人々はおそらく新しい監獄に送られるか、あるいは古い監獄に無理に連れ戻されるか、そのどちらかだからだ。よく口にされる「エスケープ（逃避）」も「すべてにおさらば（run away from it all）」という表現も詰まるところ、罠の内側での遠足のごときものに過ぎない。もしその罠に南の海なんかが含まれるとしてもだ。そんな場所は所詮、それを絵画に描いたり、そこに船を走らせたりする人々のためのものでしかない。「クリーン・ブレイク」はあなたがもうそこから帰還することのできないものであり、逆戻りが不可能なものだ。それは過去の存在を終わらせてしまうからだ。とすれば、人生が私のために定めた責務を、あるいは私が自らのために定めた責務を私はもう果たせなくなったのだから、四年間にわたって中身のあるふりをしてきたその空っぽの貝殻を、あっさりつぶしてしまったところでかまわないはずだ。私は作家として生きていかざるを得ない。なぜならそういう生き方しかできないから。しかし一人の人間（パーソン）であろうとするいかなる試みをも私は停止するだろう――親切だったり、正しくあったり、あるいは寛容であったりすることを。数多くの偽造貨幣が世間に出回り、それがこれらの代役を果たしていた。そしてどこに行けば、五セントで偽物一ドル分が買えるかを私は知っていた。三十九年間にわたって私は、どこで牛乳が水で薄められ、砂糖に砂が混ぜられ、ガラスの模造品がダイアモンドとして、漆喰壁が石壁として通用しているかを、この目でしっかり学んできた。もうこれ以上自分を与えることはしない。すべての譲渡は新たな法の名の下に、「無駄」という名前の下に禁止されるだろう。

その決定は、新奇で現実的なものごととして、私をむしろ溌剌とさせてくれた。まず最初の取っかかりとして、帰宅したとき、そこにはゴミ箱に直行するべき手紙の山があった。何も与えずに何かを求める手紙たちだ。誰それの原稿を読んでくれ、誰それの詩をどこかに売り込んでくれ、ラジオでノーギャラでしゃべってくれ、序文を書いてくれ、インタビューをさせてくれ、この芝居のプロットに手を貸してくれ、家庭内の問題をなんとかしてほしい、思いやりだか慈善だかの行動をとってもらいたい。

奇術師の帽子はもう空っぽだった。そこから長きにわたって何かを取り出してきたのは、いうなれば手の早業による見せかけにすぎなかった。そして比喩を変えるなら、救援リストの施し手の側から、私はもう永遠に降りたのだ。

悪者になったような浮ついた感覚が続いた。

十五年前にグレート・ネックからの通勤列車でよく見かけた、抜け目ない目つきの男たちになったような気がした。自分の家さえ無事なら、明日世界が混沌の中にひっくり返ったって、ちっとも気にもしないような男たちに。私は今では彼らの一員だった。次のようなことをすらすらと口にする連中の仲間だ。

「悪いけど、ビジネスはビジネスだから」とか、

「こういう面倒なことになる前に、もっと考えを巡らせておくべきだったね」とか、

「それは私がどうこうすることじゃないね」

そして微笑み——そうだ、微笑みを身につけておかなくては。私はその微笑みに関してはまだ練習中である。それはホテルの支配人や、社交界の海千山千の古株や、父兄参観日における校長や、黒人のエレベーター係や、気取った横顔を向けるおかまや、相場の半額で脚本を手に入れるプロデューサーや、新しい職場にやってくる正看護婦や、初めて雑誌グラビアに載る身体を売り物にする娘や、カメラの前を横切る希望を胸に抱いた映画のエキストラや、かぶれた足指を持ったバレエ・ダンサーや、そしてもちろん東はワシントンから、西はベヴァリーヒルズに至る、造られた顔に頼っている連中に共通した、愛想と親切さに溢れるとびっきり晴れやかな顔などなどの、それぞれ最良の部分を集め、つなぎ合わせてこしらえた微笑みである。

声もそうだ。私は教師について発声の練習をしている。それを完璧にこなせるようになっても、私の喉仏はどのような確信の響きをも示さないだろう。私が話しかけている相手の確信以外のものは。それは主に「イエス」という言葉を誘い出すために用いられるだろう。私の教師（弁護士である）と私はその作業に懸命に取り組んでいる。といっても、あ

くまで余暇の時間を用いてのことだが。また私はそこに例の丁重なとげとげしさを持ち込む術をも学んでいる。人々に、自分たちが歓迎されていないばかりか、まったく許容されてもいないし、また一瞬一瞬絶え間なく冷酷な分析を受けているのだと感じさせるようなとげとげしさを。このような場合には、当然ながら微笑みが伴われることはない。微笑みは、その相手から何ひとつ得るものがないという場合のためだけに取り置かれる。くたびれた老人たちや、苦闘の内に生きる若い人々のために。彼らはべつだん気にもするまい――どうせしょっちゅうそういう目にあっているのだから。

しかしもう十分だ。それは冗談半分に扱える問題ではない。もしあなたが「絶頂期にしばしば作家たちを襲う感情的摩耗状態について書き連ねるような、陰気な文芸作家になるための方法を教示していただきたいのでお目にかかりたい」といった手紙を書いてくる若者であれば――もしあなたがそこまで若くて愚かなのであれば、その手紙を受け取ったという返事を出すことさえ私はしないだろう。大金持ちで、重要人物の親戚がもしあなたにいるなら話は違ってくるが。そしてもしあなたが私のうちの前で餓死しかけていたなら、私はすぐに飛び出して行って、あなたに例の微笑みを向け、例の声を聞かせるだろう（もはや手は差し出さないにせよ）。そして誰かが五セント硬貨を供出して、電話で救急車を呼ぶまでそこに留まっていることだろう。それも、もしそこに何かしら話のねたがあると思えればのことだが。

私はかくして、とうとうただ作家だけになった。これまで粘り強く目指してきた人物像は、今やかなりの重荷となってきたので、私はそれをすっぱり「切り捨てた」のだ。黒人女が土曜日の夜にライバルの女を剃刀で切り捨てるみたいに、ほとんど一片の心の痛みもなく。善良なる人々にもそのように行動させればいいのだ——仕事が忙しすぎる医師たちには一年に一度、一週間の「休暇」を与え、家庭の諸問題を解決するべく奮闘させ、その軛(くびき)の中で息を引きとらせるといい。一方で仕事のない医師たちには一件につき一ドルで、病人を奪い合わせればいい。兵士たちを死なせ、即刻彼らの職業のヴァルハラ〔北欧神話の殿堂。英雄の霊を招いて祀る〕に送り込めばいい。それは彼らと神々との間の契約なのだ。作家は自分でそのように設定しない限り、そんな理想を抱く必要はない。そしてこの私は既にそのような理想から降りてしまった人間である。ゲーテからバイロン、バーナード・ショーへと受け継がれた「綜合的な人間」、そこにアメリカ風豪華さを加味し、J・P・モーガンとトッパム・ボークレア〔十八世紀の英国貴族。文人との交流があった〕とアッシジの聖フランチェスコを組み合わせたものになりたいという古い夢は、他のがらくたと一緒にどこかに捨てられてしまった。プリンストン大学の新入生フットボール・ゲームで一日だけ使われた肩パッドやら、外地で着用されることのなかった海外派遣部隊の軍帽やらと同じく。

それでどうなった？ 今の私はこう考えている。まっとうな感覚を具(そな)えた成人の自然な状態とは、制限付きの不幸というのが相場である。そしてまた思うのだが、今ある以上に自らの資質を向上させたいという成人の欲望は、つまり「不断の奮励（ふんれい）」（そのような言葉を用いることによって生活の資を得ている人々の常套句だ）は、結局のところその不幸を増幅させるだけに終わる――我々の若さや希望はかくして終わりを迎えるのだ。過去における私自身の幸福はしばしば恍惚にきわめて近いものであり、最も近しい人とさえ分かち合うことができず、一人でそれと共に静かな街路や小径を歩き、その僅かな断片を本の中の僅かな行に煮詰めていくしかなかった。そして思うにそんな私の幸福は、あるいは私の自己欺瞞（ぎまん）の才能だか何だかは、あくまで例外的なものであった。それは自然なものではなく、不自然なもの――好況時代（ブーム）と同じように自然ならざるものだった。そしてここのところの私の体験は、好景気が去ったときこの国をなぎ倒した絶望の波と軌を一にするものなのだ。

そうして新しく施与されたもので、私はどうにか生き延びるだろう。その事実を呑み込むために数カ月を要しはしたが。アメリカの黒人たちは、過酷きわまりない生活状況に笑い混じりのストイシズムをもって耐えてきたが、その代価として真実の感覚を失わなくてはならなかった。それと同じように、私の場合もやはり支払うべき代価はある。私はもう郵便配達人を好きではないし、食料品店主も、編集者も、従姉妹の夫も好きではない。そして相手もまたお返しに、私のことを嫌うようになるだろう。だから人生がすごく心地良いものになるようなことはもう二度とあるまい。私の家のドアにはいつだって「犬に注意」という札がかかっているだろう。とはいえ、私は行儀の良い動物になろうと試みるだろう。そしてもししっかりと肉のついた骨を放ってくれるなら、私はあなたの手を舐めさえするかもしれない。

訳者あとがき

F・スコット・フィッツジェラルドはその生涯において、全部で百七十八篇の短篇小説を書いた。そのうちの百四十六篇が彼の生存中に発表されている（十八篇が死後発表された）。大した数だ。彼はなぜそれほど多くの短篇小説を書いた（書かなくてはならなかった）のか？　答えは簡単——生活のためだ。キャリアの初期においては、妻ゼルダとの贅沢な生活を維持するためであり、後期においては生活費を稼ぎ、出版社への借金を返済するためだった。

当時のアメリカにおいては、雑誌が短篇小説に払う稿料は、今とは比べものにならないくらい高額のものだった。当時は雑誌の全盛時代、TVもなく、もちろんインターネットもなく、一般の人々にとって雑誌で読む短篇小説は、欠くことのできない貴重な日常的娯楽であったからだ。フィッツジェラルドはその絶頂期において、「サタデー・イヴニング・ポスト」誌から一篇につき四千ドルの稿料を受け取っている。今の金額にすればおそらく百五十万円くらいの額だ。

だから多くの作家はせっせと短篇小説を書いた。長篇小説の出版印税だけで生計を立てられる作家の存在はきわめて稀だった。フィッツジェラルドは需要に応えてすらすらと才気溢れる短篇小説を書きまくり、そこから得られる収入で生活し、その合間に時間をかけてこつこつと長篇小説を書いた――ほとんど自分自身のために。妻のゼルダは、夫がどうしてお金にもならない長篇小説をそれほど苦心して書かねばならないのか、理解できなかったという。

しかし雑誌は気前よく高額の稿料を払いはしたものの、そのぶん要求も高かった。彼らが求めるのは気楽に読めて、後味の良いハッピーエンドの物語であり、「純文学」的な暗さや深さを含んだ作品は容赦なく突き返された。だからフィッツジェラルドは「後味の良いハッピーエンドの物語」を、求められるまま次々に量産した。それらの作品の多くは、今ではほとんど忘れられた状態に置かれている。しかしそれらの「量産作品」の間を縫うように、フィッツジェラルドは珠玉のような見事な短篇作品を残している。まるで奇跡のように――ちょうどアマデウス・モーツアルトが残した数少ない、そしてこのうえなく美しい短調作品のように。

僕（村上）はこれまでに彼の短篇小説とエッセイを全部で三十篇ほど翻訳しているが、その中からベストと思える作品を、文庫のために十篇ばかり選抜してもらえないだろうかという依頼を、このたび中央公論新社から受けた。「いいですよ」と気楽に引き受けたのだが、実際に選抜にかかってみると、この作業は予想外に難しいものであることが判明した。まず第一に、言うまでもなく、それらは文学的に優れた価値を持つ作品でなくてはならない。そしてまた、フィッツジェラルドという一人の作家の成長ぶり、あるいは「深化」ぶりを時系列的に示すものでなくてはならない。第三に編者（村上）の個人的好みを（ある程度）反映したものでなくてはならない。それがアンソロジーというもののひとつの大事な意味なのだから。

中心をなす三篇はあっという間に決まった。『リッチ・ボーイ（金持の青年）』『バビロンに帰る』『冬の夢』だ。この三つは誰が選んでもまず入選する名作だろう。ほとんど文句のつけようがない、完璧と言ってもいい短篇小説だ。それに続いて「定評ある」とされるのは『メイデー』『クレイジー・サンデー』というところで、これらも外すわけにはいかない。ちなみにこの二作、どちらの作品も高級一般誌からは「リアリスティックに過ぎる」という理由で――つまりエッジが鋭すぎるということだ――突き返され、安い稿料の文芸誌に掲載されたものだ。ちなみに『クレイジー・サンデー』は十を超える数の雑誌からあっさり掲載を断られている。

『残り火』『氷の宮殿』『カットグラスの鉢』はどれも、キャリアの初期に書かれた作品だが、僕のいくぶん個人的な好みを入れて選ばせていただいた。若書きの作品ではあるが、登場人物たちの心情が素直にページににじみ出て、読むものの心を打つ。そしてその洞察は時として、人間性のおそろしく深い部分にまで透徹している。この人は若いときから本当に文章のうまい人だったんだなと、つくづく感心してしまう。そしてうまいだけではなく、そこには確かな志がある。またこの三篇は僕が小説家としてデビューして間もない頃に訳したものであり、僕自身もまだしっかりと若かったので、自然に感情移入しながら翻訳することができた。

『風の中の家族』は僕が最初に出会ったフィッツジェラルドの作品のひとつであり、読み終えたとき、精緻で正確な情景描写が鮮やかに記憶に残った。厳しい状況下にあった晩年のフィッツジェラルドが書いた作品だが、安易な自己憐憫に陥らない姿勢の正しさが、文章の飽くなき的確さが、強く心に迫る。

そして最後にエッセイ『壊れる』三部作を置いた。ヘミングウェイに「女々しい」と罵られたことで有名なエッセイだが、読めば読むほど味わいの出てくる優れた文章だ。女々しい仮面の下に、フィッツジェラルドは常に強固な意志(負けじ魂)を用意している。ある意味ではヘミングウェイとは逆に。

この文庫本に収められた十篇を読んで、フィッツジェラルドの小説世界に興味を持たれた方がおられたとしたら、中央公論新社「村上春樹 翻訳ライブラリー」のシリーズとして出版されているフィッツジェラルドの作品集に読み進んでいただければと切に希望する。

フィッツジェラルドは僕が昔から個人的に愛好してきた小説家であり、少しでも多くの人にその作品を読んでいただきたいと思うからだ。彼の作品を翻訳するのは、僕にとって得がたい喜びであり、また厳しく有益な修練でもあった。

二〇二三年十月　　　　　　　　　村上春樹

◎本書中の翻訳作品は次の書籍に収録されています。

『マイ・ロスト・シティー』
「残り火」「氷の宮殿」(1920)

『ザ・スコット・フィッツジェラルド・ブック』
「リッチ・ボーイ(金持の青年)」(1926)

『バビロンに帰る ザ・スコット・フィッツジェラルド・ブック2』
「カットグラスの鉢」(1920)「バビロンに帰る」(1931)

『冬の夢』
「冬の夢」(1922)「メイデー」(1920)

以上、〈村上春樹 翻訳ライブラリー〉シリーズ

『ある作家の夕刻 フィッツジェラルド後期作品集』(単行本)
「クレイジー・サンデー」「風の中の家族」(1932)
「壊れる/貼り合わせる/取り扱い注意」(1936)

いずれも中央公論新社刊

中公文庫

フィッツジェラルド10(テン)
――傑作選(けっさくせん)

2023年11月25日　初版発行

著　者　スコット・フィッツジェラルド

編　訳　村上春樹(むらかみはるき)

発行者　安部順一

発行所　中央公論新社
〒100-8152　東京都千代田区大手町1-7-1
電話　販売 03-5299-1730　編集 03-5299-1890
URL https://www.chuko.co.jp/

DTP　平面惑星
印　刷　大日本印刷
製　本　大日本印刷

Published by CHUOKORON-SHINSHA, INC.
Printed in Japan　ISBN978-4-12-207444-6 C1197

定価はカバーに表示してあります。落丁本・乱丁本はお手数ですが小社販売部宛お送り下さい。送料小社負担にてお取り替えいたします。

各書目の下段の数字はＩＳＢＮコードです。978－4－12が省略してあります。

中公文庫既刊より

む-4-9
Carver's Dozen レイモンド・カーヴァー傑作選
カーヴァー
村上春樹 編訳
レイモンド・カーヴァーの全作品の中から、偏愛する短篇、エッセイ、詩12篇を新たに訳し直した〝村上版ベスト・セレクション〟。作品解説・年譜付。
202957-6

む-4-11
恋しくて TEN SELECTED LOVE STORIES
村上春樹 編訳
恋する心はこんなにもカラフル。海外作家のラブ・ストーリー＋本書のための自作の短編小説「恋するザムザ」を収録。各作品に恋愛甘苦度表示付。
206289-4

む-4-12
極 北
マーセル・セロー
村上春樹 訳
極限の孤絶から、酷寒の迷宮へ。私の行く手に待ち受けるものは。この危機は、人類の未来図なのか——読み始めたら決して後戻りはできない圧巻のサバイバル巨編。
206829-2

む-4-13
「グレート・ギャツビー」を追え
ジョン・グリシャム
村上春樹 訳
フィッツジェラルドの直筆原稿が盗まれた。保険金総額二千五百万ドル。消えた小説の行方を知る者は？ 書店、作家、希覯本の世界。最強の文芸ミステリー！
207289-3

む-4-3
中国行きのスロウ・ボート
村上 春樹
1983年——友よ、ぼくらは時代の唄に出会う。中国人とのふとした出会いを通して青春の追憶と内なる魂の旅を描く表題作他六篇。著者初の短篇集。
202840-1

む-4-4
使いみちのない風景
村上春樹 文
稲越功一 写真
ふと甦る鮮烈な風景、その使いみちを僕らは知らない——作家と写真家が紡ぐ失われた風景の束の間の記憶。文庫版新収録の2エッセイ、カラー写真58点。
203210-1

わ-25-3
青豆とうふ
和田 誠
安西 水丸
一つの時代を築いた二人のイラストレーターが、互いの文章と絵をしりとりのようにつないで紡いだエッセイ集。カラー画も満載！〈文庫版のあとがき〉村上春樹
207062-2